Sarah Ladd
DIE ERBIN VON WINTERWOOD

Sarah Ladd

Die Erbin von Winterwood

Über die Autorin:
Sarah E. Ladd arbeitete nach ihrem PR-Studium im Marketing-Bereich, bevor sie sich ganz auf das Schreiben konzentrierte. Sarah ist fasziniert von England, insbesondere im 19. Jahrhundert. Sie lebt mit ihrem Mann und ihrer Tochter in Indiana, USA.

Bibliografische Information Der Deutschen Bibliothek
Die Deutsche Bibliothek verzeichnet diese Publikation in der Deutschen Nationalbibliografie; detaillierte bibliografische Daten sind im Internet über http://dnb.ddb.de abrufbar.

ISBN 978-3-86827-519-3
Alle Rechte vorbehalten
Copyright © 2013 by Sarah Ladd
Originally published in English under the title:
The Heiress of Winterwood
by Thomas Nelson Inc., Nashville, Tennessee 37214, USA
All rights reserved. This licensed work published under license.
German edition © 2015 by Verlag der Francke-Buchhandlung GmbH
35037 Marburg an der Lahn
Deutsch von Silvia Lutz
Umschlagbilder: © dreamstime.com / Paul Vinten
© iStockphoto.com / msdnv; sara_winter
Umschlaggestaltung: Verlag der Francke-Buchhandlung GmbH / Christian Heinritz
Satz: Verlag der Francke-Buchhandlung GmbH
Printed in Czech Republic

www.francke-buch.de

Prolog

Darbury, England, Februar 1814

Katherine würde sterben. Und Amelia konnte nichts dagegen tun.

Amelia Barrett tupfte ihrer geliebten Freundin mit einem feuchten Tuch die Stirn ab. Eine einsame, glühend heiße Träne lief langsam über ihre Wange. Tiefe Erschöpfung zerrte an ihren Gliedern. Eine überwältigende Müdigkeit drängte sie, sich zu setzen und sich auszuruhen. Aber Amelia wagte es nicht, eine Pause einzulegen.

Außerhalb der Steinmauern von Winterwood Manor prasselte ein erbarmungsloser Eisregen auf die Erde nieder und wurde von Windböen, die über das Moor wehten, kräftig angepeitscht. Vor nicht allzu langer Zeit hatte dieser Wind beruhigende Schlaflieder gesummt. Jetzt, im grauen Licht der Morgendämmerung, klang sein klagendes Heulen wie ein flüsterndes, Unheil verkündendes Omen.

Aus einem anderen Zimmer auf dem langen Korridor hallte das Weinen eines Säuglings durch Winterwoods alte Gemäuer. Wenigstens das Neugeborene würde sich von dem Grauen der letzten drei Tage erholen. Katherine hingegen würde den nächsten Sonnenaufgang wahrscheinlich nicht mehr erleben.

Amelia rieb sich die Stirn und sehnte sich danach, die Erinnerungen an die Entbindung, die schrecklich verlaufen war, auszulöschen. Besorgte Stunden waren in Tage des Grauens übergegangen, und jetzt wurde der Atem ihrer bewusstlosen Freundin immer schwächer. Jeder mühsame Atemzug verriet, dass es vielleicht ihr letzter sein könnte.

Das tanzende Flammenlicht warf Schatten auf Katherines aschfahle Wangen. Schweiß lief an ihrem Hals hinab. Feuerrote Locken klebten auf ihrer feuchten Stirn. Amelia tauchte ein Tuch in eine Schüssel und ließ kühles Wasser über die fiebrig glühende Haut ihrer Freundin rieseln. Als das Wasser sie berührte, zuckten Katherines Augenlider. Hoffnungsvoll zog Amelia die Hand zurück und sank neben dem Bett auf die Knie.

„Katherine!" Amelia umklammerte den Arm ihrer Freundin. „Katherine, hörst du mich?"

Ein Stöhnen kam über Katherines rissige Lippen, dem ein schwacher Husten folgte. „Wo ist der Brief?" Ihre Stimme klang trocken. Heiser.

Traurig deutete Amelia mit dem Kopf zu dem Brief auf dem Schreibtisch hinüber. „Dort liegt er."

„Versprich mir, dass du ihn ihm geben wirst."

„Natürlich."

„Mein Kind. Lucy." Katherines schwaches Flüstern erstickte, da ein Schluchzen ihr die Kehle zuschnürte. „Bitte lass sie nicht allein. Du bist bald alles, was sie hat."

Ein erdrückender Schmerz erfüllte Amelia, der sich tief in ihr Herz bohrte und ihren Brustkorb zusammenschnürte. Sie streichelte Katherines feuchte Hand. „Ich gebe dir mein Wort."

Katherine atmete langsam aus und schloss die Augen.

Die Luft wurde dünner. Das erstickende Grauen des Todes schlich sich ins Zimmer. Der Tod blieb im Schatten stehen und machte sich wie ein ungebetener Gast breit. Er beobachtete sie. Er wartete.

Amelia zitterte. Sie ließ Katherines Hand los und ballte ihre eigenen Hände zu verkrampften Fäusten, um ihr Zittern einzudämmen. Wie konnte Gott das zulassen? Wie konnte er es wagen, ihr schon wieder einen Menschen wegzunehmen, den sie liebte? Wenn sie glauben würde, dass ein Gebet helfen könnte, würde sie verzweifelt zu Gott rufen. Aber sie hatte den Schatten des Todes schon zu oft gesehen. Gebet hatte noch keinem Menschen, den sie liebte, das Leben gerettet. Sie machte sich keine Illusionen, dass es dieses Mal anders wäre.

Amelia schluckte den Kloß in ihrer Kehle hinunter und begann, einen Psalm zu rezitieren. Katherine würde in diesen Worten Trost finden, auch wenn sie selbst nichts Tröstliches darin entdecken konnte. *„Der Herr ist mein Hirte"*, begann sie. *„Nichts wird mir fehlen."*

Mit geschlossenen Augen bewegte Katherine ihre aufgesprungenen Lippen und flüsterte langsam und stockend mit. „*Er weidet mich auf saftigen Wiesen und führt mich zum frischen …*"

Katherines Stimme brach. Ihre mühsamen Atemzüge wurden von einem flachen Keuchen abgelöst. Dann atmete sie nicht mehr.

Amelia schaute wie erstarrt den leblosen Körper vor sich an. Ihre Glieder zitterten, dann wurden sie wie taub. Fassungslos blieb sie wie angewurzelt sitzen und konnte sich nicht bewegen. Sie hatte keine Tränen mehr.

Das Weinen eines Säuglings durchdrang die unheimliche Stille des Todes und riss sie aus ihrem Trancezustand. Mit vorsichtigen, ehrfurchtsvollen Bewegungen drückte Amelia die Lippen auf Katherines Stirn und zog dann das Leinentuch über das blasse Gesicht ihrer Freundin.

Deine Güte und Liebe werden mich begleiten mein Leben lang; in deinem Haus darf ich für immer bleiben.

Kapitel 1

Darbury, England, November 1814

Amelia wusste, was sie zu tun hatte. Sie wusste es, seit Kapitän Graham Sterling nach Eastmore Hall zurückgekehrt war.

Ihr Plan würde aufgehen. Er musste einfach aufgehen. Sie hatte ihn von allen Seiten beleuchtet und jeden Einwand berücksichtigt und hatte im Geiste ihre Argumente aufgeführt. Jetzt musste sie nur noch den Kapitän von ihrem Plan überzeugen.

Sie bedauerte nur, dass sie ihre jüngere Cousine Helena in ihre Absichten eingeweiht hatte.

„Das sind Hirngespinste. Du musst verrückt sein!" Helenas rostbraune Locken hüpften bei jeder Silbe aufgeregt auf und nieder. „Was ist in dich gefahren, dass du überhaupt auf eine solche Idee kommst, geschweige denn, dass du sie auch noch in die Tat umsetzen willst?" Sie warf ihre Stickarbeit auf den kleinen Beistelltisch und sprang vom Sofa auf. „Kapitän Sterling wird denken, du hättest den Verstand verloren. Wie stehst du dann da?" Helena fuchtelte mit der Hand durch die Luft, um Amelias Widerspruch zu ersticken. „Ich sage dir, wie du dann dastehst: ohne Mann, ohne Geld und ohne eine Zukunft. So sieht die Sache aus."

„Ach, was! Du übertreibst." Amelia wiegte das schlafende Kind in ihren Armen. „Wenn du dich weiter so aufregst, wirst du noch Lucy aufwecken. Wir wollen doch auf keinen Fall, dass sie unausgeschlafen ist und quengelt, wenn sie endlich ihren Vater kennenlernt."

Helena schnaubte. „Wage es nicht, das Thema zu wechseln, Amelia Barrett! Mit dem Kind ist alles in Ordnung. Aber mit dir stimmt offenbar etwas nicht. Wie kannst du auch nur auf die Idee kommen, einem Mann einen Heiratsantrag zu machen? Einem Fremden, den du noch nie gesehen hast! So etwas gehört sich einfach nicht!"

Amelia legte Lucy in die Wiege. „Kapitän Sterling ist kein Fremder. Nicht *wirklich*. Und ich habe es dir schon gesagt: Mein Entschluss steht fest. Sprechen wir also nicht mehr darüber. Würdest du mir bitte die Decke geben?"

Erregt nahm Helena die gelbe gestrickte Decke und warf sie ihrer Cousine hin. „Und was wird Mr Littleton davon halten? Fünf Wochen, Amelia! Muss ich dich daran erinnern, dass ihr in fünf Wochen heiratet? Dass du dich überhaupt mit einem anderen Mann treffen willst, ist schon schlimm genug, aber …"

„Es besteht kein Grund, dich so aufzuregen." Amelia wandte den Blick ab und lenkte das Gespräch wieder auf den Kapitän. „Es ist nichts Unanständiges daran, dass ich mich mit Kapitän Sterling treffe. Es ist sein gutes Recht, seine Tochter zu besuchen. Immerhin ist sie neun Monate alt, und er hat sie noch kein einziges Mal zu Gesicht bekommen. Und der Antrag, den ich Kapitän Sterling mache, ist ein Geschäftsvorschlag. Weiter nichts. Wenn er ablehnt, ist nichts Schlimmes passiert. Edward muss es nie erfahren."

„Nichts Schlimmes passiert? Nichts Schlimmes?" Helenas braune Augen waren schreckgeweitet. „Denkst du denn überhaupt nicht an deinen Ruf? Ich erschauere, wenn ich nur daran denke, was passiert, wenn sich dein … dein Vorhaben im Ort herumspricht. Edward könnte denken …"

„Er könnte vieles denken, Helena, und das wird er zweifellos auch. Aber ich kann nicht tatenlos danebenstehen und nichts sagen. Nichts *tun*. Denn in diesem Fall könnte Kapitän Sterling mir Lucy für immer wegnehmen, und das würde ich nicht ertragen. Außerdem kann ich das Versprechen, das ich Katherine gegeben habe, nicht brechen."

Ein hübscher Schmollmund verfinsterte Helenas schöne Gesichtszüge, und sie reckte ihre kleine Nase in die Luft.

„Du und Mrs Sterling, ihr seid euch zwar vielleicht nahegekommen, aber du hast sie erst ein halbes Jahr vor ihrem Tod kennengelernt. Ich bezweifle ehrlich, dass sie erwarten würde, dass du zu solch drastischen Maßnahmen greifst, um ein Versprechen zu halten." Sie beugte sich näher vor, um Amelia daran zu hindern, ihren Blick abzuwenden. „Und muss ich dich daran erinnern, dass du diesen Mann, diesen Kapitän, noch nie gesehen hast? Er könnte ein Ungeheuer sein, ein Schurke, der deine Großzügigkeit schamlos ausnutzt. Warum willst du dich einem solchen Schicksal aussetzen und dein Vermögen riskieren, wenn du mit Edward Littleton schon eine so gute Partie gemacht hast?"

Helenas Warnung hallte in Amelias Kopf wider. Waren ihr diese Bedenken nicht selbst schon gekommen? Der Gedanke, durch die Ehe an einen grausamen Mann gebunden zu sein, jagte ihr einen Schauer über den Rücken. Aber hatte Katherine nicht die ausgezeichneten Eigenschaften des Kapitäns gelobt? Seine Sanftheit? Seinen tadellosen Charakter?

Amelia kniff die Lippen zu einer harten Linie zusammen. Sie war bereit, dieses Wagnis einzugehen. „So furchtbar kann er nicht sein, Helena, sonst hätte Katherine ihn nie geheiratet. Außerdem ist er Kapitän in der Marine Seiner Majestät. Du hast die Geschichten über ihn genauso gehört wie ich. Er ist monatelang – nein, jahrelang – auf See, wenigstens solange England sich im Krieg befindet. Jeder von uns wird zweifellos ein völlig eigenständiges Leben führen."

„Aber Mr Littleton, Amelia! Denk doch an Mr Littleton!" Helenas Stimme wurde weicher. „Er liebt dich, davon bin ich überzeugt. Warum willst du ihn so unfreundlich behandeln und eine glückliche Ehe wegen eines Kindes gefährden, mit dem du nicht einmal blutsverwandt bist?" Helena trat auf Lucy zu, schaute zu ihr hinab und strich die Decke über dem Kind glatt. „Es schmerzt mich, dir das so unverblümt sagen zu müssen, Amelia, aber ich liebe dich zu sehr, um zuzusehen, wie du deine Zukunft ruinierst, ohne dir wenigstens zu sagen, was ich denke. Vor dir liegt ein viel zu wunderbares Leben, um jetzt alles aufs Spiel zu setzen."

Amelia öffnete den Mund, um ihr zu widersprechen, aber dann schloss sie ihn wieder. Sie konnte nicht leugnen, dass ihre Cousine mit ihren Argumenten recht hatte. Wie sollte sie Helena ihr Dilemma begreiflich machen? Sie hätte nie eingewilligt, Edward Littleton zu heiraten, wenn sie diesen Mann nicht wirklich mögen würde. Sein attraktives Gesicht und seine leidenschaftliche Art lösten immer noch Gefühle in ihr aus. Aber je näher ihre Hochzeit rückte, umso stärker wurde ihr Zögern. Sein Verhalten – unter anderem seine Weigerung, Lucy nach der Hochzeit noch länger auf Winterwood bleiben zu lassen – warf bei ihr starke Fragen über seinen

Charakter und seine Eignung als Ehemann auf. Und der Gedanke, dass ihre liebe Lucy genauso wie Amelia ohne Mutter aufwachsen sollte, ließ ihr keine Ruhe.

Nein – Amelia war sicher, dass sie den richtigen Weg einschlug, auch wenn er schwer sein mochte. Sie musste sich einfach darauf einstellen, dass ihr bevorstehendes Gespräch mit dem Kapitän unangenehm verlaufen könnte.

Ein Ruf ertönte vor dem Fenster, gleich darauf hörte man das Knirschen von Wagenrädern auf dem Kieselweg vor dem Haus. Die beiden jungen Frauen schauten sich an. Jetzt wurde es ernst.

Amelia packte ihre Cousine an der Hand. „Versprich mir, dass du kein Wort sagst."

Helena lächelte sie schwach an. „Ich wünschte wirklich, du würdest auf mich hören, Cousine, aber da du dich von deinem Entschluss nicht abbringen lässt, gebe ich dir mein Wort. Denk aber bitte trotzdem wenigstens über das nach, was ich gesagt habe." Ihr hellgelber Musselinrock raschelte, als sie sich umdrehte und das Zimmer verließ.

Amelias Schuhe erzeugten auf dem italienischen Teppich kaum ein Geräusch, als sie ans Fenster trat. Sie hob die Ecke des grünen Samtvorhangs und sah gerade noch, wie der Landauer, der im Morgenregen nass glänzte, vor dem Haupteingang von Winterwood Manor langsam zum Stehen kam.

Sie strich sich eine Haarsträhne aus der Stirn und zwang sich, langsam durchzuatmen. Ob es ihr gefiel oder nicht, der entscheidende Augenblick war gekommen. Sie eilte zum Schreibtisch und vergewisserte sich noch einmal, dass Katherines Brief dort lag.

Ein Klopfen hallte in dem holzgetäfelten Raum wider. Die Tür ging auf, und James, Winterwood Manors betagter Butler, trat ein. „Kapitän Sterling ist hier und möchte Sie sprechen, Miss."

„Führen Sie ihn herein. Und bitte sagen Sie Sally, dass sie uns Tee bringen soll."

Amelia wartete, bis die Mahagonitür zuging, bevor sie die schlafende Lucy in die Arme nahm. Schritte erklangen auf dem Holzboden im Flur. Sie richtete sich auf. James erschien wieder, aber Amelia bemerkte ihn kaum. Ihr Blick war auf die eindrucksvolle Gestalt fixiert, die hinter dem Butler den Türrahmen ausfüllte.

Kapitän Sterling trat ins Licht. Sie hatte erwartet, dass er blond wäre wie sein Bruder oder untersetzt, wie es sein Vater gewesen war. Doch er war keines von beidem. Dunkelbraune Haare lockten sich über dem hohen Kragen seines pechschwarzen Fracks, und dunkle Koteletten rahmten seine hohen Wangenknochen ein. Lebhafte graue Augen schauten unter schwarzen Wimpern hervor und schossen von Lucy zu ihr und dann wieder zurück zu dem Kind. Seine frisch rasierte Haut, die von der Sonne braun gebrannt war, gab Zeugnis dafür, dass er viele Monate auf einem Schiff zugebracht hatte. Sie hatte fast erwartet, dass er in Uniform käme, aber er trug die Kleidung eines Gentlemans.

Bei seinem Anblick befiel Amelia eine nervöse Unruhe. Sie hatte sich wochenlang auf die Begegnung mit diesem Mann vorbereitet. Sie hatte eingeübt, was sie sagen würde, und sich ihre Worte ganz genau zurechtgelegt. Aber sie hätte nie damit gerechnet, dass ein Paar rauchgraue Augen sie so aus der Fassung bringen könnte. Sie atmete tief durch und verdrängte ihre Unruhe. Dann trat sie vor und zwang sich zu ihrem schönsten Lächeln. „Endlich lernen wir uns kennen! Ich bin Amelia Barrett."

Er verbeugte sich, und ihre Blicke begegneten sich erneut, aber sein Interesse galt nicht seiner Gastgeberin. Seine Aufmerksamkeit richtete sich auf das Kind, das in Amelias Armen lag. Amelia hielt das Kind so, dass der Kapitän es besser sehen konnte. Bei dieser Bewegung rührte sich Lucy und schlug die Augen auf.

Amelia trat noch näher zu ihm und legte Lucy in die wartenden Arme ihres Vaters. „Kapitän Sterling, darf ich Ihnen Ihre Tochter vorstellen: Miss Lucille Katherine Sterling."

Ein zaghaftes Lächeln umspielte seine Mundwinkel. Der Kapitän nahm das Kind in die Arme und drückte es an seine Brust.

Vater und Tochter schauten einander mehrere Augenblicke an, bis Lucy das Interesse an ihm verlor und den mit Stoff überzogenen Knopf fand, der seinen Frack zierte. Er berührte mit den Fingerspitzen die kupferfarbenen Locken, die aus ihrem Spitzenmützchen herausschauten. „Sie hat rote Haare."

Sie nickte. „Wie ihre Mutter."

Lucy zappelte in den Armen ihres Vaters und gab einen schrillen Schrei von sich. Der Kapitän wurde unsicher. „Was hat sie?" Er hielt den kleinen Körper von sich ab. Daraufhin verzog Lucy das Gesicht und begann laut zu weinen. Seine Augen weiteten sich panisch. „Warum weint sie?"

Amelia verkniff sich ein Lächeln. Hatte dieser Mann noch nie ein Kind in den Armen gehalten? „Sie muss sich nur an Sie gewöhnen, das ist alles. Darf ich?"

Der Kapitän war gern bereit, das weinende Kind wieder herzugeben, legte Lucy in Amelias Arme und trat zurück. Nach kurzer Zeit hatte sie das Kind beruhigt. Mit einer einladenden Handbewegung führte sie den Kapitän zu einem Sessel beim Feuer. „Bitte setzen Sie sich doch."

Amelia legte Lucy in die Wiege neben dem Sessel des Kapitäns und blickte auf, als Sally, das Hausmädchen, mit einem Tablett mit Tee und Keksen erschien. Sie war dankbar für die Ablenkung und wandte sich an das Dienstmädchen. Aber aus dem Augenwinkel beobachtete sie, wie der Kapitän sich über seine Sessellehne beugte und seine Tochter anstarrte.

Zum ersten Mal lächelte der Kapitän das Kind an, das ihn prompt mit einem Grinsen belohnte. Er holte ein kleines Holzpferd aus der Wiege. Lucy nahm das Tier und schaute es fasziniert an, bevor sie es gegen einen Blumenständer, der neben der Wiege stand, hämmerte. Amelias Herz schlug schneller. Diese Szene gab ihr eher das Gefühl, ein Eindringling in ihrem eigenen Haus zu sein, als die Erbin von Winterwood Manor. Da sie nicht wusste, was sie sagen sollte, schickte Amelia das Dienstmädchen wieder aus dem Zimmer und ging daran, mit dem Schürhaken die Glut im Kamin neu zu entfachen.

„Ich muss Sie verbessern."

Amelia wandte sich vom Kamin ab, hatte aber den Schürhaken immer noch in der Hand. „Wie bitte?"

„Als Sie sagten: ‚Endlich lernen wir uns kennen', war das nicht ganz richtig. Ich bezweifle zwar, dass Sie sich daran erinnern, aber wir sind uns früher schon begegnet."

Der Schürhaken klapperte, als sie ihn zurückstellte. „Wirklich?" Amelia schob die Haare aus ihrem geröteten Gesicht und ging daran, ihm eine Tasse Tee einzuschenken. Das sollte eine leichte Aufgabe sein, aber ihre Hände zitterten, und die dampfende Flüssigkeit drohte in der Untertasse zu landen.

„Ich habe in den ersten zwölf Jahren meines Lebens in Darbury gewohnt. Ich erinnere mich, Sie gesehen zu haben, als Sie nicht viel älter waren als meine Lucy."

Amelia reichte dem Kapitän den Tee, schenkte sich selbst eine Tasse ein und setzte sich in den Sessel, der ihm gegenüberstand.

Er schaute sich um. „Ist Ihr Onkel nicht zu Hause?"

Amelia schüttelte den Kopf. „Onkel George ist geschäftlich nach Leeds gereist. Er müsste morgen zurückkommen. Meine Tante ist ebenfalls fort. Sie besucht eine Bekannte."

Der Kapitän streckte sein Bein mit dem blank polierten Stiefel aus. Seine Haltung entspannte sich. „Wenn ich meinen Bruder richtig verstanden habe, stehe ich in Ihrer Schuld und nicht in der Ihres Onkels."

Vom Kragen ihres Kleides stieg Wärme auf, und Amelia senkte den Blick auf ihre Hände. „Sie stehen nicht in meiner Schuld, Sir."

„Ich kann Ihnen nicht genug dafür danken, dass Sie sich um meine Frau gekümmert haben. Und für alles, was Sie für meine Tochter getan haben. Das ist unbezahlbar."

Sie fühlte sich unter seinem aufmerksamen Blick unwohl, deshalb sprang sie von ihrem Sessel auf und trat ans Fenster. Sie zog die Vorhänge zurück und ließ die feuchte Morgenluft ins Zimmer. „Wie lange beabsichtigen Sie, in Darbury zu bleiben, Kapitän Sterling?"

„Nur so lange, bis ich eine geeignete Lösung für Lucy gefunden habe. Ich muss noch in diesem Monat auf mein Schiff zurück. Ich hoffe, dass ich bis dahin alles geregelt habe."

Ein Monat. Amelia grub die Zähne in ihre Unterlippe und trat an den Schreibtisch. Der Brief lag noch genau dort, wo sie ihn hingelegt hatte. Wenn sie noch länger wartete, würde sie vielleicht den Mut verlieren. „Ich glaube, ich könnte Ihnen helfen, eine Lösung für Lucy zu finden."

Interesse flackerte in seinen Augen auf. „Ich wäre Ihnen für jede Hilfe dankbar. Ich habe seit meiner Rückkehr nach England mit zwei Kindermädchen gesprochen. Sie waren, vorsichtig ausgedrückt, nicht sehr beeindruckend."

Wenigstens ist er offen für ein Gespräch. Sie atmete tief ein. „Bevor Katherine starb, habe ich ihr zwei Dinge versprochen. Das erste

Versprechen war, Ihnen diesen Brief zu geben." Amelia nahm den Umschlag.

Kapitän Sterling betrachtete den Brief. Als er die Hand hob, um ihn entgegenzunehmen, fiel Amelia eine breite, leuchtend rote Narbe auf, die über seinen Handrücken lief und unter seiner Mantelmanschette verschwand. Die Narbe sah frisch aus. Sie wandte den Blick ab und drückte ihm den Umschlag in die Hand.

Er drehte den versiegelten Brief um. Seine Miene wurde ernst. Er stand auf und ging einen vorsichtigen Schritt auf sie zu. „Der Brief ist von meiner Frau?"

„Ja, sie hat ihn wenige Tage vor ihrem Tod geschrieben. Sie hat mich gebeten, ihn Ihnen persönlich zu übergeben." Als er keine Antwort gab, sprach sie weiter. „Sie hatte Angst, dass der Brief nie bei Ihnen ankäme, wenn sie ihn mit der Post schicken würde."

Der Kapitän starrte den Umschlag an. Sein eckiges Kinn war steif, seine Miene beherrscht. Sein Blick wanderte von dem ungeöffneten Brief zu seiner Tochter und dann zu Amelia. Aber auch als er ihr in die Augen schaute, spürte Amelia, dass er in Gedanken weit weg war. Er schien völlig durch sie hindurchzuschauen.

Er steckte den ungelesenen Brief in seine Tasche und setzte sich wieder. „Sie sagten, Sie hätten meiner Frau zwei Dinge versprochen, Miss Barrett. Was war das zweite Versprechen?"

Amelia kehrte zu ihrem Sessel zurück und nahm ihrem Gast gegenüber wieder Platz. Sie schwieg einen Moment, um ihre Gefühle unter Kontrolle zu bringen, bevor sie sprach. „Ich habe ihr versprochen, immer für Lucy da zu sein. Sie nie alleinzulassen."

Seine dunklen Augenbrauen zogen sich nach oben, aber er schwieg.

„Wenn Sie Ihren Segen dazu geben, habe ich die feste Absicht, dieses Versprechen zu erfüllen. Ich hatte neun Monate Zeit, mir zu überlegen, wie das möglich sein könnte. Ich habe einen Plan entworfen, der meiner Meinung nach für alle Beteiligten das Beste wäre."

Er beugte sich vor und stützte die Ellbogen auf seine Knie. „Was schlagen Sie vor?"

Ihre gefalteten Hände verkrampften sich auf ihrem Schoß. „Da Sie ursprünglich aus Darbury stammen, ist Ihnen vielleicht bekannt, dass ich Winterwood Manor erben soll."

Er nickte und richtete seinen Blick auf Amelia. Jetzt blickte er nicht mehr durch sie hindurch, sondern schaute sie direkt an.

„Als mein Vater viele Jahre, bevor er starb, dieses Haus und die Ländereien kaufte, war es verwahrlost. Er träumte davon, es wieder in seinem früheren Glanz erstrahlen zu lassen, und jetzt lebt sein Traum in mir weiter. Ich bin sein einziges Kind, und es gab kein Testament, also geht Winterwood auf mich über, wenn ich heirate. Bis dahin bleibt es in den Händen meines Onkels."

Ihre nächsten Worte sprudelten ungebremst aus ihr heraus – ganz anders, als sie sie eingeübt hatte. „Ich möchte, dass Lucy hier bei mir wohnt. Ihr wird es an nichts fehlen. Sie bekommt die besten Gouvernanten, die schönsten Kleider. Und wenn sie älter ist, wird ihre Mitgift beträchtlich sein."

Die Augen des Kapitäns wurden groß. Er starrte Amelia an, als hätte sie plötzlich drei Augen. Befangen senkte sie den Blick. Sie hielt den Atem an und wartete auf seine Antwort.

Schließlich sprach er. „Ich gestehe, dass ich gehofft hatte, dass Sie mir in dieser Angelegenheit einen Rat geben könnten."

Amelia atmete aus. Sie rückte ihren Ärmel zurecht und strich vorsichtig ihre Spitzenmanschette glatt. Ihre nächsten Worte musste sie sehr vorsichtig wählen. Sie waren für den Erfolg ihres Plans entscheidend.

„Lucy ist keine Last für mich und wird es auch nie sein. Aber es gibt ein Problem, das verhindern könnte, dass sie weiterhin auf Winterwood wohnen kann. Um mein Erbe antreten zu können, muss ich, wenn ich vierundzwanzig werde, verheiratet sein, oder das gesamte Vermögen fällt an einen entfernten Verwandten. Falls das eintritt, habe ich nichts. Kein Zuhause, kein Geld, keine Mittel, um für ein Kind zu sorgen …"

Ihre Worte wurden immer leiser und verstummten schließlich. Sie beugte sich näher zu ihm vor und sprach mit zittriger Stimme leise weiter. „Ich bin im Moment mit Mr Edward Littleton aus Dunton verlobt. Aber Mr Littleton hat deutlich gemacht, dass Lucy nicht auf Winterwood bleiben kann, wenn wir verheiratet sind."

Amelia hielt es nicht mehr in ihrem Sessel. Sie sprang auf und trat auf ihn zu. „Kapitän Sterling, ich habe Lucy die letzten neun Monate aufgezogen. Ich könnte sie nicht mehr lieben, wenn sie mein eigenes Kind wäre. Sie ist mir wichtiger als hundert Mr Littletons und tausend Winterwoods. Glauben Sie mir, wenn ich Ihnen sage, dass ich bereit bin, alles zu tun, damit es ihr gut geht?"

Der Kapitän stand jetzt auch auf. „Sie sagten, Sie hätten einen Plan, Miss Barrett."

Amelias Hände zitterten. Es war zwecklos, ihre Lippen zu zwingen, ruhig und gelassen zu bleiben, als sie weitersprach. „Damit ich mich weiter um Lucy kümmern kann, wenn Sie auf Ihr Schiff zurückkehren, und damit ich Winterwood erbe und die finanziellen Mittel zur Verfügung habe, um Lucy mit allem zu versorgen, was sie braucht, müsste ich in den nächsten Wochen einen anderen Mann als Mr Littleton heiraten."

Er kniff die Augen zusammen. „Was genau wollen Sie damit sagen?"

„Sie, Kapitän Sterling. Sie und ich sollten heiraten. Sofort."

Kapitel 2

Graham Sterling war sich nicht sicher, ob er diese zierliche Frau richtig verstanden hatte, und verkniff sich ein ungläubiges Schmunzeln. Wie reagierte man, wenn eine Frau – noch dazu eine attraktive, fremde junge Dame – einem einen Heiratsantrag machte?

„Sind Sie immer so direkt, Miss Barrett?"

„Die Umstände erfordern es, Sir." Amelia Barretts Blick wich nicht von seinem Gesicht. „Aber Sie werden sicher erkennen, dass dieses Arrangement für alle Seiten vorteilhaft wäre. Sie brauchen jemanden, der sich um Lucy kümmert." Ihre Hand flog an ihre Brust. „Wer könnte das besser als ich, die Ihre Tochter seit ihrer Geburt kennt und liebt?"

Graham hätte den Blick von dieser lebhaften Frau nicht abwenden können, selbst wenn er es gewollt hätte. Ihre Wangen leuchteten rot, und ihre saphirblauen Augen funkelten lebhaft. Er hatte diese junge Frau vor wenigen Minuten das erste Mal gesehen. Aber Graham wusste schon jetzt mit Gewissheit, dass Miss Amelia Barrett nicht zu unterschätzen war.

Er räusperte sich. „Finden Sie nicht, dass eine Heirat ein wenig … drastisch wäre?"

Lucys Wimmern unterbrach ihr Gespräch. Dankbar für die Ablenkung kehrte Graham zu seinem Sessel zurück. Ohne auch nur eine Sekunde zu zögern, beugte sich Miss Barrett nach unten, hob Lucy aus der Wiege und setzte sie auf ihre Hüfte. Lucy schaute ihn über Miss Barretts Schulter neugierig an. Das Kind – sein Kind – hatte braune Augen. Große, braune Augen.

Katherines Augen. Dieser plötzliche Gedanke schnitt Graham die Luft ab. Wie würde Katherine aussehen, wenn sie hier stünde und ihr gemeinsames Kind im Arm hielt? Die bekannten Schuldgefühle quälten sein Gewissen. Er war so lange fort gewesen, dass seine Erinnerungen an Katherines Aussehen immer schwächer geworden waren und mit jedem Tag mehr schwanden.

Plötzlich hatte Graham den verzweifelten Wunsch, woanders zu sein. Er sprang auf die Beine und wischte die Handflächen an seiner Wildlederhose ab. Er hatte keine Ahnung davon, was es hieß, Vater zu sein. Vater eines Mädchens zu sein.

Seine Tochter lächelte ihn an, und Speichel lief über ihr Kinn. Seine Schuldgefühle schlugen erneut zu. Auch wenn er sich vielleicht nicht wohl dabei fühlte, gehörte sie trotzdem zu ihm. Er hielt Lucy die Hände hin und zwang die Worte über seine trockenen Lippen. „Darf ich?"

Graham entging Miss Barretts Zögern nicht. Aber nachdem sie ihn mehrere Sekunden schweigend angeschaut hatte, nickte sie und gab ihm Lucy in die Arme. Das Kind hatte den Mund offen und schaute ihn mit großer Verwunderung in ihren großen Augen an. Miss Barrett löste die Schleife unter Lucys Kinn und nahm ihr die weiße Haube ab. Eine luftige Masse federweicher Locken kam zum Vorschein.

Ein tiefer Schmerz breitete sich in Grahams Inneren aus, während seine Tochter sich an seine Brust schmiegte. Die Nachricht, dass Katherine ein Kind erwartete, hatte ihn erst erreicht, als sie schon wenige Monate vor der Entbindung gestanden hatte, und als er vom Tod seiner Frau erfahren hatte, war das Kind schon drei Monate alt gewesen. Lucy gluckste und schaute ihn mit Katherines samtigen Augen an. „Meine liebe Lucille Katherine Sterling", sagte er zu ihr. „Es freut mich sehr, deine Bekanntschaft zu machen."

Lucy zog an seiner Nase.

Er schaukelte sie, bis sie vor Begeisterung kreischte. Ihre winzigen Finger zogen an seinen Haaren.

„Sie ist ein neugieriges kleines Ding, nicht wahr?" Er zog die Nase kraus und kniff die Augen zusammen. Das Kind kicherte entzückt. Graham lächelte. Vielleicht war es doch nicht so schwer, mit einem Kind zusammen zu sein.

Er schaute zu Miss Barrett hinauf und wurde sofort wieder ernst, als sich ihre Blicke begegneten. „Wie kann ich mich für die Freundlichkeit, die Sie Katherine und meiner Lucy erwiesen haben, auch nur annähernd erkenntlich zeigen?"

„Ich weiß, wie Sie sich erkenntlich zeigen können, Sir. Willigen Sie ein, mich zu heiraten."

Ihre unmissverständliche Erwiderung überrumpelte Graham. Viel länger, als es schicklich war, starrte er seine Gastgeberin an. Die Antwort war eindeutig. Miss Barrett hatte seine Frau in ihren letzten Tagen getröstet und sich seit Lucys Geburt um sein Kind gekümmert. Es gäbe niemand Besseren für Lucy, wenn er wieder auf sein Schiff zurückkehrte.

Aber heiraten? Dieser Gedanke war einfach zu abwegig.

Miss Barretts Stimme riss ihn aus seinen Gedanken. „Ich weiß, wie das klingen muss, Kapitän Sterling. Aber ich verspreche Ihnen, dass es mir nur um Lucy geht. Ich bin fest entschlossen, das Versprechen, das ich ihrer Mutter gegeben habe, zu halten und dafür zu sorgen, dass sie gut versorgt ist. Und wenn ich die Demütigung ertragen muss, einem Fremden einen Heiratsantrag zu machen, um sie bei mir behalten zu können, dann lässt sich das leider nicht ändern."

Graham hob das Spielzeugpferd hoch, das Lucy fallen gelassen hatte. Er versuchte, Zeit zu gewinnen. Miss Barretts Argumente klangen überzeugend. Aber hatte er denn aus seinen Erfahrungen nichts gelernt?

Doch, und er würde seinen Standpunkt sofort darstellen. „Miss Barrett, ich stehe in Ihrer Schuld, und ich stehe Ihnen gern zu Diensten, aber ich habe im Moment nicht die Absicht, mich wieder zu verheiraten. Ich bin sicher, dass wir eine andere Lösung finden werden."

Seine Absage schien Miss Barretts Entschlossenheit nur noch zu verstärken. Obwohl ihr Kinn bei jeder Silbe zitterte, die sie sprach, klang ihre Stimme kräftig und entschlossen. „Kapitän Sterling, wenn eine andere Lösung möglich wäre, hätte ich diesen Vorschlag nie laut ausgesprochen." Vielleicht sah sie, dass er innerlich ins Wanken geriet. Sie trat einen Schritt auf ihn zu. „Sie brauchen Hilfe, Kapitän Sterling. Jemand muss sich um Lucy kümmern, wenn Sie auf Ihr Schiff zurückkehren. Ich kann Ihnen diese Hilfe geben. Ich werde Lucy lieben und aufziehen, wie es Katherine getan hätte. Bei meiner Ehre, ihr wird es an nichts fehlen."

Grahams hoher Kragen schien sich um seinen Hals zusammenzuschnüren. Lucys Wohl war Katherines letzter Wunsch gewesen, davon war er überzeugt. Aber heiraten? Er konnte nicht. Und er *wollte* nicht. Es war zu früh.

Miss Barretts Worte holten ihn in die Gegenwart zurück. „Bitte denken Sie wenigstens über meinen Vorschlag nach. Was hätten Sie zu verlieren? Wenn wir heiraten, sind Sie Herr von Winterwood Manor. Sie haben die Freiheit zu tun, was Sie wollen, und Sie dürfen wissen, dass für Lucys Zukunft gesorgt ist, egal was passiert. Alles, worum ich Sie als Gegenleistung bitte, alles, was ich *brauche*, ist Ihr Name."

Die verschiedensten Gedanken schossen Graham durch den Kopf, und jeder kämpfte um seine Aufmerksamkeit. Er war stolz darauf, dass er ein Mann klarer Entschlüsse und schnellen Handelns war, aber für eine solche Entscheidung brauchte er Bedenkzeit. Er schluckte schwer. „Ich werde es mir überlegen."

Ein vorsichtiges Lächeln erschien auf Miss Barretts Gesicht, und ein unsicheres Schweigen breitete sich in dem geräumigen Zimmer aus. Die Wärme des Feuers wurde stärker. Graham reichte Lucy an Miss Barrett zurück, bevor er einen Finger zwischen seinen Hals und seine Krawatte steckte.

„Welche Pläne haben Sie mit Lucy, solange Sie in Darbury sind?"

„Ich beabsichtige, sie zu mir nach Eastmore Hall zu holen. Sie haben ein Kindermädchen für sie angestellt, nicht wahr? Ich hoffe, die Frau überreden zu können, bei uns zu bleiben."

Miss Barrett nickte und verlagerte das Kind in ihren Armen. „Mrs Dunne ist wirklich ein ausgezeichnetes Kindermädchen. Aber was würden Sie davon halten, wenn Lucy hierbliebe, bis Sie Ihre Entscheidung getroffen haben? Sie ist mit diesem Haus und seinen Bewohnern vertraut." Miss Barrett schob sich eine widerspenstige Locke hinters Ohr und verschob das Kind auf ihrer Hüfte. „Es könnte schwer für Lucy sein, wenn sie von neuen Leuten umgeben ist, besonders wenn sich ihr Zuhause in ein paar Wochen möglicherweise wieder ändern sollte."

Die Hoffnung in Miss Barretts Stimme ging Graham nahe, und er erkannte, dass sie recht hatte. Er war zwar Lucys Vater, aber er war immer noch ein Fremder für das Kind. Und wie konnte er erwarten, dass sich Lucy in einem Haus wohlfühlte, in dem er selbst nur wenig Trost fand?

„Wenn Sie erlauben, dass sie noch ein wenig länger bleibt, dann ..."

„Dann müssen Sie sie besuchen, sooft Sie können." Eine neue Leichtigkeit kehrte in ihre Miene zurück. „Jeden Tag, wenn Sie möchten."

Draußen wehte ein kühler Windstoß gegen die Fensterscheibe und rüttelte daran. Bevor er seinen Umhang und Hut holte, drückte Graham die Lippen auf Lucys Lockenkopf. Er hatte sich ein Lächeln von seiner Tochter erhofft, aber sie schmiegte sich wieder an Miss Barrett und schenkte ihm keine Beachtung.

Der ungelesene Brief in seiner Brusttasche ließ ihm keine Ruhe. *Wenn es nur eine andere Möglichkeit gäbe.*

„Bis bald, Kleines." Er verbeugte sich vor Miss Barrett. Dann setzte er seinen Hut auf und stellte den Kragen seines Mantels hoch.

Es musste eine andere Möglichkeit geben. Und er würde sie finden.

CB

Unglaublich!

Graham trat gegen einen Stein und schleuderte ihn über den nassen Blätterteppich.

Amelia Barrett hatte ihn überrumpelt. Und er hasste es, überrumpelt zu werden. Ihr ungeheuerlicher Vorschlag beschäftigte ihn, seit er Winterwood verlassen hatte, und er ließ ihn auch jetzt nicht los, als er über das Gelände von Eastmore marschierte und der Matsch auf seine polierten Stiefel spritzte.

Was ihn am meisten störte, war die Tatsache, dass dieser Vorschlag fast sinnvoll klang. Damit würde er nicht nur Lucy ein sicheres und liebevolles Zuhause sichern; diese Lösung gäbe ihm auch die Freiheit, guten Gewissens auf sein Schiff zurückzukehren. Aber wie könnte er sich auf ein solches Arrangement einlassen?

Er schüttelte den Kopf. Miss Barretts Preis war viel zu hoch. Er konnte ihr Angebot nicht annehmen.

Nicht einmal um Lucys willen.

Er hob einen dürren Zweig auf und zerbrach ihn gedankenverloren, während das Bild von seiner kleinen Tochter ihn gefangen nahm. Ihre Augen ließen ihn nicht los. Das Kind war rein und unschuldig und repräsentierte alles, was er in ihrer Mutter hatte beschützen wollen – was ihm aber nicht gelungen war.

Der hartnäckige Wind, der vom Moor heranwehte, rüttelte an Graham und biss in seine Wangen. Der ungelesene Brief in seiner Tasche brannte wie glühende Kohlen. Er wollte allein sein, wenn er die letzten Worte seiner Frau las, und er kannte einen Ort, an dem das der Fall sein würde.

Das gusseiserne Tor des Friedhofs der Familie Sterling ragte gleich hinter der Stechpalmenhecke in die Höhe. Schon als Kind hatte er es gehasst, dieses Tor zu durchqueren. Hinter jedem Baum schienen Geister zu warten, und hartnäckige Erinnerungen wohnten zwischen den Grabsteinen. Graham zögerte, legte seine Hand, die in einem Lederhandschuh steckte, an das rostige Metall und schob vorsichtig. Es knarrte protestierend, aber das schwere Tor gab schließlich nach und bewegte sich in den rostigen Angeln. Vor ihm erstreckten sich in unebenen Reihen die Gräber von Generationen von Sterlings.

Links, unter den schützenden Ästen alter englischer Eichen, standen zwei ihm noch unbekannte Grabsteine. *Gerard Sterling* und *Harriet Mayes Sterling*. Seine Eltern.

Ihre Gräber forderten ihn flüsternd auf, näher zu kommen. Die Ruhestätten waren mit Unkraut überwuchert. Eine Schande! Er musste mit seinem Bruder William darüber sprechen, wenn er zum Haupthaus zurückkehrte. Graham kniete nieder und zog eine eigensinnige Efeuranke vom Grabstein seiner Mutter weg. Langsam fuhr er den eingemeißelten Namen mit dem Finger nach.

Die achtzehn Jahre hätten seine Erinnerungen an das letzte Mal, als er sie gesehen hatte, eigentlich verblassen lassen sollen, aber das hatten sie nicht. Damals war auch Spätherbst gewesen. Er konnte immer noch ihre Umarmung fühlen, als sie sich von ihm verabschiedet hatte, bevor er zum ersten Mal zur See gegangen war. Er war damals fast noch ein Kind gewesen. Erst zwölf. Das Bild von ihrem tränenüberströmten Gesicht und der Klang ihrer verzweifelten Bitten hatten sich für immer in sein Gedächtnis eingebrannt. Die Erinnerungen an die harte Miene seines Vaters waren genauso unvergesslich, aber völlig anders, und sie verfolgten ihn mit der gleichen Hartnäckigkeit.

Die Entscheidung seines Vaters, ihn zur See zu schicken, war nachvollziehbar und vernünftig gewesen, auch wenn Graham sie als kalt und herzlos empfunden hatte. Es hatte festgestanden, dass Eastmore Hall auf seinen älteren Bruder übergehen würde. Graham hatte also seinen eigenen Weg finden müssen, und das hatte er erfolgreich getan. Er hatte gelernt, das Leben auf See zu genießen und die an ihn gestellten Anforderungen überragend zu erfüllen, und hatte sich schon in jungen Jahren zum Kapitän hochgearbeitet und sich durch die Einnahme sowohl militärischer Schiffe als auch von Handelsschiffen ein kleines Vermögen an Preisgeldern verdient. Mit seinen dreißig Jahren konnte er auf Erfolge zurückblicken, die nur wenige Männer vorweisen konnten. Dabei stand er erst am Anfang seiner Karriere. Seit England sich im Krieg mit Amerika befand, wurden seine Dienste für die Krone noch stärker benötigt.

Ein Geräusch riss ihn aus seinen Gedanken. Er hob den Kopf und ließ seinen Blick über die nebelverhangene Landschaft schweifen. *Ist das ein Schluchzen?* Vorsichtig zog er unter den tief hängenden Zweigen den Kopf ein und ging mit leisen Schritten suchend weiter. Er erkannte die Umrisse einer Frau, die in einen dunklen Umhang gehüllt war und neben einem Grabstein kniete. Das Grab sah neu aus. Es musste Katherines Grab sein. Aber wer war diese Frau?

Er strengte sich an, um ihre Stimme trotz des Windes zu hören.

„Es tut mir so leid, Katherine." Die Worte der Frau waren von einem lauten Schluchzen begleitet. „Aber ich werde die Hoffnung nicht aufgeben."

Der Wind zerrte an ihrem Wollumhang, zog ihr die Kapuze vom Kopf und gab den Blick auf wilde goldblonde Locken frei. Als sie die Hand hob, um die Kapuze wieder über den Kopf zu ziehen, drehte sie sich um. Graham versteckte sich schnell hinter einem Baum, aber es war zu spät. Er schaute direkt in die Augen von Amelia Barrett.

Da er sich ertappt fühlte, trat Graham hinter dem Baum hervor. Sie sprang auf die Beine und wischte sich mit dem Handrücken ihres Handschuhs die Tränen ab. Ihre blauen Augen schauten ihn aus einem blassen Gesicht an. Von der beherrschten Haltung, die sie vor wenigen Stunden erst an den Tag gelegt hatte, war nichts mehr zu sehen.

„Entschuldigung." Er trat einen Schritt näher. „Ich habe Sie nicht gesehen ... das heißt, mir war nicht bewusst ..."

Sie wartete nicht auf seine Erklärung. Sie rauschte so schnell an ihm vorbei, dass er kaum Zeit hatte, ihr aus dem Weg zu gehen. „Warten Sie bitte, Miss Barrett. Ich ..."

Aber sie verschwand durch das Tor und ließ ihn mit dem Wind und seinen Erinnerungen allein.

Er überlegte, ob er ihr folgen sollte. Wenn er laufen würde, könnte er sie einholen, bevor sie die Außenmauern von Eastmore erreichte. Aber was würde er sagen, wenn er sie einholte?

Graham schaute wieder auf die letzte Ruhestätte seiner Frau hinab. Beim Anblick ihres in Stein gemeißelten Namens vergaß er für einen Moment die Frau, die aus dem Friedhof lief. *Katherine.* Diese ganzen Monate hatte er sich unbewusst an die Hoffnung geklammert, dass alles nur ein Irrtum wäre. Dass der Brief ein tragisches Versehen wäre, dass seine junge Frau immer noch in ihrem kleinen Häuschen auf dem Gelände von Eastmore Hall auf ihn wartete. Aber jetzt erlosch jede Spur dieser törichten Hoffnung. Er würde Katherines ansteckendes Lächeln nie wieder sehen und die Wärme ihrer Hand nie wieder fühlen. Ein plötzlicher Ärger erfüllte ihn. Er hatte immer angenommen, dass – wenn einer von ihnen sterben würde – er es wäre, da sein Beruf so gefährlich war. Wie konnte ein gnädiger Gott zulassen, dass ein so reiner Mensch so jung starb?

Graham wandte sich vom Grabstein ab. Er hatte genug gesehen. Im Umdrehen fiel sein Blick auf etwas Ungewöhnliches. Ein kleines Buch lag neben dem Grab im Gras. Er bückte sich, um es aufzuheben. Das braune Leder fühlte sich unter seinen Fingerspitzen glatt an. Er drehte es um und las den Titel. *Psalter.* Miss Barrett musste es fallen gelassen haben.

Er wischte das Buch an seinem Mantel trocken und steckte es in die Tasche. Dabei strichen seine Finger über Katherines Brief. Durch die unerwartete Begegnung mit Miss Barrett und den Schmerz beim Anblick des Grabsteins hatte er den Brief fast vergessen.

Das dunkelrote Wachssiegel zerbrach, als er einen Finger darunter schob. Er hielt die Luft an und faltete den Brief auseinander. Die Schwünge waren groß und die Buchstaben zittrig, aber es war unverkennbar Katherines Handschrift.

Mein geliebter Mann,
mein Ende ist nahe. Ich habe keine Angst, denn ich bin bereit, meinem Erlöser gegenüberzutreten. Aber ich bin traurig, weil ich Dich nie wiedersehen werde und weil ich nicht erleben werde, wie unsere Tochter aufwächst.
Ich habe unserem Kind den Namen Lucille Katherine Sterling gegeben und sie Miss Amelia Barretts Fürsorge anvertraut. Miss Barrett ist mir eine liebe Freundin geworden, seit ich nach Darbury gezogen bin. Sie wird dafür sorgen, dass das Kind in Gottes Wegen aufgezogen wird. Sie wird unsere Tochter lieben, davon bin ich überzeugt.
Ich bedaure es sehr, dass unsere gemeinsame Zeit so kurz war. Aber ich kann Dir aus tiefstem Herzen sagen: Ich liebe Dich so sehr, wie eine Frau ihren Mann nur lieben kann, und mein größter Wunsch ist es, dass Du glücklich bist. Verhärte dein Herz nicht. Öffne es, um unser Kind zu lieben, und falls der Herr Dir wieder Liebe schenkt, dann zögere nicht aus falscher Rücksichtnahme auf mich.
Trauere nicht um mich, mein Liebster, denn wenn Du diese Zeilen liest, bin ich bei den Engeln.

Mit meiner ganzen Liebe,
Katherine

Schuldgefühle machten seine Arme schwer. Graham ließ den Brief sinken und starrte die gemeißelte Steintafel an. War er wirklich so naiv gewesen zu glauben, er könnte ein Ehemann sein? Er war Kapitän, seinem Schiff verpflichtet, seiner Mannschaft verpflichtet, und er hatte geschworen, der Krone zu dienen. Aber jetzt schien das Meer so weit weg zu sein, und Gedanken, die er lange verdrängt hatte, ließen ihm keine Ruhe. War ihm überhaupt bewusst gewesen, wie kostbar Katherines Liebe gewesen war? Er hätte es ihr sagen sollen, als er dazu Gelegenheit gehabt hatte.

Aber jetzt war es zu spät.

Er faltete den Brief zusammen und steckte ihn wieder sorgfältig ein. Katherines Wünsche waren eindeutig. Sie hatte gewollt, dass Amelia Barrett sich um das Kind kümmern würde, während er fort war. Aber damit das geschehen könnte, müsste er Miss Barrett heiraten.

Vollkommen unmöglich. Er würde den gleichen Fehler bestimmt kein zweites Mal begehen.

Kapitel 3

Graham stützte die Ellbogen auf die Knie und schaute seinem Bruder zu. William Sterling hantierte unbeholfen mit dem Abzug einer Pistole und versuchte, Schießpulverreste aus dem gravierten Lauf zu entfernen. Als Graham es nicht länger mit ansehen konnte, schob er sich von seinem Sessel hoch und richtete sich zu seiner vollen Größe auf.

„Wer, zum Kuckuck, hat dir beigebracht, eine Pistole zu reinigen?" Graham nahm seinem Bruder mit einer Hand die Waffe und mit der anderen das Putztuch ab. „Bei der Geschwindigkeit, mit der du arbeitest, brauchst du noch den ganzen Tag."

William lehnte sich zurück und schaukelte auf den zwei Hinterbeinen des geschnitzten Stuhls. „Ah, der große Kapitän glaubt, seine Fertigkeiten mit Waffen überstiegen die seines einfältigen Bruders. Du weißt, dass mir Pferde immer lieber waren als Waffen, auch wenn Vater darüber nicht glücklich war."

Graham ignorierte die Bemerkung seines Bruders und drehte die Pistole in der Hand, um die exzellente Handarbeit der Waffe zu betrachten. Die Schießpulverspuren waren ein deutlicher Beweis, dass sie erst vor Kurzem benutzt worden war. Er kniff ein Auge zu, schaute am Lauf der Pistole entlang und bewunderte, wie gerade sie gearbeitet war. „Woher hast du diese Pistole?"

„Das ist eine schöne Waffe, nicht wahr?" William ließ die Stuhlbeine mit einem dumpfen Schlag auf den Boden fallen und trat neben seinen Bruder. „Vater hat sie von einem Franzosen gekauft. Nicht sehr patriotisch, wenn du mich fragst."

Graham blickte von der Pistole auf und betrachtete das Porträt seines Vaters, das in einem Goldrahmen zwischen zwei schmalen Fenstern hing. Auch wenn sich ihr Körperbau unterschied, war die Ähnlichkeit zwischen William und ihrem verstorbenen Vater unübersehbar. Das gleiche gespaltene Kinn. Die gleichen hellbraunen Haare und die gleiche ironische Miene.

Graham setzte sich und begann, die Pistole zu polieren. „So geht das, siehst du?"

William beugte sich über seine Schulter. „Du brauchst in deinem Beruf bestimmt oft eine saubere Waffe, nicht wahr?"

„Allerdings."

William stieß ein tiefes, herzhaftes Lachen aus und klopfte Graham auf die Schulter. „Schön, dich wieder zu Hause zu haben, Graham. Wie lang warst du jetzt nicht mehr auf Eastmore Hall? Fünfzehn Jahre oder war es noch länger?"

„Achtzehn Jahre." Graham hätte ihm die genaue Anzahl der Monate nennen können, aber er bezweifelte, dass William das interessierte. Von diesen vielen Monaten hatte er nur sehr wenige an Land verbracht. Das Meer war fast während seiner ganzen Jugend und in seinen Jahren als junger Mann sein Zuhause gewesen, und erst als er vor ein paar Jahren in den Rang eines Kapitäns aufgestiegen war, war er für längere Zeit wieder in England gewesen. In dieser Zeit war er nach Plymouth gefahren, um den Befehl über das Schiff zu übernehmen, das ihm zugeteilt worden war. Dort hatte er Katherine kennengelernt. Obwohl die *Miracle* erst vor einer Woche in Plymouth vor Anker gegangen war, schien sein Leben auf dem Meer tausend Meilen entfernt zu sein.

Er schaute zu seinem Bruder hinauf. „Hier sieht alles fast noch genauso aus wie damals."

„Hier verändert sich nie etwas." William sank in einen Sessel und legte seine spitzen Stiefel auf die Kante des Mahagonischreibtisches. „Hier ist es die meiste Zeit so langweilig wie in einer Grabkammer."

Graham ließ seinen Blick durch den Raum schweifen. Die schweren, purpurroten Vorhänge umrahmten immer noch die großen Flügelfenster, und Familienporträts in allen Größen zierten wie immer die Wände mit creme- und goldfarbenem Laubmuster. Der einzige erkennbare Unterschied war, dass das Porträt seiner Mutter fehlte, das in seiner Kindheit links neben dem kunstvollen Steinkamin gehangen hatte.

Graham nickte in Richtung der leeren Stelle. „Wo ist Mutters Porträt?"

„Vater hat es in den Salon hängen lassen." William lehnte den Kopf zurück und faltete die Hände über seiner Brust. „Warum bist du nicht nach Eastmore gekommen, als du das letzte Mal in England warst? Ich habe von deiner Heirat erst erfahren, als deine Frau in Moreton Cottage ankam. Das war eine große Überraschung."

Graham wandte sich bei dieser Bemerkung ab. Er wollte nicht über Katherine sprechen. Und schon gar nicht mit William. Ihre Verlobungszeit war kurz und intensiv gewesen, die Hochzeit war ziemlich plötzlich gekommen. Er hätte zweifellos seinen Bruder, seinen einzigen lebenden Verwandten, über seine Heirat informieren sollen. Aber seit er und sein Bruder sich das letzte Mal gesehen hatten, waren sehr viele Jahre vergangen. Selbst ihre Briefe waren nichts weiter als ein jährlicher Bericht gewesen, und es hatte Graham widerstrebt, ihm etwas so Persönliches wie seine Heirat in einem Brief mitzuteilen. Er wäre nie auf die Idee gekommen, dass Katherine allein nach Moreton Cottage reisen und William treffen würde, ohne dass er dabei wäre, um die beiden einander vorzustellen.

Wahrscheinlich war er seinem Bruder tatsächlich eine Erklärung schuldig. Moreton Cottage gehörte Graham; es war sein einziges Erbe auf dem großen Gelände. Alle anderen Vermögenswerte waren nach dem Tod ihres Vaters auf seinen Bruder übergegangen. Trotzdem musste es ein Schock für William gewesen sein, als plötzlich Katherine mit zwei Dienstboten im Gefolge aufgetaucht war.

„Ich versichere dir, dass Katherines Umzug nach Darbury mich genauso überrascht hat wie dich. Ich habe sie in Plymouth kennengelernt, als ich in England war, um den Befehl über die *Miracle* zu übernehmen, und wir heirateten sehr schnell. Als mein Schiff wieder auslief, war geplant, dass sie in Plymouth bei ihrer Mutter bleiben sollte. Aber offenbar starb ihre Mutter unerwartet, und so verließ Katherine die Küste, um in Moreton Cottage einzuziehen. Als ich davon erfuhr, befand ich mich in Halifax."

„Halifax – in Neuschottland, richtig? Ich hatte mich gefragt, wo du wohl bist, seit dieser Verbrecher Napoleon endlich in der Verbannung ist."

Graham schüttelte den Kopf. „Auch wenn Napoleon besiegt ist, befinden wir uns immer noch im Krieg, Bruder. Das kannst du an meinem kaputten Schiff sehen."

Als wollte er in eine eiternde Wunde bohren, fragte sein Bruder weiter: „Was ist mit deinem Schiff passiert?"

Graham überlegte genau, wie viel er William verraten sollte. Er kratzte sich die Stirn und rieb sich das Gesicht, bevor er sprach. „Es war eine Schlacht mit einer amerikanischen Fregatte. Wir erlitten schwere Schäden, behielten aber die Oberhand und segelten nach Halifax zurück, um das Schiff reparieren zu lassen. Aber die Materialvorräte dort waren kümmerlich. Deshalb mussten wir nach England zurückkehren. Sobald die Reparaturen in Plymouth abgeschlossen sind, fahren wir nach Halifax zurück."

William deutete mit dem Kopf zu der Narbe auf Grahams Hand. „Die Schlacht. Dabei wurdest du also …"

Graham folgte Williams Blick und atmete scharf ein. „Nein."

Mehr sagte er nicht. William verstand das offenbar, denn er wechselte das Thema. „Wie verlief dein Besuch auf Winterwood? Es heißt, dass George Barrett in Leeds ist und morgen zurückerwartet wird."

Graham hielt die Pistole ins Licht des Kaminfeuers, um seine Arbeit zu überprüfen, dann polierte er weiter. „Ich habe Miss Barrett und meine Lucy gesehen, sonst niemanden."

„Ach ja, meine hübsche kleine Nichte und ihre noch hübschere Pflegemutter." William nahm die Füße vom Schreibtisch und setzte sich aufrecht hin. „Ich muss zugeben, dass ich etwas erleichtert war, als Miss Barrett darauf bestand, sich um deine Tochter zu kümmern. Diese Lösung erschien mir viel geeigneter, obwohl ich natürlich versucht habe …"

„Du bist mir keine Erklärung schuldig." Graham winkte mit der Hand ab. „Miss Barrett kümmert sich sehr gut um Lucy. Ich habe deshalb mit ihr vereinbart, dass Lucy auf Winterwood bleibt, bis ich eine andere Lösung gefunden habe."

William schmunzelte und stützte den Unterarm auf sein Knie. „Apropos Winterwood: Erinnerst du dich, wie wir als Kinder über die Steinmauern kletterten, die Eastmores südliche Wiese von Winterwoods Obstgärten trennten, und Äpfel stahlen?"

Graham überlegte. Ein verschwommenes Bild, in dem er und William die knorrige Ulme hinaufkletterten, tauchte vor seinem geistigen Auge auf, aber er konnte sich nicht an einen Apfelgarten erinnern oder daran, mit seinem Bruder über eine Steinmauer geklettert zu sein. „Nein."

William betrachtete seine Stiefelspitze. „Das passiert wahrscheinlich, wenn man in der großen Welt unterwegs ist, viele Abenteuer erlebt und über die Weltmeere segelt." Er wurde nachdenklich. „Man vergisst, was auf dem verschlafenen Land passiert."

Graham legte die saubere Pistole auf sein Bein. Dachte William, so sähe sein Leben aus? Eine unaufhörliche Abfolge spannender Abenteuer? Wenn das tatsächlich der Fall wäre, hätte er gern das Glück, ein völlig langweiliges Leben zu führen. Er wechselte das Thema. „Was weißt du über Amelia Barrett?"

William zuckte die Achseln und trat zur Kommode. Er öffnete eine Karaffe mit Brandy und schenkte die bernsteinfarbene Flüssigkeit in die trompetenförmige Schale eines Glaskelchs. „Willst du auch einen?" Graham lehnte ab, und William trank einen kräftigen Schluck. „Miss Barrett? Du hast hoffentlich nicht vor, ihren Reizen zu erliegen, nicht wahr? Sie wäre eine gute Partie, das kannst du mir glauben. Sehr reich. Und hübsch."

„Ich finde es seltsam, dass eine solche junge Dame noch nicht verheiratet ist."

„Wenn du ihren Onkel kennen würdest, fändest du das nicht seltsam", klärte William ihn auf. „Er lässt niemanden an sie heran. Es ist kein Geheimnis, dass er den Mann, den sie heiraten soll, persönlich ausgewählt hat."

Graham runzelte die Stirn. „Das finde ich nicht ungewöhnlich."

William lachte. „Nicht ungewöhnlich, sagt er! Ich weiß aus guter Quelle, dass der gute alte Onkel George plant, dass Edward Littleton – so heißt der Kerl – in sein Familienunternehmen einsteigen soll." William trank einen weiteren kräftigen Schluck von seinem Brandy und deutete auf Graham. „Ich wette mit dir, dass die Aussichten für den guten alten George Barrett plötzlich viel strahlender sein werden, wenn erst einmal Geld aus dem Winterwood-Erbe in die Kassen der *Barrett Trading Company* fließt."

Williams Worte ließen Graham keine Ruhe. Eine Verlobung mit einem Mann, den Miss Barretts Onkel ausgesucht hatte? Die Möglichkeit, dass ihr Erbe benutzt werden sollte, um die Geschäfte ihres Onkels zu finanzieren? Kein Wunder, dass Miss Barrett von ihrer Verlobung nicht gerade begeistert war. Und ein weiterer Grund, warum sie diese Verlobung vielleicht gern lösen würde. Ein Verdacht keimte in ihm auf: Konnte es sein, dass Miss Barrett noch andere Motive hatte, ihn heiraten zu wollen, als nur ihre Liebe zu Lucy?

Graham polierte weiter. „Kennst du Mr Littleton?"

William nickte. „Er war vor zwei Wochen hier, um sich über Eastmores westliche Wiesen zu erkundigen. Anscheinend will er, wenn er Herr auf Winterwood Manor ist, ein paar, sagen wir, Verbesserungen vornehmen."

Graham hörte auf zu polieren. „Was hast du ihm geantwortet?"

„Was, glaubst du, was ich ihm geantwortet habe? ‚Entschuldigen Sie, mein Freund, aber ich kann es nicht riskieren, dass Winterwood noch größer und Eastmore noch kleiner wird.'" William trank sein Brandyglas leer und nahm seinen Mantel, der über einem Stuhl hing. „Ich reite ein wenig aus. Willst du mitkommen? Ich habe erst letzten Monat in Birmingham einen neuen Hengst gekauft. Ein großartiges Tier, schnell wie der Blitz, und überspringt Zäune wie im Traum."

Graham schüttelte den Kopf. Er brauchte Zeit für sich allein. Er musste nachdenken. „Nein danke. Ich muss noch einige Korrespondenzen erledigen."

William zuckte die Achseln. „Falls du Mr Littleton kennenlernen willst ... Morgen findet auf Winterwood Manor ein Abendessen statt. Hat Miss Barrett das erwähnt? Ich glaube, damit soll ihre bevorstehende Hochzeit gefeiert werden. Ich habe eine Einladung bekommen. Ich hatte zwar nicht vor hinzugehen, aber wenn ich genauer darüber nachdenke, könnte der Abend sich als unterhaltsam erweisen. Was sagst du dazu?"

Die Neugier siegte. Graham nahm die Pistole am Lauf und reichte seinem Bruder den Griff. „Das möchte ich mir auf keinen Fall entgehen lassen."

༄

Die Sonne war untergegangen, und die Nacht breitete sich über Winterwood Manor aus. Flackernde Kerzen und ein frisch entfachtes Feuer badeten das große Esszimmer in ein angenehmes Licht. Der gelbe Schein glitzerte auf dem Silberservice und den vergoldeten Bilderrahmen, die die olivgrünen Wände schmückten. Tante Augusta und Helena saßen mit Amelia an dem Mahagonitisch. Ihr bevorstehender Umzug nach London war das Gesprächsthema während des größten Teils des Abendessens. Aber die fröhliche Begeisterung der beiden Frauen verstärkte die Schwermut in Amelias Herz nur noch mehr.

Die Absage des Kapitäns brannte wie eine frische Wunde in ihrem Gedächtnis, und mit jeder Sekunde, die verging, wurde ihr die Konsequenz seiner Entscheidung neu schmerzlich bewusst. Trotzdem bereute sie nicht, was sie getan hatte. Im Gegenteil: Wenn sie glauben würde, es bestünde nur die geringste Hoffnung, den Kapitän umzustimmen, würde sie ihn noch tausendmal fragen. Aber mit schmerzlicher Melancholie erinnerte sie sich an die unnachgiebige Haltung seines eckigen Kinns und an die Entschlossenheit in seinen grauen Augen. Er wollte nicht heiraten, nicht einmal, um Lucy eine neue Mutter zu schenken oder um das große Vermögen zu bekommen, das ihm als Herr von Winterwood zur Verfügung stehen würde.

Amelia betrachtete das Lammfrikassee und das Lammbries auf ihrem Teller und stocherte mit der Gabel in ihrem Essen. Sie hatte keinen Appetit. Ihre Tante und ihre Cousine unterhielten sich angeregt weiter. Der Klang ihrer Stimmen war ihr so vertraut, er war so sehr Teil ihres Hauses. Seit ihr Vater vor zwölf Jahren gestorben war und Onkel George zum Vormund über sie und als Verwalter ihres Vermögens eingesetzt worden war, wohnte Amelia mit ihrer Tante, ihrem Onkel und ihrer Cousine hier auf Winterwood. Aber in einem Monat würde sich das alles ändern. Sobald sie und Edward heirateten, würde die Familie ihres Onkels in ihr neues Haus in London ziehen, und sie würde weiter hier auf Winterwood leben. Als Mrs Edward Littleton.

Tante Augustas Kopf und ihre ergrauenden Haare bewegten sich bei jedem Wort. Die Worte ihrer Tante sprudelten wie ein Wasserfall unausgegorener Gedanken aus ihrem Mund. „Fünf Wochen, meine Liebste! Kannst du dir das vorstellen? Ich zähle schon die Tage. Vielleicht sollten wir uns vor dem Umzug noch neue Kleider nähen lassen. Obwohl die Schneiderinnen in London natürlich weitaus besser sind. Glaube mir, Helena, jetzt kommt deine Zeit.

Amelia hat ihren Mann, und jetzt werden die Männer dich umwerben."

Helenas braune Augen blickten kurz zu Amelia hinüber.

Amelia hat ihren Mann. Amelia wusste, dass diese Worte Helena verletzen mussten, und sie litt mit ihrer Cousine. Als Onkel George seinen Geschäftspartner Edward Littleton das erste Mal nach Winterwood Manor eingeladen hatte, hatte er ihn zweifellos als geeigneten Mann entweder für seine Tochter oder für seine Nichte betrachtet, und Helenas Interesse an ihm war unübersehbar gewesen. Aber Helena fehlte trotz ihres Charmes und ihrer Schönheit der eine Vorteil, den Amelia besaß, und die eine Sache, die Edward Littleton reizte: ein umfangreiches Erbe.

Helena richtete ihre Aufmerksamkeit schnell wieder auf ihre Mutter. „Ich kann es nicht erwarten, dass Vater und Mr Littleton zurückkommen."

„Ich freue mich auch auf die Rückkehr deines Vaters morgen, aber ich denke, im Vergleich zu Amelias Vorfreude auf die Rückkehr ihres Mr Littleton verblassen unsere Gefühle."

Ihre Tante hatte sich jetzt Amelia zugewandt. Als sie den Kopf hob, sah sie, dass ihre Tante sie so stolz anlächelte, wie ein Vormund das nur konnte. „Der liebe Mr Littleton. Du kannst es bestimmt kaum erwarten, ihn zu sehen."

Amelias Rücken wurde beim Namen ihres künftigen Mannes steif. Sie drückte die Serviette an ihre Lippen, bevor sie sie wieder auf ihren Schoß legte, weigerte sich aber, Helena anzusehen. „Natürlich."

Ihre Tante sprach weiter. „Ich habe die Köchin angewiesen, Tauben *en compôte* zu kochen. Ich weiß aus sicherer Quelle, dass Mr Littleton dieses Gericht liebt."

Amelia zwang sich zu den Worten: „Das ist sehr rücksichtsvoll von dir, Tante."

Ihre Tante legte ihren Löffel auf den Tisch und schaute sie überrascht an. „Aber Amelia, ich hätte gedacht, dass du mehr Begeisterung zeigst. Über zwei Wochen sind vergangen, seit er das letzte Mal hier war, nicht wahr?"

Amelia nickte, und ihre Stimme war nicht viel lauter als ein Flüstern. „Ja, Tante. Zwei Wochen."

„Zwei Wochen sind eine lange Zeit, wenn man von dem Mann, den man liebt, getrennt ist."

Von dem Mann, den man liebt?

Liebte sie Edward?

Am Anfang ihrer Verlobung hatte Amelia das geglaubt. Aber jetzt? Im Laufe des letzten Jahres hatte sich so vieles verändert, dass sie ihre Entscheidung inzwischen sehr infrage stellte. Und seit Edward sich weigerte zu erlauben, dass Lucy nach ihrer Hochzeit auf Winterwood bleiben konnte, ahnte sie, dass er nicht der Mann war, für den sie ihn gehalten hatte.

„Und was ist mit dem Kind?"

Amelia hob abrupt den Kopf, als ihre Tante so teilnahmslos von Lucy sprach. Sie war so sehr in ihre Gedanken versunken gewesen, dass sie das Gespräch nicht weiter verfolgt hatte.

Aber noch bevor Amelia eine Antwort formulieren konnte, mischte sich Helena ein. „Hast du es nicht gehört? Kapitän Sterling ist gestern zurückgekommen. Er wohnt bei seinem Bruder auf Eastmore Hall."

Tante Augusta legte wieder ihre Gabel ab und drehte sich schnell zu Amelia herum. „Was sagst du da? Oh, meine Lieben, wie konnte mir diese Neuigkeit nur entgehen?"

Amelia hätte ihre Cousine unter dem Tisch getreten, wenn der Esstisch nicht so groß gewesen wäre. „Kapitän Sterling ist gestern nach Darbury zurückgekommen, glaube ich. Er hat uns heute Morgen besucht, um Lucy zu sehen."

Tante Augusta stand so hastig auf, dass der burgunderrote Stoff ihrer Röcke laut raschelte. „Das hättet ihr Mädchen mir sofort sagen müssen!"

Amelia glaubte, den Anflug eines Lächelns auf Helenas Lippen zu sehen, bevor ihre Cousine den Blick wieder auf ihren Teller senkte. „Entschuldige, Mutter. Ich dachte, das wüsstest du bereits."

Tante Augusta tippte mit dem Zeigefinger an ihre Lippen. „Ich denke, es wurde noch kein Schaden angerichtet. Immerhin ist das eine gute Nachricht, nicht wahr? Lucys Vater wird für sie eine neue Lösung finden, und du und Mr Littleton, ihr habt eure Ruhe, wie es bei Frischvermählten sein sollte."

Amelia verließ bei diesen Worten der Mut. Sie wollte nicht,

dass ihre Tante – oder irgendjemand sonst – glaubte, Lucy würde Winterwood verlassen. Sie warf die Schultern zurück. „Es ist mein Wunsch, dass Lucy hierbleibt, auch wenn wir verheiratet sind."

„Hier? Auf Winterwood Manor?" Tante Augustas Lachen hallte von den hohen Stuckdecken wider. „Meine liebe Amelia, du musst deinen Blick jetzt darauf richten, deine eigene Familie zu gründen. Außerdem hat es Mr Littleton doch verboten, nicht wahr? Du musst dich nach seinen Wünschen richten. Etwas anderes wäre nicht richtig."

Amelia schüttelte den Kopf. „Ich bin sicher, dass ich ihn noch dazu überreden kann. Winterwood ist groß. Er muss nicht einmal erfahren, dass sie hier ist."

„Ich verstehe dich nicht, Amelia. Warum kannst du nicht einfach dein Leben mit Mr Littleton genießen? Der Vater des Kindes ist wieder da. Er wird sich um sie kümmern." Für ihre Tante war das Thema damit erledigt.

Amelia warf einen Blick auf ihre Cousine, die immer noch auf ihren Teller starrte. Sie hatte gehofft, Helena würde sich auf ihre Seite stellen und ihr helfen, Tante Augusta zu überzeugen, dass sie recht hatte. Es wäre nicht das erste Mal, dass die Cousinen sich in dieser Weise verbündeten. Aber dieses Mal blieb Helena stumm.

Ob es im Zimmer wirklich erstickend heiß war oder ob sie es nur so empfand, konnte Amelia nicht genau sagen, aber es gelang ihr nur mit Mühe, das Abendessen zu überstehen. Sie wusste, dass ihr noch schwerere Entscheidungen bevorstanden. Ihre Familie verstand sie jetzt vielleicht nicht, und sie konnte nur beten, dass sie ihre Sicht irgendwann teilen würde. Sie mochte Edward immer noch. Aber seine Weigerung, Lucy zu erlauben, auf Winterwood zu bleiben, zwang Amelia, sich zwischen einer Zukunft mit ihm und ihrer Verpflichtung gegenüber Lucy zu entscheiden.

Und wenn sie vor diese Wahl gestellt wurde, musste sie wirklich nicht lange überlegen.

Kapitel 4

Jeder Muskel in Amelias Körper war angespannt, als sie am nächsten Morgen im Salon erneut darauf wartete, dass ein Wagen vor Winterwood Manor vorfahren würde. Aber dieses Mal erwartete sie nicht den Kapitän, sondern Edward Littleton. Ihre Zuversicht vom Vortag war einer nervösen Melancholie gewichen.

Helena, die ein mit Seide gesäumtes Kleid aus narzissengelbem Satin trug und ihre glänzenden Haare hochgesteckt hatte, erhob sich vom Sofa und trat neben Amelia. Sie zog ihre makellose Stirn besorgt in Falten und legte die Hand auf Amelias Arm.

„Ich hoffe, du bist mir nicht böse, dass ich Mutter Kapitän Sterlings Rückkehr verraten habe. Du kennst sie ja, und früher oder später hätte sie sowieso von seiner Rückkehr erfahren. Es ist viel besser, wenn sie es von dir oder mir hört als von jemand anderem."

Amelia atmete tief ein und schaute zum Fenster, da sie fürchtete, ihre wahren Gefühle nicht verbergen zu können, wenn sie ihrer Cousine in die Augen schaute. Vielleicht waren Helenas Absichten wirklich ganz unschuldig gewesen. Aber sie verhielt sich immer unberechenbarer, seit Amelias Verlobung mit Edward vor mehreren Monaten bekannt gegeben worden war. Amelia hatte gehofft, dass sie ihre frühere enge Beziehung wiederherstellen könnte, wenn sie Helena ihren Plan, dem Kapitän einen Heiratsantrag zu machen, anvertraute. Aber irgendwie stand immer noch eine unerklärliche Kluft zwischen ihnen.

Amelia hatte die Luft angehalten und atmete jetzt aus. Verletzte Gefühle gegenüber Helena würden ihr nur unnötig Kraft rauben. „Zerbrich dir darüber nicht mehr den Kopf."

Offenbar war sie mit Amelias Antwort zufrieden, denn Helena tätschelte freundlich ihre Hand. „Gut. Vergessen wir die ganze Sache." Ein hoffnungsvolles Lächeln zog über ihr schmales Gesicht. „Immerhin hat der Kapitän deinen Antrag abgelehnt, nicht wahr? Ich werde ihn nie erwähnen, und der Kapitän wird die Sache, wenn er ein Gentleman ist, mit ins Grab nehmen. Es wird also so sein, als hätte es deine kleine Indiskretion nie gegeben."

Amelia hatte Mühe, ihre Zunge zu beherrschen. *Indiskretion?* Sie wandte sich ab, um nach ihrem Tuch zu suchen. Würde Helena denn nie verstehen, dass sie Kapitän Sterling diesen Antrag aus reiner Notwendigkeit gemacht hatte?

Spielte es überhaupt eine Rolle, ob Helena ihr Verhalten billigte? Als sie Stimmen und eine Kutsche in der Einfahrt hörte, hob Amelia den Kopf. Ihr Onkel und Edward Littleton waren angekommen.

„Hörst du das?" Helena stand auf und hob den Samtvorhang. „Schau! Vater und Mr Littleton sind da. Ich sage Mutter, dass sie den Tee bringen lassen kann. Amelia, bleib jetzt ganz ruhig."

Amelia strich ihren Rock glatt und kniff sich in die Wangen. Edward wollte etwas länger als einen Tag Gast auf Winterwood bleiben, bevor er zu Geschäften nach London weiterreisen würde. In dieser kurzen Zeit musste sie ihn dazu überreden, dass Lucy in ihrem Haus bleiben durfte. Ihr blieb keine andere Wahl.

Das Klicken des Türschlosses hallte durch die Gänge, gefolgt vom Prasseln des Regens, der draußen auf die Steinstufen niederging. Dann erfüllte Edwards herzhaftes Lachen den Raum. Als Amelia das hörte, beruhigten sich ihre Nerven ein wenig. Er war gut gelaunt.

Sobald Edward den Salon betrat, suchten seine Augen Amelia. Sie konnte das mädchenhafte Lächeln, das über ihre Lippen zog, und die Röte, die bei seinem unverhohlenen Interesse in ihre Wangen trat, nicht verhindern. Auch nach den Meinungsverschiedenheiten der letzten Wochen konnte sie nicht leugnen, dass sie seine überschwängliche Aufmerksamkeit genoss.

Edward war heute unübersehbar sehr gut gelaunt. Er hatte für Tante Augusta oder Helena kaum einen Blick übrig, als er an James vorbeieilte und dessen Bemühen, ihm seine Sachen abzunehmen, ignorierte. Er schlüpfte schnell aus seinem nassen Wintermantel und warf seinen Kastorhut auf einen Sessel, bevor er auf Amelia zutrat. Sein Lächeln wurde noch breiter, als er ihre Hände ergriff und sie zu sich heranzog. Der Geruch nach Regen hing noch an ihm. Amelia warf einen schnellen Blick zu ihrer Tante hinüber. Tante Augusta würde eine so unverhohlen gezeigte Zuneigung nie billigen, aber sie war zu sehr damit beschäftigt, ihren Mann zu begrüßen, um ihre Nichte zu beachten.

Amelia versuchte, sich von Edward zurückzuziehen, aber er verstärkte seinen Griff und zog sie noch näher an sich heran. Seine Lippen waren so nahe, dass sein Atem eine Locke neben ihrem Ohr bewegte. „Sagen Sie mir, liebste Amelia, dass Sie mich vermisst haben, wenigstens ein bisschen. Dann geht es mir noch besser."

Sie bemühte sich, ihr nervöses Lächeln zu bändigen, und befreite schließlich ihre Hände. Die Intimität dieser Berührung machte es ihr unmöglich, ihm in die Augen zu schauen. Sie sagte, was er hören wollte. „Natürlich habe ich Sie vermisst."

„Dann bin ich erleichtert." Er richtete sich auf und strahlte sie mit seinem verführerischen Lächeln an. „Denn es ist kein Moment vergangen, in dem ich mich nicht gefragt hätte, womit sich meine liebe Amelia in meiner Abwesenheit die Zeit vertreibt."

Sie hörte in seiner Stimme keine verborgene Andeutung, aber ihr Magen zog sich vor Schuldgefühlen zusammen. Amelia wechselte schnell das Thema. „Kommen Sie zum Feuer, Edward. Sie müssen ja völlig durchgefroren sein."

Er widersprach ihr nicht. Stattdessen nahm er wieder ihre Hand und legte sie auf seinen Arm. Die Hitze des Feuers und die Nähe dieses Mannes raubten ihr fast den Atem.

Seine Stimme blieb leise. „Sie haben das blaue Kleid angezogen. Kornblumenblau, glaube ich, nennt ihr jungen Damen diese Farbe, nicht wahr? Sie wissen, wie sehr Sie mir in dieser Farbe gefallen."

Sie hatte sich an sein übertriebenes Lob für ihr Aussehen gewöhnt, aber heute errötete sie bei seiner Schmeichelei. „So dürfen Sie nicht sprechen. Tante Augusta könnte Sie hören."

Er beugte sich vor und strich über die breite Spitzenschleife, die den Rand ihres Kragens säumte. „Sie kann mich gern hören. Welche Rolle spielt das schon? Wenn es sein muss, rufe ich es von den Dächern. Ich habe nichts zu verbergen."

„Ich weiß, aber ich bitte Sie trotzdem darum. Der Anstand gebietet es."

Er schaute sie mehrere Sekunden durchdringend an, und seine Mundwinkel zuckten belustigt. Dann ließ er die Hand sinken. „Gut, wenn das Ihr Wunsch ist."

Amelia, die unwillkürlich die Luft angehalten hatte, atmete aus und führte ihn zu einem Sessel. Zum selben Sessel, wie ihr plötzlich auffiel, zu dem sie am Tag zuvor den Kapitän geführt hatte. Edward setzte sich und rückte sein gestärktes weißes Halstuch zurecht. Der Regen hatte seine Haare fast schwarz gefärbt, und er wischte sich die feuchten Strähnen aus dem Gesicht. Die langen Koteletten, die seine hohen Wangenknochen umrahmten, betonten die edle Form seiner Nase. Seine dunklen Augen, die immer aufmerksam waren, schienen bis in ihre Seele hineinsehen zu können. Bei diesem Gedanken wandte Amelia schnell den Blick ab.

Und wenn er von dem Heiratsantrag erfuhr, den sie Kapitän Sterling gemacht hatte? Sie fürchtete sich vor seiner Reaktion genauso sehr, wie sich ein Kind vor einer bevorstehenden Strafe fürchtete. Denn trotz Edwards charmanter Art waren seine Launen kein Geheimnis. Alles an Edward war extrem. Er war wie ein Wirbelwind: leidenschaftlich und entschlossen, ungeduldig und eigensinnig. Aber sein einnehmender Charme überschattete alle etwaigen Verstöße gegen die Etikette. Er konnte jeden um den Finger wickeln, und man verzieh ihm schnell. Bis vor Kurzem hatte sie ihn fast unwiderstehlich gefunden.

„Mr Littleton."

Amelia hob den Kopf. Ihr war nicht aufgefallen, dass ihre Cousine zu ihnen getreten war. Helenas Stimme war wie immer ruhig und selbstsicher. „Es ist mir eine Freude, Sie wiederzusehen."

Edward stand auf. „Ah, Miss Barrett!"

„Was gibt es Neues aus Leeds? Sie haben doch sicher jemanden von unseren Bekannten getroffen?"

Edward schüttelte den Kopf. „Ich fürchte, ich kann Ihre Neugier nicht befriedigen. Den größten Teil unserer Reise waren wir mit geschäftlichen Angelegenheiten beschäftigt. Aber in ein oder zwei Tagen fahre ich nach London, und ich hoffe, dass ich Ihnen von dort Neuigkeiten mitbringen kann."

Eine Duftwolke aus Rosenwasser kündete an, dass Tante Augusta zu ihnen trat. Noch bevor Helena oder Amelia etwas sagen konnten, legte sie die Hände auf Helenas Schultern. „Habt ihr Mr Littleton schon unsere Neuigkeit hier in Darbury erzählt?"

Ein erdrückendes Gefühl zehrte an Amelia, und sie warf einen verzweifelten Blick auf Helena. Sie hoffte, ihre Cousine könnte das Gespräch in eine andere Richtung lenken, da sie selbst nicht die richtigen Worte finden konnte. Doch zu spät, denn Tante Augusta plapperte bereits weiter. „Während Sie fort waren, gab es hier eine sehr interessante Entwicklung." Sie beugte sich vor und genoss dieses Spiel sichtlich. „Sie werden nie erraten, wer nach Darbury zurückgekommen ist."

Edward, der immer noch stand, lehnte sich an den Sessel und legte einen Stiefel über den anderen. „Nun, Mrs Barrett, klären Sie mich auf, denn ich kann es wirklich nicht erraten."

Die ältere Frau wedelte mit ihrem Fächer und erzeugte einen leichten Wind, der den Saum ihres Kleides bewegte. „Kapitän Sterling natürlich! Der Vater der kleinen Lucy!"

Bei diesen Worten wurde Edward sofort hellhörig, und seine Augen strahlten auf. „Was Sie nicht sagen!" Amelia wand sich innerlich, als er seine nächsten Worte an sie richtete. „Warum haben Sie mir das nicht gleich gesagt? Das ist wirklich eine glückliche Entwicklung. Und sie kommt keinen Tag zu früh! Jetzt kann er die Verantwortung für sein Kind übernehmen."

Amelia ärgerte sich. Wann würden die anderen Lucy endlich nicht nur als geduldeten Gast in ihrem Haus sehen? „Offen gesagt, Edward, zieht der Kapitän die Möglichkeit in Betracht, dass Lucy auf Winterwood bleibt."

Edwards Miene wurde sofort ernst. „Das haben wir schon besprochen, Amelia. Das Kind kann bleiben, bis wir heiraten. Aber nicht länger."

Amelia erstarrte innerlich bei der Endgültigkeit in seiner Stimme, zwang sich aber, den Mund zu halten. Wenn sie jetzt zu viel Druck auf ihn ausübte, käme sie damit nicht weit. Aber sie fragte sich unweigerlich, wie Edward sie lieben konnte, wie er sie wirklich lieben konnte, aber trotzdem so unnachgiebig den einzigen Menschen auf der Welt ablehnte, der ihr unendlich viel bedeutete.

Tante Augusta bemerkte nicht, wie aufgewühlt Amelia war,

und begann, über das Essen heute Abend und den Speiseplan für das Hochzeitsmenü zu sprechen. Aber Edward trat so nah zu ihr, dass sie fühlte, wie seine Beine den Saum ihres Kleides berührten. „Kommen Sie, Amelia", murmelte er in ihr Ohr. „Es besteht kein Grund, sich aufzuregen. Alles wird gut. Sie werden schon sehen."

Das war so typisch für Edward. Er wollte die Wogen glätten, ohne sich allerdings in die eine oder andere Richtung festzulegen. Sie wollte ihm gerade antworten, als sich sein Arm um ihre Taille schob und er ihr eine kleine Holzschatulle hinhielt.

Amelia runzelte die Stirn. „Was ist das?"

Er trat um sie herum, damit er sie anschauen konnte. Ein neckisches Grinsen lag auf seinem Gesicht. „Sie müssen es schon aufmachen, um das herauszufinden. Ich wollte eigentlich noch warten, um es Ihnen zu geben, aber ich habe das Gefühl, dass Sie ein wenig Aufmunterung vertragen könnten."

Amelia presste die Lippen zusammen. Sie war nicht in der Stimmung für Geschenke. Aber sie nahm die Schatulle in die Hand. Das polierte Teakholz lag glatt und kühl zwischen ihren Fingern. Sie öffnete den kleinen Verschluss und hob den Deckel hoch. Ihr stockte der Atem. In einem Nest aus edlem weißen Satin lag ein in Gold eingefasster Saphiranhänger.

„Gefällt er Ihnen?" Edward griff in die Schatulle. Dabei streiften seine langen Finger ihre Hand. Er nahm die Kette, die sich elegant entrollte. „Die Farbe hat mich an Ihre Augen erinnert."

Sie hob den Blick. Seine kaffeebraunen Augen – so vertraut, da sie sie schon oft angeschaut hatten – blickten tief in ihre eigenen blauen Augen. Aber für sie waren es die Augen eines Fremden.

☙

Später an diesem Nachmittag unternahmen Edward und Onkel George zusammen mit Mr Carrington, dem Verwalter von Winterwood, einen Ausritt über das Gelände. Da es noch mehrere Stunden bis zu ihrer Verlobungsfeier dauerte, wollte Amelia ein wenig Zeit mit Lucy verbringen. Das würde ihr bestimmt guttun.

Sie hatte Mrs Dunne gebeten, Lucy ins Morgenzimmer zu bringen – ein kleines, warmes Zimmer, dessen Wände in einem hellen

Korallton gestrichen waren und das einen weißen Fries und einen großen Kamin mit gusseisernem Rost aufwies.

Amelia setzte sich auf das kleine Sofa, das vom allmählich schwächer werdenden Sonnenlicht beschienen wurde, und hatte die Absicht, die Zeit mit ihrer Stickarbeit zu verbringen, bis Mrs Dunne käme. Doch so sehr sie es auch versuchte, konnte sie sich nicht auf das kunstvolle Muster konzentrieren. Schließlich legte sie den Stickrahmen seufzend zur Seite. Während sie ungeduldig mit dem Fuß wippte, wanderte ihr Blick zu den zwei bekannten Porträts, die den Kamin säumten.

Links neben dem Kamin hing ein Porträt, das ihren Vater als sehr jungen Mann zeigte. Es hing, solange sie denken konnte, schon immer hier. Das Porträt zeigte nicht das Lächeln, das sie so geliebt hatte, aber die Freundlichkeit in seinen Augen war perfekt eingefangen. Obwohl er bereits seit über zehn Jahren tot war, erinnerte sie sich noch genau an sein Gesicht. Was würde er von ihrer Verlobung mit Edward halten?

Auf der anderen Seite des Kamins hing das einzige Porträt von ihrer Mutter. Schon oft hatten Gäste irrtümlich angenommen, das Bild stelle Amelia dar, so viel Ähnlichkeit hatten sie miteinander. Der Künstler hatte ihre Mutter in der Blüte ihrer Jugend eingefangen. Ihre blonden Haare lagen offen um ihr schmales Gesicht mit großen, aufmerksamen blauen Augen. Als Kind hatte Amelia oft vor diesem Bild gestanden und sich vorgestellt, ihre Mutter könne sie tatsächlich sehen. Wie sehr sie sich wünschte, sie hätte jetzt eine Mutter, die sie um Rat fragen könnte!

Mrs Dunne rauschte mit Lucy auf dem Arm ins Zimmer. Amelia sprang vom Sofa auf und verdrängte alle melancholischen Gedanken. „Da ist ja mein Mädchen!"

Als das kleine Mädchen Amelia sah, wurden seine schokoladenbraunen Augen riesengroß. Es fuchtelte mit seinen kleinen Fäusten durch die Luft und streckte sich so eifrig nach Amelia aus, dass Mrs Dunne Mühe hatte, sie festzuhalten.

„Langsam, Lucy!" Amelia lachte über den Eifer des Kindes. „Du fällst sonst noch auf den Boden!"

Das Kind krabbelte in Amelias Arme. Mrs Dunne lächelte. „Sie war den ganzen Vormittag unleidlich und hat Sie ständig gesucht."

Die Worte, die Mrs Dunne in ihrem singenden irischen Tonfall sagte, erwärmten Amelias Herz. „Ach, Lucy, das tut mir so leid."

Das kleine Mädchen kicherte und zeigte dabei seine Grübchen. Es kniff die Augen zusammen und patschte mit der Hand in Amelias Gesicht. Amelia lachte und fühlte, wie die Last der Ungewissheit von ihr wich. Die Zeit schien stillzustehen, wenn sie mit dem Kind zusammen war. Wenn sie zusammen waren, konnte sie ihre Sorgen vergessen.

Fast.

Wenn der Kapitän Lucy von Winterwood wegholte, würde das Kind genauso aufwachsen wie Amelia: ohne Mutter. Selbst mit einer fürsorglichen Gouvernante und einem liebenden Vater hatte in ihrer Kindheit immer etwas gefehlt. Als Tante Augusta und Onkel George nach dem Tod ihres Vaters die Vormundschaft für sie übernommen hatten, hatte Amelia endlich erkannt, was ihr fehlte: Obwohl Tante Augusta nie unfreundlich war, sondern sich liebevoll um ihre verwaiste Nichte kümmerte, war ihre Beziehung zu Amelia ganz anders als ihre enge Bindung zu Helena, ihrer Tochter.

Amelia befreite ihren Ohrring aus Lucys Hand und setzte sich mit ihr auf den Boden. Mrs Dunne holte drei Holzklötzchen. Lucy kreischte vor Begeisterung und schlug sie fröhlich gegeneinander. Amelia lächelte und versuchte, das Grauen zu verdrängen, das sie nicht mehr loslassen wollte. Wie viel Zeit blieb ihr noch mit ihrer Pflegetochter? Eine Woche? Zwei? Ein Monat?

Falls Edward nicht nachgäbe, wären es nicht mehr als fünf Wochen.

„Bababa ba ba." Lucys fröhliches Plappern erfüllte den kleinen Raum. Amelia wollte sich alles an ihr einprägen: die samtweiche Haut, die weichen kupferroten Locken, die winzigen Hände, diesen köstlichen Kleinkinderduft. Amelia fühlte, wie ihr Kinn zitterte. Wer würde ihre Lucy lieben, wenn sie sie weggeben musste? Wenn Kapitän Sterling auf hoher See wäre? Wer würde ihr vorsingen? Ihr vorlesen? Ihr die Haare bürsten? Sie lehren, was im Leben wichtig war? Sie lehren zu lieben?

Lucy verlor das Interesse an den Holzklötzchen und rutschte mit unbeholfenen Bewegungen zu Amelia herüber. Amelia nahm sie in die Arme und löste den Knoten, zu dem sich das lange weiße Kleid des Kindes verdreht hatte. Lucy schlang ihre kräftigen Ärmchen um Amelias Hals und zog sich plappernd nach oben. „Mama ma ma." Amelia traten Tränen in die Augen.

Letzte Woche hätten diese Silben aus dem Mund des Kindes sie noch begeistert. Heute erfüllten sie sie mit einer Freude, die zugleich von einem tiefen Schmerz begleitet war.

Seit neun Monaten sah Amelia zu, wie das Kind wuchs und sich veränderte. Sie hatte ihre anfängliche Scheu, das Kind in den Armen zu halten, verloren und liebte Lucy jetzt mit einer Intensität, die sie nie für möglich gehalten hätte. Sie konnte und würde Lucy nicht freiwillig weggeben. Nicht einmal in die Hände ihres Vaters, Kapitän Sterling.

Amelia zog die kleine Hand aus ihren Haaren und drückte sie an ihre Lippen. Sie brauchte Lucy genauso sehr, wie Lucy sie brauchte. Sie küsste das Kind auf die Wange, lehnte den Kopf an seine weichen Locken und flüsterte: „Ich werde für dich kämpfen. Du sollst nie allein sein, meine liebe Lucy."

Kapitel 5

„Du solltest dich lieber fertig anziehen." Helena drehte nur die Augen zu ihrer Cousine herum, hielt den Kopf aber vollkommen still, um das Dienstmädchen, das ihr die Haare frisierte, nicht zu stören. „Und hör auf, so neugierig aus dem Fenster zu schauen! Amelia, bitte, es ist wirklich höchste Zeit für dich!"

Ohne auf die Ermahnung ihrer Cousine zu achten, beugte Amelia sich vor und reckte den Hals, um die Kutschen zu betrachten, die die Einfahrt säumten. Sie strengte ihre Augen an, um sie zu zählen. „Wie viele Gäste hat Tante Augusta eigentlich eingeladen?"

„Geh vom Fenster weg, Amelia!" Helena fuchtelte mit der Hand, da ihr Kopf immer noch frisiert wurde. „Was ist, wenn dich jemand sieht?"

„Sei nicht albern." Amelias Tonfall war schärfer, als sie beabsichtigt hatte. Der Brokatvorhang glitt durch ihre Finger, als sie die Hand zurückzog. „Hier drinnen ist es viel zu dunkel, als dass irgendjemand hereinschauen könnte." Sie drehte sich um, um ihr Kleid aufzuheben. Sie hielt es von sich ab, legte den Kopf auf die Seite und bewunderte die Zartheit der elfenbeinfarbenen Spitze und das Schimmern der hellblauen Seide im flackernden Kerzenlicht. Unter anderen Umständen hätte sie es genossen, sich für ein Festessen elegant anzuziehen und frisieren zu lassen. Aber der heutige Abend war anders.

„So nicht, Elizabeth!" Helena schlug dem Zimmermädchen auf die Hand, als das Mädchen versuchte, ihr eine Feder in die Haare zu stecken. Dann schickte sie es weg und steckte sich die leuchtend bunte Feder selbst in die Haare.

Sobald Elizabeth das Zimmer verlassen hatte, drehte sich Helena zu Amelia herum. „Warum bist du heute Abend so gereizt? Sag mir jetzt nicht, dass du immer noch an diesen Kapitän denkst."

Die Lüge kam Amelia leicht über die Lippen. „Natürlich nicht."

„Das hoffe ich auch. Besonders heute Abend. Ich habe gehört, wie Mutter zu Vater gesagt hat, dass die Simmons auch kommen, und …" Sie brach mitten im Satz ab und schaute sich um. Ein Runzeln zog über ihr Gesicht. „Hast du meine Halskette gesehen? Die Kette mit dem Rubinanhänger?"

Amelia deutete zu der Schmuckschatulle auf der Kommode.

„Ah." Helena nahm die goldene Kette und hielt sie an ihren Hals. Sie drehte sich im Kreis und betrachtete sich im Spiegel. „Ich glaube wirklich, du bist gerade noch einer Katastrophe entkommen, liebe Cousine."

Amelia rückte ihren Unterrock zurecht, als Elizabeth ins Zimmer zurückkehrte. „Das verstehe ich nicht."

Helena verdrehte die Augen und konzentrierte ihre Aufmerksamkeit wieder auf die Feder. „Es ist noch zu früh, um es mit Bestimmtheit sagen zu können, aber ich denke, du kommst noch unbeschadet aus der gestrigen Episode heraus. Ein ganzer Tag ist seitdem vergangen. Wenn Kapitän Sterling vorgehabt hätte, dich bloßzustellen, hätten wir schon etwas gehört. Du hast also Glück gehabt."

Amelia verkniff sich ein Stöhnen. Das Gespräch im Salon war demütigend genug gewesen. Jetzt, nach dem Vorfall auf dem Friedhof und dem heutigen Intermezzo mit Edward, war sie mit ihrer Weisheit am Ende. Amelia hatte das Gefühl, sich erneut verteidigen zu müssen, und murmelte: „Wie ich dir schon gesagt habe, war es ein Geschäftsvorschlag. Weiter nichts."

„Nenne es, wie du willst." Helena nahm Amelia das Kleid ab und reichte es dem Zimmermädchen. Elizabeth half, es über den Unterrock zu ziehen, und achtete darauf, Amelias kunstvoll arrangierte Locken nicht zu berühren. „Wenigstens hat Mr Littleton nicht herausgefunden, was du getan hast."

Amelia drehte sich um, damit Elizabeth die Elfenbeinknöpfe auf ihrem Rücken zuknöpfen konnte. Sie warf einen Blick in den Spiegel und rückte das silberne Netz, das das Mieder zierte, zurecht. Es hatte keinen Sinn, mit Helena zu streiten. Sie musste sich darauf konzentrieren, was sie zu Edward sagen wollte, und nicht darauf, Helena zu überzeugen, die sich sowieso nicht von ihrer Meinung abbringen ließe.

Sobald die Knöpfe geschlossen waren, griff Helena nach Edwards Saphirhalsband. Sie ließ den Anhänger baumeln. „Ich hoffe, eines

Tages bekomme ich von meinem Verlobten auch ein so schönes Zeichen seiner Liebe", sagte sie sehnsüchtig. Der flackernde Schein der Kerzen fing sich in dem kunstvoll geschliffenen Edelstein und warf indigoblaue Lichtstrahlen in den Raum. Helena legte die Kette um Amelias Hals und drehte sie wieder zum Spiegel herum. „Perfekt."

Amelias Blick blieb an dem Edelstein im Spiegel hängen. Sie berührte ihn mit unsicheren Fingern und dachte über die bevorstehende Verbindung nach, die die Kette symbolisierte, und über den Mann, der sie ihr geschenkt hatte. Ihr Magen zog sich zusammen bei dem Gedanken daran, was sie heute Abend tun musste. Da Kapitän Sterling ihren Antrag abgelehnt hatte, musste sie Edward überreden, Lucy weiterhin auf Winterwood Manor wohnen zu lassen. Das war ihre einzige Bitte an ihn. Aber es würde nicht leicht werden. Trotz seines launischen Temperaments ließ Edward sich nicht leicht von etwas abbringen, wenn er erst einmal einen Entschluss gefasst hatte. Amelia würde ihre Worte sehr vorsichtig wählen müssen.

Aber sie hatte einen Vorteil: Sobald sie verheiratet und vierundzwanzig Jahre alt war, was bald eintreffen würde, wäre sie eine sehr reiche Frau. Das bedeutete, dass ihr Mann durch das Ehegesetz sein Vermögen ebenfalls vergrößern würde. Edward war ein ehrgeiziger Mann und hatte große Pläne für die Zukunft. Hatte er nicht schon bei mehreren Gelegenheiten davon gesprochen, Winterwood zu erweitern, wenn er der Herr der Ländereien wäre? Damit das geschehen könnte, brauchte er ihre Unterstützung. Wenn nötig, würde sie ihn an dieses Detail erinnern.

Amelia folgte Helena aus dem Ankleidezimmer. Die fröhlichen Stimmen von Nachbarn und Freunden drangen durch das geschwungene Treppenhaus zu ihnen nach oben. Sie reckte den Hals, um ins Erdgeschoss hinabzuschauen, und entdeckte Edward fast sofort. In einen makellosen schwarzen Frack und eine glänzende smaragdgrüne Weste gekleidet, bereits ein Glas in der Hand, stand er lachend bei einer Gruppe von Männern.

Amelia atmete tief ein. Bis sie mit ihm allein über Lucy sprechen konnte, würde sie die Rolle der liebenswürdigen Verlobten spielen. Sie warf die Schultern zurück, schüttelte die Falten ihres Kleides aus und bereitete sich darauf vor, nach unten zu gehen. Aber als sie den Fuß gerade auf die erste Stufe setzte, entdeckte sie ein Gesicht, das sie hier nicht erwartet hätte. Ein Keuchen kam über ihre Lippen. Sie packte Helena am Arm und riss sie zurück.

„Au!" Helena riss sich los und rieb die Stelle, an der Amelia sie gepackt hatte.

Amelia konnte kaum sprechen. „Er ist da."

„Wovon in aller Welt sprichst du? Wer ist da?" Helena wandte den Kopf, um besser sehen zu können. Nachdem sie ihren Blick über die Leute unter ihnen hatte schweifen lassen, wich sie auch von der Treppe zurück und riss die Augen weit auf. „Oh! *Er* ist da."

Das Herz schlug Amelia bis zum Hals. Das Drama, das sich in wenigen Minuten entfalten konnte, spielte sich wie eine Theaterszene vor ihrem geistigen Auge ab. Ihre Worte kamen leise und atemlos: „Er muss mit seinem Bruder gekommen sein."

„Aber William Sterling kommt nie zu solchen Veranstaltungen." Helenas Augen wurden groß. „Nie!"

„Tante Augusta lädt ihn aber immer ein. Er ist unser Nachbar. Du weißt, wie deine Mutter ist."

Die Zeit stand fast still. Amelia zwang ihren Atem, sich zu beruhigen. Sie musste heute Abend nicht nur Kapitän Graham Sterling gegenüberzutreten, sondern auch noch seinem älteren Bruder, dem Herrn von Eastmore Hall, unter die Augen treten.

Amelia hatte seit Monaten nicht mehr mit Mr William Sterling gesprochen, seit er sich bei einer Einladung vor einem Jahr ihr gegenüber beschämend danebenbenommen hatte. Sie konnte immer noch den Griff seiner Hände auf ihren nackten Oberarmen fühlen, den Alkoholgeruch in seinem Atem riechen und den Tabak schmecken, als er sie gegen ihren Willen geküsst hatte. Amelia erschauerte. Außer ihrer Freundin Jane Hammond hatte sie niemandem von diesem Vorfall erzählt, da sie fürchtete, die Sache könnte als unanständiges Verhalten ihrerseits gedeutet werden. Aber sie hatte sich auch geschworen, nie wieder mit diesem Mann zu sprechen, falls es sich irgendwie vermeiden ließe. Mr Sterling hatte sich diskret verhalten und diesen Vorfall niemals erwähnt, falls er sich überhaupt daran erinnerte. Aber das bedeutete nicht, dass Amelia sich in seiner Gesellschaft wohlfühlen würde.

Doch noch unerfreulicher als die Aussicht auf einen Abend mit William Sterling oder eine unangenehme Begegnung mit dem Kapitän war die Erkenntnis, dass Edward und Kapitän Sterling heute Abend miteinander sprechen würden. Das ließe sich nicht vermeiden.

Helenas aufgeregte Worte rissen Amelia aus ihren Gedanken. „Das ist wirklich eine unangenehme Situation."

„Wir brauchen einen Plan. Das steht fest." Amelia ging nervös auf dem Flur auf und ab.

„*Wir?*" Helena schüttelte den Kopf und vergaß offenbar die sorgfältig arrangierten Locken auf ihrem Kopf. „Nein, nein, *nein!* Ich werde nicht ..."

„Bitte ... bitte! Alles wird gut werden, du wirst schon sehen, aber ich brauche deine Hilfe. Du musst den Kapitän ablenken. Bleibe so viel wie möglich an seiner Seite. Verhindere, dass er mit ... jemand anderem spricht."

Helena stemmte die Hände in die Hüften. „Ich habe versprochen, dein Geheimnis nicht zu verraten, Amelia, und dieses Versprechen halte ich. Aber ich spiele bei deinen Intrigen nicht mit."

Amelia hakte sich bei Helena unter. „Wenn du es nicht für mich tust", flehte sie, „dann tu es für Tante Augusta. Sie wäre am Boden zerstört, wenn heute Abend irgendetwas schiefgehen sollte."

Helena schürzte die Lippen. „Ich bin darüber nicht glücklich, Amelia. Ehrlich nicht. Aber du hast recht. Falls irgendetwas passiert und sich herumsprechen sollte, was du getan hast, würde unsere Familie zum Gespött der ganzen Grafschaft."

Amelia strich Helenas brünette Locken wieder zurecht. „Ich brauche dich. Lucy braucht dich. Es ist das letzte Mal, dass ich dich um etwas bitte. Ich gebe dir mein Wort."

„Also gut." Helena klappte ihren Fächer auf und ging wieder auf die Treppe zu.

„Danke, Helena." Amelia umarmte ihre Cousine. Dann strich sie entschlossen ihren eigenen Seidenrock glatt und zwang sich, die Schuldgefühle zu ignorieren, die an ihr nagten.

☙

Gläser klirrten leise, als man miteinander anstieß. Ein dezentes Lachen und höfliche Gespräche erfüllten Winterwood Manors großes Esszimmer. Die vertraute Umgebung und die festliche Atmosphäre hätten sie beruhigen sollen. Aber Amelia fand keine Ruhe.

Sie warf einen Seitenblick auf ihren Verlobten. Edward war attraktiv und selbstsicher – eine dominante Erscheinung. Er saß so nahe neben Amelia, dass sie mit dem Arm den schwarzen Wollstoff seines Fracks streifen würde, wenn sie sich auch nur leicht bewegte. Sie blieb unbehaglich still, da sie sich weder mit ihm noch mit sonst jemandem unterhalten wollte.

Sie stocherte lustlos in dem Lachs auf ihrem Teller, zog die Gabel durch die Shrimpsoße und bemühte sich, den Kapitän nicht anzustarren, der ihr direkt gegenübersaß. Sie war dankbar, dass die Etikette ihr verbot, sich während des Essens mit den Gästen auf der gegenüberliegenden Tischseite zu unterhalten. Dadurch konnte sie wenigstens im Moment eine Unterhaltung mit ihm vermeiden. Der Bruder des Kapitäns, William Sterling, saß ihr schräg gegenüber. Als spüre er ihren Blick, hob Mr Sterling den Kopf, hielt seine Gabel mit dem gedämpften Spinat über seinem Teller und lächelte sie an. Amelia wandte schnell den Blick ab. Hatte der Kapitän seinem Bruder erzählt, dass sie ihm einen Heiratsantrag gemacht hatte?

Amelia warf wieder einen Blick auf den Kapitän. Rechts neben ihm saß Helena und setzte ihren ganzen Charme ein, um seine Aufmerksamkeit zu fesseln. Ihre attraktive Cousine warf mit einem gekonnten Lachen den Kopf zurück. Ihre Wangen waren rosig, ihre Augen leuchteten. Amelia seufzte. Wenn sie doch nur eine genauso überzeugende Schauspielerin wäre! Kapitän Sterling lächelte über etwas, das Helena sagte, und seine weißen Zähne strahlten aus seinem sonnengebräunten Gesicht. Er wirkte so ausgeglichen. Wie konnte er es wagen, so ruhig zu sein, wenn Lucys Zukunft weiterhin ungewiss war?

„Das war ein müdes Seufzen, meine Liebe."

Die leisen Worte von dem Gast an ihrer linken Seite rissen Amelia aus ihren Gedanken. Sie drehte sich zu ihrer Freundin Jane Hammond um. „Wie bitte?"

„Viel zu erschöpft für eine junge Frau, die kurz vor ihrer Hochzeit steht."

Amelia spielte mit der Serviette auf ihrem Schoß und unterdrückte ein nervöses Lachen. „Verzeih mir. Ich fürchte, ich war in Gedanken versunken."

Jane deutete mit dem Kopf auf Amelias Teller. „Du hast dein Essen kaum angerührt. Du bist nicht krank, hoffe ich?"

Amelia schämte sich. Solange sie zurückdenken konnte, war ihr die fürsorgliche Art der älteren Frau immer ein Trost gewesen. Jane, die Frau des Pfarrers von Darbury, war die liebste Freundin ihrer Mutter gewesen, und in den Jahren seit dem Tod ihres Vaters war sie Amelias Freundin und Vertraute geworden. Wie sehr wünschte Amelia, sie könnte Jane um ihren Rat zu dem, was in den letzten Tagen geschehen war, fragen. Aber wie konnte sie das? Sie durfte nicht das Wagnis eingehen, dass jemand etwas erfuhr.

Jane beugte sich näher vor und rümpfte die Nase. „Was macht William Sterling hier?"

Amelia schaute den Bruder des Kapitäns an. „Tante Augusta hat ihn eingeladen."

„Nach dem, wie er sich dir gegenüber benommen hat, kann ich nicht glauben, dass er die Frechheit besitzt, die Einladung anzunehmen."

Amelia seufzte bei Janes Worten leise und bedauerte, dass sie ihr erzählt hatte, was William getan hatte. Seitdem hatte ihre normalerweise freundliche und nachsichtige Freundin kein gutes Wort mehr für den Bruder des Kapitäns übrig und das alles aus Loyalität zu Amelia. Amelia hoffte, Jane würde ihre Meinung über William Sterling nicht auf den Kapitän übertragen. „Ich glaube wirklich nicht, dass er sich daran erinnert. Er war betrunken. Außerdem ist das vorbei, und außer dir weiß es niemand. Ich würde die Sache gern vergessen."

„Ich habe sie gewiss nicht vergessen." Janes beherrschtes Gesicht verriet nichts von dem Ärger in ihrer Stimme. „Man sollte meinen, dass ein Mann in seiner Stellung höhere Maßstäbe an sein Verhalten anlegen würde. Er hat wirklich Glück, dass dein Mr Littleton nichts davon weiß."

Amelia wand sich innerlich bei der Erinnerung an die vielen Geheimnisse in Bezug auf die Familie Sterling, die sie vor Edward hatte. Sie verdrängte diese Gedanken. Ihr ging viel zu viel durch den

Kopf, als dass sie sich auch noch wegen des Verhaltens von William Sterling den Kopf zerbrechen würde.

Jane legte ihre Gabel weg. „Da wir gerade von den Sterlings sprechen: Ich wollte dir von einem sehr interessanten Gespräch erzählen, das ich heute mit Lucys Vater, dem Kapitän, geführt habe. Ein angenehmer Mann. Das genaue Gegenteil von seinem Bruder."

Amelia fühlte, wie sich die winzigen Härchen in ihrem Nacken aufstellten. Hatte Kapitän Sterling Jane erzählt, was sie getan hatte? *Bestimmt nicht.* „Er scheint sehr höflich zu sein."

„Allerdings. Mein Mann und ich sind ihm heute Morgen vor Mr Higgins' Geschäft zufällig begegnet. Wir haben uns so gefreut, ihn zu treffen. Als ich ihn das letzte Mal gesehen habe, war er noch ein Junge. Was für ein angenehmer Mann er doch geworden ist! In jeder Hinsicht so gebildet, wie man es von einem Kapitän Seiner Majestät erwartet. Und er hat sehr lobend von dir gesprochen und davon, wie freundlich du zu der kleinen Lucy bist."

„Ach? Was hat er denn gesagt?"

„Dass er nicht weiß, was aus Lucy geworden wäre, wenn du dich ihrer nicht angenommen hättest."

Bei jedem Wort, das Jane sagte, entspannte Amelia sich mehr. Ihre Freundin wusste nichts von ihrem Heiratsantrag. Sie warf einen kurzen Blick in William Sterlings Richtung, bevor sie Jane wieder ihre ganze Aufmerksamkeit widmete. „Ich bin sicher, dass der Bruder des Kapitäns sich um ihr Wohl gekümmert hätte."

Die ältere Frau tupfte sich mit der Serviette an die Lippen und legte sie dann wieder auf ihren Schoß. „Das bezweifle ich. Du weißt, wie Mr Sterling ist. Er ist ein egoistischer Mann, wohl kaum geeignet, ein Kind aufzuziehen. Ich will ja keine Gerüchte nachplappern, aber man erzählt sich, dass er sein ganzes Vermögen beim Glücksspiel verloren hat. Alles. Mein Mann hat gehört, dass Mr Sterling offenbar versucht, einen Teil seiner Ländereien zu verkaufen. Kannst du dir das vorstellen?"

„Und was ist mit dem Kapitän?" Amelia beugte sich näher zu ihrer Freundin vor. „Hat er die nötigen Mittel, um Lucy zu versorgen?"

Jane nickte. „Allerdings. Er hat zwar nicht die Ländereien seiner Familie geerbt, aber ich weiß aus guter Quelle, dass er es selbst sehr weit gebracht hat. Natürlich weiß mein Mann viel mehr über diese Dinge als ich, aber soweit ich verstanden habe, war das Schiff unter Kapitän Sterlings Befehl Teil der Blockade an der amerikanischen Küste, und zusätzlich zu seinen militärischen Errungenschaften hat er mehrere Handelsschiffe erobert. Mein Mann sagte, die Kriegsbeute habe ihn ziemlich reich gemacht. Es geht mich ja nichts an, aber es sieht so aus, als wäre Mr William Sterling gut beraten, wenn er die Verwaltung von Eastmore Hall seinem Bruder überließe."

Darüber musste Amelia lächeln. Ihre Freundin war selten um Worte verlegen und immer gern bereit, anderen ihre Meinung mitzuteilen. Sie schob die Hände unter ihre Serviette. „Hat der Kapitän etwas über seine Absichten in Bezug auf Lucy gesagt?"

Jane legte die Serviette auf ihren Schoß und strich über den bernsteinfarbenen Seidenstoff ihres Kleides. „Er hat erzählt, dass er ein geeignetes Kindermädchen sucht. Er hat auch erwähnt, dass er die Creighton School besucht habe, da sie nicht weit entfernt sei, aber natürlich ist Lucy noch viel zu jung für ein Internat." Jane zögerte und senkte die Stimme noch mehr. „Gibt es wirklich keine Möglichkeit, dass du dich weiterhin um Lucy kümmern kannst?"

Amelia war völlig aufgewühlt. Sie wollte nicht darüber sprechen. Nicht jetzt. Nicht hier. Sie schüttelte den Kopf. „Nichts würde ich lieber tun. Aber Mr Littleton ist strikt dagegen."

Warum sollte sie versuchen, ihre Gefühle vor Jane zu verbergen? Amelia *wollte* sie nicht verbergen. Wenn nicht so viele andere Leute um sie herumsäßen, würde sie ihrer Freundin die ganze Geschichte erzählen, bis hin zu dem Antrag, den sie dem Kapitän gemacht hatte. Sie fühlte sich wieder wie ein Kind und hoffte, ihre Freundin könnte sie trösten, wie sie das im Laufe der Jahre oft getan hatte.

„Ich verstehe nicht, warum Mr Littleton so sehr dagegen ist, dass du dich um das Kind kümmerst. Hat er dir verraten, was der Grund für seine Ablehnung ist?"

Amelia schüttelte den Kopf. „Er hat gesagt, dass er kein Geld für Lucy ausgeben will, da das ganze Geld eines Tages unseren Kindern gehören soll. Als sein Vater starb, hatte Edward feststellen müssen, dass sein Erbe nicht so groß war, wie er erwartet hatte. Offenbar hatte sein Vater eine große Summe für die Unterstützung des Armenhauses gespendet. Edward hat schon mehrmals erklärt, dass er nicht die Absicht habe, das Geld unseres Sohnes zu verwenden, um das Kind eines anderen Mannes zu unterstützen."

„Aber das ist doch lächerlich. Lucy ist kein Almosenfall. Ich bin sicher, dass der Kapitän sie finanziell unterstützt, besonders angesichts der Erfolge bei seinen jüngsten Kriegsmanövern."

„Aber Edward sieht das anders." Amelia blinzelte die Tränen zurück. „Was soll ich nur machen? Ich weiß wirklich nicht, wie ich weiterleben soll, wenn ..."

Ein Silberlöffel wurde leicht an einen Weinkelch geschlagen, und dieses Geräusch ließ alle Gespräche verstummen. Amelia hob den Kopf. Onkel George war an der Stirnseite des Tisches aufgestanden.

Er hielt die Hände hoch, um die Gäste zum Schweigen aufzufordern. Edward hatte Amelia während des gesamten Essens fast völlig ignoriert, aber jetzt drehte er sich mit einem breiten Lächeln zu ihr um. Amelias Magen zog sich zusammen.

Onkel George tupfte sich mit der Serviette den Mund ab und ließ sie auf den Tisch fallen, ehe er sich räusperte. „Ich weiß, dass meine Frau es nicht erwarten kann, die Damen in den Salon einzuladen, aber bevor Sie alle gehen, möchte ich Ihnen noch einige wunderbare Neuigkeiten mitteilen."

Ein neugieriges Raunen ging durch den Raum.

Die Röte in Onkel Georges Gesicht wurde noch tiefer, und ein fröhliches Lächeln trat in seine Augen. „Wie Sie wissen, wird meine hübsche Nichte bald mit Mr Edward Littleton, einem vielversprechenden jungen Mann, den Bund der Ehe eingehen. Aber was Sie nicht wissen – und was auch meine Nichte noch nicht weiß –, ist die Tatsache, dass Edward Littleton nach seiner Heirat mit Amelia gleichberechtigter Partner der *Barrett Trading Company* wird." George Barrett hob seinen Weinkelch. „Willkommen in der Familie und in unserer Firma, mein Junge."

Edward, der seine Begeisterung kaum zügeln konnte, ergriff Amelias Hand und drückte sie. Dabei stieß er fast sein Glas um.

Es wurde noch mehr gesagt, aber Amelia hörte nicht mehr hin. Stück für Stück fügte sich das Puzzle zusammen. Das freundliche, aber hartnäckige Beharren ihres Onkels auf diese Heirat. Edwards ständige Aussagen, dass er Winterwoods Wert erweitern wolle. Ja, Edward hatte ihr seine Liebe bekundet. Wiederholt. Er hatte das so oft und so überschwänglich getan, dass sie manchmal an seiner Aufrichtigkeit gezweifelt hatte.

Ihre Zweifel an der Ehrlichkeit seiner Worte wurden immer stärker.

Sie brauchte frische Luft.

Irgendwie überstand Amelia die nächsten paar Minuten, bis die Damen sich in den Salon zurückzogen. In dem Moment, in dem sie sicher war, dass niemand sie beobachtete, entfernte sie sich von den Gästen, huschte in die leere Bibliothek und schob die Terrassentür auf.

Die kühle Novemberluft umfing Amelia. Sie trat an die Brüstung und hoffte, ein paar Minuten ungestört zu sein, bevor sie zu den vielen Menschen zurückkehren müsste. Aber kaum hatte sie versucht, das zu begreifen, was sie gehört hatte, ging die Tür der Bibliothek schwungvoll auf.

„Da sind Sie ja!" Ein Grinsen zog über Edwards schöne Gesichtszüge. Seine Schritte hallten auf den Steinen wider; das Weinglas in seiner Hand erklärte seinen unsicheren Gang. „Ich habe Sie überall gesucht. Ist das nicht eine nette Überraschung?" Er lehnte sich neben sie an die Brüstung. „Ich glaube, dass wir in die richtige Richtung steuern, liebste Amelia."

Sie nickte. Der Wollstoff seiner Jacke rieb durch das dünne Tuch über ihrem Arm. Sie zog das Tuch enger um sich. Bei dem unangenehmen Geruch, der ihn umwehte, rümpfte sie die Nase. Sie vermutete, dass er schon Stunden vor dem Abendessen zu trinken begonnen hatte. „Sie haben mich erschreckt. Ich dachte, Sie bleiben bei den Herren."

Er ignorierte ihre Worte. Dieses Verhalten hatte er sich in letzter Zeit angewöhnt. „Ah, Sie tragen die Halskette." Er fuhr mit dem Finger die Kette nach und ließ ihn auf ihrer Haut liegen. „Saphire stehen Ihnen. Aber in Zukunft werden Sie Diamanten tragen." Sein Atem berührte ihren Hals.

Amelia wich unbehaglich zurück. Dann schluckte sie. Sie sollte sich lieber daran gewöhnen, dass er sich solche Freiheiten erlaubte. „Sie ist wirklich schön."

„Sie können sich mein Erstaunen über unseren letzten Gast sicher vorstellen." Der Themenwechsel kam abrupt. Edward nahm die Hand von ihr und trank einen Schluck aus dem Weinglas, bevor er es auf die Brüstung stellte.

„Ich nehme an, Sie meinen Kapitän Sterling?"

„Natürlich meine ich Kapitän Sterling." Edwards Nasenflügel blähten sich auf, als er den Namen aussprach. „Wenn er zurück ist, warum ist *sie* dann immer noch hier?"

Mehr musste er nicht sagen. Amelia verstand, was er meinte. „Lucy ist noch ein Kleinkind, Edward."

Ein unangenehmes Grinsen zog über seine Lippen. „Wenn Sie Kinder wollen, können Sie von mir so viele haben, wie Sie wollen. Geben Sie mir nur noch fünf Wochen Zeit."

Amelia ignorierte seine anzügliche Bemerkung. Morgen fuhr Edward wieder weg, und sie musste mit ihm über Lucy sprechen, bevor es zu spät war. „Ich verstehe einfach nicht, warum Lucy nicht weiter bei uns bleiben kann, wenn wir verheiratet sind. Dadurch wird doch niemandem geschadet. Winterwood ist so groß und ..."

Edward unterbrach sie mit einem lauten Fluchen. „Ich habe es Ihnen doch gesagt: Ich will das nicht, und ich habe es satt, dass Sie mich ständig damit belästigen."

Eine immer größere Panik erfasste Amelia. Sie hatte Edward schon früher unter dem Einfluss von Alkohol erlebt, aber so wie heute noch nie. Er hatte schon immer abfällig über Lucy gesprochen, aber je näher ihr Hochzeitstermin rückte, umso stärker wurde sein Widerstand.

„Warum können Sie das nicht sehen, Amelia? Wie können Sie so blind sein?" Etwas, das wie ein Lachen klingen sollte, kam aus seiner Kehle, und er fuhr sich mit der Hand übers Gesicht. „Es schmerzt mich, so direkt sein zu müssen, aber jemand muss es Ihnen ja sagen. Kapitän Sterling nutzt Sie aus, Amelia. Er hält Sie zum Narren. Der gesamte Sterlingclan nutzt Sie aus. Und das lasse ich nicht zu."

Amelia war durch diese Anschuldigung einen Moment ganz benommen, bevor sie den Kopf schüttelte. „Das stimmt nicht. Der Kapitän hat mich nie gebeten, mich um Lucy zu kümmern. Das war meine Idee. Ich war diejenige, die ..."

Edward brachte sie zum Schweigen, indem er so nahe an sie herantrat, dass die Wärme seines Körpers durch die dünne Seide ihres Kleides drang. „Das Kind hat eine Familie, Amelia. Haben Sie das vergessen? Es ist nicht allein. Es wäre die Verantwortung seines Onkels gewesen, es nach dem Tod seiner Mutter bei sich aufzunehmen, obwohl ihm das anscheinend nie in den Sinn kam. Jetzt ist sein Vater zu Hause, und seine finanziellen Erfolge sind kein Geheimnis. Es ist seine Sache, sich um sein Kind zu kümmern."

„Aber Edward, ich ..."

„Es ist höchste Zeit, Amelia. Allerhöchste Zeit. Sie haben das Versprechen, das Sie seiner Mutter gegeben haben, mehr als ausreichend erfüllt, und das spricht für Sie. Aber jetzt ist es an der Zeit, in die Zukunft zu blicken. Sich auf Ihr Leben mit mir zu konzentrieren. Mit unseren Kindern."

Amelia wollte ihm lieber nicht in die Augen schauen, die jetzt so nahe bei ihrem Gesicht waren. Sie öffnete den Mund, um etwas zu sagen, um sich zu verteidigen, um die Argumente vorzubringen, die sie so sorgfältig vorbereitet hatte. „Ich ... ich muss Ihnen widersprechen. Sie sagen, ich würde ausgenutzt. Das würde mich nicht stören. Wir haben mehr als genug Geld, mehr als genug Platz, und ich ..."

Edward packte sie am Unterarm. Entsetzt schloss sie den Mund. „Ihnen ist das vielleicht egal, Amelia, aber mir ist es nicht egal. Mir ist das überhaupt nicht egal. Ich werde nicht zulassen, dass ein anderer Mann das Vermögen oder die Gutmütigkeit meiner Frau ausnutzt, egal, wie er es tarnt."

Mit einem plötzlichen Ruck ließ er ihren Arm los, richtete sich auf und strich seine Haare, die der Wind verweht hatte, glatt. Sein harter Blick durchbohrte sie, und sein Gesichtsausdruck jagte ihr Angst ein. „Sie denken nicht klar, Amelia. Sie lassen sich von Ihren Gefühlen leiten, nicht von Ihrem Verstand. Aber ich werde nicht zulassen, dass er Sie ausbeutet. Dass er *uns* ausbeutet. Mein Entschluss steht fest. Ich werde das Erbe meiner Kinder nicht schmälern, um das Kind eines anderen Mannes aufzuziehen, und schon gar nicht, wenn dieser Mann sehr wohl in der Lage ist, sich selbst um sein Kind zu kümmern. Ich werde mich nicht ausnutzen lassen wie ... wie ..."

Edwards Worte brachen abrupt ab. Er riss den Blick von ihr los, hob das Glas an seine Lippen und kippte die Flüssigkeit in seine Kehle. Er schwankte.

Amelia sank in die Ecke zurück und zog ihr Tuch schützend um sich, als könnte es sie vor seinen harten Worten abschirmen.

Selbst in der Dunkelheit sah sie den Ärger in seinen Augen. „Es ist mir egal wie, aber dieses Kind verlässt mein Haus."

Er wischte sich mit dem Handrücken über den Mund und deutete mit dem Kopf zur Tür, ein stummer Hinweis, dass dieses Gespräch für ihn beendet war. „Bleiben Sie nicht zu lange hier draußen. Sonst erkälten Sie sich noch."

Edward kehrte torkelnd ins Haus zurück. Als sie ihm nachschaute, erinnerte sich Amelia unwillkürlich an den Tag, an dem sie ihn kennengelernt hatte. Er hatte so attraktiv, selbstsicher und aufmerksam gewirkt. Mühelos hatte er sie für sich eingenommen. Jedes seiner Worte war aufmerksam und verheißungsvoll gewesen.

Wie hatte er sich so verändern können?

Wie sollte sie einen Mann heiraten, der sie so behandelte?

Aber welche andere Wahl hatte sie?

Tränen brannten in ihren Augen. Amelia starrte in die schwarze sternlose Nacht und zog ihr Tuch noch enger um sich, als könnte diese Geste sie vor der Ungewissheit ihrer Zukunft abschirmen.

Kapitel 6

Graham trat in die große Halle hinaus und war fest entschlossen, sich unbemerkt unter die Gäste, die dort zusammenstanden, zu mischen. Ein schneller Blick bestätigte ihm, dass Miss Helena Barrett nicht darunter war. Er atmete erleichtert aus. Die Frau hatte den ganzen Abend auf ihn eingeredet. Ihr unablässiges Geplapper hatte ihn daran gehindert, mit Miss Amelia Barrett zu sprechen, obwohl das der eigentliche Grund war, aus dem er heute Abend gekommen war.

Er ging durch den Flur zur Bibliothek und sah in dem Moment, in dem er eintrat, wie Edward Littleton durch eine Außentür hereintorkelte. Der betrunkene Mann stolperte an ihm vorbei, ohne ihn zu sehen. Graham schüttelte angewidert den Kopf. Er mochte Littleton nicht. Aber wenn an seiner Stelle Helena Barrett hereingekommen wäre und er gezwungen gewesen wäre, noch eine Geschichte über indischen Musselin und Brüsseler Spitzen zu ertragen, hätte er sich von einem der Türme von Winterwood Manor gestürzt.

Er schaute zu, wie Littleton an einem Seitentisch vorbeischwankte und dabei fast eine Kerze auf den Holzboden stieß. Das, was er bis jetzt von Amelia Barretts künftigem Mann gesehen hatte, hinterließ bei ihm keinen guten Eindruck. Graham hatte die feste Absicht, ihn genauer im Blick zu behalten, aber zuerst brauchte er ein paar Minuten für sich allein. Er verschwand unauffällig hinter den Sofas und achtete darauf, nicht die Aufmerksamkeit der Männer zu erregen, die sich vor dem Kamin versammelt hatten. Er drehte den kunstvollen Messinggriff an der Tür und trat auf eine breite Steinterrasse hinaus. Der Wind roch nach Regen, und der würzige Frostgeruch schärfte Grahams Sinne. Er atmete tief ein. Er vermisste die salzige Seeluft immer noch, aber die frische Luft hier draußen war viel angenehmer als die erstickende Luft in den Räumen.

„Suchen Sie etwas, Kapitän Sterling?" Die Stimme war weich. Weiblich.

Er drehte sich um und sah Miss Amelia Barrett hinter sich stehen. Er warf einen Blick hinter sich. Sie war mit Littleton allein gewesen. Er verbeugte sich. „Miss Barrett! Mir war nicht bewusst, dass Sie hier draußen sind."

„Wenn ich es nicht besser wüsste, würde ich meinen, Sie verfolgen mich." Ihre Worte waren ein unverkennbarer Versuch, ein lockeres Gespräch zu beginnen, aber ihr Gesicht erzählte eine ganz andere Geschichte.

„Das kann ich gut verstehen. Ich entschuldige mich für mein Verhalten gestern auf dem Friedhof. Ich hatte nicht die Absicht, Sie zu stören oder zu beleidigen."

Miss Barrett trat aus dem Schatten. Das helle Licht, das durch die hohen Fenster des Salons fiel, berührte ihre sanft geschwungene Nase und beleuchtete ihre Wange. „Wenn sich hier jemand entschuldigen sollte, dann bin das ich, Sir. Es war unhöflich von mir, so abrupt zu verschwinden." Sie senkte die Stimme, als wollte sie ihm ein Geheimnis anvertrauen. „Wissen Sie, ich ziehe es vor, vor anderen Menschen nicht zu weinen. Besonders nicht vor Menschen, die ich nicht gut kenne."

Sie weinen nicht vor einem Fremden, aber Sie machen ihm einen Heiratsantrag? Die Worte lagen ihm auf der Zunge, aber er behielt sie für sich.

Der Wind trug die Klänge eines Pianofortes, das irgendwo im Haus gespielt wurde, zu ihnen heraus, und sie warf einen Blick zur Tür. „Ich sollte wieder hineingehen. Wenn Sie mich bitte entschuldigen."

Ohne sich Gedanken zu machen, ob das schicklich war oder nicht, berührte Graham ihren Arm. „Warten Sie bitte."

Sie drehte sich um. Ihre Augen wanderten von seiner Hand zu seinem Gesicht. „Ja, Sir?"

Graham trat unbehaglich von einem Fuß auf den anderen. Er war mit ihr allein. Wäre jetzt nicht ein guter Zeitpunkt, seine Absicht, mit ihr zu sprechen, in die Tat umzusetzen? Da seine Zeit in Darbury knapp bemessen war, konnte er sich nicht den Luxus leisten, lange zu warten. „Ich habe mich gefragt … ich wollte Sie fragen … es ist so, ich weiß nur sehr wenig über die letzten Tage meiner Frau." Er zögerte und brach ab, um den Schatten zu deuten, der über ihr Gesicht zog. „Darf ich einen Moment Ihrer Zeit in Anspruch nehmen, um Ihnen ein paar Fragen zu stellen?"

Sie zögerte, dann schob sie die Finger ineinander und nickte. „Natürlich. Sie dürfen mich alles fragen."

„Ich habe von Katherine nur drei Briefe bekommen, nachdem sie nach Darbury gezogen war. Ich bezweifle nicht, dass sie häufiger geschrieben hat, aber wie Sie sich vorstellen können, kommt die Post nicht immer über das Meer. Wie haben Sie und Katherine sich kennengelernt?"

Nach einem Moment des Schweigens begann Miss Barrett zu sprechen. „Wir lernten uns kennen, nachdem sie in Moreton Cottage eingezogen war. Das war vor fast anderthalb Jahren. Jane Hammond – das ist die Frau des Pfarrers – erzählte mir, dass ich eine neue Nachbarin hätte. Wie Sie sich sicher vorstellen können, bekommen wir in Darbury nicht oft neue Nachbarn. Ich besuchte Katherine; wir waren uns schnell sympathisch und wurden bald Freundinnen. Wir verbrachten fast jeden Tag zusammen. Sie war natürlich schwanger, als sie ankam, aber einige Monate nach ihrer Ankunft wurde sie krank. Da sie im Moreton Cottage ganz allein war und nur zwei Dienstboten hatte, die sich um sie kümmern konnten, bestand ich darauf, dass sie nach Winterwood zog, solange sie krank war."

Graham konnte nicht länger schweigen und stellte die Frage, die ihm keine Ruhe ließ: „Hat mein Bruder ihr nicht seine Hilfe angeboten?"

Miss Barretts Lippen öffneten sich leicht und verrieten ihre Überraschung angesichts dieser Direktheit. Ein unangenehmes Schweigen lag in der Luft, bevor sie weitersprach. „Wenn ich mich richtig erinnere, war Mr Sterling die meiste Zeit, in der Katherine in Darbury war, verreist."

Graham zeigte seine Verärgerung nicht. Mit der Wut gegenüber seinem Bruder würde er sich ein anderes Mal auseinandersetzen. Im Moment gab es andere Dinge, die er wissen musste. „Was war ... das heißt, wie ist sie ...?" Er brach ab und setzte erneut an. „Wie waren die Umstände, die zu ihrem Tod führten?"

Miss Barrett trat an die Brüstung, als versuchte sie, Abstand zwischen ihnen aufzubauen.

Graham hob den Abstand, den sie schuf, wieder auf, indem er zu ihr an die Brüstung trat. „Ich möchte Ihnen den Abend nicht verderben, aber ich bitte Sie: Ich muss es wissen."

Sie wandte den Blick von ihm ab und schaute in die schwarze Dunkelheit hinaus. „Wie viel wollen Sie wissen?"

„Alles."

Ein scharfer Windstoß wehte über den Balkon, und Miss Barrett erschauerte. Sie nahm den Saum ihres Tuchs und drückte ihn mit den Fingern. Graham wappnete sich innerlich und stellte sich auf das Schlimmste ein.

„Ab dem Zeitpunkt, als der Arzt ihr verordnete, bis zum Ende der Schwangerschaft zu liegen, wussten wir, dass etwas nicht stimmte. Katherine war sehr früh gezwungen, im Bett zu liegen. Die Hebamme warnte sie, dass sie das Kind verlieren könnte, wenn sie sich zu viel bewegte."

Der Wind legte sich. Miss Barrett ging mit langsamen Schritten auf und ab. Ihr glitzerndes Kleid blähte sich hinter ihr auf und funkelte in dem Licht, das durch die Fenster fiel.

„Als die Wehen einsetzten, sagte die Hebamme, dass es zu früh sei. Katherine hätte Lucy noch einen Monat länger austragen sollen, aber das ging nicht ..." Amelia brach ab und senkte den Kopf, als müsse sie ihre Gedanken sammeln oder ihre aufgewühlten Gefühle beruhigen. Sie schluchzte leise und richtete die Augen auf den Boden. „Sie hatte tagelang Wehen. Dann, nachdem Lucy geboren war, bekam Katherine Kindbettfieber." Sie deutete mit der Hand auf ein schmales Fenster in einem entfernten Flügel des Hauses. „Dort. Das war ihr Zimmer, solange sie auf Winterwood war. Sie starb in diesem Zimmer."

Graham rieb sich übers Gesicht und ließ die Hand auf seinem Mund liegen. Katherine, *seine Katherine*, hatte Schmerzen leiden müssen. Erinnerungsbruchstücke stürmten auf ihn ein. Ihr Lächeln. Ihre Haare.

Er schaute zu Miss Barrett hinüber. Sie war bis zum Schluss bei Katherine geblieben. Wer wäre für seine Frau da gewesen, wenn sie nicht gewesen wäre? Er würde für immer tief in der Schuld dieser zierlichen Frau stehen.

Graham zwang die nächsten Worte durch seine Kehle, die wie

zugeschnürt war. „Das muss sehr schwer für Sie gewesen sein, Miss Barrett. Danke für alles. Ich bin dankbar, dass Katherine nicht allein war, als sie starb."

Amelia richtete den Blick auf ihre Hände. „Wie ich Ihnen schon gesagt habe: Katherine hat mich gebeten, mich um Lucy zu kümmern. Ich habe es ihr versprochen, und ich gebe keine leichtfertigen Versprechen. Seit jenem Tag war Lucy immer bei mir." Sie zögerte. „Vergeben Sie mir, wenn ich Ihnen etwas so Persönliches sage, aber meine Worte sind als Trost gedacht. Katherine hat Sie sehr geliebt."

Graham wusste nicht, was er sagen sollte. Je mehr Details er hörte, umso schwerer war es, sie zu begreifen. Sie zu verarbeiten. Er hatte gehofft, diese Informationen würden den Schmerz in seiner Brust lindern, aber die Antworten wühlten ihn nur erneut auf.

Regentropfen wehten mit dem Wind heran. Ein Ruf ertönte aus dem Haus, und Amelia warf einen nervösen Blick zur Tür. „Ich muss jetzt gehen, Herr Kapitän. Edw... Mr Littleton sucht mich bestimmt bald." Sie machte einen kurzen Knicks, aber statt zur Salontür zu gehen, steuerte sie auf die Steinstufen zu, die zum Rasen hinabführten.

„Wohin gehen Sie?"

Der Blick, den sie ihm über die Schulter zuwarf, war ungläubig. „Sie erwarten doch nicht, dass ich durch diese Türen hineingehe, nachdem ich mit Ihnen allein hier draußen war?"

Er schüttelte den Kopf. „Seien Sie nicht albern. Es regnet seit Tagen! Sie rutschen auf der aufgeweichten Erde aus und verletzen sich womöglich noch."

„Kapitän Sterling, wir stehen seit über einer Viertelstunde zu zweit allein auf diesem Balkon, und es könnten Gäste in der Bibliothek sein. Falls jemandem auffallen sollte, dass wir gleichzeitig hineingehen ... nein danke. Ich gehe außen herum."

Er folgte ihr, als sie in der Dunkelheit verschwand. „Es fängt an zu regnen. Sie werden in wenigen Augenblicken völlig durchnässt sein. Wir gehen durch verschiedene Türen hinein, und es wird sicher niemandem auffallen."

Sie blieb stehen und drehte sich so schnell um, dass er fast gegen sie rannte. „Ich glaube, Sie verstehen mich nicht richtig." Sie spielte nervös mit dem Saum ihres Tuches. „Mr Littleton ist ein Mann, dem man nicht in die Quere kommen darf. Falls er auch nur auf die Idee kommen könnte, dass Sie, ähm, ich meine, dass ich …"

Ihre Worte verstummten, und sie wandte den Blick ab.

Hatte sie Angst vor Edward Littleton, oder waren ihre Worte eine Warnung an ihn? Glaubte sie wirklich, dieser Mann könnte ihn einschüchtern? Graham unterdrückte nur mühsam ein Schnauben. „Sie kennen mich nicht sehr gut, Miss Barrett."

Miss Barrett schob das Kinn vor. „Und Sie kennen mich nicht, Sir."

Er trat näher auf sie zu und genoss diesen Wortwechsel fast. Er war nach ihrem ernsten, traurigen Gespräch eine angenehme Abwechslung. „Ihr Mr Little-wie-auch-immer ist verglichen mit den Männern, mit denen ich es in meinem Beruf jeden Tag zu tun habe, ein kläffendes Hündchen."

Sie reagierte auf den Schritt, den er auf sie zutrat, mit einem Schritt nach hinten. „Aber Sie müssen mit diesem Mann nicht zusammenleben. Ich soll ihn in wenigen Wochen heiraten. Ich würde Ihre Diskretion sehr schätzen."

„Es geht mich zwar nichts an, aber …"

„Sie haben recht", fiel sie ihm ins Wort. „Es geht Sie nichts an. Wenn Sie mich also bitte entschuldigen …"

Das war lächerlich. Er konnte und würde keine Frau allein durch die dunkle Nacht stolpern lassen.

Der Regen nahm an Stärke zu. Die Tropfen prasselten auf seine Wangen und blieben an seinen Wimpern hängen. „Also gut", knurrte er und deutete zur Tür. „Gehen Sie hinein. Wenn es unbedingt sein muss, gehe ich durch den Garten."

Sie zögerte, aber als ein kräftiger Windstoß noch mehr Regen mit sich brachte, zog sie den Kopf ein und zog das Tuch enger zusammen. „Danke, Kapitän Sterling. Wenn Sie dort um die Ecke biegen, finden Sie den Kücheneingang."

Er überspielte seinen Sarkasmus mit einem Schnauben. „Ich denke, ich werde ihn finden."

„Ich sehe Sie dann später drinnen."

Sie verschwand durch die Tür. Er starrte ihr hinterher, stellte seinen Kragen auf und stieg die Treppe hinab auf den nassen Rasen.

Eigensinnige Frau. Eigensinnige, entschlossene, *faszinierende* Frau.

☙

Graham betrat unbemerkt das Gebäude und ging in die Richtung, aus der er Stimmen hörte, bis er im Billardzimmer ankam, wo die Männer sich versammelt hatten. Der Raum war stickig und eng. Der Rauch aus dem Kamin, der beißend in der Luft lag, stieg kräuselnd zur Stuckdecke hinauf und warf dabei einen Schatten auf die vielen Landschaftsgemälde, die die dunkelgrünen Wände zierten. Lachen erfüllte den Raum. Er setzte sich ans Feuer, da er hoffte, die Wärme würde seine durchnässten Stiefel trocknen.

„Mr Littleton ist ein Mann, dem man nicht in die Quere kommen darf." Miss Barretts Worte hallten in seinem Kopf wider. Er starrte Littleton an, der mit dem Queue in der Hand neben dem Billardtisch stand und viel zu laut lachte. Die arrogante Art dieses Mannes reizte Graham. Und die Tatsache, dass er unübersehbar betrunken war.

„Wo kommst du denn her?" William schlenderte mit einem Glas in jeder Hand auf ihn zu. Dieses Bild sah Graham öfter, als ihm lieb war. William reichte ihm ein Glas Portwein.

„Ich brauchte frische Luft." Graham war versucht, den Portwein in einem Satz hinunterzukippen, bewegte aber stattdessen die goldene Flüssigkeit in seinem Glas und schaute zu, wie sie gegen die Seitenwände schwappte.

„Warum bist du nass?"

„Wenn ich dir das erzähle, würdest du es mir nicht glauben. Was gibt es hier drinnen Interessantes?"

William ließ sich vorsichtig auf der Sofalehne nieder. „Hier wird Billard gespielt. Spielst du Billard?"

„Natürlich."

„Dann komm und spiel mit." Mit einem Schmunzeln schob William sich vom Sofa hoch. „Natürlich nur, wenn du glaubst, dass du mich schlagen könntest."

Graham beugte sich nach links und warf einen Blick durch die offene Tür in den Salon, wo die Damen sich versammelt hatten. Die hellblaue Seide von Miss Barretts Röcken rauschte an der Türschwelle vorbei. Es fiel ihm schwer, den Blick von ihr abzuwenden. Ob es ihm gefiel oder nicht, ihn verband etwas mit dieser Frau.

Die Trauer um seine verstorbene Frau. Die Liebe zu seinem Kind. Und jetzt, da er wusste, in welchem Ausmaß sie sich um Katherine gekümmert hatte, auch die Ehre. Diese Kombination stellte ihn vor einen Gewissenskonflikt, da er begriffen hatte, dass Miss Barrett auf keinen Fall einen Mann wie Littleton heiraten sollte.

„Graham!", übertönte William die lachenden Stimmen. „Komm!"

Graham stand vom Sofa auf und ging zum Tisch hinüber, wo er neben Littleton stehen blieb, der ungefähr genauso groß war wie er. Er sprach mit dem Mann nicht, und Littleton ignorierte ihn ebenfalls. Auch wenn es vielleicht nicht immer richtig war, beurteilte Graham den Charakter anderer Menschen meistens sehr schnell. Das musste er. Das gehörte zu seiner Verantwortung als Kapitän. Eine falsche Beurteilung an Bord seines Schiffes könnte eine Katastrophe auslösen.

Seine Instinkte schrien ihn an, diesen Mann im Auge zu behalten. Und genau das hatte er vor.

☙

Der Morgen nach der Verlobungsfeier brach bewölkt und grau an. Amelia saß an einem kleinen Schreibtisch in der Bibliothek und suchte Ablenkung. Ihre Finger fuhren die gedruckten Worte in der abgegriffenen Bibel ihres Vaters nach. Sie versuchte, sich zu konzentrieren, aber die Buchstaben verschwammen vor ihren Augen.

Gesegnet aber ist der Mann, der sich auf den Herrn verlässt und dessen Zuversicht der Herr ist. Der ist wie ein Baum, am Wasser gepflanzt, der seine Wurzeln zum Bach hin streckt. Denn obgleich die Hitze kommt, fürchtet er sich doch nicht, sondern seine Blätter bleiben grün; und er sorgt sich nicht, wenn ein dürres Jahr kommt, sondern bringt ohne Aufhören Früchte.

Wenn es ihr nur genauso leichtfiele, diese Worte zu glauben, wie sie zu lesen. So sehr sie auch nach der Wahrheit hungerte, die darin steckte, weigerten sich ihr mit Angst beladenes Herz und ihr verängstigter Verstand eigensinnig, ihnen Glauben zu schenken.

Amelia stützte die Ellbogen auf den Schreibtisch und starrte durch das gewellte Glas des Fensters auf die großen Wiesen, die gepflegten Gärten und das Moor dahinter, auf dem immer noch ein Rest der kräftigen Herbstfarben lag.

Die Sonne spitzte golden hinter den sich auflösenden Wolken hervor und badete die Landschaft mit ihrem warmen Licht. *Dessen Zuversicht der Herr ist.* Diese Worte fielen ihr ins Auge. Irgendwie konnte sie sich nach der ganzen Traurigkeit, die sie in ihrem Leben schon erfahren hatte, nicht überwinden, solchen Versprechen zu trauen: Sie war ohne Mutter aufgewachsen; sie hatte ihren Vater verloren; sie hatte mit ansehen müssen, wie Katherine starb; sie musste fürchten, dass ihr Lucy weggenommen würde. Amelia begann ernsthaft zu glauben, dass solche Worte für Menschen wie Katherine und Jane bestimmt waren. Aber nicht für sie.

Amelia spürte Edwards Gegenwart, bevor sie ihn sah. Die feinen Haare auf ihrem Arm standen hoch, als seine Schritte sich näherten. Nach ihrem unerfreulichen Gespräch gestern Abend auf dem Balkon wusste sie nicht, welches Verhalten sie jetzt von ihm erwarten sollte.

Ein Finger strich über ihren bloßen Hals. Seine Berührung jagte ihr ein Schauern über den Rücken. Er legte seine großen Hände auf ihre Schultern, und seine Lippen berührten ihren Kopf. „Guten Tag, mein Liebling."

Amelia spannte sich an. Seine Stimme klang wie immer: zuversichtlich und angenehm. Ihr Blick blieb auf die aufgeschlagene Bibel gerichtet. „Guten Morgen, Edward. Ich hoffe, Sie haben gut geschlafen?"

Er drehte sich schwungvoll um und lehnte sich an den Schreibtisch. Sein elegantes graues Hosenbein lag gefährlich nahe neben ihrem Arm. „Ich werde besser schlafen, wenn ich nicht mehr allein im Bett liege."

Sie wand sich bei dieser anzüglichen Bemerkung, beschloss aber, nicht darauf einzugehen. Sie hatte andere Sorgen.

Edward atmete tief ein und dehnte sich. „Was steht heute an?" Das klang eher wie eine Feststellung als eine Frage. Sein Tonfall verriet, dass er sich an ihre Auseinandersetzung entweder nicht erinnerte oder dass er nicht darüber sprechen wollte.

Das war ihr ganz recht. Auch wenn ihr Edwards Verhalten am gestrigen Abend nicht gefiel, sollte sie diesen Mann in nur wenigen Wochen heiraten. Sie musste sich nach Kräften bemühen, höflich zu sein.

„Möchten Sie ausreiten?", fragte sie.

„Nein."

„Soll ich Ihnen etwas vorlesen?"

Er lachte so laut, dass sein kräftiger Bariton den kleinen Raum erfüllte. Er nahm ihre Bibel und blätterte darin. „Liebe Amelia. Liebe, süße, gute Amelia. Lesen Sie vor, wenn Sie glauben, dass es etwas hilft, aber ich fürchte, weder dieses Buch noch ein anderes Buch ist für mich eine Hilfe."

„Niemand ist aus eigener Kraft gut", argumentierte sie.

„Also gut." Er schaute sie mit Augen an, die vom vielen Alkohol des gestrigen Abends immer noch rot waren, und hielt ihr die Bibel wie einen Köder vor die Nase. „Vielleicht können Sie mich eines Besseren belehren."

Verärgert über seine herablassende Art schnappte sie die Bibel, schob sich vom Schreibtisch zurück und trat ans Fenster. „Wollen Sie dann vielleicht lieber spazieren gehen?"

Er schüttelte ungeduldig den Kopf und begann, auf und ab zu gehen. Edward Littleton war ein Mann, der ständig Unterhaltung brauchte, der nie still sein konnte. Er war erst seit einem Tag in Darbury, und aus seinen ruhelosen Augen sprach bereits Ungeduld.

Amelias Blick wanderte von dem Regal mit den Büchern ihrer Mutter zum Lieblingssessel ihres Vaters. Sie liebte Winterwood. Es war ihr Zuhause, mit vielen Erinnerungen verbunden. Sie fürchtete, dass Edward Winterwood Manor nur wegen des Vermögens, das damit verbunden war, schätzte.

Aber war sie besser als er? Hatte sie ihn nicht erst vor zwei Tagen betrogen, als sie einem anderen Mann einen Heiratsantrag gemacht hatte? Sie biss sich auf die Unterlippe und war sich ihres ungeheuerlichen Verhaltens deutlich bewusst. Zum Glück schien er davon nichts zu ahnen.

Die Uhr auf dem Kaminsims schlug die volle Stunde. Sie schaute aus dem Fenster. „Mr Carrington wird bald hier sein. Dann haben Sie ein wenig Ablenkung."

Edward betrachtete seine Fingernägel. „Ich hatte sowieso vor, mit Ihnen über Carrington zu sprechen. Als Ihr Onkel und ich gestern zurückkamen, haben wir ihm einen Besuch abgestattet. Ich habe ihn seiner Pflichten entbunden."

„Was meinen Sie mit ‚Ich habe ihn seiner Pflichten entbunden'?"

„Das, was ich sage. Jetzt, da ich der Herr auf Winterwood sein werde, brauche ich seine Hilfe nicht mehr. Ich werde Winterwoods Geschäfte selbst in die Hand nehmen. Ich glaube, der Mann hat das Verwalterhaus bereits verlassen und ist in seine Wohnung nach Sheffield zurückgekehrt. Seine Sachen lässt er später abholen."

Amelia fuhr zu ihrem Verlobten herum. Hatte er die Absicht gehabt, ihr das überhaupt nicht zu sagen? Hatte er gedacht, sie würde es nicht merken? Sie zwang sich zu einer ruhigen Stimme. „Vor seinem Tod hat mein Vater Mr Carrington persönlich als Verwalter unseres Vermögens eingesetzt. Er weiß mehr über Winterwood, als Sie sich wahrscheinlich vorstellen können. Er kennt alle Bewohner beim Namen. Nicht einmal *ich* kenne sie alle so gut wie er. Wie konnten Sie so etwas tun, ohne es vorher mit mir zu besprechen?"

„Beruhigen Sie sich, Amelia." Er streckte die Hände aus, als versuche er, sie zu beruhigen, wie wenn man ein nervöses Pferd beruhigt. „Sie regen sich grundlos auf. Sie haben recht, dass es kompliziert ist, ein solches Anwesen zu leiten, aber ich bin ein durchaus fähiger Mann. Sie brauchen sich deshalb keine Sorgen zu machen."

„Darum geht es nicht", erwiderte Amelia. „Mr Carrington ist ein vertrauenswürdiger Freund der Familie. Wie können Sie es wagen, ihn einfach zu entlassen, ohne auch nur …"

„Ihr Onkel und ich haben ausführlich darüber gesprochen. Er stimmte mir zu, dass das für alle die beste Entscheidung ist."

Die beste Entscheidung für dich, meinst du. Sie schluckte diese Worte hinunter und konzentrierte sich. „Mein Onkel ist nicht Winterwoods Erbe. Das bin ich. Allein schon diese Tatsache gibt mir das Recht …"

„Hören Sie auf, Amelia. Warum zerbrechen Sie sich über so etwas Ihren hübschen kleinen Kopf? Regen Sie sich doch nicht über so unwichtige Dinge auf."

„Unwichtig? Ich …" Sie schloss den Mund, als ihr etwas schmerzlich bewusst wurde: Edward behandelte sie von oben herab. Er behandelte sie, als wäre sie ein Kind. Sie schaute in seine dunklen Augen und erkannte den Mann, der jetzt mit ihr sprach, nicht wieder. Ja, er sah immer noch attraktiv und selbstsicher aus, immer noch leidenschaftlich und charmant. Aber diese andere Seite von ihm, diese abweisende, egoistische Art, jagte ihr fast Angst ein.

Sie konnte seine Motive nicht erahnen, denn in letzter Zeit war nichts an ihm so, wie es schien. Aber plötzlich wusste sie eines mit Sicherheit: Wenn er die Gelegenheit dazu bekäme, würde dieser Mann alles zerstören, was ihr wichtig war.

Seit Wochen quälte sie sich mit der Angst, Lucy zu verlieren. Jetzt war der einzige Mensch, der den Traum ihres Vaters mit ihr teilte und dem genauso viel an Winterwood lag wie ihr, Mr Carrington, aus ihrem Leben ausgesperrt worden. Wenn sie erst einmal verheiratet wäre, würde Winterwood Manor rechtlich mehr Edward gehören als ihr, und sie hätte kaum eine andere Wahl, als sich ihm zu fügen.

Aber hatte sie jetzt noch eine andere Wahl?

Sie schaute Edward finster an und kämpfte mit der Übelkeit, die in ihrem Magen rumorte. Mit diesem Mann zu diskutieren würde ihr nicht weiterhelfen. Sie musste klug sein und weise handeln. Sie schaute aus dem Fenster. Dabei fiel ihr Blick auf den Menschen, der als Einziger die Macht hatte, ihre Situation zu ändern.

Kapitän Graham Sterling.

Kapitel 7

Grahams eigensinniges Pferd blieb mitten im Trab abrupt stehen und bog scharf nach rechts ab. Schon wieder. Graham hielt sich im Sattel fest und riss an den Lederzügeln, um das Gleichgewicht nicht zu verlieren. Die ungleichmäßige Fortbewegungsweise des unwilligen Pferdes und seine sonderbare Neigung, ohne Vorwarnung die Richtung zu ändern, drohten auch erfahrene Reiter aus dem Sattel zu werfen – und einen Mann, der die meiste Zeit seines Lebens auf dem Meer verbrachte, erst recht.

„Brauchst du Hilfe, um dieses Tier unter Kontrolle zu bringen?", spottete William, der sein elegantes Tier neben Graham lenkte.

„Dieser Gaul ist störrisch wie ein Maultier." Graham betrachtete das Tier kritisch und drückte die Beine um den Bauch des Pferdes zusammen. Er war noch nie ein besonders guter Reiter gewesen, und seine Jahre auf dem Meer hatten das nicht verbessert. Er ärgerte sich, dass er das Tier auf dem Weg von Plymouth nach Darbury gekauft hatte. Aber er war dazu gezwungen gewesen, als er für einen Teil der Strecke keinen Platz in einer Postkutsche bekommen hatte. Er hatte es so eilig gehabt, nach Darbury zu kommen, dass er das erste halbwegs brauchbare Pferd gekauft hatte, das er gefunden hatte. Diese Entscheidung kam ihn seitdem teuer zu stehen.

„Wir hätten die Kutsche nehmen sollen."

William lachte. „Unsinn. Dafür ist der Tag viel zu schön. Endlich ein Nachmittag ohne Regen! Außerdem wäre es zu umständlich, für eine so kurze Strecke die Kutsche anzuspannen." Er deutete mit dem Kopf auf Grahams Pferd. „Wenn es an der Zeit ist, für deine Tochter ein Pony auszusuchen, schlage ich vor, dass du das mir überlässt. Es sieht so aus, als hättest du dafür kein allzu großes Talent."

Graham überhörte die Stichelei seines Bruders und verstärkte seinen Griff um die Zügel. Dieses starrköpfige Tier würde ihn nicht in die Knie zwingen.

„Ich habe ein ausgezeichnetes Auge für Pferde", sprach William mit einem Augenzwinkern weiter. „Nimm zum Beispiel Tibbs hier." Er stieß einen leisen Pfiff aus, und der Hengst spitzte die Ohren. „Wirklich schade, dass ich ihn verkaufen muss."

„Was? Du willst dieses Pferd verkaufen?" Graham deutete mit dem Kopf auf Williams kostbaren Braunen. „Ich dachte, das wäre dein Lieblingstier."

„Das ist er auch, aber er wird in Abbott's einen guten Preis erzielen."

„Eastmore scheint wirtschaftlich gut dazustehen. Warum machst du dir Sorgen ums Geld?"

William zuckte die Achseln. „Ach, du weißt schon, dumme Entscheidungen, schlechte Wetten. Nichts Dramatisches, aber ein paar Pfund mehr in der Tasche könnten nicht schaden."

Graham verbarg seine Überraschung über diese Bemerkung und folgte William durch Winterwoods Eisentore. Große Ulmen säumten die Einfahrt. Der Herbstwind hatte den größten Teil der goldenen und purpurroten Blätter auf die Erde geweht und nur ein paar robuste Blätter an den Bäumen gelassen, die sich gegen das unerbittliche Rütteln des Windes wehrten. Hinter der Einfahrt ragten Winterwoods graue Zinnen majestätisch zum leuchtend blauen Himmel hinauf. Der strahlende Sonnenschein spiegelte sich in den zahlreichen Flügelfenstern und warf Schatten auf die Simse und Giebel.

Sie erreichten den Haupteingang, und zwei junge Stallburschen tauchten auf, um ihnen die Pferde abzunehmen. Graham schwang sich auf den Boden, reichte einem Jungen die Zügel und war dankbar, dass er wieder mit beiden Beinen auf der Erde stand. Er ging auf Winterwoods schwere Eingangstür zu, bemerkte aber, dass sein Bruder zurückblieb.

Graham blieb stehen. „Kommst du nicht mit?"

William zog seine ledernen Reithandschuhe aus und steckte sie in die Tasche. „Natürlich. Natürlich."

Warum benahm er sich so sonderbar? Graham beschloss, die Veränderung im Verhalten seines Bruders zu ignorieren. Er ging zur Tür, hob den eisernen Türklopfer und ließ ihn wieder fallen. Die Vorfreude, seine Tochter zu sehen, beflügelte seine Schritte. Würde sie sich an ihn erinnern?

Der Butler öffnete ihnen und führte sie in den Salon. Alles sah genauso aus wie bei Grahams erstem Besuch auf Winterwood vor drei Tagen. Trotzdem betrachtete er es inzwischen ganz anders.

„Kapitän Sterling!" Miss Barrett erschien in einem zitronengelben Kleid, das genauso hell leuchtete wie die Nachmittagssonne, und mit Lucy in den Armen.

„Und Mr Sterling." Miss Barretts Lächeln wurde deutlich dünner, als sie William erblickte. Eine spürbare Distanz lag zwischen den beiden. Graham nahm sich vor, William später danach zu fragen. Aber im Moment konnte er an nicht viel anderes als an seine niedliche Tochter denken.

Graham trat eifrig vor und erinnerte sich, wie problemlos sie am ersten Tag zu ihm gekommen war. Aber heute drückte sie sich an Miss Barrett und schaute ihn nur widerstrebend an. Als er sie nehmen wollte, drehte sie den Kopf weg und klammerte sich an Miss Barrett.

„Komm schon, Liebes", sagte Miss Barrett mit leiser, sanfter Stimme zu dem Kind. „Geh zu deinem Vater. Er ist einen weiten Weg gekommen, um dich zu sehen." Als sie versuchte, Graham das Kind in die Arme zu geben, stieß Lucy einen so schrillen Schrei aus, dass er sich beherrschen musste, um sich nicht die Ohren zuzuhalten.

Graham trat zurück und war bestürzt, dass sein eigenes Kind sich so gegen ihn wehrte. Lucys Gesicht rötete sich, und ihre Augen wurden groß. „Das macht nichts, Miss Barrett. Sie hat offensichtlich Angst vor mir. Schließlich kennt sie mich noch nicht."

Miss Barretts Brauen zogen sich zusammen. „Entschuldigen Sie bitte, Kapitän Sterling. Lucy ist heute ein wenig unleidlich. Sie wird sich bestimmt beruhigen, wenn Sie eine Weile hier sind." Sie redete beschwichtigend auf Lucy ein und ließ sie sanft auf ihrer Hüfte hüpfen, wobei sie einen weiteren kühlen Blick zu William hinüberwarf.

„Willkommen auf Winterwood, meine Herren", durchbrach Helena Barretts fröhliche Stimme die leicht angespannte Atmosphäre. „Wir haben Sie kommen sehen und deshalb den Dienstboten aufgetragen, auf dem Rasen neben dem Haus zu decken. Es ist schön draußen, vielleicht der letzte schöne Tag vor dem Winter. Wir sollten das Wetter unbedingt nutzen, finden Sie nicht auch?"

Graham und William folgten den Damen und Lucy durch den Gang und durch die Bibliothek auf denselben Balkon hinaus, auf dem Graham sich gestern Abend mit Miss Barrett unterhalten hatte. Wie anders alles im warmen Sonnenschein aussah! Auf dem Rasen unter ihnen waren zwei Dienstboten damit beschäftigt, Tische und Stühle zum Tee aufzustellen und Decken auf dem Rasen auszubreiten.

Die zwei Damen führten die Besucher die Treppe zum Rasen hinab. In diesem Moment kam George Barrett um die südliche Mauer. Er ritt einen großen Rappen und war von einem kleinen Rudel kastanienbrauner und weißer Hunde begleitet. Er sah von Kopf bis Fuß nach dem typischen eleganten Gentleman vom Lande aus: ein vorne kurz geschnittener Reitmantel, eine dunkelbraune Reithose und hohe Stiefel.

„Ah, da ist Vater." Helena Barrett hakte sich bei ihrer Cousine unter und winkte ihrem Vater mit der anderen Hand zu.

George Barrett blieb neben den Damen stehen. „Wie geht es euch, meine Lieben?", fragte er und lächelte auf seine Tochter und Nichte hinab, bevor er die Männer begrüßte.

„Uns geht es sehr gut, Vater." Helena Barrett deutete über den Rasen. „Wir wollen gerade Tee trinken. Die Herren können uns gern Gesellschaft leisten, wenn sie möchten." Arm in Arm schlenderten die Cousinen zu den Tischen.

„Schön, Sie zu sehen, Mr Barrett." William ergriff das Zaumzeug des Pferdes. „Sie waren auf der Jagd, wie ich sehe?"

„Nein, ich bin nur ausgeritten. Das ist gut für die Figur, wenigstens sagt das meine Frau immer." Ein Lächeln zog über das Gesicht des Mannes. Er warf einen Blick über seine gebeugte Schulter auf die Vorbereitungen auf dem Rasen. „Ich glaube, die Damen erwarten, dass wir Tee trinken, aber mir schwebt etwas Stärkeres vor. Kann ich einen von Ihnen für ein Männergetränk gewinnen?"

„Unbedingt, Mr Barrett." William tätschelte dem großen Tier den Hals. „Genau mein Gedanke."

George Barrett schwang sich aus dem Sattel und schob dem Pferd die Zügel über den Kopf. „Wie ist es mit Ihnen, Kapitän Sterling? Was sagen Sie zu einer kleinen Abwechslung? Ich kann es nicht erwarten, einen Bericht über den Krieg gegen Amerika zu hören und zu erfahren, was unsere Streitkräfte tun, um unsere Interessen in dieser Region zu schützen. Wie Sie wissen, ist meine Firma im Handel tätig, und ein großer Teil unserer Geschäfte läuft mit den Westindischen Inseln. Diese Freibeuter haben schon mehrere Schiffe von uns gekapert. Aber wie ich höre, führen Ihre Reisen Sie weiter in den Norden? Eher in die Gegend vor Halifax?"

Graham nickte und schaute über Georges Schulter zu Lucy, die auf der Decke spielte, die auf dem Rasen ausgebreitet war. „Ja, Sir, wir waren vor unserer Rückkehr nach Plymouth in Halifax."

Ein zustimmender Blick zog über das rötliche Gesicht des älteren Mannes. „Sehr gut. Ich möchte alles darüber hören. Gehen wir ins Haus, um uns zu unterhalten und uns etwas zu trinken zu genehmigen, meine Herren."

Zu einem anderen Zeitpunkt und an einem anderen Ort hätte Graham diese Einladung sofort angenommen. Aber jetzt beschäftigte ihn etwas anderes. „Ich glaube, ich bleibe ein wenig bei meiner Tochter. Schließlich bin ich ihretwegen gekommen. Vielleicht stoße ich später zu Ihnen."

George Barrett tippte an seinen Hut. „Dann entschuldigen Sie uns. Wir gehen ins Haus."

Graham nickte ebenfalls und trat zur Seite, um den lärmenden Hunden auszuweichen, die um George Barrett und William herumliefen, als sie das Pferd zum Stall zurückbrachten. Die Sonne schaute hinter den silbernen Wolken heraus, warf ihr helles Licht durch die blattlosen Zweige und malte geschwungene Muster auf das braune Gras. Ein kräftiger Nordwind wehte über das Land. Wenn er die Augen schloss, war er fast wieder an Bord seines Schiffes, stand an Deck und ließ sich den Wind ins Gesicht wehen. Aber statt des untrüglichen Geruchs der salzigen Meeresluft umgaben ihn die Gerüche des Moors. Und statt der harten Stimmen kampferprobter Matrosen hörte er nur die höflichen Stimmen von gesitteten jungen Damen.

Wie anders das Leben an Land doch war! Graham hatte sich an das Meer gewöhnt; es war das einzige Leben, das er kannte. Er fragte sich unwillkürlich, wie sein Leben verlaufen wäre, wenn er nicht weggeschickt worden wäre, wenn er der Erstgeborene wäre und Eastmore Hall geerbt hätte.

Miss Barretts Worte rissen ihn aus seinen Gedanken. „Lucy liebt es, im Freien zu sein."

„Das kann ich gut verstehen." Graham bückte sich, um sich neben seine Tochter zu setzen, dann streckte er sein Bein aus. „Ich ziehe es auch immer vor, im Freien zu sein."

Lucy krabbelte von Miss Barretts Schoß und versuchte, über Grahams Stiefel zu klettern, um die Quaste zu erreichen, die den Stiefel zierte. Offenbar hatte sie alle Vorbehalte vergessen, die sie noch wenige Minuten zuvor gehabt hatte.

„Wohin willst du, kleines Fräulein?", fragte er und zog Lucy in seine Arme. Sie kicherte, als er sie mit verdrehten Augen anschaute, und belohnte ihn mit einem schiefen Grinsen für seine Grimasse. Ihre winzigen Beine traten ihn in den Bauch, als sie wieder auf die Decke zurückkrabbelte. Er pflückte ein paar Grashalme und breitete sie vor ihr aus. Sie kreischte vor Begeisterung und packte den Schatz mit den Fäusten. Er hielt sie zurück, als sie das Gras in den Mund stecken wollte.

Noch vor wenigen Tagen hatten die Gedanken an ein Kind ihm Angst eingejagt. Aber mit jedem Moment, den er in ihrer Nähe verbrachte, wuchs in ihm der Wunsch, mehr Zeit mir ihr verbringen zu können. Lucy wand sich und gähnte, und er schwang sie hoch und küsste ihre rundliche Wange.

Miss Barrett stand auf und strich das Gras von ihrem Rock. „Ich denke, Lucy braucht bald eine Decke. Es ist doch etwas kühl. Ich bin gleich zurück."

Die trockenen Blätter knirschten unter ihren Schritten. Die leise Stimme einer Grasmücke vermischte sich mit dem Zwitschern einer verspäteten Amsel, und ein Eichhörnchen lief zu den Bäumen. Diese Geräusche weckten Erinnerungen an eine vergessene Kindheit, an lange Nachmittage auf Schatzsuche zwischen dem leuchtenden Heidekraut und den Felsen im Moor.

„Hörst du das, Lucy?", fragte Graham, der eine Stimme erkannte, die er seit seiner Jugend nicht mehr gehört hatte. „Das ist ein Spatz."

Das Kind, das vom Spielen müde war, lehnte sich schläfrig an ihn. Lucys Augenlider fielen langsam zu, und ihre langen, hellen Wimpern sanken auf ihre hellen Wangen. Er zog sie an sich heran, legte ihren Kopf unter sein Kinn und genoss den sanften Rhythmus ihres Atems und den leichten Lavendelduft ihrer Haare.

An welche Kindheitsgeräusche würde seine Tochter sich später erinnern? Wäre es das Pfeifen des Windes über freiem Gelände und das Rascheln des Grases unter ihren Füßen? Oder wäre es das lärmende Quietschen von Kutschen, die über das Kopfsteinpflaster in der Stadt rollten? Er betrachtete das eindrucksvolle Haus, die Gärten. Die Majestät von Winterwood Manor war fast einschüchternd, seine Schönheit überragte sogar noch die Schönheit von Eastmore Hall. Er musste an Miss Barretts ungewöhnlichen Heiratsantrag denken. Wenn er ihn annähme, würde seine Tochter sich später an diesen schönen Ort erinnern. Sie könnte immer hier leben, falls sie das wollte. Das weite Land und das große Haus würden ihm und Lucy gehören, wenn er Miss Barretts Angebot annähme.

„Soll ich das Kind nehmen, Sir?"

Graham blickte auf, als er eine Stimme mit einem unüberhörbaren irischen Akzent hörte.

„Ich bin Mrs Dunne, das Kindermädchen der kleinen Miss Lucy." Die rundliche Frau mit der weißen Haube über ihren dunklen Haaren stand neben ihm und war bereit, ihm das Kind abzunehmen. Er hatte gar nicht darauf geachtet, wie lang er schon so bei seiner Tochter saß. Miss Barrett hatte gesagt, dass sie sofort zurückkäme. Wo war sie? Vorsichtig, um den schlafenden Engel nicht zu wecken, stand er auf und reichte das Kind behutsam dem Kindermädchen.

„Keine Sorge, Sir. Ich kümmere mich gut um die Kleine."

Er lächelte, als sie das Kind in einen Kinderwagen legte und ihn dann auf das Haus zuschob. Während er ihr nachschaute, glaubte er, laute Stimmen zu hören, die der Wind herantrug. Er runzelte die Stirn und lauschte.

Er schaute sich um. William und George Barrett standen immer noch auf der anderen Seite des Rasens vor den Ställen und hatten ihren Portwein offenbar ganz vergessen. Helena Barrett und ihre Mutter, die er beim gestrigen Abendessen kennengelernt hatte, saßen am Tisch und tranken Tee. Von ihnen stammten diese lauten Stimmen nicht. Dann entdeckte er für einen kurzen Moment etwas leuchtend Gelbes. Das Gelb tauchte hinter der Balkonmauer auf und verschwand dann wieder aus seinem Blick.

Neugierig ging er zu den Balkonstufen zurück. Mit jedem seiner geräuschlosen Schritte nahmen die Stimmen an Intensität zu.

Littletons tiefe Stimme drang zuerst an seine Ohren. „Ich will von diesem Thema nichts mehr hören. Ich denke, ich habe meine Erwartungen in dieser Angelegenheit deutlich zum Ausdruck gebracht. Als meine Frau werden Sie sich mir fügen."

Miss Barretts Antwort kam sofort. „Ich bin noch nicht Ihre Frau. Wie können Sie das voraussetzen? Glauben Sie ja nicht, dass ich ..."

Littletons Worte erstickten ihren Widerspruch. „Ich höre mir das nicht länger an. Sie haben gehört, was ich gesagt habe, und Sie wissen, was ich damit gemeint habe. Sonst ..."

„Was sonst?" In ihrer Stimme lag eine Kraft, die Graham überraschte. Sie klang herausfordernd, als solle Littleton es ja nicht wagen weiterzusprechen.

„Was für eine Frechheit! Ich würde meinen ..."

Miss Barretts Stimme klang angespannt, als spräche sie mit knirschenden Zähnen. „Gott stehe mir bei, Edward. Eher sehe ich zu, wie Winterwood Manor in fremde Hände fällt und ich ins Armenhaus geschickt werde, als dass ich jemand im Stich lasse, den ich liebe."

Littleton lachte. „Jemand, den Sie lieben? Sie lieben Lucy also mehr als mich? Ist es das? Für diese Erkenntnis ist es jetzt zu spät, Amelia. Was, glauben Sie, passiert, wenn Sie diese Heirat jetzt absagen? Ihr Erbe geht an einen anderen, und das wird sehr bald geschehen. Was wollen Sie dann machen? Glauben Sie, Ihr Onkel würde sich dann weiter um Sie kümmern? Glauben Sie, er würde Ihnen erlauben, in seinem Haus zu leben? Er hat genauso viel Interesse an dieser Verbindung wie ich. Glauben Sie keinen Moment, dass ..."

Die Stimmen waren hart und laut. Graham erinnerte sich an die Angst in Miss Barretts Augen, als sie gestern Abend von Littleton gesprochen hatte. Er hatte genug gehört. Er ging, immer zwei Stufen auf einmal nehmend, die Treppe hinauf und bog um die Mauer. Littleton hielt Miss Barretts Arm in einem unsanften Griff fest. Die Fingerknöchel von Miss Barretts geballter Faust traten weiß hervor, und ihre saphirblauen Augen waren ganz groß. Ihr Brustkorb hob und senkte sich bei ihren Atemzügen sehr schnell.

Graham trat näher. Seine Stiefel hallten schwer auf den glatten Steinplatten wider. „Kann ich Ihnen helfen, Miss Barrett?"

Überrascht fuhr Littleton herum und schaute Graham finster an. Seine Augen waren zu eng zusammengekniffenen Schlitzen verzogen. „Was machen Sie hier?"

„Ich habe laute Stimmen gehört."

„Das geht Sie nichts an. Ich wäre Ihnen dankbar, wenn Sie sich um Ihre eigenen Angelegenheiten kümmern und uns nicht stören."

Graham trat noch einen Schritt näher. „Das mag sein, Littleton, aber wenn ich sehe, dass eine Frau schlecht behandelt wird, mache ich das zu meiner Angelegenheit. Ich muss Sie auffordern, Miss Barretts Arm loszulassen."

Miss Barrett nutzte die Gelegenheit, als Littleton kurz abgelenkt war, um sich von seinem Griff zu befreien. Sie rieb sich das Handgelenk, und ihre Augen sahen aus wie die eines Tieres, das in einer Falle gefangen war.

Littleton zwang sich zu einem süffisanten Lächeln, das an ein hämisches Grinsen grenzte. „Meine Verlobte geht Sie nichts an."

Graham schaute Littleton so finster an, dass er den Blick abwandte. „Miss Barrett, Mrs Dunne sucht Sie."

Einen Moment rührte sich niemand. Graham schlug den autoritären Tonfall an, den er gegenüber seinen Matrosen benutzte, und log erneut. „Miss Barrett, Mrs Dunne braucht Ihre Hilfe."

Ohne ein Wort zu sagen, raffte sie ihre gelben Röcke zusammen und eilte vom Balkon.

Littleton zupfte an seiner Krawatte. Ein süffisantes Lächeln spielte um seine Lippen. „Ich weiß, was Sie wollen, Sterling."

„Und das wäre?"

„Sie nutzen Amelias Zuneigung zu Ihrem Kind aus, Sir." Edward trat vor, und in seinen Worten lag eine unüberhörbare Herausforderung. „Was wollen Sie, Sir? Ihr Geld? Ihre Ländereien? Oder einfach … sie?"

Grahams Gesichtszüge wurden bei dieser Anschuldigung hart. „Ich will nichts von alledem. Miss Barrett hat meiner Familie eine große Freundlichkeit erwiesen, und dafür bin ich ihr dankbar. Aber glauben Sie mir: Ich werde nicht tatenlos danebenstehen und zusehen, wie Sie oder irgendein anderer Mann eine Frau, egal wer sie ist, mit einer solchen Unhöflichkeit behandelt."

Edward schnaubte. „Ich kenne euch Sterlings. Ihr seid alle gleich.

Sie und Ihr Bruder und vor Ihnen Ihr Vater. Hinterhältig. Berechnend. Vielleicht schaffen Sie es, sich Amelias Gunst zu erschleichen, aber mich werden Sie nicht ausnutzen. Ich verlange, dass Sie und Ihre Tochter *meinen* Grund und Boden verlassen, und ich will, dass Sie sich von meiner künftigen Frau fernhalten."

Das Blut pochte in Grahams Schläfen. Er hatte den dringenden Wunsch, Littleton von Amelias Antrag zu erzählen und ihn damit zum Schweigen zu bringen, aber er hielt den Mund. Er konnte die Frau, die so viel für ihn getan hatte, nicht in eine so prekäre Situation bringen.

Seine Stimme blieb leise. „Mit dem größten Vergnügen. Aber ich warne Sie, Littleton. Falls ich sehe, wie Sie Miss Barrett oder eine andere Dame brutal behandeln, werde ich nicht zögern, Sie niederzuschlagen. Das würde ich *mit dem größten Vergnügen* tun."

Littletons Gesicht nahm eine dunkelrote Färbung an. Eher wie ein verwöhntes, trotziges Kind als wie ein erwachsener Mann ließ er Graham stehen und stürmte so vehement in den Salon, dass seine Frackschöße hinter ihm herflatterten.

Graham entspannte seine Fäuste und zog seine Weste enger. In der Ferne sah er Miss Barrett, die mit Mrs Dunne sprach und sich über den Kinderwagen beugte. Sie warf einen nervösen Blick in seine Richtung, dann richtete sie ihre Aufmerksamkeit wieder auf das Kind. Während er auf sie zuging, hörte er die Geräusche der Natur und das Pfeifen des Windes nicht mehr. Littletons harte Worte über seine Tochter, seine Familie und Miss Barrett hallten in seinem Kopf wider.

Als seine Stiefel polternd über das Gras schritten, hoben die Damen den Kopf. Er hatte nicht den Wunsch, die Verlegenheit zu sehen, die Miss Barrett gewiss im Gesicht stand, aber er wusste, was zu tun war.

„Miss Barrett, ich fürchte, meine Tochter und ich können Ihre Gastfreundschaft nicht länger in Anspruch nehmen."

Miss Barrett schlug die Hand vor den Mund. „Was wollen Sie damit sagen?"

Er konnte ihr nicht in die Augen schauen, als er die nächsten Worte aussprach. „Ich glaube, es ist für alle Beteiligten am besten, wenn ich mich für Lucy um eine andere Unterbringung kümmere."

Sie stieß einen leisen Schrei aus und ergriff seinen Arm. „Falls das wegen Mr Littleton ist, dann machen Sie sich bitte keine Gedanken. Ich werde mit ihm sprechen. Ich kann ihn dazu bringen, seine Meinung zu ändern. Bitte, ich …"

Er hob die Hand, um sie zum Schweigen zu bringen. „Bitte, Miss Barrett, verstehen Sie mich nicht falsch. Ich bin Ihnen für Ihre Großzügigkeit dankbar, aber alles in allem betrachtet, halte ich es für das Beste, Lucy woanders unterzubringen."

Sie ging um ihn herum und versperrte ihm mit ihrem schmächtigen Körper den Weg zum Stall. Ihre rosige Gesichtsfarbe war ganz weiß geworden. „Kapitän Sterling, das hier ist Lucys Zuhause. Bitte, ich flehe Sie an, Sir, bringen Sie sie nicht von hier weg."

Graham hatte nicht den Wunsch, sie zu verletzen, aber er war auch nicht bereit, sich dafür zu entschuldigen, dass er sich in ihr Gespräch eingemischt hatte oder dass er Lucy wegbrachte. Er räusperte sich, da er es nicht gewohnt war, sein Handeln erklären zu müssen. „Meines Wissens gibt es auf Eastmore Hall kein Kinderzimmer. Wenn Sie also bitte so freundlich wären zu erlauben, dass Lucy noch bei Ihnen bleiben kann, bis ich die nötigen Vorkehrungen treffen kann, wäre ich Ihnen sehr dankbar." Nach einem kurzen Zögern schaute er zu seiner Tochter hinab, die friedlich in ihrem Kinderwagen schlief. Sein Brustkorb zog sich eng zusammen, und er atmete tief ein. „Guten Tag, die Damen."

Er verbeugte sich, tippte an seinen Hut und ging an den Frauen vorbei. Je früher er sich von Winterwood und dem Wahnsinn, der sich in seinen Mauern zusammenbraute, befreien konnte, umso besser wäre es für ihn und Lucy.

Kapitel 8

Bitte sei zu Hause. Bitte sei zu Hause. Bitte sei zu Hause.
Bei jedem Schritt tönten diese Worte wie Hammerschläge in Amelias Kopf. Schneller und schneller trugen ihre Füße sie über den Weg von Winterwoods Westmauer zum Pfarrhaus.

Mit pochendem Herzen bog sie vom Weg ab und nahm eine Abkürzung durch die Bäume, die an das Moor grenzten. Mehr als einmal verlor sie auf den nassen Blättern und dem feuchten Gras fast den Halt. Ihre Haare blieben an einem Ast hängen und rutschten aus ihrem Elfenbeinkamm, als sie die Lichtung erreichte, auf der das Pfarrhaus stand. Sie lief eilig zum Haus und hämmerte an die Tür.

Sobald ein Dienstmädchen ihr die Tür öffnete, drängte Amelia sich hinein. „Jane!", rief sie. „Jane!"

Ihre Freundin kam eilig um die Ecke. „Meine Güte, Kind, was ist denn ..." Sie brach mitten im Satz ab. Bei Amelias Anblick fiel ihre Kinnlade nach unten. „Was in aller Welt ist passiert? Komm herein, Liebste."

„Er will sie mir wegnehmen!" Amelia rang keuchend nach Luft.

„Was? Wer? Komm erst einmal herein und setz dich. Komm hierher ans Feuer." Jane legte die Arme um Amelias zitternde Schultern und führte sie zu einem Sessel am Kamin. „Ich will alles hören, aber zuerst musst du dich beruhigen. Es hilft niemandem, wenn du in Ohnmacht fällst."

Amelia starrte ins Feuer, aber wegen der Tränen in ihren Augen sah sie das Leuchten der Glut nur verschwommen. Ihr war nicht kalt. Sie atmete ein und aus und zwang ihren schnellen Atem, sich zu beruhigen.

Jane zog den Kamm, der nur noch leicht in Amelias Haaren hing, heraus und fuhr mit den Fingern durch ihre Locken. „Was ist passiert?"

„Kapitän Sterling. Er hat gesagt, dass er eine andere Unterbringung für Lucy plant." Amelias Stimme wurde vor Aufregung immer höher. „Er bringt sie von Winterwood weg! Was soll ich nur machen?"

Janes Stimme war ruhig und beherrscht. „Wo ist Lucy jetzt?"

„Sie ist noch auf Winterwood, aber der Kapitän hat es unmissverständlich gesagt. Er trifft Vorkehrungen für eine andere Unterbringung."

„Sag mir, was passiert ist."

Amelia zögerte. „Ich bin, offen gesagt, nicht ganz sicher, was passiert ist. Der Kapitän und sein Bruder waren zu Besuch, um Lucy zu sehen. Während sie auf Winterwood waren, hatten Mr Littleton und ich eine kleine ... Meinungsverschiedenheit. Kapitän Sterling schritt ein. Ich glaube, der Kapitän und Edward hatten danach noch einen Streit."

Jane nahm ihr Spitzentuch vom Sofa und legte es um Amelias Schultern. „Wenn das der Fall ist, hat die Entscheidung des Kapitäns wahrscheinlich mehr mit Mr Littleton als mit dir zu tun." Sie wollte Amelias Hand drücken, aber als sie die Rötungen von Edwards brutalem Griff sah, zog sie Amelias Hand näher zu sich heran. „Meine Güte! Wie ist das passiert?"

Amelia zog die Hand zurück und steckte sie unter das Tuch. Sie sollte diese Gelegenheit nutzen, um Jane alles zu erzählen. Von der Veränderung in Edwards Verhalten und ihren Zweifeln an seinen Motiven. Von dem Heiratsantrag, den sie dem Kapitän gemacht hatte. Von ihrem Schmerz, wenn sie Lucy verlieren würde. Aber die Worte wollten ihr einfach nicht über die Lippen kommen.

Jane drängte sie nicht. „Das muss sehr deprimierend für dich sein. Ich weiß, wie sehr du Lucy liebst. Manchmal geschehen Dinge, die nicht in unserer Hand liegen. Aber Gott hat einen Plan, Liebste. Er hat einen Plan für dich und für Lucy."

Amelia schüttelte schluchzend den Kopf. „Das glaube ich nicht. Wie könnte das sein? Glaubst du wirklich, Gott will ein Kind von dem einzigen Menschen wegholen, der es liebt?"

„Du glaubst, Kapitän Sterling würde Lucy nicht lieben?"

„Wie kann er das?", erwiderte Amelia. „Er hat sie bis jetzt ja kaum gesehen. Außerdem ist er immer wieder monatelang oder sogar jahrelang weg! Das wusste Katherine. Deshalb musste ich ihr versprechen ..."

„An dieser Stelle kommt Vertrauen ins Spiel. Du hast alles getan, was du tun kannst. Du musst fest glauben, dass alles in Gottes Hand liegt. Er wird dich nicht verlassen oder im Stich lassen, Amelia. Und er wird auch Lucy nicht im Stich lassen."

Amelia sprang von ihrem Sessel hoch und schritt aufgewühlt im Zimmer auf und ab. Sie wollte Jane glauben. Verzweifelt zwang sie sich, auf die Worte ihrer Freundin zu hören. Die Verse, die sie heute Morgen in der Bibel gelesen hatte, schossen ihr wieder durch den Kopf. Aber was wäre, wenn sie Gott vertraute und man ihr Lucy trotzdem wegnahm? Dieses Risiko konnte sie nicht eingehen.

Jane stand auf und kam zu ihr. „Beruhige dich, Liebste. Die Dinge sind vielleicht nicht so aussichtslos, wie du denkst. Der Kapitän ist allem Anschein nach ein ehrbarer Mann, und er scheint auch ein guter Mann zu sein. Ich bin sicher, dass er für vernünftige Argumente zugänglich ist." Sie zog ein Spitzentaschentuch aus einer Schublade und reichte es Amelia. „Die Dämmerung wird bald hereinbrechen. Du musst nach Hause gehen und dich ausruhen. Wir werden gemeinsam eine Lösung finden. Vertraust du mir?"

Amelia nickte und ließ sich von Jane in die Arme nehmen.

„Hab Glauben, Liebste", flüsterte Jane. „Du bist nicht allein."

☙

Es war nicht gelogen. Jedenfalls nicht direkt.

Tante Augusta verschränkte die Arme über ihrem üppigen Busen und schaute Amelia finster an. Die letzten Strahlen der untergehenden Sonne fielen durch das Westfenster des Salons und funkelten auf dem Topasanhänger am Hals ihrer Tante. „Kopfschmerzen?"

Amelia nickte und widerstand dem Drang, den Blick zu senken.

Tante Augusta schüttelte den Kopf. „Ich verstehe wirklich nicht, was in den letzten Tagen in dich gefahren ist. Du bist so launisch wie noch nie. Und so missmutig. Der arme Mr Littleton ist den weiten Weg gekommen, um dich zu sehen, und jetzt soll ich ihm sagen, dass du nicht zum Abendessen erscheinst, weil du Kopfschmerzen hast?"

Amelia faltete wie ein Kind, das gescholten wird, die Hände auf ihrem Rücken. „Wahrscheinlich sind es einfach nur die Nerven."

Tante Augusta tippte mit ihren langen Fingern auf den hauchdünnen Stoff ihres Ärmels. „Also gut. Auch wenn ich es nicht gut finde, werde ich Mr Littleton dein Bedauern ausdrücken." Sie wandte sich zum Gehen, blieb aber auf der Türschwelle noch einmal stehen. „Ich habe nie versucht, deine Mutter zu ersetzen, Amelia. Vielleicht war das falsch. Aber es wäre nachlässig von mir, wenn ich dich nicht daran erinnern würde, was für ein Glück du hast. Es lohnt sich, Mr Littleton zu heiraten. Er hat gute Beziehungen. Du stehst kurz davor, deine Situation zu verbessern. Tu nichts Unbedachtes und gib ihm keinen Anlass zu zweifeln."

Mit diesen letzten Worten verschwand ihre Tante auf dem Flur.

Amelia hätte fast gelacht. *Sie* sollte nichts Unbedachtes tun? Sie sollte *Edward* keinen Anlass geben zu zweifeln?

Sie hatte keine Angst, dass Edward die Verlobung lösen würde. Er würde einen solchen Skandal nicht riskieren. Und er würde sich nicht der Gefahr aussetzen, ihr Vermögen zu verlieren. Aber ihre Tante hatte recht. Ob es Amelia nun gefiel oder nicht, die Zeit wurde knapp. In zwei Monaten war ihr vierundzwanzigster Geburtstag, und wenn sie bis dahin nicht verheiratet war, würde Winterwood an jemand anderen fallen. Zu diesem späten Zeitpunkt blieb ihr keine andere Wahl, als Edward zu heiraten.

Amelia trat an den Schreibtisch und dachte über Janes Rat nach. *„Du musst fest glauben, dass alles in Gottes Hand liegt."* Vertrauen war ihr noch nie leichtgefallen.

Amelia nahm die Bibel ihres Vaters und wollte ihren *Psalter* holen, aber das kleine Buch lag nicht an seinem gewohnten Platz. Sie tastete weiter hinten in der Schublade, konnte es aber nirgends finden. Vermutlich hatte sie es in ihrem Zimmer gelassen. Sie klemmte sich die Bibel unter den Arm und stieg auf der Dienstbotentreppe in den ersten Stock hinauf.

Die Sonne dieses Tages hatte ihr Zimmer aufgewärmt, und die Wärme lag noch im Raum, obwohl die Nacht hereinbrach. Amelia warf sich auf das hohe Bett und starrte zu dem eleganten Baldachin hinauf, während sie versuchte, die vielen Gedanken und Gefühle zu sortieren, die auf sie einströmten. Alles purzelte wild durcheinander. Deshalb setzte sie sich wieder auf und nahm die Bibel. Die abgegriffenen Seiten fielen von selbst auf, und sie sah im Geiste ihren Vater an seinem Schreibtisch sitzen und über dieselben Verse nachsinnen, die ihr jetzt entgegenschauten.

„*Hab Glauben, Liebste.*" Sie versuchte, Janes Worte aus ihrem Kopf zu verdrängen. Aber die Worte kehrten hartnäckig immer wieder zurück.

Hatte sie Gott nicht wiederholt um seine Hilfe gebeten? Entweder hatte er nicht zugehört, oder ihre Bitten interessierten ihn nicht. Sie klappte die Bibel zu. Wie konnte ihr verzweifeltes Bemühen, auf einen Plan zu vertrauen – den es vielleicht gab, vielleicht aber auch nicht –, ihr nur noch mehr Kopfschmerzen bereiten?

Tränen traten in Amelias Augen. Sie hatte jedes Detail berücksichtigt. Aber war sie ihrem Wunsch auch nur einen Schritt näher gekommen? In ihrem Kampf um Kontrolle hatte sich die Schlinge nur noch enger um sie zusammengezogen. Sie war das Kämpfen und Planen müde und wollte Ruhe finden. Sie sehnte sich nach Frieden. Konnte es wirklich so einfach sein? Musste sie einfach nur Gott vertrauen?

Ein Klopfen an der Tür riss sie aus ihren Gedanken. Sie fuhr vom Bett hoch.

„Amelia, ich bin es! Helena." Es klopfte wieder. „Mach die Tür auf!"

Amelia rührte sich nicht.

„Was ist nur mit dir los?" Helenas Stimme klang drängend. „Mr Littleton ist in einer furchtbaren Verfassung. So habe ich ihn noch nie gesehen."

Amelia drückte sich die Hand auf den Mund und hatte nur den einen Wunsch: dass ihre Cousine sie in Ruhe ließe.

„Amelia? Bist du wach?" Helena rüttelte am Türgriff. Einige lange, schweigende Sekunden folgten, dann hörte Amelia die gedämpften Geräusche von Helenas Schritten, die sich von der Tür entfernten. Amelia wartete, bis sie sicher war, dass Helena fort war, bevor sie die Vorhänge zuzog. Draußen brauten sich dicke Wolken zusammen. Sie zitterte und war den Tränen nahe.

Ich will dir vertrauen, Gott. Aber ich weiß nicht, wie. Wenn du einen Plan für mich hast, dann zeig ihn mir bitte. Ich schaffe das nicht allein.

☙

William schenkte sich noch ein Glas Brandy ein und stützte den Arm auf den Kaminsims in der Bibliothek. „Ich sage dir, was du brauchst, Graham. Ein wenig Ablenkung."

Graham schaute von dem Brief auf, den er gerade schrieb, und runzelte die Stirn. „Nein, was ich brauche, ist ein Kindermädchen für Lucy."

„Hat sie nicht schon ein Kindermädchen? Diese Irin?"

„Ich kann ja wohl kaum Mrs Dunne einstellen, wenn sie noch eine Anstellung bei Miss Barrett hat. Und ich muss jemanden haben, bevor ich Lucy hierherbringe. Die Situation auf Winterwood Manor wird immer untragbarer."

William trank einen großen Schluck und schüttelte den Kopf. „Mir war Littleton noch nie sympathisch. Und jetzt ist er mir noch unsympathischer. Dabei hatte ich ernsthaft in Erwägung gezogen, ihm die westlichen Wiesen zu verkaufen."

Graham zog eine Braue hoch. „Ich glaube, du wärst gut beraten, dich mit diesem Kerl auf keine Geschäfte einzulassen."

„Damit hast du zweifellos recht." William fuhr mit den Fingern über den gewellten Sturz des Kaminsimses, dann stieß er sich davon ab. „Aber um auf die Ablenkung zurückzukommen, von der ich sprach: Jonathan Riley drüben in Wharton Park lädt zu einem Jagdausflug auf seinem Gelände ein. Nichts Extravagantes, nur Männer, die gern den Jagdhunden hinterherreiten und danach Karten spielen und trinken wollen. Ich breche morgen früh auf und werde wahrscheinlich ein paar Tage bleiben. Rileys Jagdgebiet ist nur ungefähr eine Reitstunde entfernt. Komm doch mit."

Graham dachte über diesen Vorschlag nach. Die Vorstellung, seine Sorgen ein paar Tage zu vergessen, reizte ihn. Aber er hatte einen zu großen Teil seiner Jugend mit „Ablenkungen" vergeudet. Solche Vergnügungen gehörten der Vergangenheit an, und er hatte nicht die Absicht, sich ihnen neu zu widmen. „Danke, nein. Ich habe einiges zu tun."

„Wie du meinst. Ich glaube trotzdem, dass es dir guttun würde."

William sah aus, als wollte er das Zimmer verlassen, aber dann überlegte er es sich anders und ließ sich in einen Sessel fallen. „Natürlich geht es mich nichts an, aber ich finde es eine Schande, dass Miss Barrett Littleton heiratet. Sie liebt Lucy so sehr, dass sie dich wahrscheinlich sogar heiraten würde, nur um das Kind behalten zu können. Wenn Littleton so unehrenhaft ist, wie du behauptest, wäre sie dir dafür wahrscheinlich sogar dankbar."

Graham starrte William argwöhnisch an. Hatte sein Bruder irgendwie von Miss Barretts Heiratsantrag gehört? Aber William schaute ihn mit unschuldiger Miene an. „Du glaubst, eine Frau würde einen Mann nur wegen eines Kindes heiraten?"

William zuckte die Achseln und legte seinen Stiefel über das andere Bein. „Vielleicht nicht viele Frauen. Aber Miss Barrett ist selbst sehr vermögend. Sie muss sich also keine Sorgen wegen der Dinge machen, die die meisten Frauen motivieren." Er strich über seine Jacke. „Ich würde ihr selbst einen Antrag machen, aber ich glaube, in nicht allzu ferner Vergangenheit hatte sie mich als selbstsüchtigen, Unsinn schwätzenden Idioten bezeichnet. Eine solche Ehe wäre nicht unbedingt eine Verbindung, die im Himmel geschlossen wäre."

Graham schmunzelte. Miss Barrett war wirklich eine Frau, die kein Blatt vor den Mund nahm. Er konnte fast hören, wie sie diese Worte aussprach. „Aber sie ist mit Littleton verlobt, und ich habe nicht die Absicht zu heiraten. Damit ist die Sache also erledigt."

William schlug sich aufs Knie. „Du bist ein kluger Mann. Ich selbst habe auch nicht die Absicht, mich zu binden. Nun ja, vielleicht wäre das Vermögen, das man durch Frauen wie Miss Barrett bekommt, die Sache wert, aber du hast recht." Er stand auf und nahm seinen Reitstock aus der Schreibtischecke. „Ich breche nach dem Frühstück auf, falls du deine Meinung in Bezug auf Wharton ändern solltest."

„Ich habe nicht die Absicht zu heiraten." Seine eigenen Worte hallten in Grahams Kopf wider, als sein Bruder den Raum verlassen hatte. War das die Wahrheit?

Er wollte Lucy auf keinen Fall in einer fragwürdigen Umgebung zurücklassen, wenn er wieder auf sein Schiff zurückmusste. Bis jetzt erwies sich jede Möglichkeit, die er versucht hatte, als unbefriedigend, und er musste sich binnen eines Monats auf seinem Schiff zurückmelden. Der einzige Mensch, dem er im Moment seine

Tochter anvertrauen könnte, war Miss Barrett. Und sie hatte ihm ihren Preis genannt.

Graham betrachtete ein Buch, das vor ihm auf dem Schreibtisch lag, ohne es wirklich zu sehen. Amelia Barrett. Die eigensinnige, entschlossene, faszinierende Amelia Barrett. Ihre Leidenschaft war ansteckend, ihre Hingabe bewundernswert. Und der Gedanke, dass Edward Littleton ihr wehtat, gefiel ihm überhaupt nicht.

Er öffnete die Schreibtischschublade, holte ein Blatt Papier heraus und nahm die Feder aus der Halterung. Er war stolz darauf, dass er ein Mann schneller, klarer Entscheidungen war. Wenn er erst einmal einen Entschluss gefasst hatte, ließ er sich davon nicht mehr abbringen.

Er tauchte die Feder in die Tinte und begann zu schreiben.

Liebe Miss Barrett ...

Kapitel 9

Edwards heißer Atem berührte Amelias Wange. „Mein Temperament ist mit mir durchgegangen, Liebste." Er legte die Hand auf ihre Schulter und ließ sie über den dünnen Stoff ihres Ärmels nach unten gleiten. „Entschuldigen Sie mein Verhalten. Sie vergeben mir doch, nicht wahr?"

Amelia rührte sich nicht. Seine dunkelbraunen Augen schauten sie durchbohrend an, als wolle er ihre Seele ausspionieren. Vor ein paar Monaten hatte sie seine wiederholten Versuche, sich zerknirscht zu geben, noch geglaubt. Aber jetzt klang seine Bitte hohl und leer.

„Lassen Sie uns bitte nicht streiten." Er streichelte ihre Wange. „Wir sind bald verheiratet. Dann interessieren diese kleinen Meinungsverschiedenheiten niemanden mehr."

Hatte sie eine andere Wahl? Er war größer, stärker und wäre bald der Herr auf Winterwood. Sie zwang sich zu der Lüge. „Ich vergebe Ihnen."

Ein triumphierendes Lächeln zog über sein attraktives Gesicht. „Gut."

Sie trat von ihm weg und tat, als betrachte sie den Blick aus dem Fenster. Sie hörte, wie die Dienstboten vor dem Haus das Gepäck in der Kutsche verstauten. „Wie lang beabsichtigen Sie in London zu bleiben?"

„Sie können meine Rückkehr kaum erwarten, nicht wahr?" Sein Grinsen war dreckig und anzüglich. „Ich plane, zwei Wochen dortzubleiben, vielleicht einen Tag mehr oder weniger. Danach bin ich für immer hier."

Ein Donner rollte. „Sie sollten lieber bald aufbrechen. Ich fürchte, es wird bald regnen."

Onkel Georges Stimme ertönte, noch bevor er zu sehen war. Der ältere Mann legte seine schwere Hand auf Edwards Schulter. „Fahren Sie los, mein Junge?"

Edward verbeugte sich leicht und drehte sich dann zu Tante Augusta um, die hinter ihrem Mann in den Salon schlenderte. „Ja, Sir. Ich breche lieber auf, bevor der Regen einsetzt und die Straßen zu matschig werden."

Onkel Georges raues Lachen erfüllte den Raum. „Das stimmt. Elender Regen."

„Wir werden Sie beim Morgengottesdienst vermissen, Mr Littleton." Tante Augustas Lippen verzogen sich zu einem leichten Lächeln, während sie Edward seinen Schal reichte. „Ohne Ihre Gesellschaft herrscht in unserer Kirchenbank eine große Lücke."

James, der Butler, trat vor und reichte Edward seinen schwarzen Kastorhut. Edward klemmte ihn sich unter den Arm. Dann ging er vor den anderen zur Kutsche hinaus. Die Dienstboten säumten die Auffahrt, um ihren Gast zu verabschieden. Edward rief dem Kutscher mit harter Stimme letzte Anweisungen zu, dann drehte er sich zu seiner künftigen Familie herum. Er verbeugte sich. „Dann bis bald."

Ein erleichtertes Seufzen kam über Amelias Lippen, während sie zuschaute, wie die Kutsche losrollte. Sie war noch nie so glücklich gewesen, eine Kutsche wegfahren zu sehen.

☙

Graham tippte mit den Fingerspitzen auf die Kirchenbank aus harter englischer Eiche. Der Anblick des abgenutzten Holzes weckte in ihm längst vergessene Erinnerungen.

Weiß. Seine Mutter hatte sonntags immer Weiß getragen. Er schloss die Augen und verbannte die Erinnerungen aus seinem Gedächtnis.

Kalte Luft strömte durch das Fenster und den Mittelgang und kündigte Regen an. Ein seltenes Schauern überkam ihn. Er hätte nicht zum Gottesdienst kommen sollen. Er war hier in der Gegend fast ein Fremder. Er gehörte nicht in diese Gemeinde. Aber etwas hatte ihn an diesem Novembersonntag in die Kirche gezogen.

Etwas … oder jemand.

Während die Stimme des Pfarrers von den Steinwänden und den Bleiglasfenstern widerhallte, wanderte sein Blick zur Kirchenbank der Barretts. Littleton war nicht dabei. Neben Amelia Barrett saßen ihre Cousine, ihre Tante und ihr Onkel. In Miss Barretts Armen saß seine kleine Lucy. Sie hatte die Augen geschlossen und schlummerte. Selbst aus dieser Entfernung konnte er ihre weichen Wangen und das Rosa ihrer geöffneten Lippen sehen. Daunenweiche kupferfarbene Haare lockten sich unter ihrem Hut und bildeten einen deutlichen Kontrast zu ihrer blassen Haut. Es war nicht zu übersehen, dass Lucy Katherines Tochter war.

Grahams Brust zog sich zusammen. Das Kind erkannte ihn noch nicht einmal als seinen Vater. Der Empfang, den es ihm bei seinem letzten Besuch auf Winterwood bereitet hatte, war dafür ein deutlicher Beweis. Aber vielleicht würde Lucy im Laufe der Zeit anfangen, ihn zu akzeptieren und ihn vielleicht sogar irgendwann lieben.

Er sollte auf die Predigt hören, aber seine Augen wanderten zu Miss Barretts Gesicht. Er betrachtete ihre cremig glatte Haut, die reizvolle Biegung ihrer schmalen Nase und die üppigen goldenen Locken, die ihr Gesicht umrahmten. Ein Kleid aus gelbbraunem Batist mit einem dünnen Netz darüber bedeckte ihre Schultern, und eine Spitzenchemisette lag um ihren Hals. Ihre faszinierenden hellen Augen waren unverwandt auf den Pfarrer gerichtet. Sie war wirklich eine schöne Frau.

Da er nicht dabei ertappt werden wollte, wie er sie anstarrte, richtete er seine Aufmerksamkeit ebenfalls wieder auf den Pfarrer. Graham war spät gekommen und hatte kaum in der Kirchbank seiner Familie Platz genommen, als die Predigt auch schon begonnen hatte. Miss Barrett hatte ihn mit einem Kopfnicken begrüßt, aber kein Lächeln hatte auf ihren Lippen gelegen, keine Wärme hatte aus ihren Augen gestrahlt.

Wie würde sie auf den Brief reagieren?

Er zog Miss Barretts *Psalter* aus seiner Brusttasche und legte das Buch auf die Kirchenbank. Er schob den Finger unter den Buchdeckel und klappte ihn auf, um sich zu vergewissern, dass sein Brief immer noch darin steckte. Er würde ihr das Buch nach dem Gottesdienst geben, und dann konnte er nur abwarten, was passieren würde.

Nach dem abschließenden Segen stand Graham schnell auf und wollte gehen, aber zwei ältere Damen, die mit seiner Mutter befreundet gewesen waren, drängten ihm ein Gespräch auf. Als er sich verabschiedete, waren die Barretts schon fort. Er bahnte sich einen Weg durch die Kirchenbänke. Als er endlich draußen ankam und seine Stiefel im weichen Gras einsanken, musste er sich beeilen, um sie einzuholen. Miss Barrett stand mit dem Rücken zu ihm, und Lucy, die aufgewacht war, schaute ihn über Miss Barretts Schulter vorsichtig an. Graham glaubte, in den Augen des Kindes zu sehen, dass es ihn erkannte. Es bewegte eine Faust durch die Luft, fast als wolle es ihm zuwinken. Bei Lucys Bewegung drehte sich Miss Barrett herum und schaute ihn mit einer Miene an, die er nicht deuten konnte.

„Kapitän Sterling."

Graham verbeugte sich vor den Damen und begrüßte Mr Barrett mit einem Kopfnicken. „Wie ich sehe, geht es Lucy gut."

„Das stimmt." Amelia setzte das Kind auf ihre andere Hüfte.

Graham streckte eine Hand nach Lucy aus und streichelte mit den Fingern ihre Wange. Lucy lächelte ihn an, dann kicherte sie und vergrub das Gesicht an Miss Barretts Hals.

Plötzlich wurde ihm bewusst, dass die ganze Familie Barrett ihn beobachtete, und er zog das Buch aus der Tasche.

„Mein Psalter!" Miss Barretts Miene hellte sich auf, und sie verschob Lucy auf ihren Armen, bevor sie es nahm. „Ich habe dieses Buch überall gesucht! Wo haben Sie es gefunden?"

„Neben Katherines Grab. Ihr Name steht darin."

Sie belohnte ihn mit einem Lächeln. „Danke, dass Sie es mir zurückgeben. Dieses Buch hat meiner Mutter gehört. Ich hätte es schmerzlich vermisst."

Ein unangenehmes Schweigen folgte, und Graham schob seinen Hut in die andere Hand. „Dann komme ich morgen, um Lucy zu besuchen. Natürlich nur, wenn Ihnen das keine Umstände bereitet."

Er verbeugte sich, lächelte Lucy an, setzte seinen Hut wieder auf und ging auf dem Schotterweg zurück.

Würde sie seine Nachricht, die er in das Buch gesteckt hatte, bemerken? Er wusste es nicht. Aber wenn alles gut ging, würde er das bald herausfinden.

☙

Amelia schaute durch die klare Scheibe der Kutsche zu, wie Kapitän Sterlings große Gestalt den Friedhof überquerte und auf Darburys

Hauptstraße zuschritt. Sie war überrascht gewesen, ihn in der Kirche zu sehen. Sein Bruder besuchte nie den Gottesdienst. Sie hatte vermutet, dass der Kapitän eine ähnliche Einstellung vertreten würde.

Noch überraschender war das sonderbare Hämmern in ihrer Brust, das sie trotz ihrer Verärgerung wegen seines Vorhabens, Lucy von Winterwood wegzuholen, nicht leugnen konnte. Etwas in ihr wollte ihm nachrufen: „Warten Sie! Gehen Sie nicht!" Aber ein ungewohnter Friede legte sich über sie, als sie sich an ihr kurzes Gebet von gestern Abend erinnerte.

Die Kommentare ihrer Tante über Mrs Mills Sonntagskleid erfüllten die Kutsche auf der kurzen Fahrt zurück nach Winterwood Manor. Der Regen hatte an Stärke zugenommen und prasselte gegen die Kutschenwände. Amelia und Lucy wurden fast aus ihrem Sitz hochgeworfen, als ein Windstoß die Kutsche von hinten erfasste. Aber der Rest der Fahrt verlief ohne weitere Vorkommnisse. Lucy klopfte fröhlich auf ihren Arm, während Amelia in den Seiten des Psalters blätterte und sich freute, dass sie ihr geliebtes Buch wiederhatte. Plötzlich berührten ihre Finger etwas Ungewohntes. Zwischen den Seiten steckte ein zusammengefaltetes Blatt Papier.

Ein Brief! Amelia klappte das Buch zu. Sie warf einen Blick auf ihre Cousine und dann auf ihre Tante, um zu sehen, ob sie etwas bemerkt hatten. Ihr Puls hämmerte laut in ihren Ohren.

Die Kutsche blieb vor Winterwood schmerzlich langsam stehen. Amelia murmelte etwas davon, dass sie Lucy zu Mrs Dunne bringen würde, aber sobald sie das erledigt hatte, eilte sie in ihr Zimmer. Sie schloss die Tür hinter sich und sank auf ihr Bett. Ihre kalten, zitternden Finger waren kaum schnell genug, als sie das Siegel aufbrach und die Worte verschlang.

Liebe Miss Barrett,
bitte vergeben Sie mir diese Indiskretion. Ich muss Sie unter vier Augen sprechen. Bitte geben Sie mir die Ehre und treffen Sie sich am Sonntagabend bei Einbruch der Nacht auf dem Sterling-Friedhof mit mir.

Hochachtungsvoll
Graham Sterling

In Amelias Kopf wirbelten tausend Gedanken durcheinander, während sie den Brief auf ihren Schoß sinken ließ. Kein echter Gentleman würde es wagen, eine Frau ohne Begleitung an einen unbeobachteten Ort einzuladen. Ihr Atem stockte. Es sei denn, er hatte beschlossen, ihren Antrag anzunehmen.

Eine aufgeregte Vorfreude stieg in ihr auf. Konnte das eine Antwort auf ihr schwaches kleines Gebet sein? Mit plötzlich neuer Energie stand sie auf, während alle möglichen Szenarien durch ihren Kopf schossen. Vielleicht hatte Kapitän Sterling ein anderes Zuhause für Lucy gefunden und wollte ihr das persönlich mitteilen. Vielleicht wollte er Lucy mit nach Plymouth nehmen. Amelia starrte den Brief so lange an, bis die Buchstaben vor ihren Augen verschwammen. Die Worte waren plötzlich nur noch ein Gekritzel, die feinen Linien und Zeichen waren nichts weiter als Tinte auf Papier.

Die Stunden vor Sonnenuntergang krochen viel zu langsam dahin. Amelia suchte Ablenkung, aber die Beschäftigungen, die ihr normalerweise Freude bereiteten – Lesen, Malen, Sticken –, konnten sie heute nicht fesseln. Nicht einmal die Beschäftigung mit Lucy konnte ihre Unruhe vertreiben. Während das Kind einen Mittagsschlaf machte, ging Amelia in Winterwoods kahlen Gärten spazieren und freute sich über die Einsamkeit, die sie dort fand.

Schließlich kam die Sonne hinter den Wolken hervor und begann, hinter dem Moor unterzugehen. Malvenfarbene Streifen zeichneten sich am Abendhimmel ab. Falls sie beabsichtigte, sich mit dem Kapitän zu treffen, musste sie jetzt aufbrechen.

Ruhe. Sie musste Ruhe bewahren. Amelia holte einen schweren weinroten Umhang aus ihrem Kleiderschrank und blieb vor dem Spiegel stehen. Sie strich ihre Haare glatt und kniff sich in die Wangen. Als sie die Bibel ihres Vaters sah, die immer noch auf ihrem Schreibtisch lag, blieb sie stehen.

Sie konnte die Ironie des Ganzen nicht leugnen. Gestern Abend hatte sie auf ihrem Bett gelegen und keine Hoffnung mehr gehabt. Sie hatte zu Gott geschrien, und heute war die Hoffnung zurückgekehrt.

Sie zögerte. Es konnte Zufall sein. Oder war es mehr als das?

Sie strich mit der Fingerspitze über den abgegriffenen Buchdeckel der Bibel. Und wenn Gott ihre Bitte nicht erhörte?

Aber vielleicht erhörte er sie!

Sie ließ den Umhang aufs Bett fallen. Heute kam ihr Gebet leichter als gestern Abend. *Gott, ich habe heute deinen Frieden gefühlt. Mein Glaube ist schwach. Ich fürchte, ich werde nie einen so starken Glauben haben wie Jane oder Katherine. Aber ich möchte es gern versuchen. Bitte hilf mir zu lernen, mich auf dich zu stützen. Deinem Plan zu vertrauen und nicht meinen eigenen Plänen.*

Kapitel 10

Schwarze Bäume säumten die östliche Wiese und trennten sie vom Sterling-Friedhof. Ihre knorrigen Äste ragten wie knöchrige Finger in den aufziehenden Nebel. Der Wind pfiff zwischen den kahlen Zweigen und veranlasste Amelia, ihre Schritte zu beschleunigen. Feuchtigkeit tropfte vom Saum ihres Kleides. Sie umklammerte ihren Umhang, schaute mit zusammengekniffenen Augen in die aufziehende Dunkelheit hinein und hielt sich nahe an den Bäumen.

Als sie das Friedhofstor erreichte, blieb Amelia kurz stehen, um sich zu vergewissern, dass niemand sie beobachtete. Dann trat sie ein. Sie entdeckte den Kapitän sofort, der auf der Bank neben Katherines Grab saß. Er hatte den Hut weit in die Stirn gezogen, und obwohl sich sein Mantel im Wind aufblähte, waren seine kräftigen Schultern gut zu erkennen.

„Miss Barrett!" Er sprang auf und nahm in einer schwungvollen Bewegung den Hut ab.

Wenn seine Gesichtszüge nicht durch die Schatten der aufziehenden Nacht verborgen gewesen wären, wäre ihr der tiefe Klang seiner Stimme vielleicht nicht aufgefallen. Ein Hauch von Sandelholz und Leder umgab ihn. „Herr Kapitän."

Er lud sie mit einer Handbewegung ein, sich zu setzen. „Danke, dass Sie gekommen sind. Ich weiß, dass die Umstände ungewöhnlich sind. Bitte vergeben Sie mir."

Amelia schob die Kapuze von ihrem Kopf und ließ sie auf ihren Umhang fallen. „Es ging nicht anders, Herr Kapitän. Ich war sehr dankbar, als ich Ihre Nachricht erhielt."

Sie wartete, dass er weitersprach, und strengte die Ohren an, um ihn trotz des pfeifenden Windes und des wilden Rasens ihres Herzens zu hören.

„Ich muss mit Ihnen über Lucy sprechen." Kapitän Sterling setzte sich neben sie. „Ich habe entschieden, wo sie wohnen soll, wenn ich auf mein Schiff zurückkehre."

Amelia hielt die Luft an.

Er stützte die Ellbogen auf seine Knie und schaute sie mit seinen durchdringenden grauen Augen an. „Sie muss bei Ihnen wohnen."

Hatte sie ihn richtig verstanden? „Wollen Sie damit sagen ...?"

Er hob eine Hand. „Bevor wir weitersprechen, muss ich mich vergewissern, ob Sie sich der Konsequenzen in ihrem vollen Umfang bewusst sind."

„Wie meinen Sie das?"

Kapitän Sterling legte die Fingerspitzen aneinander und schaute sie an. „Ihr Onkel ist ein stolzer Mann, Miss Barrett. Haben Sie sich überlegt, welche Folgen es hat, wenn Sie gegen seinen ausdrücklichen Wunsch handeln?"

Sie senkte den Blick und war jetzt für die Dunkelheit dankbar.

Er sprach mit leiser Stimme weiter. „Ich will Sie nicht beunruhigen, aber mein Gewissen gebietet mir, Ihnen zu raten, alle Folgen zu bedenken. Ich muss in wenigen Wochen wieder in See stechen. Sie werden auf sich gestellt sein und müssen auf Winterwood allein mit den Konsequenzen fertig werden."

Sie wählte ihre Worte mit reiflicher Überlegung. „Sie müssen mir glauben, dass ich diese Überlegungen viele Male im Kopf durchgespielt habe. Ich erwarte gewiss nicht, dass es leicht sein wird. Mein Onkel will zweifellos eine gewisse Kontrolle über mein Erbe behalten. Ich kann mir vorstellen, dass meine Tante mehr darum besorgt ist, welchen Schaden meine Entscheidung für Helenas Heiratsaussichten haben wird, als dass sie sich Gedanken um mein Glück macht. Ich bezweifle also nicht, dass es unangenehme Momente geben wird, aber ich glaube, dass sie es mit der Zeit verwinden werden. Immerhin sind sie meine Familie, und Helena und ich sind wie Schwestern."

Kapitän Sterling rutschte auf der Bank ein wenig näher und drehte den Hut in seinen Händen. „Es geht nicht nur um Ihre Familie, Miss Barrett. Edward Littleton ist ein launischer Mann. Sind Sie auf seine Reaktion vorbereitet?"

Amelia atmete stockend ein. Das war wirklich ihre größte Sorge. Sie hatte früher trotz Edwards Ehrgeiz und seiner Unberechenbarkeit geglaubt, dass er ein freundlicher Mann wäre. Erst in letzter Zeit hatte sie seine grausame Seite gesehen und seine egoistische

Art, die Wünsche aller anderen zu ignorieren und nur seine eigenen Wünsche zu sehen, wahrgenommen.

Ein scharfer Windstoß wehte über den Friedhof und blähte ihren Umhang auf. Sie zog den Stoff eng um ihren Körper. „Ich dachte, Edward Littleton würde mich lieben. Doch die Zeit hat mir die Augen für seine wahren Motive geöffnet. Mein Erbe, Kapitän Sterling, ist kein Geheimnis. Edward wird ganz bestimmt sehr wütend sein, wenn ich unsere Verlobung löse, aber nur, weil er damit Geld verliert, nicht, weil er mich verliert. Um Ihre Frage zu beantworten: Ich fürchte seine Reaktion wirklich, wenigstens am Anfang. Aber er ist ein stolzer Mann. So wie ich Edwards Charakter einschätze, gehe ich davon aus, dass er es vorziehen wird, einen Skandal zu vermeiden und die Sache nicht publik zu machen."

Kapitän Sterling schaute ihr forschend ins Gesicht. Seine Nähe machte sie nicht mehr so nervös wie früher. Aber selbst im Schutz der Dunkelheit fürchtete sie, dass ihr ihre Gedanken deutlich ins Gesicht geschrieben standen.

Er saß auf der Bank so dicht neben ihr, dass sie die Wärme fühlen konnte, die von seinem Körper ausging. „Und das Geld?"

Die Realität kehrte mit einem harten Schlag zurück. *Das Geld.* „Was ist damit?"

„Mir ist sehr wohl bewusst, was die Leute sagen werden, wenn wir diesen Weg gehen. Aber Sie müssen wissen, dass ich Ihr Geld nicht brauche und auch keinen Wunsch nach den Anfechtungen habe, die mit einem großen Vermögen verbunden sind." Er senkte die Stimme. „Das sage ich nicht aus Stolz, Miss Barrett. Mein Beruf ist gefährlich. Es kann sehr gut sein, dass ich Darbury verlasse und nie zurückkehre. Deshalb muss ich wissen, dass meine Tochter gut versorgt sein wird. Dass sie geliebt wird. Ich vertraue Ihnen. Aber mir ist wichtig, dass Sie mir auch vertrauen. Ihr Geld gehört Ihnen. Ich werde es nicht anrühren. Ich bitte Sie nur, sich um meine Tochter zu kümmern."

Amelias Augenbrauen schossen nach oben. Hatte sie ihn richtig verstanden? Solange sie zurückdenken konnte, hatte man ihr immer gesagt, dass ihr Vermögen der Schlüssel dazu wäre, einen geeigneten Ehemann zu finden. Sie konnte nur „Danke" murmeln.

Er stand von der Bank auf und schaute sie einen langen Moment an. Unter seinem durchdringenden Blick rutschte sie unbehaglich hin und her. Schließlich zog ein Lächeln über sein Gesicht.

„Also gut." Kapitän Sterling kniete nieder und ergriff ihre Hand, die auf ihrem Schoß lag. Bei der Berührung zuckte sie zusammen.

„Amelia Barrett, würden Sie mir die Ehre erweisen und meine Frau werden?"

☙

Amelia schloss geräuschlos die Tür und blieb einen Moment stehen. Sie strengte ihre Ohren an, um sich zu vergewissern, dass die Dienstboten nicht in der Nähe waren. Sobald sie sicher war, allein zu sein, lehnte sie die Stirn an das raue Holz der Tür und schloss die Augen.

Sie zitterte vor Kälte am ganzen Körper, und ihr nasser Umhang klebte unangenehm an ihren Gliedern. Würde das wirklich geschehen? Eine neue Aufregung durchströmte ihren Körper und kribbelte in ihrem Magen. Sie würde Kapitän Sterling heiraten und wäre frei von Edward. Aber am wichtigsten war, dass Lucy für immer bei ihr wäre. Sie drehte sich in der dunklen Eingangshalle im Kreis und ließ die Kapuze auf ihre Schultern fallen. Nicht einmal die Feuchtigkeit ihrer Kleidung und die Kälte in ihren Knochen konnten die Freude in ihrem Herzen schmälern.

Schwaches Mondlicht fiel durch ein winziges Fenster im Treppenhaus. Sie hob ihre Röcke und begann, die Treppe hinaufzusteigen. An dem schmalen Fenster blieb sie stehen und schaute durch das gewellte Glas hinaus. Sie sah, wie die schwarze Silhouette des Kapitäns im Nebel der Nacht verschwand. Ein ungewohntes Gefühl kribbelte in ihrem Magen. Trotz ihrer Proteste hatte Kapitän Sterling darauf bestanden, sie nach Winterwood zu begleiten. Amelia war noch nie zuvor allein mit einem Mann spazieren gegangen, schon gar nicht mitten in der Dunkelheit. Sie wusste, dass das unschicklich war. Aber es *fühlte* sich nicht unschicklich an.

So leise wie möglich ging sie die Dienstbotentreppe weiter hinauf. Bei jedem Knarren der alten Holztreppe hielt sie inne. Amelia dachte daran, zu Lucy zu gehen. Sie wollte das Kind so gern in die Arme nehmen und es nie wieder loslassen. Jetzt konnte sie sicher sein, dass Lucy nie wieder allein wäre und immer geliebt werden würde. Ihr würde der Schmerz einer Kindheit ohne Mutter erspart bleiben. Amelia musste nur noch ein wenig warten, bis der Kapitän mit ihrer Heiratserlaubnis zurückkäme. Aber sie rief sich ins Gedächtnis, dass sie vorsichtig bleiben musste, denn bis zu seiner Rückkehr konnte vieles passieren.

Sie entschied sich, das Kind jetzt nicht zu wecken, und blieb auf dem Treppenabsatz neben ihrem Zimmer stehen. Sie warf einen Blick auf den langen Gang. Alles war ruhig. Ganz Winterwood schlief. Sie trat zu ihrer Tür und öffnete sie nur so weit, dass sie hineinschlüpfen konnte. Das Feuer, das das Dienstmädchen vor einiger Zeit angezündet hatte, war fast erloschen. Nur ein wenig Glut war noch übrig. Sie blinzelte, um ihre Augen an den schwachen Lichtschein zu gewöhnen, warf ihren Umhang auf den Sessel neben der Tür und drehte sich zu ihrem Bett herum. Als sie sah, dass eine dunkle Gestalt auf dem Bett saß, fuhr sie erschrocken zusammen.

„Wo warst du?", zischte Helena. „Es war nicht leicht, eine glaubwürdige Entschuldigung für dich zu erfinden. Ist dir eigentlich bewusst, wie spät es ist?"

Amelia zitterte immer noch. „Helena, du hast mich zu Tode erschreckt. Was in aller Welt machst du hier und warum sitzt du im Dunkeln in meinem Zimmer? Du solltest schon längst schlafen."

„Du auch, meine liebe Cousine." Helenas angespannter Tonfall verriet, dass sie ihre Gefühle nur mühsam beherrschen konnte. Sie verschränkte die Arme vor ihrer Brust. „Du hast meine Frage nicht beantwortet. Wo warst du?"

Amelias überschwängliche Freude wich einem starken Unbehagen. Sie nahm eine Kerze von dem kleinen Tisch neben ihrem Bett. Eine halbherzige Ausrede würde Helena nicht zufriedenstellen, doch der Kapitän hatte sie gebeten, ihre Übereinkunft geheim zu halten, bis sie gemeinsam mit ihrer Familie sprechen konnten. „Ich brauchte frische Luft."

„Frische Luft?", fragte Helena ungläubig. „Es regnet. Es ist kalt. Du warst die ganze Zeit bei diesem Wetter draußen? Allein?"

Ein unangenehmes Schweigen lag zwischen den beiden. Amelia beugte sich zum Kamin hinab, um die Kerze an der Glut zu entzünden. „Feuchte Luft ist die beste."

Eine Flamme flackerte am Docht der Kerze auf, und Amelia richtete sich wieder auf. Als sie sich umdrehte, um die Kerze in den Ständer zu stecken, hob Helena die Hand. Sie hielt einen kleinen Brief zwischen den Fingern.

Die Nachricht des Kapitäns!

Amelia machte einen Satz auf sie zu und riss ihr den Brief aus der Hand. „Wo hast du das gefunden?"

„Es sieht so aus, als wärst du doch nicht ganz allein gewesen."

Amelia war gegen den verteidigenden Tonfall in ihrer Stimme machtlos. „Ich weiß nicht, warum du so überrascht bist. Ich habe vor dir kein Geheimnis aus meinen Absichten gemacht. Und jetzt wunderst du dich, dass ich sie in die Tat umsetze?"

„Ja, du hast mir deine Absichten erzählt, aber ich hätte nicht im Traum gedacht, dass du sie tatsächlich umsetzt, und schon gar nicht, nachdem dein erstes Gespräch mit Kapitän Sterling im Salon nicht besonders erfreulich verlaufen ist. Hast du denn überhaupt kein Schamgefühl, Amelia? Wie kannst du Edward so etwas antun? Er liebt dich, und so dankst du ihm seine Zuneigung?"

„Er liebt mich? Ganz im Gegenteil, Helena! Edward liebt Winterwood und das Vermögen, das damit verbunden ist." Amelia brach ab und wählte ihre Worte vorsichtig. Es war ein Fehler gewesen, Helena ins Vertrauen zu ziehen. Wie sehr sie die alte Helena vermisste, ihre geliebte Freundin! „Diese Situation und die Wahl meines Ehemanns gehen dich nichts an."

Ein schmerzerfüllter Ausdruck zog über Helenas zartes Gesicht, aber sie warf die Schultern zurück und schob das Kinn vor. „Wirklich? Dann entschuldige, dass ich das falsch verstanden habe. Ich leugne nicht, dass sich unsere Beziehung in den letzten Monaten verändert hat, aber ich dachte, es würde dich vielleicht interessieren, was ich über etwas so Wichtiges wie deinen künftigen Mann denke."

Helenas Worte verstärkten Amelias Enttäuschung. Niemand verstand es besser, Worte zu seinem Vorteil zu verdrehen, als Helena es konnte. Wie konnte sie Helena nur dazu bringen, hinter Edwards Fassade zu blicken? „Helena, sei nicht albern. Natürlich schätze ich deine Meinung. Aber du musst mir glauben, dass ich Edwards Charakter besser kenne als du, und mir ist sehr wohl bewusst, welche möglichen Folgen mein Handeln haben könnte."

Helena warf ihren rotbraunen Zopf auf ihren Rücken. „Hast du dir wirklich überlegt, was die Leute sagen werden, wenn du dich jetzt von Edward trennst? Vater wird außer sich sein. Du erwartest doch sicher nicht von mir, dass ich ihn anlüge und so tue, als ob ..."

„Ich verlange von dir nicht, dass du lügst. Siehst du denn nicht, was ich versuche? Kannst du denn nicht verstehen, warum das wichtig ist? Ich habe Katherine versprochen ..."

Helena sprang vom Bett auf und ballte die Hände zu Fäusten. „Kannst du endlich aufhören, immer wieder mit dieser Ausrede zu kommen?" Helenas plötzliche Leidenschaft überraschte Amelia und verschlug ihr fast die Sprache. „Willst du deinen Ruf, dein Glück, deine ganze Zukunft für das Kind einer anderen Frau wegwerfen? Für ein Versprechen, das du gegeben hast, als dein klarer Verstand durch Trauer getrübt war?"

Amelia berührte Helenas Hand und erwartete fast, dass sie die Hand zurückziehen würde. Doch sie tat es nicht. „Ich weiß, dass du nicht verstehst, was ich tue, aber vertraue mir. Und was Edward angeht, musst du mir glauben, wenn ich sage, dass er nicht der Mann ist, der er zu sein vorgibt."

Jetzt riss Helena die Hand zurück. „Unglaublich! Wie schnell du dich von den Menschen abwendest, die dich lieben." Sie schob sich an Amelia vorbei und schritt zur Tür.

„Wohin gehst du?"

„Ins Bett." Helena blieb an der Türschwelle stehen, legte die Hand auf den Türgriff und drehte sich noch einmal zu Amelia herum. „Aber eines musst du wissen, Amelia Barrett: Ich will von deinem irregeleiteten Plan nichts mehr wissen. Du bist auf dich allein gestellt."

Amelia legte die Hand auf die Tür. „Du darfst es niemandem verraten, Helena. Noch nicht. Bitte."

Helena zögerte. „Ich sage nichts, denn ich hoffe, dass du es dir noch einmal anders überlegst. Aber vergiss nicht, Amelia, dass auch ich eines Tages heiraten möchte. Was wird passieren, wenn sich herumspricht, dass meine Cousine so kurz vor dem Hochzeitstermin ihre Verlobung löst? Die ganze Gesellschaft wird sich über uns ... über mich den Mund zerreißen. Wenn meine Familie in einen solchen Skandal verwickelt ist, habe ich nur noch geringe Aussichten, eine gute Partie zu machen."

Ohne auf eine Antwort zu warten, rauschte Helena aus dem Zimmer.

Das Blut pochte in Amelias Ohren. Sie wusste nicht, ob sie wütend oder verletzt sein sollte. Aber während sie auf die leere Stelle starrte, an der Helena gestanden hatte, wurde ihr bewusst, dass ihre Cousine recht hatte. Ihre Entscheidung blieb nicht ohne Folgen für die Menschen, die ihr am nächsten standen, und Helena würde unter den Konsequenzen von Amelias Entscheidung vielleicht am meisten leiden. Der Gedanke, dass sie ihrer Cousine Kummer bereitete, löste tiefes Bedauern in ihr aus, aber Amelia konnte ihre Meinung nicht mehr ändern. Sie war sich sicher, dass sie die richtige Entscheidung getroffen hatte. Sie hatte keine andere Wahl, als den Kapitän zu heiraten.

Nachdem Amelia Kapitän Sterlings Nachricht in ihren *Psalter* zurückgesteckt hatte, schälte sie sich aus ihrem feuchten Kleid und zog ihr Nachthemd an. Sie setzte sich mit angezogenen Beinen neben den Kamin und erweckte mit dem Schürhaken die Glut wieder zum Leben. Ein unerklärliches Unbehagen und eine starke Ungewissheit rangen mit der Freude in ihrem Herzen. Sie schaute, ohne zu blinzeln, in die Flammen.

Guter Gott, ich habe doch das Richtige getan ... oder nicht?

Kapitel 11

Mit energischen Schritten marschierte Graham aus dem Gebäude der Doctors' Commons in London. Seine Reise war lang und ermüdend gewesen, aber die Mühe hatte sich gelohnt.

Der Wunsch, den Skandal so klein wie möglich zu halten, und der enge Zeitrahmen, der ihm zur Verfügung stand, machten es ratsam, nicht zu warten, bis ein Aufgebot bestellt werden konnte. Deshalb war eine Sondererlaubnis des Erzbischofs von Canterbury die einzige realistische Möglichkeit, Miss Barrett zu heiraten. Leider hatte Edward Littleton seine Absicht, innerhalb der nächsten Wochen eine solche Sondererlaubnis für sich und Amelia Barrett zu beantragen, bereits lauthals angekündigt, und er hielt sich seit Kurzem geschäftlich in London auf. Die Sorge, dass Edward Littleton die notwendige Erlaubnis schon in der Tasche haben könnte, hatte Graham auf jeder Meile zwischen Darbury und London gequält. Aber sein Antrag war problemlos genehmigt worden. Er war Littleton zuvorgekommen.

Mit der Sondererlaubnis in der Tasche konnten Graham und Miss Barrett jetzt jederzeit von einem beliebigen Pfarrer der anglikanischen Kirche getraut werden. Er hoffte nur, er könnte nach Darbury zurückkehren und Miss Barrett heiraten, bevor Edward Littleton das Büro des Erzbischofs aufsuchte und erfuhr, was passiert war.

Graham wartete, bis ein Landauer auf der Straße vorbeigefahren war, bevor er auf das Kopfsteinpflaster trat und einem Strohhaufen auswich, der von einem fahrenden Wagen gerutscht war. Londons Straßengewirr war für ihn wie ein unbekanntes Labyrinth, aber er hatte sich den Weg zu seinem Hotel gemerkt. Es war nicht weit entfernt.

Als er um die Ecke in die Bracket Street bog, stolperte er fast über einen kleinen Jungen. Das Gesicht des Kindes war rußverschmiert; zerlumpte Kleidung hing an seinem dürren Körper. Mit traurigen braunen Augen hielt er Graham an und hielt ihm seine Mütze hin.

Graham starrte ihn mehrere Sekunden verständnislos an, bis er begriff, dass der Junge Geld wollte.

Vor drei Wochen wäre Graham vielleicht noch gedankenlos an dem Kind vorbeigegangen. Aber heute zwang ihn der Gedanke an Lucy, stehen zu bleiben. Der Junge war ein Kind. Graham kramte in seiner Tasche, holte einige Münzen heraus und ließ sie in den Hut fallen. Der Junge warf einen Blick hinein und lächelte über das ganze Gesicht. Er drehte sich um und verschwand schnell wie ein Kanonenschuss in dem Meer aus Pferden, Wagen und Menschen.

Graham gestattete sich ein dankbares Lächeln. Er hatte einem Kind geholfen und auch eine befriedigende Lösung für sein eigenes Kind gefunden. Alles lief gut. In nur kurzer Zeit – in einer Woche oder höchstens zwei Wochen – würde er unbesorgt und reinen Gewissens auf sein Schiff zurückkehren können.

Graham bahnte sich seinen Weg durch die Menschen, die der Kälte dieses Tages trotzten, und blieb nur einmal kurz stehen, um eine Gruppe Damen vorbeizulassen. Seine Gedanken wanderten von seiner Tochter zu seiner künftigen Braut und dann weiter zu seiner verstorbenen Frau.

Anderthalb Jahre waren vergangen, seit er Katherine das letzte Mal gesehen hatte, und selbst damals war ihre gemeinsame Zeit sehr kurz gewesen. Graham hatte sie mit großer Leidenschaft geliebt, aber wenn er die Zeit zusammenrechnen sollte, die er mit ihr verbracht hatte, lief es auf weniger als ein halbes Jahr hinaus. Die Zeit, die seitdem verstrichen war, ließ Katherine eher wie eine angenehme Erinnerung als wie einen Menschen aus Fleisch und Blut erscheinen.

In den vielen Monaten auf See hatte er sich oft das Leben vorgestellt, das sie miteinander führen würden: ein Leben ohne Krieg und Konflikte. Er hatte befürchtet, dass er vorher im Krieg sterben würde. Nicht einmal im Traum hätte Graham gedacht, dass stattdessen Katherines Leben viel zu früh enden würde. Aber sie war tot, und mit ihr waren seine Hoffnungen auf ein gemeinsames Leben gestorben. Wenn er in letzter Zeit an seine Zukunft gedacht hatte, hatte er Lucy vor sich gesehen. Und jetzt auch Miss Barrett.

Je mehr Tage vergingen, umso mehr gewöhnte er sich an den

Gedanken, wieder zu heiraten. Aber er musste trotzdem vorsichtig sein. Miss Barrett hatte unmissverständlich deutlich gemacht, dass es sich nur um ein Arrangement handelte und nicht um eine Liebesheirat. Er konnte und wollte nicht anfangen, etwas anderes darin zu sehen. Das würde alles nur kompliziert machen.

Graham rückte seinen Hut zurecht und bog in die Binkton Street. Er musste heute Nacht gut schlafen. Der Weg zurück nach Darbury war weit. Und er wollte unterwegs noch einen Zwischenstopp einlegen.

☙

Graham war von der langen Fahrt so müde, dass er nach einer längeren Suche auf den unbekannten Straßen von Sheffield fast an Henry Carringtons Tür vorbeigeritten wäre. Er machte kehrt und klopfte an die Tür. Wenige Sekunden später öffnete ihm ein älterer Mann.

„Ich bin Kapitän Graham Sterling und möchte bitte Mr Carrington sprechen."

Der Butler führte Graham durch einen schmalen Flur in ein kleines Büro. Graham musste den Kopf leicht einziehen, als er durch den niedrigen Türrahmen in die Bibliothek trat, und ging um einen Stapel leerer Kisten herum. Weinrote Tapeten zierten die Wände, und dicke Brokatvorhänge sperrten das Tageslicht aus. Nur ein schwacher Lichtschein fiel durch die Vorhänge und beleuchtete die winzigen Staubkörnchen, die in der Luft tanzten.

Als der Butler Graham ankündigte, schaute Mr Carrington hinter einem unordentlichen Papierstapel hervor und richtete seine auffallend blauen Augen auf Graham. Der Blick des alten Mannes wanderte von Grahams Kopf zu den Messingknöpfen seines Fracks und weiter zu seiner grauen Hose und seinen Reitstiefeln. Er schob die Brille auf seiner Nase nach unten und kniff die Augen zusammen. Er unternahm keinen Versuch, seine Neugier zu verbergen. Seine raue Stimme durchbrach die Stille. „Kapitän Sterling! Kommen Sie herein."

Graham stieg über einen schlafenden Hund und trat an den Schreibtisch. „Danke, dass Sie mich unangemeldet empfangen."

Mr Carrington deutete mit dem Kopf zu einem geschnitzten

Stuhl. „Kümmern Sie sich nicht um die Kisten. Ein Umzug ist immer eine lästige Angelegenheit. Setzen Sie sich dorthin."

Graham kam der Einladung nach, nahm aber einen Staublappen von der Stuhllehne, bevor er sich setzte.

Carrington lehnte sich zurück und verschränkte die Arme vor der Brust. „Was kann ich für Sie tun?"

„Ich will mit Ihnen über Winterwood Manor sprechen."

Carrington winkte mit der Hand ab und legte seine Brille auf den Schreibtisch. „Mit allem, was mit Winterwood Manor zu tun hat, müssen Sie sich an George Barrett oder Edward Littleton wenden. Ich arbeite dort nicht mehr als Verwalter."

„Offen gesagt ist Littleton einer der Gründe, aus denen ich zu Ihnen komme." Graham wartete, bis der Mann von seinen Papieren aufblickte, bevor er weitersprach. „Hinsichtlich der Zukunft von Winterwood gibt es eine Änderung."

Die struppigen Augenbrauen des Mannes zogen sich nach oben. „Sie haben meine Aufmerksamkeit, Kapitän Sterling."

Graham zog den Brief mit der Heiratserlaubnis aus seiner Ledertasche und hielt ihn hoch. „Ich habe mir gerade eine Heiratserlaubnis besorgt."

Carrington schmunzelte. „Sie wollen also heiraten?"

„Ja. Miss Amelia Barrett."

Der alte Mann fuhr hoch. Sein Schmunzeln verschwand. Er lehnte sich auf seinem Stuhl zurück, und ein völlig anderes Lächeln zog über sein rundes Gesicht. „Das ist interessant. Das ist wirklich interessant. Was wurde aus Littleton?"

Graham öffnete schon den Mund, um etwas zu sagen, schloss ihn aber schnell wieder. Je weniger er sagte, umso besser. „Sagen wir einfach: Die Umstände haben sich geändert."

Carrington schlug mit der Hand auf den Schreibtisch. „Es freut mich, das zu hören. Littleton ist ein Schurke." Seine Worte hallten so laut von der Decke wider, dass der Hund den Kopf hob. „Er ist ein Schuft, der es nicht wert ist, Winterwoods Ställe auszumisten, geschweige denn, Herr der ganzen Ländereien zu werden."

Graham hätte nichts lieber getan, als Littletons Unzulänglichkeiten gründlich zu diskutieren, aber er beherrschte sich und steckte den Brief wieder ein. „Miss Barrett und ich werden so bald wie möglich heiraten, und ich werde kurz danach auf mein Schiff zurückkehren. Wir brauchen jemanden, der Winterwoods Geschäfte führt, und Miss Barrett vertraut Ihnen. Ich würde Sie gern wieder als Verwalter einstellen. Sie können natürlich weiterhin im Verwalterhaus auf Winterwood wohnen, wenn Sie in Darbury sind. Sind Sie damit einverstanden?"

„Das bin ich, Sir. Ich muss sagen, dass es mich freut, von dieser Entwicklung zu hören. Lassen Sie es mich wissen, wenn ich bis zu Ihrer Abreise etwas tun kann."

Graham stand auf und hielt ihm die Hand hin. „Ich will Sie nicht länger stören. Ich melde mich in den nächsten Tagen, damit wir das weitere Vorgehen besprechen können."

Carrington stand auf, stieg über den schlafenden Hund und schüttelte Graham die Hand. „Selbstverständlich."

„Gut." Graham wandte sich zum Gehen, dann drehte er sich noch einmal um. „Unsere Heiratspläne sind noch nicht öffentlich bekannt. Es wäre sehr wichtig, dass Sie diese Informationen noch einige Tage für sich behalten."

„Wird gemacht, Herr Kapitän. Ihr Wunsch ist mir Befehl."

Kapitel 12

Graham beschleunigte seine Schritte, als er um die Ecke bog und Winterwoods östlichen Rasen betrat. Dürre Rosensträucher säumten den Weg. Sein Frack blieb an den kahlen, skelettartigen Zweigen hängen. Tote Blätter knirschten unter seinen Stiefeln, während er auf das eindrucksvolle Haus zuschritt. Zum ersten Mal ließ er einen Gedanken zu, den er bis jetzt noch nicht zu denken gewagt hatte: In spätestens zwei Wochen würde er Herr von Winterwood sein.

Was mit dieser Rolle verbunden war, musste er erst noch auf sich wirken lassen. Seit er als Junge Eastmore Hall verlassen hatte, um seinen Weg in der Welt zu suchen, hatte er die Vorstellung akzeptiert, dass sich seine Zukunft auf dem Meer abspielen würde. Er war mittlerweile mit Leib und Seele Kapitän und liebte seinen Beruf. Sein Plan war es gewesen, genug zu verdienen, damit er und Katherine ein Leben ohne finanzielle Sorgen führen könnten. Er verdiente bereits viel Geld, aber neben dem Vermögen von Winterwood verblassten sein Sold und seine Preisgelder.

Für die nächste Zeit band ihn sein Ehrgefühl noch an sein Schiff. Doch würde er, wenn er den Krieg überlebte, weiterhin seinen Beruf ausüben oder hierher zurückkehren? Zu Lucy, zu Amelia Barrett und zu diesem faszinierenden Haus?

Bei einem schnellen Blick zum grauen Himmel und bei dem bedrohlichen Donnergrollen über ihm bereute er, dass er das Haus ohne Ölkleidung verlassen hatte. Sobald er sein immer noch namenloses Pferd der Obhut eines Stallburschen übergeben hatte, beeilte sich Graham, ins Haus zu kommen. An der Haustür nahm der Butler seinen Hut und seine Handschuhe und führte ihn in die Bibliothek. In dem schwarzen Marmorkamin brannte kein Feuer. Das war für diese Jahreszeit ungewöhnlich.

Miss Barretts Lächeln machte die fehlende Wärme, die ein Feuer geschenkt hätte, jedoch mehr als wett. „Kapitän Sterling!"

Graham verbeugte sich vor Miss Barrett, bevor er seine Aufmerksamkeit auf Lucy richtete, die auf dem Arm ihres Kindermädchens saß. Er lächelte Lucy an, die ihn mit unübersehbarer Gleichgültigkeit anschaute. Wenigstens weinte sie nicht. Dann grinste sie und fuchtelte mit einem Pinsel durch die Luft.

Er lachte. „Du malst wohl, Lucy?"

Sie fuchtelte wieder mit dem Pinsel und hielt ihn ihm hin. Er ging auf sie zu und wollte ihn nehmen, aber sie zog ihn kichernd zurück und schaute Miss Barrett stolz an.

„Du hast mich ausgetrickst." Er schmunzelte. „Kommst du heute zu deinem Papa, oder ist es dafür immer noch zu früh?"

Er erwartete, dass das Kind sich protestierend an Mrs Dunne klammern würde, aber sie wich nicht zurück, als er näher auf sie zutrat. „Das ist doch ein Fortschritt!" Er nahm sie dem Kindermädchen ab. „Siehst du? So schlimm bin ich überhaupt nicht."

Graham ließ seine Tochter auf seinem Schoß hüpfen und küsste sie auf die Wange. Als ihm plötzlich bewusst wurde, dass die zwei Frauen ihn beobachteten, blickte er auf. „Miss Barrett, ich hatte gehofft, dass ich mit Ihnen noch weiter über Lucys Unterbringung sprechen könnte."

„Ja, natürlich. Mrs Dunne, wären Sie so freundlich und würden Lucy ins Kinderzimmer bringen? Ich komme bald nach."

Mrs Dunne machte wortlos einen Knicks und schaute ihn mit ihren aufmerksamen braunen Augen neugierig an, während sie Lucy in die Arme nahm.

Sobald die beiden fort waren, steckte Miss Barrett den Kopf auf den Gang hinaus und schloss dann energisch die Tür, bevor sie zu ihm zurückkehrte. Sie drehte sich mit gerötetem Gesicht zu ihm herum. „Wir dürften ungestört sein. Onkel George ist ausgeritten, und Helena und Tante Augusta sind zu Besuch bei den Mills."

„Und Littleton?"

Ihr hübsches Lächeln verblasste. „Er ist noch in London. Wenigstens vermuten wir das. Wir erwarten seine Rückkehr noch in dieser Woche."

Ihr rosa Kleid ließ ihre Wangen noch rosiger erscheinen als sonst, aber das war nicht das Einzige, was Graham auffiel. Ein weiter Malerkittel schützte ihr Kleid und war mit jeder nur denkbaren Farbe befleckt. War seine zukünftige Frau eine Künstlerin?

Ihre Leinwand stand mit dem Rücken zu ihm, deshalb ging er um die Staffelei herum, um ihr Werk zu betrachten.

Nein, definitiv keine Künstlerin.

Er deutete mit dem Kopf auf ihren Kittel. „Sie haben es anscheinend geschafft, mehr Farbe auf Ihren Kittel zu bringen als auf die Leinwand."

Amelia Barrett kicherte. Es war ein zwangloser, glücklicher Ton, den er bis jetzt noch nie aus ihrem Mund gehört hatte. Sein Blick wanderte von ihren goldenen Locken zu ihren leuchtenden himmelblauen Augen und weiter zur Biegung ihres Halses. Nach Monaten auf See nur in der Gesellschaft von Männern unterschätzte man leicht die Wirkung, die eine schöne Frau auf einen Mann ausüben konnte. Unter ihrem Blick spürte er sehr stark, dass er ein Mann war. Es verschlug ihm für einige Sekunden die Sprache.

Sie schaute mit einem Stirnrunzeln auf die Leinwand. „Meine Malkünste lassen viel zu wünschen übrig, fürchte ich."

„Vielleicht ein wenig."

„Kapitän Sterling!", rief sie mit gespielt beleidigtem Ton aus. „Wie können Sie mich so auf den Arm nehmen?"

Er lachte. Es war so lange her, seit das letzte Mal ein echtes Lachen aus seinem Mund gekommen war, dass er ganz vergessen hatte, was für eine befreiende Wirkung es hatte. „Was ist das Motiv Ihres Bildes?"

„Das erkennen Sie nicht?" Sie deutete aus dem Fenster. „Sehen Sie dieses Ulmen- und Espenwäldchen gleich hinter der Buchsbaumhecke?"

„Ah ja. Jetzt sehe ich es." Die ungleichmäßigen Pinselstriche auf der Leinwand hatten nicht viel Ähnlichkeit mit der weiten Landschaft vor dem Fenster. „Hm, wo ist Ihr Pinsel?"

Amelia blinzelte. „Was?"

„Ihr Pinsel." Grahams Blick wanderte über die Ansammlung von Wasserfarben, Pinseln und Tüchern. Ein Pinsel lag auf der Kante der Leinwand. Er nahm ihn in die Hand.

„Aber, Kapitän Sterling", sagte sie. „Ich wusste gar nicht, dass Sie ein Maler sind."

„Ich bin auch kein Maler."

Sie stand sehr dicht neben ihm. So dicht, dass ihn ein süßer Lavendelduft einhüllte. Er schob den Pinsel zwischen seine Finger. Er war wahrscheinlich viel zu klein für seine großen Finger, aber Graham tauchte ihn in die grüne Farbe und drückte die Borsten auf die Leinwand. Für einen kurzen Moment fiel Amelias Blick auf die Narbe an seiner Hand. Sein Kinn entspannte sich, als sie den Blick wieder abwandte.

Er machte sich nicht viel aus Malen. Im Gegenteil, er hatte seit seiner Schulzeit nicht mehr vor einer Leinwand gestanden. Aber wenn er Amelia Barretts Gesicht ein echtes Lächeln entlocken konnte, indem er so tat, als interessiere er sich für Kunst, würde er anfangen, Kunst zu lieben.

Eine lange, gelockte Haarsträhne rutschte aus Amelias Kamm. Sie hob eine Hand, um sie zurückzuschieben. Dabei streifte sie seinen Arm. Als er merkte, wie sehr er die Zeit allein mit ihr genoss, hatte er fast ein schlechtes Gewissen, als würde er einen Ehrenkodex brechen.

Er war dankbar, als sie abrupt das Thema wechselte. „Wie war es in London?"

„Ich war erfolgreich. Auf dem Rückweg war ich in Sheffield und habe mit Carrington gesprochen."

Sie hob den Blick. „Was hat er gesagt?"

„Er hat eingewilligt, wieder als Verwalter für Winterwood zu arbeiten, und wird zurück in das Verwalterhaus hier auf dem Gelände ziehen. Das ist sein zweiter Umzug innerhalb von zwei Wochen. Aber es ist sehr gut, dass er zurückkommt. Ich wäre keine Hilfe bei der Verwaltung der Ländereien."

Amelia zog ihren Kittel aus und hängte ihn an einen kleinen Haken neben der Leinwand, ohne ihm in die Augen zu schauen. „Und die Sondererlaubnis?"

„Wohlverwahrt in meiner Tasche."

Sie biss sich auf die Lippe, als müsse sie die Bedeutung seiner Worte erst einordnen. „Das heißt also, dass wir, ähm ..."

„Heiraten können?", beendete er ihre Frage.

Eine reizende Röte überzog ihre Wangen.

„Ja." Er beugte sich zu seiner Ledertasche hinab und lächelte ein wenig über ihre plötzliche Scheu. Immerhin war sie diejenige gewesen, die diese Heirat vorgeschlagen hatte. Er zog das Dokument heraus und gab es ihr. Sie hielt das kostbare Papier zwischen den Fingerspitzen und las die Worte. Ihr ganzer Name, *Amelia Jane Barrett*, stand in einer Zeile. Sein ganzer Name, *Graham Canton Sterling*, stand in einer anderen Zeile.

„Wir können jederzeit von einem Pfarrer getraut werden. Meiner Meinung nach wäre es gut, diesen Schritt so bald wie möglich zu tun." Graham lehnte die Tasche wieder neben seinen Fuß und richtete sich dann auf. „Haben Sie sich Gedanken gemacht, wann wir Littleton informieren wollen?"

Amelia hob rasch den Kopf. „Wir?" Sie ließ das Dokument sinken. „Nein, nein. Wenn Sie nichts dagegen haben, halte ich es für besser, wenn ich es ihm sage. Allein."

„Unsinn." Er betrachtete fragend ihr Gesicht, da er sicher war, dass sie scherzte, aber ihre ernste Miene belehrte ihn eines Besseren. „Ich werde nicht zulassen, dass Sie seine Reaktion allein aushalten müssen. Immerhin ist es genauso sehr meine Entscheidung wie Ihre. Er wird bestimmt wütend sein, aber er kann seine Wut an mir auslassen und nicht an meiner Verlobten."

Graham schloss schnell den Mund, als er das letzte Wort gesagt hatte. *Verlobte.* Das Wort hallte in dem getäfelten Raum wider. Er räusperte sich, bevor er weitersprach. „Wir brauchen zwei Trauzeugen."

Die zwanglose, fröhliche Miss Barrett war schlagartig wieder verschwunden. Sie sah plötzlich geistesabwesend aus, und ihr Blick wich nicht von der Heiratserlaubnis. „Trauzeugen? Ja, natürlich. Mrs Hammond, die Frau des Pfarrers."

„Mein Bruder kann auch als Trauzeuge fungieren." Er stand auf. „Wir müssen dem Pfarrer die ganze Sache erklären. Wie heißt er?"

„Thomas Hammond."

Graham steckte das Dokument wieder ein und hängte die Tasche über seine Schulter. „Ich halte es für das Beste, wenn wir gleich morgen früh mit Ihrem Onkel sprechen und ihm unsere Pläne mitteilen. Dann werden wir den Pfarrer aufsuchen und ihm die Situation erklären. Mit Littleton befassen wir uns danach."

Er schaute Amelia fragend an. Die plötzliche Veränderung in ihrem Verhalten beunruhigte ihn. „Haben Sie Zweifel an der Richtigkeit Ihrer Entscheidung?"

„Mein lieber Kapitän Sterling, ich war mir in meinem ganzen Leben noch nie einer Sache so sicher."

☙

Was genau machte William eigentlich den ganzen Tag? Graham legte den geöffneten Brief ungelesen auf den Schreibtisch seines Bruders, lehnte sich zurück und rieb sich über das Kinn. Im Raum war es still. Er war allein, und William war nirgends zu finden.

Vor dem einzigen Fenster der Bibliothek stapfte Grahams namenloses Pferd auf die Erde. Der Stalljunge hatte das Tier gesattelt und es für den Ausritt, den Graham und William für den Nachmittag geplant hatten, gebracht.

Graham schmunzelte. Was dem Tier an Eleganz fehlte, machte es durch Schnelligkeit wett. Das Pferd stellte die Ohren auf. Sein ruheloser Schweif bewegte sich nach links und rechts.

Ich sollte dem Tier wirklich einen Namen geben.

Bei diesem Gedanken schüttelte er den Kopf. Er hatte vor, das Tier nur bis zu seiner Rückkehr nach Plymouth zu behalten und es zu verkaufen, bevor sein Schiff auslief. Vielleicht könnte das Tier auch auf Winterwood bleiben, wenn er Herr des Anwesens wäre. Aber in beiden Fällen musste er sich bald wieder von dem Tier trennen.

Er richtete seine Aufmerksamkeit wieder auf den Brief von seinem ersten Leutnant. Er strich das verknitterte Papier auf der Lederunterlage des Schreibtisches glatt und las den Bericht über die Reparaturarbeiten des Schiffs. Foster hatte geschrieben, dass alles nach Plan laufe, aber dass die Schäden größer seien als ursprünglich geschätzt. Es würde drei Wochen länger dauern, den Rumpf und das Deck zu reparieren, bevor das Schiff wieder seetauglich war.

Graham stützte den Kopf auf seine aneinandergelegten Finger und versuchte, die Erinnerungen an die Schlacht – und die damit einhergehenden Schuldgefühle – aus seinem Gedächtnis zu verdrängen. Seltsamerweise quälte ihn nicht die Schlacht, die sein Schiff so sehr in Mitleidenschaft gezogen hatte, sondern ein anderer Kampf, der schon über ein Jahr zurücklag. Die amerikanische Fregatte war aus einer Nebelwand aufgetaucht und hatte sie überrumpelt. Bevor Graham und seine Männer richtig begriffen hatten, was geschah, hatte der Kanonenbeschuss schon den Rumpf aufgeschlitzt.

Graham zwang sich, die Narbe anzusehen, die jetzt rot und schmal über seine Hand und seinen Arm lief. Er hatte Glück gehabt. Viele Mitglieder seiner Mannschaft hatten nicht so viel Glück gehabt. Und das war seine Schuld gewesen. Es war alles seine Schuld gewesen.

Er musste den Brief beantworten. Auf der Suche nach Papier schaute er sich in der Bibliothek um. Er zog die oberste Schreibtischschublade auf und kramte in alten Briefen. Nichts. Er schob die Schublade wieder zu und öffnete die nächste Schublade. Ein großes Buch lag auf mehreren losen Blättern.

Graham hob das in Leder gebundene Buch heraus. Die Prägung, die den Buchdeckel zierte, erinnerte ihn an das Wirtschaftsbuch seines Vaters. Erinnerungen an seinen Vater, wie er an diesem Schreibtisch gesessen hatte, gingen ihm durch den Kopf. Er legte das Buch auf den Schreibtisch und schlug es auf. Williams Handschrift und nicht die seines Vaters überzog die Seiten. Zahlen. Ziffern. Namen.

Graham blätterte in den Seiten und überflog die Informationen. Er hätte nie gedacht, dass für den Unterhalt von Eastmore Hall so große Geldsummen flossen. Während er die Spalten der letzten Seiten überflog, gewann er den Eindruck, dass viel mehr Geld ausgegeben wurde, als eingenommen wurde. Er las die Liste mit den Namen. James Creighton. Ernest Timmer. Wer waren diese Leute?

Das namenlose Pferd stieß ein lautes Wiehern aus, während ein lautes Lachen vor dem Haus ertönte. Graham hob schnell den Kopf und schlug das Buch zu. *William.* Er steckte das Buch in die Schublade. Wenige Sekunden später verließ er die Bibliothek und trat in die kühle Nachmittagsluft hinaus.

„Da bist du ja. Ich dachte …" Graham blieb abrupt stehen.

Williams blutunterlaufene Augen stachen von seiner blassen Haut ab. Ein schiefes Lächeln zog über sein unrasiertes Gesicht, und ein starker Alkoholgeruch umwehte ihn. William stieß ein träges Lachen aus. Er glitt vom Rücken seines Pferdes und stolperte, als seine Stiefel den Boden berührten. Er versuchte, das Pferd zu tätscheln, doch das Tier tänzelte nervös zur Seite, als William sein Gewicht an den Sattel lehnte.

In Williams Begleitung waren zwei berittene Männer. Sie schmunzelten, als amüsiere es sie, dass ihr Kamerad bei der einfachen Aufgabe, vom Pferd zu steigen, Schwierigkeiten hatte. Aus ihrer lässigen Haltung und dem verknitterten Zustand ihrer Kleidung schloss Graham, dass sie an dem, was sein Bruder getan hatte, beteiligt gewesen waren.

Graham nahm das Zaumzeug des Pferdes, um das Tier zu halten, und wartete auf eine Erklärung.

William kicherte wie ein Kind, als er wieder Halt fand und sich dann in dem offensichtlichen Versuch, seine Trunkenheit zu überspielen, aufrichtete. „Meine Herren, darf ich Ihnen meinen geschätzten Bruder vorstellen, Kapitän Graham Canton Sterling." Er fuchtelte mit dem Arm in Grahams Richtung. „Er ist der Mann, der für die Krone kämpft, während Sie und ich auf dieser heiligen Insel dafür sorgen, dass die Geschäfte gut laufen." In einer spöttischen Triumphhaltung stieß er plötzlich die Faust in die Luft. „Heil dem siegreichen Helden!"

Die Männer brachen in höhnisches Gelächter aus. William sackte zu Boden und lachte immer noch viel zu laut.

Grahams Nasenflügel bebten bei dieser offenkundigen Respektlosigkeit. Er hatte mehrmals kurz davor gestanden, sein Leben zu verlieren, und er hatte viel zu oft zusehen müssen, wie Männer gestorben waren – alles im „Kampf für die Krone".

Graham drückte dem Stalljungen, der inzwischen aufgetaucht war, die Zügel von Williams Pferd in die Hand. Dann stieg er in den Steigbügel von Namenlos und schwang sein anderes Bein über den Sattel. Er würde nicht bleiben und sich dieses lächerliche, betrunkene Gerede anhören. Er tolerierte auf seinem Schiff keinen Alkohol, und er würde ganz bestimmt nicht danebenstehen und zusehen, wie sich sein eigener Bruder betrunken zum Narren machte.

Als William bemerkte, dass Graham nicht mitlachte, hatte dieser Namenlos schon in die andere Richtung herumgelenkt. „Wohin willst du?", rief William.

Graham achtete nicht auf seine Rufe, er versuchte aber auch nicht, seinen Ärger zu verbergen. Wie genau sorgte William dafür, dass „die Geschäfte gut liefen"? Wenn er glauben würde, dass er damit etwas erreichen könnte, würde er seinen Bruder zur Rede stellen. Er würde ihn vom Pferd holen und ihn zwingen, ihm zuzuhören, aber wozu?

Graham biss die Zähne zusammen. Er hatte zu viele Jahre ähnlich gelebt. Der Preis war sehr hoch gewesen. Durch Gottes Gnade hatte er das Übel des Alkohols besiegen können, aber es sah so aus, als würde William auch auf diesem Gebiet in die Fußstapfen ihres Vaters treten.

Er trieb das Pferd zum Galopp an und folgte der Baumgrenze von Eastmore Wood. Was gäbe er dafür, wenn er jetzt wieder auf See sein könnte! Das Leben auf dem Meer barg zwar Gefahren, besonders in Kriegszeiten, aber wenigstens kannte er auf einem Schiff seinen Platz. Seine Rolle. Er wusste, wer er war und wohin er gehörte.

Darbury erinnerte ihn an seine Kindheit, die er vergessen wollte, und an Katherine, die er nie wieder auf dieser Erde sehen würde. Warum wollte er eigentlich hierbleiben?

Doch genauso schnell, wie ihm dieser Gedanke kam, meldete sich ein anderer Gedanke, der genauso überzeugend war.

Jetzt wartete an Land Lucy. *Seine* Lucy. Und Miss Amelia Barrett.

Kapitel 13

Amelia wurde von lauten Rufen aus dem Schlaf gerissen. Sie warf die dicke Decke zurück und setzte sich auf. Sie wartete einen Moment, bis sich ihre Augen an das schwache Licht des erlöschenden Feuers gewöhnt hatten. Dann hielt sie den Atem an und lauschte.

Tiefe Stimmen hallten von Winterwoods Steinmauern wider. Sie stand auf und schnappte sich ihren Morgenmantel vom Fußende des Bettes.

Alle ihre Sinne waren aufs Äußerste angespannt, während sie durch ihr Zimmer eilte. Sie war jetzt vollkommen wach und öffnete die getäfelte Tür einen Spaltbreit, um die Stimmen besser verstehen zu können.

„Erwarten Sie von mir, dass ich das glaube?"

„Bei meiner Ehre, ich wusste es wirklich nicht."

„Wo ist sie?"

Amelia begriff, wovon die Rede war. Grauen erfasste sie, und ihr Herzschlag stockte. Ihre Füße blieben wie angewurzelt stehen.

Edward!

Sie bemühte sich, einen klaren Gedanken zu fassen, aber ihr Verstand verweigerte ihr den Gehorsam. Das Tapsen von Helenas nackten Füßen, das auf dem Gang näher kam, riss sie aus ihrer Erstarrung.

„Was ist denn los?" Helena rieb sich über ihrem Tuch die Arme. „Es ist mitten in der Nacht. Wer macht hier einen solchen Lärm?"

Jetzt war nicht die Zeit für Geheimnisse. In wenigen Stunden würde sowieso alles bekannt werden, vielleicht auch schon in wenigen Minuten.

„Das ist Edward. Wer sollte es sonst sein? Hilf mir, Helena!" Amelia eilte zu ihrem Kleiderschrank und zog ein Kleid heraus. „Bitte knöpfe mir das Kleid zu."

Bevor Helena reagieren konnte, fand Amelia ihr Mieder und legte das Kleid über ihren Arm. Helena starrte sie an und schwieg, was selten vorkam.

„Helena, bitte! Ich kann mich nicht selbst binden." Amelia drehte ihrer Cousine den Rücken zu und wartete auf ihre Hilfe.

Helena brummte protestierend, aber als die wütenden Stimmen immer lauter wurden, kam sie ihrer Bitte nach. Als Helena fertig war, stürzte Amelia zu ihrem Schreibtisch und stellte sich so, dass ihr Körper Helena den Blick versperrte. Ihre Hand zitterte, als sie schrieb.

Edward Littleton ist hier. Ich glaube, er weiß Bescheid.
Bitte kommen Sie schnell. A. B.

„Was hast du vor?"

Amelia hörte Helenas Worte kaum, da ihr Verstand auf Hochtouren arbeitete. Sie faltete die Nachricht zusammen, steckte sie in ihren Ärmel und eilte zu ihrer Zimmertür. Aber Helena baute sich vor ihr auf und versperrte ihr den Weg.

„Ich habe gefragt, was du vorhast!"

Amelias Schultern spannten sich an. „Meinetwegen. Du ahnst es ja bereits: Kapitän Sterling und ich werden heiraten. Offenbar hat Edward das herausgefunden."

Amelia stellte sich auf eine theatralische Reaktion ihrer Cousine ein, aber es kam keine. Stattdessen klang Helenas Stimme fast traurig. „Das ist ein Fehler. Das weißt du. Aber vielleicht ist es noch nicht zu spät. Mr Littleton ist ein Mann, mit dem man vernünftig sprechen kann, und …"

„Nein, mein Entschluss steht fest." Amelia nahm ihr Tuch und drehte sich zu ihrer Cousine herum. „Du weißt nicht zufällig, woher er von unserer Verlobung erfahren hat?"

Helena wickelte das Tuch enger um ihre Schultern und schaute sie mit großen Augen an. „Wie kannst du so etwas auch nur andeuten? Natürlich habe ich nichts verraten. Wohin gehst du?"

Amelia gab ihr keine Antwort. Sie stürmte die Dienstbotentreppe hinab und ließ Helena auf dem Gang stehen. Die Tür des Dienstboteneingangs war in pechschwarze Nacht gehüllt. Mit zitternden Fingern tastete sie nach dem Schlüssel. Schließlich ging die Tür auf, und Amelia eilte zu den Ställen.

Die Rasenfläche war ihr noch nie so groß erschienen. Ihre nackten Füße rutschten auf dem taunassen Gras mehrmals aus. Als sie um die hintere Ecke des Hauses bog, verlor sie den Halt, landete schmerzhaft auf dem Bauch und rutschte über die nasse Erde. Sie achtete nicht auf die Schmerzen, sondern schob sich in die Höhe und rannte weiter.

Endlich erreichte sie, um Luft ringend, den Stall. Eine Laterne beleuchtete die vordere Hälfte des Stalls, in dem zwei Stalljungen einen grauen Wallach versorgten. *Edwards Pferd.*

„Peter!" Sie brauchte jemanden, der schnell war, und der jüngere der zwei Stallburschen erschien ihr als die beste Wahl. Offenbar erschrocken, seine Herrin mitten in der Nacht hier im Stall zu sehen, riss er sich den Hut vom Kopf und trat vor. „Ja, Miss?"

Sie hielt dem Jungen die Nachricht hin. „Bring das so schnell wie möglich nach Eastmore Hall. Gib es Kapitän Sterling. Du darfst erst wieder gehen, wenn du es ihm persönlich in die Hand gedrückt hast. Hörst du?"

Der Junge nickte eifrig. „Ja. Ja, Miss."

Sie schickte ihn fort. „Geh! Geh schnell, und stell dich klug an!"

Ohne ein weiteres Wort zu sagen, zog der Junge ein Pferd aus dem Stall. Er schwang sich auf den Rücken des Tieres und verschwand in der schwarzen Nacht.

Amelia wandte sich wieder zum Haus herum. Von der Stelle, an der sie stand, konnte sie kaum durch das Fenster in den Salon sehen. Ein schwaches Licht fiel auf den Rasen, und eine dunkle Gestalt bewegte sich hinter dem Fenster. Ihr Herz hämmerte, als sie über den Rasen zum Dienstboteneingang zurückeilte.

Sobald sie die Tür öffnete, drangen lebhafte Stimmen an ihre Ohren. Sie sah zwar niemanden, aber es war unverkennbar, dass die Unruhe auch das Personal geweckt hatte. Sie nahm immer zwei Stufen auf einmal und eilte wenig damenhaft die Treppe hinauf, bis sie in ihrem Stockwerk ankam.

Was sie hörte, ließ ihr Herz erstarren. Schritte stapften die Haupttreppe hinauf.

Als befände sie sich in einem Wettrennen, stürzte Amelia zu ihrem Zimmer. Sie warf ihr nasses Tuch zur Seite und nahm sich ein trockenes Tuch. Erst jetzt bemerkte sie die nasse Erde, mit der sie bei ihrem Sturz ihr Kleid vorne beschmutzt hatte.

Sie hatte nicht einmal Zeit zu stöhnen, da ein Klopfen an ihrer Tür ihre Aufmerksamkeit erforderte. „Amelia Barrett, mach sofort diese Tür auf!"

Nur Tante Augusta. Amelia zwang ihren Atem, sich zu beruhigen, bevor sie die Zimmertür öffnete. Ihre Tante drängte sich hinein und packte Amelia am Arm.

Amelia riss sich los. „Lass mich los!"

„Edward ist unten. Was hast du getan, du dummes Mädchen?" Tante Augusta kniff die Lippen zusammen und wartete offensichtlich auf eine Antwort.

Amelia richtete sich zu ihrer vollen Größe auf und war fest entschlossen, sich nicht einschüchtern zu lassen. „Aus deinem Auftreten schließe ich, dass du die Antwort auf diese Frage bereits weißt."

Die Augen ihrer Tante zogen sich zusammen. „Ich weiß nicht, was du damit bezwecken willst, aber hör mir gut zu! Ich lasse nicht zu, dass du die Zukunft dieser Familie ruinierst. Was für eine Unverschämtheit! Du wirst Edward heiraten."

Alles in Amelia bäumte sich innerlich gegen diese Worte auf. Natürlich hatte ihre Tante jedes Recht, überrascht und auch wütend zu sein, aber die Anschuldigung in ihrem Tonfall stachelte Amelias Entschlossenheit nur noch mehr an. „Ich habe meine Entscheidung nicht aus einer Laune heraus getroffen, Tante. Lucy ist für mich das Wichtigste im Leben, und das habe ich deutlich dargestellt, seit sie auf der Welt ist. Ich entschuldige mich für die negativen Folgen, die mein Entschluss für dich und Onkel und Helena hat, aber ich muss an meine Zukunft denken. Und an Lucys Zukunft. Und wenn ihr Edward so kennen würdet, wie ich ihn kenne, würdet ihr es euch zweimal überlegen, bevor ihr ihm etwas Wichtiges anvertraut."

Tante Augustas Lippen zitterten vor Ärger. „Ich bin nur für eines dankbar: dass dein Vater nicht mehr lebt und mitansehen muss, was für ein Mensch du geworden bist."

Diese Worte trafen sie tiefer, als Amelia zugeben würde. Was *würde* ihr Vater dazu sagen?

Ihre Tante tobte weiter. „Egal, wen du in deiner Rücksichtslosigkeit zu heiraten beschlossen hast, ist es gut, dass du bald nicht mehr Teil der Familie Barrett bist."

Amelia zwang sich, keine Miene zu verziehen. Sie würde Tante Augusta nicht die Befriedigung geben und ihr zeigen, wie sehr ihre Worte sie verletzten. Sie durfte sich nicht aus der Ruhe bringen lassen, da sie sonst die Haltung verlieren könnte, wenn sie mit Edward sprach.

„Und schau nur, wie du aussiehst, Amelia!" Der Blick ihrer Tante wanderte missbilligend über Amelias Kleid. „Was hast du gemacht?"

Amelia suchte eine Ausrede, aber ihr fiel keine ein. Wie sollte sie zugeben, dass sie auf dem nassen Gras ausgerutscht war, als sie zum Stall gelaufen war, um den Stalljungen um Hilfe zu bitten?

Ihre Tante wartete nicht auf eine Erklärung. „In dieser Aufmachung kannst du Edward nicht unter die Augen treten. Der Himmel weiß, was der Mann ohnehin schon von dir denkt." Ihre Stimme klang gefühllos. „Zieh dich schnell um und komm dann nach unten. Du hast einiges zu erklären."

Eine willkommene Stille breitete sich in ihrem Zimmer aus, als ihre Tante das Zimmer verließ. Amelia trat an den Kleiderschrank, um sich ein sauberes Kleid zu holen. Als sie sich wieder umdrehte, stand Helena an der Stelle, an der gerade noch ihre Mutter gestanden hatte. Ohne ein Wort zu sagen, trat ihre Cousine vor, um Amelias schmutziges Kleid aufzuknöpfen. Obwohl nur das Licht einer einzigen flackernden Kerze den Raum erhellte, entging Amelia die Trauer auf Helenas Gesicht nicht.

Als Kinder waren Helena und Amelia unzertrennlich gewesen. Sie hatten dieselbe Gouvernante gehabt, Geheimnisse geteilt und waren ständig zusammen gewesen. Erst im letzten Jahr hatte sich ihre Beziehung aus Gründen, die Amelia nicht ganz verstand, verändert. „Bitte, Helena", flüsterte sie, „hasse mich nicht."

Helena schob den letzten Knopf durch das Knopfloch und legte die Hand auf Amelias zitternde Schultern. „Ich hasse dich nicht." Ihre Stimme klang aufgewühlt. „Ich verstehe dich nicht, aber ich könnte dich nie hassen. Aber vergiss nicht, Cousine: Das, was wir wollen, ist nicht immer das Beste für uns."

Helena bedachte sie mit einem schwachen Lächeln und trat zur

Tür. Obwohl sie nicht überzeugt war, ob es in dieser Situation helfen würde, sprach Amelia ein wortloses, verzweifeltes Stoßgebet und hoffte, sie fände durch ein Wunder die richtigen Worte, die sie Edward sagen sollte.

„Fürchte dich nicht. Ich bin bei dir."

Amelia riss den Kopf hoch. „Was hast du gesagt?"

Helena schaute sie verwirrt an. „Ich habe nichts gesagt. Du solltest dich lieber beeilen. Mutter ist außer sich vor Wut."

Amelia strich ihr Kleid glatt und fuhr mit zitternden Fingern durch ihre zerzausten Haare. Ihr Blick blieb an der Bibel auf ihrem Nachttisch hängen. War das möglich?

„Ich bin bei dir."

ᛰ

Helena drückte Amelias Hand, als sie die breite Treppe hinabstiegen. Unten konnte Amelia ihren Onkel und Edward sprechen hören, aber wenigstens schrien sie jetzt nicht mehr.

Amelia zwang sich, sich von ihrer wachsenden Angst – sie ahnte, wozu Edward fähig sein konnte – nicht unterkriegen zu lassen. Ihr Entschluss stand fest, und sie würde sich nicht davon abbringen lassen. Aber ihre Zuversicht, ihre Familie von der Richtigkeit ihrer Entscheidung überzeugen zu können, war geschwunden. Sie konnte sich nicht länger auf ihre Unterstützung verlassen.

Sie sprach ein stummes Gebet und wiederholte es noch einmal, da sie verzweifelt glauben wollte, dass Gott sie hörte. Trotz ihrer Ungewissheit fühlte sie, wie ihre verkrampften Muskeln sich etwas entspannten. Sie hob das Kinn und fühlte eine Stärke und eine Entschlossenheit, die sie seit Tagen nicht mehr erlebt hatte.

Ein flackerndes Licht drang aus dem Büro von Onkel George. Die Umrisse von Menschen, die sich in dem Raum bewegten, warfen lebhafte Schatten auf den Eichenboden des Flurs. Amelia blieb stehen und lauschte.

Edwards Stimme drang zuerst an ihre Ohren. „Was wird dann aus Winterwood? Es lässt sich doch bestimmt etwas machen."

Die gedämpfte Antwort ihres Onkels hallte von den Steinwänden wider. „Rechtlich gehört alles – das Land, das Vermögen – ihrem Mann, sobald sie heiratet. Ich kann nicht einmal ein Pferd kaufen, ohne es mir von Carrington genehmigen zu lassen."

„Aber Carrington ist nicht mehr da. Schon vergessen?"

„Das spielt keine Rolle. Es geht darum, wie das Testament formuliert wurde. Mein Bruder mag ein Narr gewesen sein, aber in geschäftlichen Dingen ließ er sich nichts vormachen. Wie, glauben Sie, wäre er sonst zu diesem ganzen Vermögen gekommen?"

„Nichtsdestotrotz brauchen wir das Geld. Es lässt sich doch bestimmt etwas machen."

„Wenn sie beschließt, einen anderen zu heiraten, kann ich – können wir – sie nicht daran hindern."

„Das ist doch albern! Es lässt sich immer etwas machen. Wir müssen nur dafür sorgen, dass sie keinen anderen heiratet. Dann sind unsere Probleme gelöst. Habe ich recht?"

Helena und Amelia wechselten vielsagende Blicke miteinander und schlichen auf Zehenspitzen zur Türschwelle. Helena flüsterte ihr ins Ohr: „Wovon sprechen sie?"

„Von meinem Erbe."

„Von deinem Erbe? Aber ich dachte ..." Helena verstummte.

Helenas Naivität verblüffte Amelia. Wie konnte eine so kluge Frau nicht erkennen, dass Edward Littleton ihnen nur etwas vorgespielt hatte? „Ich habe doch die ganze Zeit versucht, es dir zu erklären. Edward liebt mich nicht, Helena. Er will nur Winterwood und das Vermögen, das damit verbunden ist."

„Ich glaube ..." Helena stieß mit dem Fuß gegen das Tischbein eines kleinen Tisches, der daraufhin umstürzte. Das Geräusch hallte lautstark auf dem Flur wider, und die Stimmen im Büro verstummten schlagartig. Helenas Augen wurden groß, und sie schlug die Hand vor den Mund.

Im Bruchteil einer Sekunde erschien Onkel George in einem roten Morgenmantel im Türrahmen. Seine wütenden Augen schossen von seiner Nichte zu seiner Tochter und dann wieder zu seiner Nichte.

„Ich habe dich unterschätzt, Nichte." Er deutete mit dem Kopf in die Bibliothek, und in seiner Stimme lag nicht die geringste Spur von väterlicher Zuneigung. „Hier ist jemand, der mit dir sprechen möchte."

Die erstickende Hitze des Raumes schlug Amelia entgegen, als sie eintrat.

Edward stand vor dem knisternden Feuer, und seine breiten Schultern stachen von den Flammen ab. Seine dunklen Augen schauten sie durchdringend an.

Amelia trat näher und bereitete sich auf die unausweichliche Auseinandersetzung vor. Der Geruch nach feuchtem Pferd und Wald hing an Edward und reizte ihre Nase. Sie bot ihre ganze Willenskraft auf, um dem Drang, sich zu verkriechen, zu widerstehen. Sie kannte Edwards Einschüchterungstaktiken viel zu gut, aber es war das letzte Mal, dass sie sie ertragen musste.

Er zerrte an seiner zerzausten Krawatte, als wäre es eine Schlinge. „Ich warte ungeduldig auf Sie, liebe Amelia, und kann es nicht erwarten, von Ihnen zu hören, dass ein Missverständnis vorliegt."

Amelia senkte das Kinn, weigerte sich aber, den Augenkontakt zu ihm zu unterbrechen. „Das werden Sie nicht von mir hören."

Edwards Gesicht lief rot an. „Wann genau hatten Sie vor, mich von Ihrem Gesinnungswandel in Kenntnis zu setzen? Immerhin ist unsere Hochzeit in Kürze geplant, in wenigen Wochen, genau genommen. Wann also? Eine Woche vorher? Einen Tag vorher?"

Sein Tonfall erschütterte ihr Selbstvertrauen. Sie warf die Schultern zurück und richtete sich so groß auf, wie es ihr zierlicher Körperbau zuließ. „Das alles geschah ziemlich plötzlich. Ich hatte nicht die Absicht, Sie zu täuschen."

Ein hartes Lachen kam über seine Lippen. „Stellen Sie sich meine Überraschung vor! Diese Demütigung, als ich die Heiratserlaubnis beantragte und mir von einem kleinen Beamten sagen lassen musste, dass der Name der Frau, die ich heiraten wolle, bereits auf einer Heiratserlaubnis stehe." Seine Stimme wurde wieder deutlich lauter. „Zusammen mit dem Namen eines anderen Mannes!"

In Amelias Brustkorb wurde es siedend heiß. Jeder Atemzug fühlte sich schwächer an als der vorherige. Sie warf einen nervösen Blick auf ihre Tante und ihren Onkel und war ausnahmsweise dankbar, dass sie hier waren. „Tief in Ihrem Inneren wissen Sie doch selbst, dass diese Heirat ein Fehler gewesen wäre, und ich …"

Edward fiel ihr mit lauter Stimme ins Wort. „Ein Fehler? Ich liebe Sie, Amelia. Das ist kein Fehler. An meiner Liebe hat sich nichts geändert. Was für ein Narr ich doch bin! Die ganze Zeit, diese vielen Monate glaubte ich, Sie würden meine Zuneigung erwidern. Und jetzt muss ich feststellen, dass Sie mich aufs Schändlichste betrogen haben!"

Amelia verdrängte die Schuldgefühle, die sich in ihr regen wollten. Sie hatte Edward wiederholt Gelegenheit gegeben, seine sogenannte Liebe zu ihr unter Beweis zu stellen. Er hatte das, was ihr wichtig war, völlig missachtet und ihr damit die Augen für seine wahren Beweggründe geöffnet. Sie würde sich nicht für ihr Handeln entschuldigen. „Ich habe Ihnen seit Lucys Geburt gesagt, dass ich die Absicht habe, sie aufzuziehen. Das habe ich unmissverständlich geäußert, nicht wahr? Ich werde nicht zulassen, dass dieses Kind, das ich wie mein eigenes Fleisch und Blut liebe, ohne Mutter aufwächst. Außerdem ist mir deutlich geworden, dass Ihr Interesse Winterwood gilt und nicht mir. Ich könnte nie glücklich werden in einer Ehe mit einem Mann, der mich nur benutzt, um an das Vermögen meines Vaters heranzukommen!"

„Und Sie glauben, dieser Kapitän will von Ihnen etwas anderes als Ihr Vermögen?" Edwards unbeherrschte Stimme hallte von den tapezierten Wänden wider. „Wachen Sie auf, Amelia! Er benutzt Sie nur. Das sieht doch jeder." Er packte ihre Hände und zog sie mit einer solchen Wucht an sich heran, dass sie fast das Gleichgewicht verlor. „Ich will Sie beschützen, Amelia. Ich will Ihnen meine Liebe geben. Warum weisen Sie meine Liebe ab?"

Seine Finger drohten ihre zarten Hände zu zerquetschen. Er stand so nahe, dass sein Atem, der mit dem allgegenwärtigen Alkoholgeruch getränkt war, ihre Wange streifte. Ihre Kraft schwand bei Edwards dominanter Gegenwart, und sie hatte den überwältigenden Drang zu fliehen. Sie musste ruhig bleiben, sie musste ihr rasendes Herz beruhigen und sich ins Gedächtnis rufen, warum sie das alles machte.

Lucy.

Ein wildes, panisches Gebet schoss ihr durch den Kopf. Vor wenigen Tagen hatte sie Gottes Gegenwart gespürt. Vor wenigen Minuten hatte sie gedacht, ihn sprechen zu hören. Würde er ihr jetzt helfen?

Und wo blieb Kapitän Sterling so lange?

Kapitel 14

Graham stürmte die Stufen von Winterwood Manor hinauf und hatte ein einziges Ziel vor Augen: dieses Haus von Edward Littleton zu befreien.

Er hätte früher hier sein sollen. Aber eine dunkle Wolkenwand hatte das fahle Mondlicht endgültig ausgesperrt und ihn gezwungen, sich darauf zu verlassen, dass der ausnahmsweise nüchterne William ihm die Abkürzung durch den Wald zeigte. Graham hasste es, auf andere Menschen angewiesen zu sein. Aber die Hilfe seines Bruders würde es ihm ermöglichen, Edward Littleton ein für alle Mal loszuwerden.

Graham kam oben an der Treppe an und legte die Hand auf den Eisenklopfer der massiven Holztür.

„Warte!"

Über die neuerliche Verzögerung verärgert, blieb Graham stehen. Sein Bruder war mit den Zügeln der Pferde beschäftigt und versuchte, die Tiere festzubinden. „Willst du, dass dein Pferd wegläuft? Wo stecken eigentlich die Stalljungen?"

„Ich weiß es nicht. Jetzt beeil dich bitte."

William überprüfte den Knoten, mit dem er Namenlos festgebunden hatte, bevor er die Stufen hinaufsprang. „Du hast einen Plan, nehme ich an?"

„Nein." Graham trat durch den Haupteingang in die unbeleuchtete Halle. Hitzige Stimmen hallten von den Steinwänden und den Stuckdecken wider. James und ein Dienstmädchen kauerten in einer Ecke, als wären sie nicht ganz sicher, wie ihre Pflichten unter solchen Umständen aussahen. Littletons wütende Rufe übertönten alle anderen Stimmen.

William packte Graham am Arm und zog ihn zurück. „Halt, bleib stehen! Hör ihn dir nur an! Er ist fuchsteufelswild!"

Graham antwortete leise. „Du musst einfach Ruhe bewahren." Er nahm schwungvoll seinen Hut ab, warf ihn in James' Richtung und trat über die Türschwelle in die Bibliothek. William folgte ihm.

Grahams Blick fiel zuerst auf George Barrett, dessen Gesicht ganz rot angelaufen war, dann auf seine Frau und Tochter. Auf der Suche nach Amelia Barrett ließ Graham seinen Blick durch den Raum schweifen und stellte verärgert fest, dass sie viel zu nahe bei Littleton stand. Bei ihrem Anblick stockte ihm der Atem. Er hatte sie noch nie zuvor mit offenen Haaren gesehen. Ihre goldenen Haare lagen wie ein Schleier um ihre Schultern. Aber der ängstliche Gesichtsausdruck seiner Verlobten, *Amelia,* gefiel ihm überhaupt nicht.

Graham zwang sich, den Blick von ihr abzuwenden und sich auf Littleton zu konzentrieren. Er musterte ihn, als würde er sich auf einen Kampf vorbereiten. Die gleiche Größe wie er. Ähnlicher Körperbau. Graham ballte seine Fäuste. Er bereitete sich im Geiste vor, genauso wie er es vor jeder Schlacht tat.

Schweiß lief über Littletons Gesicht. Seine zerzausten Haare hingen in feuchten Strähnen in seine Stirn, und aus seinen Augen sprach wilder Zorn. „Da ist er ja! *Kapitän* Sterling", spottete er. „Sie kommen, um Ihre Ansprüche auf Ihre Braut geltend zu machen?"

Graham warf einen Blick auf Amelia. Ihr Gesicht war genauso bleich wie das weiße Wolltuch, das sie um ihre schlanken Schultern geschlungen hatte. „Verschwinden Sie, Littleton."

Littleton zog in einem verächtlichen Schnauben die Lippe hoch. „Ah, er spricht schon so, als wäre er der Herr von Winterwood. Sie haben nicht lange gebraucht, um in diese Rolle zu schlüpfen, *Herr Kapitän.*"

„Miss Barrett hat kein Gesetz gebrochen. Sie werden ihre Entscheidung respektieren."

„Sie hat ein Versprechen gebrochen."

„Sie hat das Recht, ihre Meinung zu ändern."

„Ihre Meinung zu ändern? Frauen ändern ihre Meinung, wenn es darum geht, welches Kleid sie anziehen. Welchen Roman sie lesen oder welche Obstschale sie malen." Bei jedem seiner scharfen Worte spritzte Speichel aus Edwards Mund. „Ich wüsste gern, wie Sie es angestellt haben. Klären Sie mich auf. Haben Sie sie bestochen?"

Amelia trat vor, als wollte sie etwas sagen, aber Graham baute sich eilig vor ihr auf. „Akzeptieren Sie es einfach, Littleton. Eigentlich dürfte es Sie nicht überraschen."

„Ach ja?" Littletons Stimme nahm an Lautstärke zu. „Sie sind seit wenigen Tagen hier, und Sie glauben zu wissen, wie meine Verlobte denkt und handelt?"

„Ich habe genug gesehen." Graham gefiel die Verzweiflung in Littletons Miene nicht. Verzweifelte Männer waren zu verzweifelten Taten fähig. Graham baute sich breit auf. „Sie können freiwillig verschwinden, oder William und ich werden Sie von diesem Gelände begleiten. Sie haben die Wahl."

George Barrett trat mit Zorn in der Stimme vor. „Sie haben kein Recht, irgendjemand dieses Hauses zu verweisen, Sterling. Ich bin der Herr hier. Ich sollte *Sie* hinauswerfen lassen."

In dem Moment, in dem Graham den Mund öffnen wollte, um ihm zu antworten, stürzte Littleton vor und holte mit der Faust gegen sein Kinn aus. Graham ging in Deckung, aber nicht schnell genug. Von dem Schlag getroffen, taumelte er zurück. Warmes Blut tropfte von seiner Lippe.

Wie eine abgefeuerte Kanonenkugel schoss Feuer durch seine Adern. Ohne zu zögern, rammte er Littleton mit seinem ganzen Gewicht und schleuderte ihn an die Wand. Er warf einen Unterarm an den Hals des Mannes und den anderen über seine Brust und presste seinen Gegner an die kalte Wand.

Littleton schlug um sich, setzte zu wütenden Schlägen an und schleuderte ihm Beschimpfungen an den Kopf. Von hinten krallte sich George Barrett an Grahams Schulter fest. Mit einer kräftigen Armbewegung befreite dieser sich vom Griff des älteren Mannes und war erleichtert, als William endlich eingriff und Amelias Onkel von seinem Rücken wegzog. Voller Zorn drückte er fester zu. Er konnte an nichts anderes denken als daran, Littleton zu bezwingen und ihn von Miss Barrett fernzuhalten. Von Lucy. Von Winterwood.

Jemand schrie, aber Graham achtete nicht darauf. Er musste seine ganze Kraft und Konzentration aufwenden, um Littleton an die Wand zu drücken. Er stellte sich breitbeinig hin, spannte jeden Muskel an und wartete, bis sein Gegner seine Kraft aufgebraucht hatte und langsamer wurde.

Schließlich sackte Littleton zusammen und ergab sich. Beide Männer schnauften schwer. Schweiß lief über Grahams Stirn und sein Kinn. Er beugte sich so nahe zu Littleton hinab, dass sein Gesicht nur wenige Zentimeter entfernt war. „Ich sage es kein zweites Mal: Verschwinden Sie!" Dann trat er zurück.

Littletons dunkle Augen sprühten vor Wut, aber sein Körper war erschöpft. Sein Brustkorb hob und senkte sich schwer, und sein wütender Blick wanderte von Graham zu Amelia. Er deutete auf sie. „Ist es das, was Sie wollen, Amelia?"

Graham wagte es nicht, ihn aus den Augen zu lassen. „Sind Sie jetzt fertig?"

Littleton schnappte seinen Hut, der auf einem Tisch lag, knallte ihn sich auf den Kopf und zischte mit zusammengebissenen Zähnen eine Warnung. „Wenn Sie auch nur einen Moment glauben, ich würde mich so leicht geschlagen geben, Sterling, irren Sie sich."

Er stürmte aus der Bibliothek, wobei er im Vorbeigehen William grob anrempelte.

Im Zimmer wurde es still. Graham wischte sich über das Kinn und stellte erstaunt fest, dass sein Ärmel sich rot färbte. Als er aufblickte, stand Amelia mit Tränen in den Augen neben ihm.

George Barrett stürmte auf ihn zu. Sein Kinn zitterte vor Zorn. „Sind Sie jetzt zufrieden?"

Graham kniff die Lippen zusammen. Eine Schlägerei an diesem Abend genügte ihm, er brauchte keine zweite.

Barretts Gesicht war dunkelrot angelaufen. „Was für ein Mann beutet ein junges Mädchen so aus, wie Sie das machen? Schauen Sie nur, was Sie angerichtet haben! Und warum? Wegen ihres Geldes? Weil sie sich um Ihre Tochter kümmern soll, damit Sie wieder auf Ihr Schiff zurückkehren können?"

Amelia eilte zu ihnen herüber. „Aber so ist es doch gar nicht! Ich ..."

„Still, Mädchen!" Barrett schob seine Nichte weg. „Du bekommst schon noch die Strafe dafür, dass du so viel Schande über unsere Familie bringst." Er drehte sich auf dem Absatz um und nahm seine Frau am Arm. „Helena, Augusta, geht wieder ins Bett. Wir sind hier fertig."

Helena trat vor. „Aber was ist mit Amelia?"

Barrett drehte sich um und starrte Amelia an, als hätte er vergessen, dass sie überhaupt im Raum war. „Du! Bist du mit alledem einverstanden? Bist du bereit, diesen Mann zu heiraten und die guten Ratschläge in den Wind zu schlagen, die deine Tante und ich dir jahrelang zuteilwerden ließen?"

Aller Augen waren jetzt auf Amelia gerichtet. Sie schaute Graham an, dann schob sie entschlossen das Kinn vor. „Ja."

Barrett schlug mit der Handfläche so kräftig auf einen runden Beistelltisch, dass eine Vase, die daraufstand, krachend zu Boden fiel. „Wie du meinst! Dann bist du nicht länger meine Nichte."

Amelia zuckte zusammen, als hätte er sie geschlagen. „Ich hoffe, Onkel, dass du irgendwann verstehen wirst, warum ich mich so entschieden habe."

Barrett gab ihr keine Antwort. Er nahm seine Frau und Tochter am Arm und zog sie aus der Bibliothek. Dabei wich sein finsterer Blick keine Sekunde von Graham. Graham ließ sie gehen. Jetzt war nicht der richtige Zeitpunkt, um mit Amelias Onkel zu sprechen. Vielleicht konnte er ihm die Sache irgendwann in Ruhe erklären, aber nicht heute Abend.

Graham rieb sich das Kinn, wischte sich das Gesicht ab und nahm nur vage wahr, dass sein Bruder und seine Verlobte auf ihn zukamen.

„Sie bluten." Amelias Stimme zitterte. Sie hob die Hand, um seine Wunde zu berühren, zögerte aber dann und ließ die Hand kurz auf seiner Schulter liegen, bevor sie sie wieder sinken ließ.

Graham wollte nicht, dass sie die Hand zurückzog. Er wollte ihre Berührung fühlen. Wegen der Anstrengung rang er immer noch nach Atem, und sein Kinn schmerzte, aber er weigerte sich, den Blick von Amelia abzuwenden. Sie war wunderschön. Mit ihren ungezähmten Locken und ihrer sanften Stimme sah sie aus wie ein Engel. Allein schon ihre Gegenwart wirkte lindernd wie Balsam. Sein Atem wurde langsamer, und er wischte sich wieder das Kinn ab. „Mir geht es gut."

Amelia schob sich die Haare aus den Augen, und der Schein des Feuers tanzte auf ihren langen Locken. Ihre Haare sahen aus, als wären sie aus Gold. „Danke, dass Sie gekommen sind", sagte sie leise. „Wenn Sie nicht genau zum richtigen Zeitpunkt gekommen wären, hätte ich ..."

Graham nickte, sagte aber nichts. Er war stolz darauf, dass er als Seemann weise genug war zu wissen, wann er in unbekannte Gewässer segelte. Diese Frau rührte etwas tief in ihm an. Vielleicht lag es an dem Schlag, den er eingesteckt hatte, oder an dem Adrenalin, das noch durch seine Adern floss, aber er traute seiner Stimme nicht. Noch nicht.

Er hatte fast vergessen, dass William mit im Raum war. Sein Bruder eilte zum Fenster und hob den Vorhang ein kleines Stück, um hinausschauen zu können. „Littleton ist fort. Endlich." Er ließ den Vorhang wieder fallen und ging hinüber, um Grahams blutende Lippe zu untersuchen. „Du hättest in Deckung gehen sollen."

Graham war dankbar für Williams Versuch, die Situation durch Humor aufzulockern, und nickte. „Danke für deinen Rat. Ich merke ihn mir für das nächste Mal." Er schaute Amelia an, und sie wechselten einen erleichterten, triumphierenden Blick. Littleton war fort. Vorerst. Aber wie lange würde er wegbleiben?

William klopfte Graham auf die Schulter und jagte ihm dadurch einen stechenden Schmerz durch den Hals und sein verletztes Kinn. „Mein kleiner Bruder Herr von Winterwood Manor! Beeindruckend." Sein Blick wanderte zur Decke hinauf. „Heißt das, dass du an Land bleibst, da du jetzt eine schöne Braut hast, die du lieben und umsorgen kannst?"

Die Worte *lieben und umsorgen* hingen in der Luft. Amelia schaute auf den Boden, und Graham rückte seine Jacke zurecht. „Ich kehre wie geplant in den Krieg zurück, sobald die Reparaturarbeiten am Schiff abgeschlossen sind."

„Schade." William trat zur Tür und wandte sich dann noch einmal zu Amelia um. „Es ist spät. Miss Barrett, es war mir eine Freude, Sie zu sehen, auch wenn es unter solch ungewöhnlichen Umständen geschah." Er verbeugte sich. „Graham, kommst du?"

„Ich komme sofort."

„Dann hole ich die Pferde. Das heißt, falls dein Ungetüm von einem Pferd sich nicht selbstständig gemacht hat und weggelaufen ist."

Graham wartete, bis die schwere Haustür hinter William ins Schloss fiel. „Kommen Sie zurecht?"

Das Zittern von Amelias Lippen strafte die Zuversicht in ihrer Stimme Lügen. „Ich denke schon. Winterwood ist immerhin mein Zuhause."

„Ich bezweifle, dass Sie Littleton heute Nacht noch einmal sehen werden, aber vielleicht wäre es sicherer, wenn Sie in den nächsten Tagen auf Eastmore Hall wohnen würden."

Amelia zog eine Augenbraue in die Höhe. „Ich? Auf Eastmore Hall? Nein, danke. Was würden die Leute sagen?"

„Ich fürchte, es ist ein wenig zu spät, um sich über die Meinung von anderen den Kopf zu zerbrechen."

Bei dieser Bemerkung wand sie sich innerlich, aber sie sagte nichts. Sie zog ihre Haare zusammen und legte die Hand gedankenverloren um ihre dicken Locken.

„Ihre Cousine wäre natürlich herzlich eingeladen, Sie zu begleiten."

Amelia schüttelte den Kopf. Graham blieb nichts anderes übrig, als zur Tür zu gehen, an der James mit seinem Hut aufgetaucht war. Er wollte sie nicht allein lassen, wenigstens jetzt noch nicht, aber er konnte William mit den Pferden vor dem Haus hören, und auf Amelias glatten Wangen lagen dunkle Schatten, die verrieten, wie müde sie war. „Es war ein langer Abend. Sie brauchen Ruhe. Ich werde morgen früh kommen und versuchen, die Dinge mit Ihrem Onkel zu klären."

„Danke, Kapitän Sterling."

Er klemmte sich den Hut unter den Arm, verbeugte sich leicht und blieb dann einen Moment im Türrahmen stehen, um ihren Anblick noch einmal auf sich wirken zu lassen. Die langen goldenen Haare, der sanfte Mund, die saphirfarbenen Augen. Er hatte den Verdacht, dass er diese Augen nie wieder vergessen könnte.

☙

Graham wusste nicht, ob sein pochendes Kinn oder die unangenehme Situation, in der er sich befand, ihn nicht länger schlafen ließ. Mit langsamen, mühsamen Bewegungen schob er sich von dem Brokatkissen hoch. Jeder Muskel seines Körpers schmerzte, und salziges, getrocknetes Blut klebte auf seiner Lippe.

Wann war er endlich eingeschlafen? Das Letzte, an das er sich erinnerte, war seine Rückkehr von Winterwood mitten in der Nacht. Er hatte das Fenster der Bibliothek von Eastmore Hall geöffnet, um frische Luft hereinzulassen, und sich dann auf das weiche Sofa gesetzt, um seine Wunden zu pflegen. Jetzt fielen die langen Strahlen der Morgensonne ins Zimmer und badeten den Raum in goldenem Schein.

Graham dehnte sich, um den Schlaf aus seinen Gliedern zu vertreiben. Er erinnerte sich, dass er William seine Verlobung mit Amelia erklärt hatte und dabei sorgfältig darauf geachtet hatte, mit keiner Silbe auch nur anzudeuten, dass *sie* ihm einen Antrag gemacht hatte. Danach musste er eingedöst sein. Offenbar war es seinem Bruder genauso ergangen, denn Williams schlaksiger Körper hing in einem Polstersessel auf der anderen Seite des Raums.

In dieser Hinsicht war Graham genauso wie sein Bruder: Er konnte überall schlafen. Ob in einer Hängematte oder auf dem Holzdeck, in seiner Kajüte oder unter dem Sternenhimmel, das spielte keine Rolle. Sein ehemaliger Kapitän und Vorgesetzter, Stephen Sulter, hatte immer gesagt, ein guter Schlaf sei ein Zeichen für ein reines Gewissen. Graham war sich da nicht so sicher.

Er zog seinen Stiefel aus und schleuderte ihn in Williams Richtung. Er prallte vom Knie seines Bruders ab und landete auf dem Orientteppich. William rührte sich nicht.

Graham zog seinen anderen Stiefel aus und stand auf. Als er die Verspannungen in seinem Rücken und in seinen Schultern massierte, verzog er schmerzhaft das Gesicht. Er ging zum offenen Fenster hinüber, vor dem sich schwere, smaragdgrüne Vorhänge im Wind bewegten, und schloss es. Dann stieg er über einen von Williams schlafenden Jagdhunden und entfachte das Feuer zu neuem Leben. Seine Muskeln protestierten gegen die Bewegungen, und er rieb sich mit der Hand über die Rippen. Sein Körper fühlte sich an, als hätte er mehr Schläge einstecken müssen, als er in Erinnerung hatte.

Es war eine Weile her, seit er sich das letzte Mal geprügelt hatte. Viele Jahre sogar. In seiner Jugend hatten ihm ein hitziges Temperament und eine Liebe zum Alkohol eine Schlägerei nach der anderen beschert. Dann hatte Stephen Sulter ihn zum Glauben an Gott geführt und ihm geholfen, sein Leben zu ändern. Aber jetzt, nach Jahren mit schmerzlichen Verlusten und Enttäuschungen, fragte Graham sich, was es mit diesem Gott auf sich hatte, der ihn aus einem Leben der Rebellion gerettet hatte. Er zweifelte nicht an der Gegenwart des himmlischen Vaters, aber er hatte sie lange nicht mehr gespürt.

Er rieb die Hände zusammen und blies warme Luft an seine kalten Handflächen. Er brauchte etwas Warmes zu trinken, um die Kälte aus seinen Knochen zu vertreiben. Graham wandte sich vom Kamin ab und schaute sich nach der Glocke um, um einen Dienstboten zu rufen.

Auf der Suche nach der Glocke wühlte er in den Papieren und Briefen, die auf dem Schreibtisch seines Bruders verstreut waren. Wie konnte William bei dieser Unordnung etwas finden? Er begann, die Papiere ordentlich aufzustapeln, als ein paar Worte auf einem Blatt seine Aufmerksamkeit erregten. *Verkaufsbescheinigung.* Er nahm das Papier und las weiter. Er warf einen Blick auf William, der immer noch im Sessel in der Ecke schnarchte. Dann wanderte sein Blick wieder zu dem Dokument zurück. Unten auf dem Papier las er zwei Unterschriften: *William Sterling* und *Edward Littleton.*

Der Anblick von Littletons Namen traf ihn mit einer so starken Wucht, als hätte er wieder einen Fausthieb ans Kinn bekommen. Er musste unbedingt herausfinden, was das zu bedeuten hatte, und überflog schnell das Dokument. Er zwang sich, es noch einmal langsamer zu lesen. Konnte das wahr sein? Hatte William einen Teil von Eastmore an diesen Schurken verkauft?

Graham spürte die Kälte nicht mehr. Seine Arme und sein Brustkorb brannten vor Schmerz, und eine Million Gedanken stürmten auf ihn ein. Wusste Miss Barrett von diesem Kauf? Wann war der Vertrag unterschrieben worden? Gab es eine Möglichkeit, das Geschäft rückgängig zu machen?

Er trat zu William hinüber und stieß ihn an den Fuß. „Wach auf."

Bei der unsanften Bewegung atmete William tief ein, schlug die Augen auf und blinzelte mit zusammengekniffenen Augen gegen das Sonnenlicht. Er hielt sich eine Hand über die Augen und runzelte die Stirn. „Geh weg."

„Was ist das?"

William verzog das Gesicht. „Was ist was?"

Graham hielt das Dokument in die Luft. „Hier steht *Verkaufsbescheinigung*, unterschrieben von Edward Littleton."

William kratzte sich stöhnend am Kopf und schob sich dann in eine sitzende Position hoch. „Ich habe Littleton vor ungefähr einer Woche die westlichen Felder verkauft. Misch dich nicht in meine Angelegenheiten." Er legte den Kopf zurück und schloss die Augen. „Jetzt geh und lass mich weiterschlafen."

Graham trat wieder gegen den Fuß seines Bruders. „Wolltest du es mir erzählen? Oder sollte ich eines Tages aufwachen und feststellen, dass Edward Littleton praktisch auf meinem Schoß sitzt?"

William schlug wieder die Augen auf. Mit einem plötzlichen Energiestoß sprang er von seinem Sessel hoch und riss Graham das Dokument aus der Hand. „Ja, ich wollte es dir sagen", fauchte er. „Du kannst mich unsensibel nennen, aber ich hatte das Gefühl, dass gestern Abend nach dem ganzen Gebrüll und der Schlägerei nicht der richtige Zeitpunkt war, um es dir zu eröffnen."

„Du hast mir gesagt, dass du nicht die Absicht hättest, Eastmores Ländereien zu verkleinern."

„Natürlich wollte ich das nicht. Wer würde das schon wollen? Aber ich habe getan, was ich tun musste. Ich brauchte das Geld, und Littleton wollte das Land kaufen. Also habe ich es ihm verkauft."

Ein Bruchstück ihres Gesprächs vor einigen Tagen, als William erwähnt hatte, dass er sein Pferd verkaufen würde, schoss Graham durch den Kopf. „Warum brauchst du eigentlich Geld? Was ist aus dem ganzen Geld geworden?"

„Meinst du Vaters Geld?", schnaubte William. „Oder meines?" Er stopfte das Dokument in eine Schreibtischschublade. „Egal, es geht dich sowieso nichts an. Ich habe getan, was ich tun musste."

„Warum bist du nicht zu mir gekommen?"

„Was? Ich soll bei meinem kleinen Bruder angekrochen kommen? Ich komme mit den Geschäften hier allein zurecht."

„Das ist lächerlich."

William knallte die Schublade zu. „Glaubst du, es wäre leicht, Ländereien von dieser Größe zu verwalten?"

„Ich denke, es ist leicht, falsche Entscheidungen zu treffen."

„Ah, ich verstehe. Finanzielle Probleme, in die das große Eastmore gerät, müssen zwangsläufig meine Schuld sein. Vielleicht vergisst du, dass ich dieses monströse Anwesen mit den ganzen Sorgen, die damit zusammenhängen, geerbt habe. Du hingegen warst bequemerweise weit weg von allen großen und kleinen Familienproblemen."

Williams scharfe Antwort klang sehr vorwurfsvoll. Graham baute sich breitbeinig auf. „Es war nicht meine Entscheidung, von hier wegzugehen. Oder hast du das schon vergessen?"

William fuhr zu seinem Bruder herum. Seine übliche gelassene Art war wie weggeblasen, und seine Antwort klang wie die eines in die Enge getriebenen Tieres, das bereit war zuzuschlagen. „Bist du der Meinung, du hättest es besser treffen können? Ich habe aus dem, was ich hatte, das Beste gemacht, und ich werde mich dafür nicht entschuldigen. Als jemand ein Stück von meinem Land – von *meinem* Land – kaufen wollte, noch dazu der Mann, von dem ich dachte, dass er bald mein Nachbar wäre, hatte ich jedes Recht, es ihm zu verkaufen. Wie sollte ich wissen, dass du ihm seine Verlobte vor der Nase wegschnappst?"

Graham verlagerte sein Gewicht, als er über seine Antwort nachdachte. Eine Million Antworten über Verantwortung und Selbstdisziplin schossen ihm durch den Kopf. Aber jetzt war nicht der richtige Zeitpunkt dafür. „Eastmore Hall und alles, was du damit machst, ist deine Sache. Ich rede dir nicht dazwischen. Mir geht es lediglich darum, Littleton von Winterwood fernzuhalten."

William lehnte sich an seinen Schreibtisch. Der Jagdhund stand auf und trottete zu seinem Herrn. William kraulte ihn hinter dem Ohr. „Dafür gibt es eine ganz einfache Lösung."

Graham hob seinen Stiefel auf. „Und die wäre?"

William zuckte die Achseln. „Du heiratest bald die Lösung für deine und meine Probleme."

Graham schaute seinen Bruder finster an. „Was willst du damit sagen?"

„Ach, komm schon!" William verdrehte die Augen. „Wirf Littleton ein wenig Geld hin und kauf das Land. Unterbreite Littleton ein Angebot, das er nicht ablehnen kann, und er verkauft dir das Land." Ein Funkeln glänzte in seinen Augen. „Und was Eastmore

Hall angeht, könnten wir Winterwoods Geld gut gebrauchen, um unsere Finanzen wieder in den schwarzen Bereich zu bringen. Dann sind unsere ganzen Probleme gelöst."

Graham musste nicht lange überlegen. „Nein."

William riss erstaunt die Augen auf. „Nein? Warum nicht?"

„Das Geld gehört mir nicht. Ich habe Amelia Barrett versprochen, dass ich Winterwoods Geld nicht anrühren werde."

William lachte kurz. „Bist du verrückt? Dann kauf das Land selbst. Dein Einkommen ist kein Geheimnis. Du hast sicher genügend Mittel. Und wenn du schon dabei bist, kannst du mir vielleicht auch ein wenig helfen."

Graham hob seinen anderen Stiefel auf und nahm seinen Frack. Die dunkelblaue Wolle verknitterte unter seinem Griff. „Wie groß sind deine Schulden?"

„So groß, dass ich die westlichen Wiesen verkaufen musste. Dass ich mein bestes Pferd verkaufe. Wer weiß, was ich als Nächstes verkaufen muss?"

Graham blieb stehen und schaute aus dem Fenster. „Wenn ich dir helfen soll, musst du mir eine Zahl nennen, William. Wie hoch sind deine Schulden?"

Williams Gesicht wurde bleich, aber er schob das Kinn entschlossen vor. „Siebzehntausend Pfund."

„Mann, William! Wie konntest du dich in so hohe Schulden hineinmanövrieren?"

Williams Brauen zuckten. „Du ahnst nicht, wie es ist. Ich ..."

Graham hob schnell die Hand, um William zum Schweigen aufzufordern, aber er nahm sie sofort wieder herab. „Sag es mir nicht. Ich will es gar nicht wissen, und ganz ehrlich, es ist mir auch egal."

Ein unangenehmes Schweigen breitete sich zwischen den Brüdern aus. Graham klemmte sich seinen Frack unter den Arm. „Ich reite nach Winterwood hinüber, um mit George Barrett zu sprechen. Wir können uns später weiter darüber unterhalten."

William trat vor und versperrte ihm den Weg. „Ob es dir gefällt oder nicht, aber das hier ist das Zuhause deiner Familie."

Ein Bruder starrte den anderen an. Nicht ausgesprochene Worte hingen zwischen ihnen in der Luft.

„Ich helfe dir, wenn ich kann", sagte Graham schließlich. „Aber Winterwoods Geld rühre ich nicht an."

Kapitel 15

Der Duft nach getoastetem Brot, frischem Pflaumenkuchen und Kaffee begrüßte Amelia, als sie die Treppe herabstieg. Leise Stimmen und das Klirren von Besteck erfüllten die Morgenluft. Die normalerweise einladenden Frühstücksgerüche drehten ihr den Magen um, und der Tonfall der Stimmen weckte in ihr den Wunsch, in ihr Zimmer zurückzulaufen.

Wann war ihr geliebtes Winterwood so kalt geworden?

Fest entschlossen, es wenigstens zu versuchen, die Kluft zwischen ihr und ihrer Familie zu überbrücken, zwang sich Amelia, einen Fuß vor den anderen zu setzen. Ihre weichen Schuhe bewegten sich geräuschlos, als sie sich dem Frühstückszimmer näherte. Die bewusst langsamen Schritte schenkten ihr kostbare Momente, in denen sie versuchte, das Gespräch zu verstehen. Onkel Georges angespannte Stimme drang aus dem Zimmer, aber seine Worte waren zu leise, um daraus schlau zu werden. Bevor sie über die Türschwelle trat, strich Amelia über ihr hellrosa Seidenkleid und rückte das elfenbeinfarbene Schultertuch zurecht, das sie um den Hals trug. Das strahlende Sonnenlicht fiel durch das Fenster, erhellte das Frühstückszimmer und spiegelte sich im vergoldeten Spiegel und auf dem Silberservice und auf dem funkelnden Rubin am Hals ihrer Tante.

Amelia zwang sich, trotz ihrer zugeschnürten Kehle zu sprechen. „Guten Morgen."

Onkel George antwortete ihr nicht. Tante Augusta schaute sie finster an. Aus Helenas rot umrandeten Augen sprach Mitgefühl, aber auch sie sagte nichts. Amelia setzte sich auf ihren Platz. Im nächsten Moment stand Sally mit Tee neben ihr. Sie nippte an der dampfenden Flüssigkeit und hoffte, die Wärme des Tees würde ihre wachsende Unruhe vertreiben.

Eine fast greifbare Anspannung lag im Raum, die jeden davor warnte, als Erster zu sprechen. Schließlich unterbrach die beißende Stimme ihrer Tante Amelia sie beim Trinken. „Da offenbar sonst niemand bereit ist, die Vorkommnisse von gestern Abend anzusprechen, werde ich es tun." Sie schaute Amelia mit finsterer Miene an. „Ich hoffe, du bist zufrieden. Du hast an einem einzigen Abend alles zerstört, was dein Onkel und ich so mühsam für diese Familie aufgebaut haben. Alles!"

Onkel George faltete die Zeitung zusammen und ließ sie auf seinen Schoß sinken. „Spar dir die Mühe, Augusta. Sie hat ihre Entscheidung getroffen."

Amelia warf einen verstohlenen Blick auf Helena und hoffte, bei ihr Unterstützung zu finden, aber Helena starrte nur wortlos auf ihren Schoß.

Tante Augustas Gesicht lief rot an, und ihre Stimme zitterte, als sie weitersprach. „Das hat sie allerdings, und zwar ohne sich irgendwelche Gedanken um das Wohl der Menschen zu machen, die für sie so große Opfer gebracht haben."

Amelias Wedgwood-Teetasse klapperte auf der Untertasse, als sie sie abstellte. Ihre Schultern sackten nach unten. Wie oft würde sie sich noch verteidigen müssen? Konnte sie irgendetwas sagen, das die Wogen glätten würde? Sie zwang sich, Stärke in ihre Stimme zu legen. „Ich hoffe, dass du eines Tages verstehen kannst, warum ich mich so entschieden habe, Tante."

„Oh, ich weiß ganz genau, warum du das getan hast. Weil du ein egoistisches, undankbares Mädchen bist!" Tante Augusta schlug mit ihrer Serviette auf den Tisch. „Du glaubst, du wüsstest besser als jeder andere, wie die Welt ablaufen sollte. Du siehst nur dich und deine Belange und interessierst dich nicht für die Sorgen der anderen. Denk nur an den armen Mr Littleton! Du hast diesem Mann das Herz gebrochen. Wie kann er nach einer solchen öffentlichen Schmach je wieder erhobenen Hauptes in der Gesellschaft auftreten?" Tante Augusta erhob sich vom Tisch und trat hinter Helena. „So etwas würde ich selbst meinem schlimmsten Feind nicht wünschen. Und hast du auch nur einen einzigen Gedanken darauf verwendet, wie sich dieser Skandal auf die Firma deines Onkels auswirken wird? Die Firma, mit der er unseren Lebensunterhalt verdient? Ich bin sicher, dass du dir darüber keinen einzigen Gedanken gemacht hast." Sie drückte ein Taschentuch an die Nase und begann zu schluchzen. „Und ich erschauere, wenn ich nur daran denke, wie sich dieser Skandal auf die Aussichten deiner Cousine auswirken wird, eine gute Partie zu finden, wenn sich das herumspricht. *Egoistisch.*"

Bei den beißenden Worten ihrer Tante erstarrte Amelia. Schließlich fand sie die Sprache wieder. „Edward wird sich davon erholen, davon bin ich überzeugt. Es besteht kein Grund, warum meine Entscheidung sich auf irgendwelche Geschäfte auswirken sollte."

Ihr Onkel schnaubte. Als Amelia sich umdrehte, sah sie, dass er seine kleinen Augen auf sie gerichtet hatte. „Edward wird mein Partner beziehungsweise sollte mein Partner werden. Es wirkt sich also sehr wohl auf meine Geschäfte aus. Wenn das Vertrauen erst einmal zerstört ist, Amelia, lässt es sich so schnell nicht wieder aufbauen. Ich habe Edward persönlich die Erlaubnis gegeben, dich zu umwerben. Ich habe ihm meinen Segen gegeben, dich zu heiraten. Jetzt wurde er auf übelste Weise verraten. Ich könnte diesem Mann keinen Vorwurf machen, wenn er nie wieder mit einem von uns sprechen würde."

Amelias Ohren glühten, und sie hatte Mühe zu schlucken. Sie wollte ihnen sagen, dass Edward sich zwar sympathisch gab, dass er aber in Wirklichkeit ein heimtückischer Mensch war. Konnte ihr Onkel denn nicht sehen, dass er sich nur wegen Winterwoods Vermögen für seine Firma interessierte und dass er seinem Partner genauso schnell den Rücken kehren würde wie seiner Verlobten? Aber solche Argumente wären vergeblich. Ihre Verwandten waren fest entschlossen, Amelia nicht zuzuhören.

Als Onkel George weitersprach, zitterte er vor Zorn. „Edward wohnt im Dorfgasthof. Ich habe vor, heute zu ihm zu fahren und diese Situation zu klären und den Namen unserer Familie, soweit ich kann, zu retten. Du machst dir vielleicht nicht viel aus deinem oder Edwards Ruf, aber dieser Skandal wirft auf uns alle ein schlechtes Licht."

Amelias Pulsschlag beschleunigte sich. „Edward ist noch in Darbury?"

„Er verließ Winterwood mitten in der Nacht, Amelia." Tante Augusta schaute sie herablassend an. „Wohin hätte er deiner Meinung nach gehen sollen?"

Amelia hatte das Gefühl, als wäre die Luft aus ihrer Lunge gedrückt worden. Wie konnte Edward in Darbury bleiben, nachdem sie die Verlobung mit ihm gelöst hatte? Was sollte sie tun, falls er plante, hierzubleiben?

Tante Augusta trat hinter Helena und legte die Hand auf die Schulter ihrer Tochter, während sie Amelia finster anstarrte. „Wenn du Glück hast und ein Wunder geschieht, ist Mr Littleton vielleicht bereit, über dein schlechtes Urteilsvermögen hinwegzusehen und doch noch eine Zukunft mit dir in Betracht zu ziehen."

„Nein!" Amelia sprang energisch von ihrem Stuhl auf. Ihr Rock verfing sich am Tisch, und sie musste erst einmal den Stoff befreien. Tränen traten ihr in die Augen, die sie schnell zurückblinzelte. Sie weigerte sich, den anderen die Befriedigung zu gönnen, sie weinen zu sehen. „Ich bin fest entschlossen, Kapitän Sterling zu heiraten und Lucy aufzuziehen. Daran wird auch ..."

Sie brach mitten im Satz ab, als vor dem Fenster Pferdehufe ertönten. Sie trat um den Tisch herum und eilte zum Fenster. Ein Gedanke ergriff von ihr Besitz; wie ein wilder Hund, der seine Beute gewaltsam schüttelt, weigerte er sich, sie wieder loszulassen.

Kam Edward nach Winterwood zurück? Was würde er tun?

Helena sprang vom Tisch auf und trat neben Amelia ans Fenster. „Wer ist gerade gekommen?"

Amelias Schultern entspannten sich, als sie Grahams starkes Profil erkannte. Allein schon bei seinem Anblick wuchs ihr Selbstvertrauen. Ihre Knie wurden vor Erleichterung fast weich.

Helena sagte die Worte, die Amelia nicht aussprechen konnte. „Es ist Kapitän Sterling."

„Dieser abscheuliche Mann!", schnaubte Tante Augusta. Ihr hellblauer Musselinrock raschelte, als sie zu ihrem Platz am Tisch zurückkehrte. „So früh am Morgen hier aufzutauchen! Unverschämt!"

Der Wind blähte den schwarzen Wintermantel des Kapitäns auf, als er sein Pferd anhielt. Amelia schaute zu, als der Stallknecht kam, um ihm das Pferd abzunehmen. Sie war froh, Kapitän Sterling zu sehen, und sie war noch dankbarer, dass er allein kam. Dass sein Bruder ihn gestern Nacht begleitet hatte, hatte sie überrascht. Aber William Sterlings wiederholte Besuche auf Winterwood bestätigten ihre Vermutung, dass er damals, als er sich danebenbenommen hatte, zu betrunken gewesen war, um sich daran zu erinnern. Falls er sich doch erinnerte, schien er nicht darüber sprechen zu wollen, und sie würde seinem Gedächtnis ganz gewiss nicht auf die Sprünge helfen. Sie hoffte nur, dass der Kapitän es nie herausfinden würde. Es gefiel ihr nicht, dieses Geheimnis vor ihm zu haben. Aber zum Wohl aller Beteiligten blieb ihr nichts anderes übrig.

Da Amelia nicht bereit war zu warten, bis Kapitän Sterlings Besuch formell angekündigt wurde, eilte sie aus dem Frühstückszimmer, um ihn auf dem Flur zu begrüßen. Sie kam atemlos an, als er gerade über die Türschwelle trat. Er nahm seinen Kastorhut schwungvoll ab und reichte ihn in einer schnellen, fließenden Bewegung an James weiter. Seine lebhaften grauen Augen schauten sie direkt an. Ihr Atem beruhigte sich, und etwas regte sich in ihrem Herzen. Ein Gefühl, das sie nicht verstand.

Er verlor keine Zeit mit einer formellen Begrüßung. „Geht es Ihnen gut, Amelia?"

Sie errötete, als er sie so ansprach. Die einzigen Männer, die sie beim Vornamen ansprachen, waren ihr Onkel und Edward. Aber warum sollte er das nicht tun? „Ja, mir geht es gut, danke."

„Und Lucy?"

„Ihr geht es auch sehr gut. Ich war heute Morgen eine Weile bei ihr im Kinderzimmer."

„Gut. Irgendeine Spur von Littleton?"

„Er ist nicht nach Winterwood zurückgekehrt, obwohl ich gerade von meinem Onkel erfahren habe, dass er sich noch in Darbury aufhält."

„Ich könnte nicht behaupten, dass mich das überraschen würde." Jedes Wort des Kapitäns klang genau durchdacht. Seine Augen wanderten durch den Flur, als suche er etwas. „Ist Ihr Onkel zu Hause?"

Sie nickte und wandte bewusst den Blick von seiner aufgesprungenen Lippe ab. „Er ist mit der Familie im Frühstückszimmer."

„Ich werde mit ihm sprechen. Und danach, denke ich, sollten wir den Pfarrer aufsuchen und ihm die Situation erklären. Angesichts der Geschehnisse ist es ratsam, alles so bald wie möglich zu klären."

Kapitän Sterling sprach, als hake er nacheinander verschiedene Punkte auf einer Liste ab, aber bei jedem Wort aus seinem Mund entspannte sich Amelia. Er verfolgte diesen Plan genauso zielstrebig wie sie. Seine Entschlossenheit stärkte ihr Selbstvertrauen.

„Würden Sie mich bitte zu Ihrem Onkel bringen?"
Sie nickte. „Wenn Sie mir bitte folgen wollen."
Als Amelia in der Begleitung des Kapitäns ins Frühstückszimmer zurückkehrte, wurde die erdrückende Atmosphäre des Raumes noch kälter. Helena schaute unverwandt auf etwas, das sich auf dem Tisch befand. Tante Augusta starrte den Kapitän finster an, und Onkel George aß unbeirrt weiter und ignorierte Amelia und Kapitän Sterling völlig.

Amelias Stimme zitterte leicht, als sie sprach. „Onkel, Kapitän Sterling möchte mit dir sprechen."

Kapitän Sterling verbeugte sich vor Tante Augusta, bevor er sich an ihren Onkel wandte. „Mr Barrett, ich habe gehofft, einen Moment Ihrer Zeit in Anspruch nehmen zu dürfen."

Die Lippen ihres Onkels verzogen sich zu einer dünnen Linie. „Sie haben gestern Nacht mehr als genug gesagt. Ich finde, Sie sollten sich verabschieden, Sir."

„Das kommt leider nicht infrage. Wir müssen uns unterhalten. Unter vier Augen."

„Sie werden feststellen, dass sich an meiner Meinung nichts geändert hat."

„Das habe ich vermutet. Trotzdem gibt es einige Punkte, über die wir sprechen müssten."

Als müsse er etwas sehr Unerfreuliches über sich ergehen lassen, schob Onkel George widerstrebend seinen Stuhl zurück und stand auf. Er sagte nichts, sondern schürzte nur die Lippen und klemmte die Zeitung unter seinen Arm. Dann deutete er zur Tür und verließ den Raum. Graham folgte ihm.

Amelia rieb sich den Nacken und legte die Hand an ihre Schulter, während sie den Männern nachschaute. Da sie die Atmosphäre im Frühstückszimmer nicht länger ertragen konnte, zog sie sich in den Salon zurück und wartete dort.

Vor dem Fenster fing sich das helle Sonnenlicht am Rand der silbernen Wolken und spiegelte sich auf der Erde. Der Raureif glänzte wie Diamanten auf dem weiten Rasen. Alles sah so ruhig aus. So friedlich. Warum konnte kein Sturm wüten, der die aufgewühlte Unruhe in ihrem Inneren viel eher wiedergeben würde?

☙

Graham tippte auf der kurzen Fahrt zum Pfarrhaus gedankenverloren auf den Fensterrahmen der Kutsche. Sein Gespräch mit George Barrett hallte wie eine lärmende Möwe in seinem Kopf wider. Er hatte gehofft, er könnte um Lucys und auch um Amelias willen die Wogen ein wenig glätten, aber der alte Mann hatte sich genauso eigensinnig gezeigt wie seine Nichte.

Er schaute zu, wie Amelia am Pelzsaum ihres Umhangs zupfte und ihre Mütze zurechtrückte. Erst als sie ihn mit ihren faszinierenden blauen Augen anschaute, wurde ihm bewusst, dass er sie anstarrte.

„Sie wirken so nachdenklich, Kapitän Sterling." Ihre Stimme klang ruhig, obwohl die Schatten um ihre Augen und die ineinander verkrampften Finger eine andere Geschichte erzählten.

Er hielt sich fest, als die Kutsche sich wieder in Bewegung setzte. „Ich hoffe, die Ereignisse der letzten Nacht waren für Sie nicht zu beunruhigend."

Sie schüttelte den Kopf. „Es ist eine Schande, dass es dazu gekommen ist, aber ich muss sagen, dass das zu erwarten war. Ich wusste, dass Edward sehr temperamentvoll sein kann, aber ich hätte nie erwartet, dass er Sie schlägt."

„Ich habe in meinem Leben schon viele Schläge eingesteckt. Ich habe es überlebt."

„Das mag sein, aber er hatte trotzdem kein Recht dazu." Sie spielte mit dem Spitzenbesatz an ihrem Handtäschchen und zog die Brauen zusammen. „Was hat Onkel George gesagt, als Sie mit ihm sprachen?"

Graham schaute aus dem Fenster. Wie konnte er ihr die Wahrheit sagen? Dass sie für ihren Onkel so gut wie gestorben wäre, wenn sie ihn heiratete? „Es war mehr oder weniger das Gleiche, was er gestern Nacht sagte."

„Hat er Ihnen verraten, warum Edward sich noch in Darbury aufhält?"

„Ja." Grahams Kinnmuskeln zuckten. Wenn es sich nur um eine verschmähte Liebe handeln würde, würde sich der abgewiesene Mann zurückziehen und seine Wunden lecken. Aber hier ging es nicht im Geringsten um Zuneigung ... sondern einzig und allein um Habgier.

Graham schaukelte mit der Kutsche, die über die holperige Straße rollte. Er betrachtete das Profil der Frau, die sehr bald seine Ehefrau wäre. *Ehefrau.* Allein schon dieses Wort war mit großer Intimität verbunden. Und doch war Amelia immer noch eine Fremde für ihn.

Er wusste, dass sie intelligent war. Loyal. Freundlich. Impulsiv. Liebevoll zu Kindern und furchtbar im Umgang mit Wasserfarben. Aber was war mit ihrer Vergangenheit? Mit ihren Träumen? Er wollte mehr über sie wissen. Nein, er wollte *alles* über sie wissen.

Sein Mantel schien immer enger zu werden, während das angenehme Schweigen in der Kutsche sich ausbreitete. Er zog die Handschuhe aus und steckte sie in die Tasche.

Bleib sachlich und nüchtern.

Kapitel 16

Jane Hammond wartete nicht, bis der Butler Amelias und Grahams Besuch ankündigte. Sie öffnete ihnen selbst die Tür und schaute ihnen mit gerunzelter Stirn entgegen. „Edward Littleton war gerade hier. Ich habe noch nie einen Mann gesehen, der so außer sich war."

Edward war hier? Amelias Magen zog sich zusammen. Das Haus der Hammonds war für sie immer eine Zufluchtsstätte gewesen, und Edwards Besuch war wie ein Eindringen in ihre Privatsphäre.

„Ich muss mit dir und Mr Hammond sprechen." Sie deutete auf Kapitän Sterling, der ihr durch die Tür folgte. „*Wir* müssen mit euch sprechen."

Mrs Hammond verzog entsetzt das Gesicht, als ihr Blick auf die Lippe des Kapitäns fiel. „Um Himmels willen, was ist denn mit Ihnen passiert?"

Amelia ließ ihm keine Zeit zu einer Antwort. „Edward hat ihn geschlagen."

Jane schüttelte den Kopf und führte sie ins Haus. Amelia reichte ihre Mütze und Handtasche einem schlicht gekleideten Dienstboten und versuchte, ihre Ziegenlederhandschuhe auszuziehen. Sie hatte überhaupt nicht bemerkt, dass ihre Finger zitterten, bis sie versuchte, die winzigen Elfenbeinknöpfe zu öffnen. Sie biss sich auf die Lippe und war fest entschlossen, ihre Hand von dem Handschuh zu befreien. Warum musste denn heute alles so schwer sein?

Amelia war so sehr auf die Knöpfe konzentriert, dass sie fast zusammenzuckte, als Jane sie an der Schulter berührte. „Komm, meine Liebe, lass dir helfen."

Amelia hielt Jane seufzend die Hand hin, hob aber nicht den Blick. Was hatte sich Edward nur dabei gedacht, hierherzukommen? Welches Recht hatte er dazu?

Amelia schluckte, während sie zusah, wie Janes lange, anmutige Finger den Knopf durch die Schlaufe schoben und dann sanft den

Handschuh von ihrer Hand schälten. Sie atmete zitternd aus und streckte die Finger. „Danke."

Jane bestellte Tee, dann führte sie ihre Gäste in den Salon, wo ihr Mann bereits wartete. Thomas Hammonds freundliches, vertrautes Lächeln hätte Amelias Nerven beruhigen sollen, aber es hatte die gegenteilige Wirkung.

Jane führte Amelia zum Sofa. „Setz dich bitte, Amelia. Und Sie auch, Kapitän Sterling." Amelia kam Janes Einladung nach und nahm Platz, aber der Kapitän stellte sich neben den Pfarrer an den Kamin auf der anderen Seite des Zimmers.

Amelias Augen folgten jeder Bewegung, die Kapitän Sterling machte. Sie hätte zu gern seine Gedanken gelesen. Je weiter sie von ihm entfernt war, umso ungeschützter fühlte sie sich, selbst im Haus der Hammonds.

Jane setzte sich neben Amelia aufs Sofa und ergriff ihre Hand. „Jetzt sag uns, was passiert ist."

Amelia senkte den Blick, um ihr zitterndes Kinn zu verbergen. Sie fürchtete, dass in dem Moment, in dem sie den Mund öffnete, jeder Gedanke, jedes Geheimnis aus ihr heraussprudeln würde.

Kapitän Sterlings kräftige Stimme unterbrach das Schweigen. „Wir möchten heiraten."

Mr Hammond trommelte mit den Fingern auf den Kaminsims. „Das habe ich bereits aus den Worten unseres unerwarteten Gastes heute Morgen geschlossen."

Der Kapitän griff in seine Tasche und holte die Erlaubnis heraus. „Sie werden feststellen, dass alles seine Ordnung hat. Wir möchten so bald wie möglich heiraten."

Mr Hammond nahm das Dokument entgegen und hielt es ins Licht. Sein Blick wanderte von dem Dokument zu seiner Frau. Bei ihrem Blickwechsel kam sich Amelia wie ein Kind vor. Hitze stieg in ihr Gesicht. Sie wollte nicht, dass ihre Entscheidung infrage gestellt wurde, und sie war es müde, verurteilt zu werden.

Mr Hammond faltete das Dokument zusammen und gab es Kapitän Sterling zurück. „Ich schlage vor, dass wir den Damen Gelegenheit geben, sich ungestört zu unterhalten. Kommen Sie doch bitte mit in die Bibliothek." Der Kapitän schaute zu Amelia herüber, bevor er dem Pfarrer zunickte und ihm aus dem Zimmer folgte.

Amelia rieb sich über die Stirn und faltete dann die Hände auf dem Schoß. Sie hatte sich so sehr bemüht, ihre Tränen zurückzudrängen, um stark zu sein wie Katherine oder Jane. Aber als die Männer den Raum verließen, begann sie am ganzen Körper zu zittern.

„Amelia?"

Sie öffnete den Mund, um etwas zu sagen, aber sie brachte kein Wort über die Lippen, nur ein ersticktes Schluchzen. Zum ersten Mal seit Wochen ließ sie ihren Tränen freien Lauf. Jane legte die Arme um Amelia und streichelte ihr über die Haare. „Was ist, Liebes? Erzähle es mir."

Amelias Gedanken überschlugen sich. Wo konnte sie anfangen? Was sollte sie erzählen?

Jane schob Amelia sanft von ihrer Schulter und schaute sie an. „Ist es Mr Littleton?"

Amelia wischte sich mit der Handfläche über das Gesicht. „Ja. Nein. Ich meine, es ist nicht nur Edward."

Jane runzelte die Stirn. „Ist es Kapitän Sterling?"

Amelia zögerte. Aber was konnte sie schon verlieren, wenn sie es Jane erzählte? Die Nachricht, dass sie und Kapitän Sterling heiraten wollten, würde noch vor Ende dieses Tages in ganz Darbury bekannt werden. Sie wollte nicht, dass Jane die Einzelheiten von anderen Leuten erfuhr, und die schwere Last ihrer Situation drohte sie in die Tiefe zu ziehen. Amelia drückte die Augen zu, atmete tief und zitternd ein und zwang sich zu sprechen. „Es begann, als ich ... als ich Kapitän Sterling einen Heiratsantrag machte."

Sie legte eine Pause ein und wartete auf Janes schockiertes Keuchen. Es kam nicht. Sie wartete auf den Tadel. Nichts. Amelia öffnete langsam die Augen und fürchtete sich, in das Gesicht ihrer Freundin zu blicken, aber Janes Augen waren sanft.

Amelia schluckte schwer und musste ihren ganzen Mut zusammennehmen, um ihr Geständnis fortzusetzen. Aber sobald sie anfing, gab es kein Halten mehr. Sie erzählte alles – von ihrem Heiratsantrag, von ihrer Verabredung mit Kapitän Sterling auf dem Friedhof bis hin zum Zorn ihrer Familie.

Janes Schweigen während ihres ganzen Berichts machte Amelia nervös, und sie war froh, als ihre Freundin endlich etwas sagte. „Ach, Amelia, das ist wirklich eine aufregende Neuigkeit."

„Missbilligst du meine Entscheidung?"

Jane senkte den Blick, als suche sie nach den richtigen Worten. „Du kennst meine Gefühle in Bezug auf die Familie Sterling. Besonders was William Sterling betrifft."

„Aber der Kapitän ist nicht sein Bruder. Das hast du selbst betont."

„Das mag sein, Amelia, aber du kennst diesen Mann kaum. Mr Littleton kennst du schon einige Zeit, und du hast den Segen deiner Familie. Bist du dir ganz sicher, dass du diesen Weg gehen willst?"

„Ja. Ich weiß, dass es übereilt klingt, aber ich bin fest entschlossen. Lucy ist ein Teil von mir und der Kapitän ist sehr nett. Und ich bin zu der Überzeugung gelangt, dass Edward Littleton sehr berechnend und egoistisch ist, vielleicht sogar skrupellos."

Janes Brauen zogen sich zusammen. „Es gefällt mir nicht, dich in einer solchen Situation zu sehen, Amelia. Gibt es keinen anderen Weg?"

„Ich habe alle Möglichkeiten durchgespielt, Jane. Das musst du mir glauben."

„Und hast du darüber gebetet?"

Jetzt war es an Amelia zu zögern. Ja, sie hatte gebetet. Vielleicht hatte sie sogar Antworten bekommen. Warum fühlte sie sich dann bei dieser Frage so unbehaglich?

Sie stand auf und begann, auf und ab zu gehen. „Tante Augusta sagt, ich wäre egoistisch. Ich frage mich jetzt, ob sie recht hat. Ja, ich liebe Lucy und möchte sie aufziehen. Aber wenn ich ganz ehrlich sein soll, muss ich zugeben, dass ich auch froh bin, von Edward frei zu sein. Was ist, wenn ich mir nur einrede, dass es Gottes Wille sei, den Kapitän statt Edward zu heiraten, aber in Wirklichkeit nur versuche, meinen Willen durchzusetzen?"

Jane schaute sie an. „Gott spielt uns nichts vor. Wenn du glaubst, dass Gott dich berufen hat, Lucy aufzuziehen, dann wird er dir einen Weg dafür zeigen."

„Selbst wenn das bedeutet, die Menschen zu verletzen, die ich liebe? Meine Tante und mein Onkel sind außer sich vor Wut, Helena hasst mich fast. Das, wofür ich mich entschieden habe, wird ihnen viele Schwierigkeiten einbringen."

„Es ist unmöglich, durchs Leben zu kommen, ohne hin und wieder in ein solches Dilemma zu geraten. Wir können nichts anderes tun, als unser Bestes zu geben und den Ausgang unserem himmlischen Vater anzuvertrauen."

Janes Worte hätten Amelia trösten sollen, aber stattdessen quälten sie ihr Gewissen. Sie schniefte, ohne sich darum zu kümmern, dass das nicht damenhaft war. „Ich glaube wirklich, dass das der beste Weg ist. Das glaube ich von ganzem Herzen."

Jane drückte Amelias Hand. „Ich denke, du hast mehr Glauben, als du denkst."

Amelia schaute ihre Hände an und schniefte wieder. Sie wollte das Thema wechseln und nicht weiter über ihren Glauben beziehungsweise über ihren mangelnden Glauben sprechen. „Was hat Edward gesagt, als er hier war?"

„Er wollte, dass ich meine Freundschaft zu dir benutze, um dich zu überreden, es dir noch einmal anders zu überlegen."

Amelia wischte sich eine Träne weg und seufzte. „Mir graut davor, was passiert, wenn sich das alles herumspricht. Und es wird sich herumsprechen. Ich erschauere, wenn ich mir vorstelle, was die Leute reden, wenn sie erfahren, dass ich zu einem so späten Zeitpunkt meine Verlobung gelöst habe und Kapitän Sterling heiraten will."

„Ich kann dir nur raten, dir über die Klatschmäuler nicht den Kopf zu zerbrechen. Sie reden viel, und bald wird es neue Gerüchte geben, und die Leute reden über etwas Neues. Jetzt setz dich und trink deinen Tee. Du machst mich noch ganz nervös."

Amelia kam ihrer Aufforderung nach und setzte sich neben Jane aufs Sofa. „Aber du weißt, wie schnell sich solche Dinge herumsprechen. Die Leute könnten einen falschen Eindruck bekommen."

„Dann müssen wir einfach entgegensteuern." Jane schenkte Amelia frischen Tee ein und reichte ihr die zarte Porzellantasse. „Es ist ganz einfach. Mein Mann und ich werden zu einem Abendessen zu Ehren von Kapitän Sterlings Rückkehr und zur Feier eurer Verlobung einladen. Du weißt, dass alle auf die Worte ihres Pfarrers hören."

Jane hatte recht. Wenn Mr Hammond Kapitän Sterling freundlich gesonnen war, würden seine Gemeindeglieder ihn wahrscheinlich auch wohlwollend aufnehmen. Wenigstens sollte das helfen, die Gerüchteküche im Zaum zu halten. „Du bist schlau, Jane. Wirklich schlau."

Ein schelmisches Lächeln zog über Janes Lippen. „Ich hätte nicht fünfunddreißig Jahre als Pfarrersfrau überlebt, ohne hin und wieder den einen oder anderen Trick anzuwenden." Sie schenkte sich eine Tasse Tee ein, nippte daran und seufzte. „Wir sollten das Essen sehr bald einplanen. Ich würde sagen, wenn es noch in dieser Woche stattfindet, zeigt das allen, dass eure Verbindung den Segen meines Mannes hat. Der Rest ergibt sich dann von selbst. Ich fürchte, wir kommen nicht herum, auch den Bruder deines Verlobten einzuladen, nicht wahr?"

Amelia schaute sie nur stumm an.

„Das ist wirklich zu schade." Jane trank noch einen Schluck. „Trotzdem wird alles gut werden, meine Liebe. Du wirst schon sehen."

☙

Amelia stand in Winterwoods Halle und schaute durch das Fenster zu, wie die Kutsche, die Kapitän Sterling nach Eastmore Hall zurückbrachte, davonrollte.

Mein Plan geht auf. Warum habe ich dann so ein sonderbares Gefühl?

Es ergab einfach keinen Sinn. Lucy konnte auf Winterwood bleiben, das Gespräch mit den Hammonds war gut verlaufen, und ihre Hochzeit war für den kommenden Freitag festgelegt. Amelia sollte also eigentlich begeistert sein und Pläne schmieden. Stattdessen schmerzte ihr Rücken, ihre Schläfen hämmerten, und sie hatte das Gefühl, ihre Füße wären bleiern.

Ach, Herr, bitte hilf mir, bis zum Freitag durchzuhalten. Sie richtete sich auf und wollte zur Treppe gehen. In diesem Moment hallte ein lautes Geräusch in der Halle wider, und sie erstarrte. Sie warf einen Blick nach links auf den Gang. Ein Licht drang unter der Bibliothekstür auf den Gang. Jemand war zu Hause.

Sie hatte den dringenden Wunsch, nicht bemerkt zu werden, und eilte gerade durch die Halle, als James erschien. „Willkommen zu Hause, Miss Barrett. Ich hoffe, Ihr Vormittag war angenehm."

Amelias Herz hämmerte bei der lauten Stimme des Mannes. Sie hob eine Hand, um ihn zum Schweigen aufzufordern, aber es war schon zu spät. Die Bibliothekstür ging auf, und ihr Onkel erschien im Türrahmen.

Er kam auf sie zu. „Amelia, du hast Besuch."

Eine Gänsehaut zog über ihren Rücken. „Ich fühle mich nicht gut. Ich denke, ich …"

„Dieses Mal nicht, Amelia!" Er legte seine fleischigen Finger um ihren Arm. „Es ist Zeit, dass du dich den Konsequenzen deines Tuns stellst."

Sie wollte zurückweichen. „Aber ich habe noch meinen Mantel an. Gib mir eine Minute Zeit, um mich frisch zu machen und …"

„Es wäre unhöflich, deinen Gast warten zu lassen."

Er zerrte so kräftig an ihrem Arm, dass Amelia mehrere Schritte nach vorne stolperte. Erst als sie fast stürzte, löste er seinen Griff von ihr. „Zieh den Mantel aus und nimm den Hut ab. Ich warte."

Seine Augen unter seinen drahtigen Brauen waren hart und unerbittlich. Sie warf einen flehenden Blick auf James, als könnte er ihr irgendwie helfen, aber ihr Onkel war der Herr von Winterwood. Wenigstens jetzt noch.

Langsam befreite sie sich von ihrem Umhang.

„Komm, Mädchen." Onkel George ging vor ihr durch den Flur und trat zurück, um ihr den Vortritt in die Bibliothek zu lassen. Sie reichte James ihre Sachen, bevor sie in das von der Sonne durchflutete Zimmer trat.

Sie ließ ihren Blick durch den Raum schweifen. Ihre Tante und ihre Cousine saßen auf dem Sofa. Tante Augusta schaute sie mit einem hochnäsigen Naserümpfen an. Helena wollte sie überhaupt nicht ansehen. Stattdessen richtete sie ihren Blick auf die andere Ecke des Zimmers.

Amelia stockte der Atem, als sie Helenas Blick folgte und sah, dass Edward Littleton dort stand. Jane hatte recht: Sein Auftreten hatte sich sehr verändert. Seine dunklen Augen waren rot umrandet, und seine Gesichtsfarbe, die normalerweise lebhaft und leicht gerötet war, war blass und matt. Ein Tagesbart färbte sein starkes Kinn schwarz. Eine verknitterte Krawatte hing lose um seinen Hals, und sein verknitterter Frack hing offen über einer schmutzverschmierten beigefarbenen Hose. Sie schaute ihn mit einem betroffenen Schweigen an.

Tante Augusta stand abrupt auf, zog Helena auf die Beine und zerrte sie fast zur Tür.

„Wartet! Wohin geht ihr?" Selbst in Amelias eigenen Ohren hörte sich ihre Stimme wie die eines verwirrten Kindes an. Sie wollte ihnen folgen, aber sie ignorierten sie. Onkel George öffnete die Tür nur so weit, dass seine Frau und seine Tochter hinaushuschen konnten. Dann folgte er ihnen aus dem Raum und knallte die Tür hinter sich zu.

Amelia drehte sich langsam zu Edward um. Sie ballte die Fäuste so sehr, dass sich die Nägel in ihre Handflächen bohrten.

Seine dunklen Augen wanderten von ihr zur Tür und dann wieder zu ihr zurück. „Musste es wirklich so weit kommen, Amelia?"

Er trat einen Schritt auf sie zu. Sie faltete die Hände schützend vor sich und trat zurück. Er kam wieder auf sie zu.

In diesem Augenblick veränderte sich etwas in ihr.

Sie dachte an Kapitän Sterlings Tapferkeit. An seine Stärke. Er war zwar jetzt nicht hier, aber sie konnte auch stark sein.

Sie musste stark sein.

Sie blieb stehen und forderte ihn mit ihrem Blick heraus, es ja nicht zu wagen, noch näher zu kommen. „Warum waren Sie bei den Hammonds?"

Edward streckte ihr seine leeren Hände hin. „Schauen Sie mich an, Amelia. Ich habe nichts gegessen. Ich habe nicht geschlafen. Sie treiben mich zur Verzweiflung. Bitte erlösen Sie mich von meinem Elend. Ich ..."

„Sie haben meine Frage nicht beantwortet."

„Warum, glauben Sie, bin ich zu den Hammonds gegangen?" Sein kurzes Lachen klang fast wie ein Schluchzen. „Sie können von mir denken, was Sie wollen, Amelia, aber ich bin nicht dumm. Ich weiß, dass Sie Mrs Hammonds Rat in hohen Ehren halten. Ich dachte, wenn sie mit Ihnen spricht ..."

„Würde ich was tun? Meine Meinung ändern?"

Er strich über seine pechschwarzen Haare, dann zupfte er an der gestreiften Weste, die er schon gestern Abend getragen hatte. „Die Hoffnung stirbt zuletzt. Glauben Sie, es macht mir Spaß, Ihren Onkel anflehen zu müssen, dass er mich in sein Haus lässt, damit ich Sie bitten kann, es sich noch einmal zu überlegen? Ich gebe zu, dass ich mich schlecht benommen habe. Ich habe Dinge gesagt, die ich nicht hätte sagen sollen. Aber ich liebe Sie. Das hat sich nicht geändert und wird sich niemals ändern."

„Es ist zu spät, Edward. Was geschehen ist, ist geschehen. Meine Entscheidung steht fest."

Er trat einen weiteren Schritt auf sie zu. Sie spannte sich an, wich aber nicht zurück. „Ich kenne Sie, Amelia. Sie meinen das nicht so."

„Ganz im Gegenteil, Mr Littleton. Sie kennen mich überhaupt nicht."

„*Mr* Littleton?" Sein Kopf fuhr nach hinten, als hätte sie ihm eine Ohrfeige verpasst. „So förmlich? Soll es so in Zukunft sein?"

„Ja."

Wut flackerte in seinen Augen auf, aber dann wurde seine Miene wieder weicher. „Offenbar war mir nicht bewusst, wie viel Ihnen an diesem Kind liegt. Ich gebe zu, dass ich mich geirrt habe. Also gut, es kann meinetwegen bei uns bleiben, solange Sie wollen. Bitte, liebe Amelia, überlegen Sie es sich noch einmal."

„Es tut mir leid, Edward."

Wieder ein Lachen. „Ich soll also wirklich glauben, dass dieser Kapitän Ihr Herz erobert hat? Welche Lügen hat er Ihnen aufgetischt? Oder vielleicht hat er Sie verführt?"

Er trat wieder einen Schritt auf sie zu. Jeder Muskel in ihrem Körper war bereit, schnell zu reagieren, wenn das nötig werden sollte. „Mr Littleton, ich möchte, dass Sie gehen."

Er machte einen schnellen Satz auf sie zu, packte ihre Hände und zog sie an sich heran. „Nein. Ich gehe nicht. Bei meiner Ehre, ich werde nicht aufhören, um Sie zu kämpfen, Amelia."

Amelia hatte genug gehört. „Sie wollen damit wohl sagen, dass Sie nicht aufhören werden, um Winterwood zu kämpfen?"

Edward ließ die Hände sinken. „Was?"

„Ich habe Sie und meinen Onkel gestern Nacht in der Bibliothek gehört. Ihr habt von Winterwood gesprochen, von dem Geld. Vom Testament meines Vaters."

„Das haben Sie falsch verstanden."

„Nein, das glaube ich nicht."

Er taumelte zurück. „Und Sie glauben, dieser Mann, dieser Kapitän, wäre anders? Natürlich will er Sie heiraten! Sie sind schön. Vermögend. Und Sie kümmern sich um sein Kind. Er manipuliert Sie."

Amelia schüttelte den Kopf. „Es tut mir leid, wenn ich Sie verletzt habe. Das tut mir wirklich leid. Aber die Umstände ändern sich. Menschen ändern sich. Ich liebe Lucy wie mein eigenes Kind. Ihr Glück und ihre Sicherheit sind mein Glück und meine Sicherheit. Und ich glaube nicht, dass eine von uns glücklich oder sicher wäre, wenn Sie Herr auf Winterwood wären. Das müssen Sie akzeptieren. Meine Entscheidung ist endgültig."

„Das ist ja absurd." Edwards Stimme wurde lauter. „Glauben Sie keine Minute, dass ich ..."

„James!"

Verwirrung trat in sein Gesicht, dann ein vorsichtiges Lächeln. „Ach Amelia! Sie glauben doch nicht ..."

Ihr zweiter Ruf war lauter. „James!"

Der Butler steckte seinen grauen Kopf durch die Tür und schaute sie mit besorgter Miene an. „Ja, Miss?"

„Mr Littleton möchte gehen. Sofort. Bitte lassen Sie seine Kutsche bringen oder sein Pferd oder womit auch immer er gekommen ist."

James stammelte: „Aber Mr Barrett hat gesagt ..."

Ihre Stimme wurde härter. „Ich bin die Tochter meines Vaters und die Erbin von Winterwood Manor. Bitte sorgen Sie dafür, dass Mr Littleton seinen Mantel bekommt und zur Tür begleitet wird."

Edward verdrehte die Augen. „Amelia, das ist lächerlich."

Ohne Edward weiter zu beachten, wandte sie sich an den Butler. „Danke, James. Und wenn Sie das erledigt haben, schicken Sie bitte Elizabeth in mein Zimmer." Sie hob ihre Röcke und rauschte an James vorbei, ohne ihren Gast noch eines Blickes zu würdigen.

☙

Nach einem kurzen Mittagsschlaf und einem warmen Bad schlüpfte Amelia in ein Kleid aus braunem Batist mit gestickten kleinen weißen Rosen am Saum. Sie saß an ihrem Ankleidetisch, während

Elizabeth die eigensinnigen Knoten aus ihren Haaren bürstete. Jeder Bürstenstrich verstärkte ihre Kopfschmerzen, deshalb schickte sie Elizabeth wieder weg und beschloss, sich die Haare selbst zu bürsten.

Während die Minuten langsam vergingen, wurde ihr Spiegelbild immer verschwommener. Jetzt, da der Herbst in den Winter übergegangen war, legte sich die Nacht sehr früh über das Moor. Amelia gab das Bürsten auf und richtete ihre Aufmerksamkeit auf das Fenster, das das purpurrote Dämmerlicht umrahmte, das über dem Wald lag. Ein Frösteln zog über ihren Rücken. Sie stand auf, ging zum Fenster und sagte sich, dass sie lediglich den Vorhang zuziehen wolle, suchte aber unwillkürlich das Gelände vor dem Fenster nach irgendwelchen Schatten ab. Sie hatte Edward nicht wegreiten sehen.

Sie kehrte zu ihrem Ankleidetisch zurück und nahm die Nachricht, die heute Nachmittag von Jane gekommen war. Ihre Freundin plante, am Mittwochabend ein Dinner zur Feier von Amelias bevorstehender Hochzeit mit Kapitän Sterling auszurichten. Amelia schüttelte erstaunt den Kopf. Nur Jane konnte ein solches gesellschaftliches Ereignis so kurzfristig organisieren.

Würde es den beabsichtigten Zweck erfüllen? Zweifellos hatte sich die Nachricht, dass Amelia die Verlobung mit Edward gelöst hatte, bereits bis in alle Winkel des Ortes herumgesprochen. Sie konnte sich gut vorstellen, dass auf dem Gehweg vor der Schneiderei und der Metzgerei keine Zunge stillstand. Aber Jane hatte sicherlich recht. Wenn Mr Hammond dieser Heirat seinen Segen gab, würden die anderen bestimmt seinem Beispiel folgen.

Amelia rieb sich über die Arme, da sie hoffte, dadurch ein wenig mehr Wärme zu erzeugen. Das Kleid erschien ihr für dieses Wetter viel zu dünn, aber vielleicht erschauerte sie auch nur wegen der feuchten Haare auf ihrem Rücken. Sie zog ein dickes Wolltuch aus dem Schrank und legte die Finger um den Kerzenhalter. Ein Besuch bei Lucy war genau das, was sie brauchte.

Amelia begab sich durch das Labyrinth aus Treppen und Gängen zu Lucys Zimmer hinauf, in dem ein angenehmes Feuer in dem großen Steinkamin loderte, das das Zimmer in einem warmen Schein badete. Zwei Schaukelstühle standen neben dem kunstvoll geschnitzten Kaminsims. Im linken Schaukelstuhl saß Mrs Dunne mit dem Rücken zur Tür. Ihre Gestalt wirkte im Feuerschein schemenhaft. Sie sang leise und schaukelte leicht. Ein Wiegenlied! Amelia kramte in ihrem Gedächtnis und konnte sich nicht erinnern, dass ihr als Kind jemand ein solches Lied vorgesungen hätte. Sie trat näher und strengte ihre Ohren an.

„Schlaf, Kindlein, schlaf, der Vater hüt' die Schaf ..."

Mrs Dunne drehte sich erschrocken um. Lucy lag mit geschlossenen Augen in ihren Armen und schlummerte friedlich.

„Entschuldigen Sie, Mrs Dunne. Ich wollte Sie nicht stören."

„Sie stören mich nicht, Miss." Ein freundliches Lächeln zog über Mrs Dunnes rosige Wangen. „Ich singe Miss Lucy nur etwas vor. Sie ist sehr müde."

Amelia zog den anderen Schaukelstuhl näher zu Mrs Dunne heran und setzte sich. „Das war ein schönes Lied."

„Meine Mutter hat es mir vor vielen Jahren vorgesungen. Ich habe es für meine eigenen Kinder gesungen, und jetzt singe ich es diesem kleinen Schatz vor."

Amelia beugte sich vor und strich Lucy die Locken aus der Stirn. „Es muss schwer für Sie sein, Ihre Kinder nicht jeden Tag zu sehen, Mrs Dunne."

„Ja, das stimmt. Aber dieser kleine Engel braucht mich nicht mehr allzu lang, und dann gehe ich zu meiner Familie zurück. Ich muss sagen, sie sind sehr gut ohne mich zurechtgekommen. Meine älteste Tochter ist ja schon fast erwachsen."

Amelia schaute auf ihre Hände hinab. Schuldgefühle regten sich in ihrem Herzen. Wie viel hatte Mrs Dunne geopfert, um sich um Lucy zu kümmern? „Lucy und ich werden Sie vermissen, wenn Sie gehen."

„Ach, wir werden uns schon von Zeit zu Zeit sehen. Von unserem Hof hierher ist es nur ein kurzer Fußweg." Die ältere Frau starrte ins Feuer, und ihr rundes Gesicht leuchtete rosig im Feuerschein. „Wenn wir jemanden lieben, tun wir, was nötig ist, um für ihn zu sorgen. Ich weiß, dass Sie für Miss Lucy alles tun."

Amelia lehnte sich zurück und begann zu schaukeln. Zum ersten Mal an diesem Tag fühlte sie Frieden. Seit ihrer ersten Begegnung mit dieser Frau fand Amelia ihre angenehme Art sehr sympathisch.

Ohne Katherine hätten sie sich nie kennengelernt. Mrs Dunnes Ruf als Hebamme war in der ganzen Gegend bekannt, und als bei Katherines Schwangerschaft Schwierigkeiten aufgetreten waren, hatte Mrs Dunne ihr mit Rat und Tat zur Seite gestanden. Als Katherine gestorben war und Lucy eine Amme gebraucht hatte, hatte Mrs Dunne, die erst kurz vorher ein eigenes Kind entwöhnt hatte, diese Rolle übernommen. Trotz ihres unterschiedlichen gesellschaftlichen Standes hatte Amelia in letzter Zeit manchmal das Gefühl, Mrs Dunne wäre ihre einzige Freundin im Haus.

„Da wir gerade von Familie sprechen ..." Mrs Dunne schaute auf das schlafende Kind hinab. „Darf ich fragen, ob der Kapitän in Bezug auf Lucys Zukunft schon irgendwelche Entscheidungen getroffen hat?"

Amelia blinzelte. Sie hatte angenommen, dass Mrs Dunne von den anderen Dienstboten die Neuigkeit schon gehört hätte. Aber die Kinderfrau schien nichts zu ahnen. Amelia lehnte sich in ihrem Schaukelstuhl zurück. „Vielleicht haben Sie es noch nicht gehört, aber ich habe meine Pläne geändert. Ich habe meine Verlobung mit Mr Littleton gelöst und werde am Freitag Kapitän Sterling heiraten. Ihre Stellung hier auf Winterwood Manor ist also gesichert, falls Sie weiterhin hierbleiben können."

Mrs Dunne nickte. „Ja, Miss, ich werde es mir überlegen."

Schweigen lag in der Luft. Schließlich wechselte Amelia das Thema.

„Ich kann nicht glauben, dass Lucy schon eingeschlafen ist. Glauben Sie, sie wacht auf, wenn Sie sie mir geben?"

Mrs Dunnes leises Schmunzeln entlockte Amelia ein Lächeln. „Ich glaube, selbst wenn der Herr mit Wind und Feuer erschiene, könnte er diese Kleine nicht wecken. Hier."

Amelia nahm Lucy in die Arme, lehnte sich langsam zurück und legte das schlafende Kind bequem hin. Nichts war mit dem Frieden vergleichbar, der sie erfüllte, wenn sie das schlafende Kind in den Armen wiegte. Lucys rhythmisches Atmen und der sanfte Duft vertrieben die Sorgen dieses Tages.

„Soll ich Ihnen vorlesen, Miss?"

Amelia wandte den Blick vom Feuerschein ab, der auf den kupferfarbenen Locken tanzte. „Das wäre nett."

„Vielleicht etwas aus der Bibel?"

Amelia spannte sich an, atmete dann aber wieder aus. „Aus den Psalmen bitte."

„Gern." Mrs Dunne beugte sich über die Seite ihres Stuhls und zog ein abgegriffenes Lederbuch aus einem Korb.

„Glücklich ist, wer nicht lebt wie Menschen, die von Gott nichts wissen wollen." Die irische Aussprache der Frau klang so angenehm wie ein Lied. Amelia schloss die Augen und hörte zu.

„Glücklich ist, wer Freude hat am Gesetz des Herrn und darüber nachdenkt – Tag und Nacht. Er ist wie ein Baum, der nah am Wasser steht, der Frucht trägt jedes Jahr und dessen Blätter nie verwelken. Was er sich vornimmt, das gelingt."

So möchte ich sein, überlegte Amelia. *Frucht tragen. Wie ein Baum, der am Wasser steht.*

„Ganz anders ergeht es allen, denen Gott gleichgültig ist: Sie sind wie dürres Laub, das der Wind verweht. Vor Gottes Gericht können sie nicht bestehen. Weil sie ihn abgelehnt haben, sind sie von seiner Gemeinde ausgeschlossen."

Die Worte klangen wie Poesie, aber ihre Bedeutung reichte viel tiefer als Worte, die nur zur Unterhaltung gedacht waren.

Was macht einen Menschen gerecht und nicht gottlos?

Lucy bewegte sich in Amelias Armen, und sie blickte auf die geschwungenen Lippen des Kindes hinab.

Ich will gottesfürchtig sein. Um Lucys willen. Um meinetwillen. Ich will, dass Gott sich über mich freut.

„Der Herr sorgt für alle, die nach seinem Wort leben. Doch wer sich ihm trotzig verschließt, der läuft in sein Verderben."

Du kennst meine Wege, nicht wahr, Herr? Amelia dachte an die letzten Wochen zurück. Als sie die schmerzlichen Ereignisse im Geiste zusammenfügte, konnte sie sehen, dass nichts davon zufällig geschehen oder aus ihrer eigenen Macht entstanden war. Gott stand wirklich Minute für Minute treu zu ihr.

Hoffnung keimte in ihrem Herzen auf und leuchtete wie eine winzige Glut, die zu einem großen Feuer entfacht werden konnte. Jedes Wort, das Mrs Dunne aussprach, weckte ihren Wunsch, mehr zu erfahren.

Lucy schwitzte im Schlaf, und Amelia legte das kleine Mädchen auf ihren anderen Arm. Ihr Ärmel war von Lucys Schweiß ganz feucht. Die roten Locken klebten an der Stirn des Kindes, und Amelia wurde ernst. Die Erinnerung an Katherines Haare, die an ihrer Stirn geklebt hatten, tauchte vor ihr auf. Das gleiche Kupferrot.

Bei dieser Erinnerung kam ihr eine bestimmte Bibelstelle in den Sinn. „Mrs Dunne, würden Sie bitte den dreiundzwanzigsten Psalm vorlesen?"

Mrs Dunne musste nicht umblättern. Die Worte, die sie auswendig kannte, kamen in einem eingängigen Rhythmus über ihre Lippen. Amelia richtete sich auf. Sie hatte diese Worte seit Katherines letztem Tag auf dieser Erde nicht mehr gelesen oder gehört. Damals hatte sie sie ohne Glauben gesprochen. Wie würde sie jetzt darauf reagieren?

Während die bekannten Verse den Raum erfüllten, wurde ihr bewusst, dass sie eine Wahl hatte: Sie konnte weiterhin im Unglauben leben, oder sie konnte akzeptieren, dass sie einen Hirten hatte, und dafür dankbar sein.

„Deine Güte und Liebe werden mich begleiten mein Leben lang; in deinem Haus darf ich für immer bleiben."

Jane glaubte diese Worte. Katherine hatte sie geglaubt.

In diesem Moment beschloss Amelia, sie auch zu glauben.

Kapitel 17

Graham sank auf den Lederstuhl in der Bibliothek und stützte die Unterarme auf die Lederintarsien des Schreibtisches. Er betrachtete die Goldprägung, die den Rand zierte. Diese Einzelheiten waren ihm vorher nicht aufgefallen. Die Schreibtischoberfläche, die noch vor wenigen Stunden mit Papieren und Büchern übersät gewesen war, war jetzt leer und aufgeräumt.

Er lehnte sich zurück, um die Schreibtischschublade zu öffnen. Auch dort fand er das Kassenbuch nicht. Was versteckte William sonst noch?

Er griff nach den Schreibutensilien, die auf der Schreibtischplatte standen. Er musste Carrington über seine Absicht informieren, das Land anonym von Littleton zurückzukaufen, egal, zu welchem Preis. Danach musste er Leutnant Fosters Brief in Bezug auf die zusätzlichen Schiffsreparaturen beantworten.

Die Nachricht an Carrington dauerte nur wenige Minuten. Er trocknete die Tinte, faltete das Papier und versiegelte es. Dann legte er es für einen Kurier beiseite und zog Fosters Brief aus seiner Tasche. Als er die Schadensbeurteilung erneut las, legte Graham die Hand an seinen Nacken, rieb seine verspannten Muskeln und wünschte sich, er könnte die Erinnerungen an den Rauch und die Schreie aus seinem Kopf verbannen. Würde er jemals davon frei werden?

Da seine Hochzeit für Freitag angesetzt war, würde er die weite Fahrt nach Plymouth in der folgenden Woche antreten, um die Reparaturarbeiten persönlich zu überwachen. Der Erfolg seiner Kriegseinsätze lag auf seinen Schultern. Es war sein Schiff, seine Verantwortung.

Plymouth. Neue Erinnerungen strömten auf ihn ein. In Plymouth hatte er sich von Katherine verabschiedet, aber dieser Ort hatte aus einem anderen Grund eine wichtige Bedeutung für ihn.

Graham rieb mit der Hand über die rauen Stoppeln an seinem Kinn. Stephen Sulter. Wie lang hatte er den Mann nicht mehr gesehen? Vier Jahre? Fünf? Als Junge hatte er von Sulter gelernt, wie man ein Schiff befehligte und ein gerechter Vorgesetzter war. Und noch viel mehr. Er starrte das leere Papier an, aber seine Feder weigerte sich, die glatte Oberfläche zu berühren. Warum hatte er es so lange vermieden, Kontakt zu seinem früheren Kapitän aufzunehmen?

Graham wusste die Antwort auf diese Frage. Stolz. Stephen Sulter sollte nicht erfahren, dass Graham versagt hatte.

Sulter lebte natürlich nicht mehr in Plymouth. Er hatte die Marine verlassen und war jetzt Pfarrer in einer Gemeinde in Liverpool. Graham wusste, dass er Sulter besuchen sollte. Aber was würde er zu ihm sagen? Dass er in alte Verhaltensmuster zurückgefallen war? Dass seinetwegen neun Männer gestorben und zehn verletzt worden waren? Beim Gedanken, dieses Versagen vor irgendjemandem zuzugeben, wand er sich innerlich. Aber es ausgerechnet vor Sulter zuzugeben – dem Mann, der ihm geholfen hatte, sein Leben zu ändern und Jesus Christus nachzufolgen? Wie sollte er damit leben?

Graham rieb sich mit der Hand übers Gesicht, als Erinnerungen an jene Zeit in seinem Leben die anderen Bilder überblendeten. Damals hatte ihn ein so großer Friede erfüllt. War es zu spät, um diesen Frieden wiederzuerlangen? Würde Gott ihm nach so langer Zeit überhaupt vergeben?

Vielleicht würde er Sulter besuchen, bevor er wieder in See stach. Aber vielleicht war es dafür immer noch zu früh.

Graham beschloss, mit seinem Brief an Sulter bis morgen zu warten. Er ging in sein Zimmer. Aber so sehr er sich auch bemühte, er konnte einfach nicht einschlafen, sondern warf sich im Bett hin und her. Er war es nicht gewohnt, dass er nicht einschlafen konnte.

Graham faltete das Kissen in der Mitte und stopfte es sich unter den Kopf. Wenn er nur auf seinem Schiff wäre! Das sanfte Schaukeln des Meeres wiegte ihn normalerweise sofort in den Schlaf, und die klatschenden Wellen waren wie ein beruhigendes Schlaflied. Das unablässige Ticken der Uhr auf dem Kaminsims hier in seinem Zimmer trieb ihn dagegen fast in den Wahnsinn.

Er zog das Kissen unter seinem Kopf hervor und schleuderte es auf den Boden. Tagsüber konnte er seine Gedanken besser beherrschen, aber in der Stille und Dunkelheit der Nacht wurden seine Sorgen riesengroß.

Nachdem er sich vom Bett hochgeschoben hatte, nahm er die Kerze vom Nachttisch und ging damit zum Kamin, um den Docht anzuzünden. Die Flamme tanzte in dem zugigen Zimmer. Er trat zum Fenster und hob den Vorhang hoch, um in die Nacht hinauszuschauen. Die Umrisse des Pferdestalls und die Hütte des Gärtners waren in der Dunkelheit kaum zu sehen. Es würden noch mehrere Stunden vergehen, bis Eastmore erwachte.

Er ließ den Vorhang sinken. Durch Lesen könnte er sich eine oder zwei Stunden ablenken.

Er kniete vor seiner Reisetruhe aus Holz und Leder nieder, die einige Tage nach ihm auf Eastmore Hall angekommen war, sperrte das Messingschloss auf und klappte den Deckel hoch. In der Truhe waren seine Sachen in sauberen, ordentlichen Stapeln verstaut. Oben lagen seine Uniformjacke und die Lederhose, die bis zu seiner Rückkehr auf das Schiff in der Truhe verstaut blieben. Er strich die Aufschläge der Jacke glatt und legte sie zusammen mit der Hose auf den Boden. Dann nahm er einen Stapel Bücher heraus. Dabei fiel sein Blick auf ein kleines Schildplattschmuckkästchen mit Elfenbeinintarsien.

Katherines Kästchen.

Vorsichtig legte er die Bücher beiseite. Er hob das Kästchen hoch und drehte den Schlüssel in dem zierlichen Schloss. Jedes Erinnerungsstück darin erzählte die Geschichte ihrer Liebe, und allein bei ihrem Anblick verwandelte sich seine Unruhe und Wut in Traurigkeit. Er hatte nicht mehr in dieses Kästchen geschaut, seit er Katherines Brief vor zwei Wochen hineingelegt hatte. Aber aus irgendeinem Grund hatte er heute Nacht das Bedürfnis, alles anzuschauen und es in den Händen zu halten. Erinnert zu werden. Da er sich auf eine neue Ehe vorbereitete, wenn es auch nur eine Zweckehe war, musste er eine Möglichkeit finden, sich von seiner Zeit mit Katherine zu verabschieden.

Das winzige Kästchen war genauso sauber eingeräumt wie seine Reisetruhe. Graham nahm die Taschenuhr heraus, die Katherine ihm an ihrem Hochzeitstag geschenkt hatte. Sie hatte ihrem Vater gehört. Das Kerzenlicht fing sich in der Metalloberfläche und funkelte in der Dunkelheit des Zimmers. Eines Tages würde er diese Uhr Lucy geben, vielleicht an ihrem Hochzeitstag. Er legte das Schmuckstück vorsichtig auf die anderen Sachen in der Truhe. Er musste es Amelia zur Aufbewahrung geben. Falls er nicht zurückkäme, sollte diese Uhr nicht auf dem Meeresboden landen.

Sein Herz schlug schneller, als seine rauen Finger ein winziges Paket, das mit braunem Papier geschützt war, berührten. Er löste den Faden, faltete das starre Packpapier vorsichtig auseinander und brachte eine lange Locke von Katherines Haaren zum Vorschein, die mit einer grauen Schleife zusammengebunden war. Er bewegte vorsichtig seine Finger und fühlte sich unwürdig, etwas so Schönes zu berühren. Wenn er es sich erlaubte, konnte er sich daran erinnern, wie sich die seidenweichen Locken in seinen Fingern angefühlt hatten. Ganz vorsichtig hielt er die Locke ins Licht. Der Kerzenschein fing sich in der immer noch leuchtenden Farbe.

Das letzte Schmuckstück in dem Kästchen war das wertvollste. Graham hob das kleine Porträt in dem vergoldeten Rahmen heraus. Je mehr Zeit vergangen war, umso schwieriger war es, sich in allen Nuancen an Katherines Gesicht zu erinnern, aber bei einem einzigen Blick auf das Bild stürmten starke Erinnerungen auf ihn ein.

Er rieb sich den Nasenrücken und zwang sich, langsam und regelmäßig zu atmen. *Beruhige dich.* Wie sehr er wünschte, er könnte die Zeiger der Zeit zurückdrehen! Aber trotz aller Traurigkeit konnte er die Vergangenheit nicht ungeschehen machen. Er musste sich jetzt um Lucy kümmern und für ihr Wohl sorgen, bevor er mit seinem Schiff wieder auslief. Wäre Katherine damit einverstanden, dass er Amelia heiratete?

Worte aus ihrem Brief hallten in seinem Kopf wider. *„Verhärte dein Herz nicht."*

Anderthalb Jahre waren vergangen, seit er sie das letzte Mal in den Armen gehalten hatte. Seit er „Leb wohl" geflüstert hatte. Er hätte nie gedacht, dass es das letzte Mal sein würde.

Mit einer ungeduldigen Handbewegung wischte Graham sich die Feuchtigkeit aus den Augen. Äußerst sorgfältig wickelte er die Haarlocke wieder ein und hielt kurz inne, während er alles wieder an seinen Ruheplatz legte und flüsterte:

„Leb wohl, geliebte Katherine."

☙

Amelia strich über ihren smaragdgrünen Samtumhang, während sie im dunklen Flur vor Helenas Zimmer stand. Sie nahm ihren ganzen Mut zusammen und klopfte an die geschlossene Tür. Keine Antwort. Sie klopfte wieder. „Helena, bist du da?"

Sie wartete ein paar Momente, bevor sie wieder klopfte. Helena musste in ihrem Zimmer sein. Hatte sie nicht soeben erst Elizabeth aus dieser Tür kommen sehen? Amelia drehte den Türgriff und betrat zum ersten Mal seit mehreren Tagen das Zimmer ihrer Cousine.

Helena drehte sich an ihrem Ankleidetisch um. „Was willst du?"

„Ich bin gekommen, um dich zu fragen, ob du es dir vielleicht doch anders überlegt hast und zum Essen bei den Hammonds mitkommst. Jane sagt, alle werden da sein, und ich ..."

„Ich habe andere Pläne."

„Welche anderen Pläne?"

Helena stand auf. Ihr amethystfarbenes Satinkleid schmeichelte ihrer Figur, und nur eine Spitze um ihren Ausschnitt verhinderte, dass das Kleid skandalöse Einblicke erlaubte.

Amelia musterte das Kleid. „Das ist ein neues Kleid, nicht wahr?"

„Das Gleiche wollte ich dich auch gerade fragen."

Amelia schaute an ihrem dunkelrosa Satinkleid hinab und strich mit der Hand über den Stoff.

Helena nahm ihr Tuch. „Ich erinnere mich, wie du diesen Stoff für deine Aussteuertruhe ausgesucht hast. Was hast du damals gesagt? Dass du glaubtest, Edward würde diese Farbe gefallen? Dass Edward dir immer Komplimente mache, wenn du diese Farbe trägst?"

Bei diesen Anspielungen trat eine tiefe Röte auf Amelias Wangen. „Helena, was geschehen ist, ist geschehen. Bitte sag, dass du mich nicht allein zu den Hammonds gehen lässt."

„Du hast deine Entscheidung allein getroffen, Amelia – ohne auf irgendjemanden Rücksicht zu nehmen." Helena bückte sich zum Frisiertisch hinab, entfernte den Korken von einem kleinen Flakon und tupfte sich etwas Parfum hinters Ohr. „Dann ist es doch nur folgerichtig, dass du auch die Konsequenzen allein trägst, nicht wahr?"

Amelia blinzelte. „Verliere ich dich auch noch, Helena?"

Helena trat vom Frisiertisch weg. Der zarte Stoff ihres Kleides schmiegte sich um ihre Beine, als sie ein paar Schritte aufs Fenster zuging. „Ich habe dich gebeten, mich nicht zu zwingen, dass ich mich zwischen dir und meiner Familie entscheiden muss."

Amelia wurde von einer starken Übelkeit ergriffen, und ihre Lunge zog sich zusammen. Sie verstand Helena nur zu gut. „Falls du es dir doch anders überlegen solltest, weißt du ja, wo wir sind."

Helena warf einen Blick aus dem Fenster. „Deine Kutsche ist da. Du solltest dich auf den Weg machen. Du willst doch deinen *Verlobten* nicht warten lassen."

Amelia zwang sich, Helenas Zimmer erhobenen Hauptes zu verlassen. Tränen brannten in ihren Augen, und sie rang um Selbstbeherrschung. Der Kapitän hatte schon so viel für sie getan. Welchen Eindruck hätte er von ihr, wenn sie sich auf dem Weg zu ihrer Verlobungsfeier wie eine hirnlose Närrin benahm?

Sie hätte eine Kerze mitnehmen sollen. Die Sonne war längst untergegangen, und mit jeder Minute wurde es auf dem langen Gang dunkler. Der schwache Mondschein, der durchs Fenster fiel, bot kaum genug Licht, um die geschwungene Treppe zu beleuchten. Der Wunsch, aus diesem dunklen, kalten Haus fortzukommen und die Wärme des Hauses von Jane Hammond zu fühlen, trieb Amelia an, als sie die Treppe hinabeilte. Aber wenn sie ehrlich war, sehnte sie sich nicht so sehr nach der Gesellschaft der Hammonds als vielmehr nach der eines anderen Menschen.

Kapitän Sterling.

Sie wollten in nur zwei Tagen heiraten. Dabei kannten sie sich noch nicht einmal drei Wochen. Zuerst hatte sie den Kapitän einfach als Mittel zum Zweck angesehen. Aber wie oft hatte er sie in diesen wenigen Wochen schon verteidigt? Sie beschützt? Er hatte einen ehrbaren, edlen Charakter. Sie könnte es viel schlimmer treffen, als ihr Schicksal mit einem solchen Mann zu vereinen. Vielleicht nach ...

Amelia war so tief in ihre Gedanken versunken, dass sie die Person, die am Fuß der Treppe auf sie wartete, erst bemerkte, als es zu spät war. Sie konnte ihre Schritte nicht mehr bremsen und rannte direkt gegen ihn. Sie keuchte. Starke Hände ergriffen sie an den Oberarmen.

Edward.
Sie versuchte, sich von seinen Händen zu lösen. „Was machen Sie hier?"

„Sehe ich da Tränen?"

„Lassen Sie mich los!"

„Erst wenn Sie mir sagen, warum Sie weinen."

Ein Klopfen ertönte an der schweren Eingangstür, und James erschien, um die Tür zu öffnen. Edward schaute hinter sich, jedoch ohne seine Hand von ihrem Arm zu lösen. Amelia starrte zur Tür und bemühte sich erneut, sich von ihm zu befreien.

„Erwarten Sie jemanden?", zischte Edward. „Ach ja, jetzt erinnere ich mich. Ich habe etwas von einem Essen heute Abend bei den Hammonds gehört. Aber ich habe keine Einladung bekommen."

Sie legte die Hand auf seine Brust und schob ihn von sich weg. „Was machen Sie hier?"

„Ihr Onkel hat mich eingeladen." Er schmunzelte. „Ah, ich verstehe. Sie glauben, der einzige Grund, warum ich hierherkomme, wären Sie. Ich bin hier, um mit meinem Geschäftspartner und seiner Familie zu essen."

Sie versuchte immer noch, sich aus seinem Griff zu befreien, als der Kapitän mit Mr Carrington, der vor Kurzem aus Sheffield zurückgekehrt war, eintrat. Grahams kühle graue Augen nahmen sofort Edward ins Visier. Seine Nasenflügel blähten sich gereizt auf.

Edward ließ Amelia los. Atemlos zog sie am Kragen ihres Umhangs und trat zurück. Ein kalter Windstoß drang durch die offene Tür. Niemand sprach ein Wort.

„Können wir bitte gehen?" Amelia trat zu den beiden Männern und umklammerte mit der Hand Grahams Ärmel. Dabei fiel ihr auf, wie sich der harte Muskel unter dem Stoff anspannte.

Es war, als hätte er sie überhaupt nicht gehört. Ihre Hände glitten von seinem Ärmel, als Graham zwei Schritte in die Halle trat. „Ich dachte, ich hätte Ihnen gesagt, dass Sie hier nicht länger willkommen sind."

Edward schmunzelte. „Sie können sich entspannen, Sterling. Ich bin nicht wegen Amelia hier. Barrett ist, wie Sie wissen, mein Geschäftspartner. Wir haben Geschäftliches miteinander zu besprechen."

„Dann besprechen Sie Ihre Geschäfte mit Mr Barrett und halten Sie Abstand zu Miss Barrett."

„Hört, hört! Der Herr von Winterwood Manor hat gesprochen. Oder sollte ich besser sagen: Der Möchtegernherr?" Edward verzog verächtlich sein Gesicht, dann wanderte sein Blick weiter zu Mr Carrington. „Wie ich sehe, haben Sie Carrington mitgebracht. Ein kluger Schachzug. Es ist immer weise, die Leute auf seine Seite zu ziehen, die viel über das Objekt der Begierde wissen, das man sich sichern will."

Amelia hatte den Blick auf Edward gerichtet und zuckte deshalb leicht zusammen, als Graham sie am Ellbogen nahm. „Wenn Sie mit Mr Barrett Geschäftliches zu erledigen haben", sagte er, „sollten Sie sich von uns nicht aufhalten lassen."

„Oh, ich will auf keinen Fall, dass Sie meinetwegen zu spät zu Ihrem Fest kommen, Sterling. Ich weiß nur zu gut, wie stark der Wunsch eines Mannes ist, mit der Frau, die er liebt, allein zu sein."

Er nickte Amelia zu. Bei seinem gekünstelten Lächeln gefror ihr fast das Blut in den Adern. „Richten Sie den Hammonds meine herzlichsten Grüße aus."

Kapitel 18

Kerzenlicht beleuchtete jeden Winkel des Wohnzimmers der Hammonds. Winzige Lichtfunken tanzten von den Ölgemälden bis hin zum polierten Silber auf allen Flächen. Überall, wohin Graham schaute, begegnete er einem anderen Fremden.

Er kannte natürlich Amelia und auch die Hammonds, Mr Carrington und seinen eigenen Bruder. Aber darüber hinaus befand er sich eindeutig im Nachteil. Die Elite der Darburyer Gesellschaft – mit Ausnahme der Barretts – umgab ihn, und er konnte sich an keinen einzigen Namen erinnern. Aber diese Menschen wussten alles über ihn. Seinen Beruf. Seine verstorbenen Eltern und seine verstorbene Frau. Seine Tochter. Seine Verlobte. Und alle schienen das Gefühl zu haben, die Ereignisse seines Lebens wären ihre persönliche Angelegenheit.

Mit kunstvollem Geschick und schnellen Worten war Graham den Klauen von zwei Damen, Mrs Bell und Mrs Trewell, entkommen. Als er sich jetzt zur Tür bewegte, hallten ihre gezielten Fragen immer noch in seinem Gedächtnis wider. Er würde bereitwillig über den Krieg oder das Leben auf See sprechen oder darüber, ob er seinen Aufenthalt in Darbury genoss. Aber er war keinesfalls bereit, Fragen über Katherine oder Lucy zu beantworten. Die fünfzehn Minuten, in denen er solche Fragen abgewehrt hatte, hatten ihn mehr erschöpft als eine lange Nachtwache zu Kriegszeiten.

Wenn er sich recht erinnerte, befand sich auf dem Korridor vor Mr Hammonds Büro eine Nische mit einem Fensterplatz. Er wollte sich dorthin flüchten, um einen Moment Ruhe zu haben.

Nachdem er sich langsam und unauffällig an der Wand entlangbewegt und hinter einen Sessel mit ovaler Rückenlehne gedrückt hatte, umrundete Graham den Türpfosten und trat auf den dunklen Korridor hinaus, wo er schnell die Nische fand, die er von seinem Besuch im Pfarrhaus vor ein paar Tagen in Erinnerung hatte. Kalte Luft drang durch den undichten Fensterrahmen und kühlte sein erhitztes Gemüt. Er sank auf den Platz am Fenster, schaute auf den dunklen Rasen hinaus und hoffte, wieder einen klaren Kopf zu bekommen.

„Kapitän Sterling?" Graham zuckte zusammen, entspannte sich aber, als er sah, dass es Amelia war und nicht Mrs Bell oder Mrs Trewell. Das schwache Mondlicht, das durchs Fenster fiel, beleuchtete ihre Gesichtszüge und glänzte auf ihren Haaren.

„Was machen Sie denn hier?", fragte sie.

Er stand langsam auf. „Mich verstecken."

„Wovor?"

Er deutete mit dem Kopf in Richtung Salon. „Sie sollten lieber fragen, *vor wem*. Sie hatten recht. Diese Menschen sind unersättlich. So etwas habe ich noch nie erlebt."

Ein Lächeln huschte über ihre Lippen. „Habe ich Sie nicht gewarnt, dass es ein wenig schwierig sein könnte?"

Er rückte seine Weste gerade und nickte. „Ich habe Schlachten, Kanonenbeschuss und das Schwert überstanden, aber glauben Sie mir: Nichts hat mir so viel Angst eingejagt wie Mrs Bell."

Selbst im Schatten des Korridors konnte er die Belustigung in ihren großen Augen sehen. Ihr leises Lachen war ein lindernder Balsam für seinen aufgewühlten Geist. Er fühlte sich ein wenig größer, wenn sie bei ihm war.

Blonde Locken tanzten um ihr Gesicht, als sie in seine Richtung schaute und dann in die Nische trat, in der er stand. „Ich habe eine Frage, die mir keine Ruhe lässt."

Je näher sie trat, umso wärmer schien es in der Nische zu werden. Sein Pulsschlag beschleunigte sich. Ein dunkler Flur. Eine Unterhaltung im Flüsterton. Die Szene war fast ... romantisch.

Seine Krawatte schien sich enger um seinen Hals zu legen, als er sich vorbeugte, um sie besser hören zu können. Sie sprach so leise, dass er seine Ohren anstrengen musste, um sie zu verstehen. „Sind Sie mir böse?"

„Ihnen böse?" Seine Stimme war viel lauter, als er beabsichtigte. „Warum sollte ich Ihnen böse sein?"

„Pst!" Sie schaute sich um, um sich zu vergewissern, dass niemand in der Nähe war. „Es ist nur wegen ... das heißt, weil Edward auf Winterwood ist, und ..."

Er senkte die Stimme und sprach jetzt genauso leise wie sie. „Natürlich bin ich Ihnen nicht böse. Littleton ist verzweifelt. Ich werde nicht zulassen, dass er diese Situation ausnutzt. Oder Sie."

Kam sie ihm näher? Ihre goldenen Haare waren gefährlich nahe vor seinem Gesicht. Ein leichtes Zittern lag in ihren Worten. „Ich erschauere, wenn ich daran denke, was Sie von mir denken müssen."

Graham gönnte sich den Luxus, die langen, schwarzen Wimpern zu betrachten, die auf ihren Wangen lagen, während sie auf den Boden schaute. Was dachte er über sie? Er dachte sehr viel über sie ... einige dieser Gedanken wollte er lieber nicht laut aussprechen.

Sie sprach weiter. „Bitte verstehen Sie mich nicht falsch. Ich bin dankbar und begeistert, dass ich meine Lucy behalten kann. Aber alles andere finde ich ... ich meine, ich möchte nicht ..."

„Sie sind mir keine Erklärungen schuldig. Und zu der Frage, was ich von Ihnen denke: Ich finde, Sie sind tapfer. Loyal. Entschlossen. Das sind bewundernswerte Eigenschaften, Amelia. Sie werden Lucy eine ausgezeichnete Mutter sein. Trotzdem mache ich mir Sorgen um Sie."

Ihre Lippen öffneten sich überrascht. „Um mich?"

Graham nickte. „Wenn das alles vorüber ist, wenn Ihre Familie weggezogen ist und ich wieder auf hoher See bin, sind Sie allein auf Winterwood. Was dann?"

Ihre Stimme klang zuversichtlich, aber der Ausdruck in ihren Augen verriet etwas anderes. „Ich werde nicht allein sein. Ich werde Lucy haben. Ich werde die Hammonds haben ... und meine Familie. Sie sind jetzt zwar vielleicht wütend, aber sie werden sich sicher mit der Zeit damit abfinden. Und Mr Carrington wird selbstverständlich auch eine Hilfe sein."

Aber ich werde nicht da sein.

Amelia stand so nahe, dass er nur einen halben Schritt näher treten müsste, um sie in die Arme nehmen zu können. Würde sie vor ihm zurückweichen? Sein Blick wanderte von ihrem goldenen Kopf zu ihren cremefarbenen Schultern hinab.

Sie wirkte so zart wie eine Feder. Und sie stand so nahe bei ihm. Wäre es falsch, ihre Wange zu berühren oder ihre Hand an seine

Handfläche zu drücken? Fast ohne nachzudenken, hielt er ihr den Arm hin. Sie starrte seinen Arm an, dann wanderte ihr Blick langsam nach oben, bis sie sich in die Augen schauten. Das Blut pochte in seinen Ohren, während er gespannt wartete, ob sie seine Hand ergreifen würde. Sie hob die Hand, zögerte und legte sie dann vorsichtig auf seinen Arm. Ihre Lippe zitterte.

Ein nervöses Lächeln zuckte um seine Lippen. Er konnte es nicht verhindern. Wie ein Marionettenspieler schienen seine Gefühle jeden seiner Gedanken und alles, was er tat, zu beherrschen.

Amelia schaute auf ihre Hand hinab und senkte dann den Blick auf den Boden. Mit ihrer anderen Hand strich sie sich die Haare aus dem Gesicht. Ihm war aufgefallen, dass sie das unbewusst machte, wenn sie sich unsicher fühlte.

Er musste etwas sagen, doch seine Worte waren alles andere als brillant. „Bitte machen Sie sich keine Sorgen."

Sie nickte und lächelte, aber er ahnte nicht, welche Gedanken durch ihren hübschen Kopf gingen.

Sie schaute seine Lippen an, dann hob sie den Blick und schaute ihm in die Augen. „Wir sollten uns wieder zu den anderen begeben. Wir wissen, dass mein Ruf bereits gelitten hat. Es ist nicht nötig, den Gerüchten neue Nahrung zu geben."

„Müssen wir wirklich zurückgehen?"

Jedes Lächeln, mit dem sie ihn bedachte, gab ihm neue Kraft. „Man gesteht uns zweifellos eine gewisse Freiheit zu, da wir bald heiraten, aber trotzdem dürfen wir das Essen nicht verpassen. Ich habe gehört, wie Mrs Hammond und Mrs Bell über unsere Situation sprachen. Es klingt so, als stünde die Mehrheit der Leute auf unserer Seite. Aber wir sollten das Schicksal nicht unnötig herausfordern."

„Gut. Ich muss Ihnen jedoch eines sagen, Amelia Barrett: Die Versuchung ist eindeutig da, aber das Schicksal hat nichts damit zu tun."

☙

Auf der anderen Seite des Esstisches flüsterte die rundliche Mrs Mill Mrs Bell etwas zu, die daraufhin leise kicherte. Jane saß an einer

Stirnseite des Tisches neben Amelia. Mr Hammond saß am anderen Tischende und genoss seine Wildsuppe. Obwohl fast fünfzehn Gäste den Pfarrer und seine Frau, mit der er schon lange verheiratet war, voneinander trennten, verrieten ihre Mienen, wie nahe sie sich standen. Sie schienen sich in einer Geheimsprache auszutauschen.

Kapitän Sterling saß rechts neben Amelia und beantwortete geduldig Mr Mills Fragen darüber, wie lange der Krieg mit Amerika wohl dauern könnte und ob Napoleon in der Verbannung auf Elba wirklich endgültig aus dem Verkehr gezogen sei. Er hatte praktisch während des gesamten Essens den Kopf von ihr abgewandt.

Es war schwer, sich auch nur vorzustellen, dass sie und der Kapitän in zwei Tagen verheiratet sein sollten. Würde sie mit ihm je eine so enge Beziehung genießen, wie die Hammonds sie hatten? Ihr Blick wanderte von ihrem Teller zum Ärmel ihres künftigen Mannes, da sie es nicht wagte, ihm ins Gesicht zu schauen, wenn sich ein solcher Gedanke in ihr regte.

Ihr Plan, den Kapitän zu einer Heirat zu überreden, damit sie ihr Versprechen Katherine gegenüber halten könnte, ging auf. Beziehungsweise würde in ein paar Tagen aufgehen. Welches Recht hatte sie, noch mehr zu erwarten oder auch nur daran zu denken, dass zwischen ihnen mehr entstehen könnte? Kapitän Sterling hatte Katherine aus Liebe geheiratet. Amelia heiratete er aus Pflichtgefühl. Andererseits hatte sie bei ihrem Gespräch in der Nische auf dem Flur eine gewisse Aufmerksamkeit gespürt, die sie glauben ließ, dass er vielleicht irgendwann Gefühle für sie entwickeln könnte. Ihr Herz schlug ein wenig schneller. Sie war bereit, ein Leben ohne die Liebe eines Mannes zu führen, wenn das bedeutete, dass sie sich um Lucy kümmern konnte. Wagte sie es, auf mehr zu hoffen?

Sie wusste, dass sie – was die Beziehung zwischen einem Mann und einer Frau betraf – nicht viel wusste. Da sie keine Mutter hatte, die ihr Ratschläge erteilen könnte, waren ihr einziger Ratgeber in Liebesangelegenheiten Romane und Gedichte. Und Tante Augusta, die ihr gesagt hatte: „Liebe kommt später, manchmal kommt sie auch nie. Aber du bist eine vermögende Frau. Also wirst du, egal ob mit Liebe oder ohne Liebe, zumindest immer versorgt sein …"

Trotzdem hatte Amelia den Eindruck, dass zwischen dem Kapitän und ihr ein Funke entzündet worden war. Und so etwas wie das, was sie jetzt fühlte, hatte sie noch nie zuvor erlebt. Sie fühlte sich wohl, aber sie war nervös. Sie fühlte sich sicher, aber verwundbar. Beschützt, aber entblößt.

Aber noch während ihr die Erinnerung, wie ihre Hand auf seinem Ärmel gelegen hatte, die Röte in die Wangen trieb, musste sie unwillkürlich an Tante Augustas Ratschläge denken. „Die Männer werden wegen deines Geldes hinter dir her sein. Du solltest also keinem trauen."

Kann ich Kapitän Sterling trauen?

Eine Hand streifte ihre Schulter. „Das ist Jonathan Riley, nicht wahr?"

Amelia sprang fast von ihrem Stuhl hoch.

Kapitän Sterling beugte sich näher zu ihr herüber. „Entschuldigung, ich wollte Sie nicht erschrecken." Er legte seinen Löffel ab und sprach weiter. „Der Mann neben William? Das ist Jonathan Riley, nicht wahr?"

Amelia folgte seinem Blick zu einem großen braunhaarigen Mann. „Ja, das stimmt." Sie sah mit einem einzigen Blick, dass sowohl Mr Riley als auch William Sterling dem Wein schon viel zu sehr zugesprochen hatten. Ihr lautes Lachen störte die Gespräche, die um sie herum geführt wurden. Sie schaute zu Jane hinüber, deren gereizter Blick auf den Bruder des Kapitäns gerichtet war. Amelias Blick wanderte wieder zurück zum Kapitän. Sofern das überhaupt möglich war, sah er noch gereizter aus als Jane.

Amelia zuckte zusammen, als Mr Riley mit der Faust auf den Tisch schlug und dabei seinen Wein verschüttete. Schweigen legte sich über den Raum, und ein Dienstbote beeilte sich, den Wein wegzuwischen. Grahams stürmische Augen richteten sich auf seinen Bruder. Sie fühlte seine Wut genauso deutlich, wie sie den leichten Duft nach Sandelholz roch, der ihn immer umgab. Sie warf wieder einen Blick auf Jane, die William Sterling finster anstarrte.

Es würde ein langer Abend werden.

ॐ

Nach dem Essen zogen sich die Frauen zu Tee und Kaffee in den Salon zurück, und die Männer blieben im Esszimmer, um Portwein und Brandy zu trinken. Graham bahnte sich einen Weg zu William, packte seinen Bruder am Arm und schob ihn aus dem Esszimmer und durch die Haustür in die dunkle Nacht hinaus.

Die Nacht war deutlich kälter geworden als noch vor ein paar Stunden, als sie hier eingetroffen waren. Kalte Luft wehte vom Giebeldach des Hauses herab, und vereinzelte Schneeflocken tanzten im Nachtwind. Graham schlug die Tür mit dem Stiefelabsatz zu, bevor er sich verärgert an seinen Bruder wandte. „Was soll das? Du machst dich zum Gespött der Leute."

„Was?" William schaute ihn mit glasigen Augen an. „Ich habe nur versucht, mich ein wenig zu amüsieren. Es ist leider ein stinklangweiliger Abend."

„Dann kannst du ja nach Hause gehen."

Graham drehte sich um, um sich wieder zu den Männern zu gesellen, aber William packte ihn am Arm. „Hast du mit ihr wegen des Geldes gesprochen?"

Graham riss seinen Arm los. „Es ist weder der richtige Zeitpunkt noch der richtige Ort, um darüber zu sprechen. Wir reden morgen weiter."

„Die Sache kann nicht warten."

„Warum nicht?"

William benetzte seine Lippen und schaute sich um, um sich zu vergewissern, dass niemand in Hörweite war. Seine aufgrund des Alkohols undeutlichen Worte waren schwer zu verstehen. „Ich stecke in der Klemme, Bruder. Erspare es mir, dir die Einzelheiten zu erzählen. Glaube mir einfach, wenn ich dir sage, dass meine Gläubiger die Geduld verlieren. Wenn du mir das Geld nicht einfach so geben willst, dann gib es mir meinetwegen als Darlehen. Ich zahle es dir zurück."

„Selbst wenn ich das Geld hätte, um dir zu helfen, könnte ich es dir wohl kaum heute Abend geben."

„Du hast Carrington den Auftrag gegeben, die westlichen Wiesen von Littleton zurückzukaufen, nicht wahr? Wie bist du zu diesem Geld gekommen?"

„Ich habe Mr Carrington gebeten, den Kauf zu veranlassen – anonym, versteht sich –, aber dazu habe ich mein eigenes Geld verwendet, nicht Miss Barretts."

William verzog mit einem hämischen Knurren das Gesicht und wankte bedenklich. „Sehr bequem für dich. Du bist jahrelang fort, dann heiratest du eine reiche Frau und kehrst wieder dorthin zurück, woher du gekommen bist, ohne einen Gedanken an die Familie zu verschwenden, von der du abstammst."

Graham sollte seine Worte nicht ernst nehmen. Sein Bruder war betrunken. Graham unternahm keinen Versuch, seine Verachtung zu verbergen. „Aber du vergisst eine wichtige Kleinigkeit: Es sind nicht meine Schulden. Sondern deine."

„Und wenn es deine wären?" Eine unüberhörbare Herausforderung lag in Williams Stimme. „Du weißt wirklich nicht, wie es ist, hier festzusitzen. Du bist frei und kannst dein Leben führen, wie du willst; ich bin seit meiner Geburt an dieses Leben gebunden. Ja, ich habe ein paar falsche Entscheidungen getroffen. Soll ich für den Rest meines Lebens dafür zahlen?"

„Was du sagst, kann ich nicht begreifen, William. Wir sprechen morgen darüber."

William packte seinen Bruder an der Schulter, damit er sich nicht von ihm abwenden konnte. „Ich habe sehr hohe Schulden. Du hast mehr als genug Geld. Verstehe ich es richtig, dass du dich von deinem eigenen Fleisch und Blut abwendest?"

Fleisch und Blut. Ja, ihr Blut verband sie miteinander, aber das war auch schon alles. Wenn überhaupt, dann beschrieb das Wort *Mitleid* Grahams Gefühle für William am ehesten. Sein Bruder hatte so viel Ähnlichkeit mit ihrem Vater. Die gleichen hellen Augen, die gleichen hellen Haare. Und die gleichen schlechten Angewohnheiten.

Graham schüttelte die Hand seines Bruders von sich ab. „Geh nach Hause, William. Du bist betrunken. Wir sprechen morgen weiter."

William packte ihn wieder. „Wir sprechen jetzt weiter."

Graham wirbelte zu William herum. „Selbst wenn ich das Geld hätte, und selbst wenn ich bereit wäre, es dir zu geben, könnte ich heute Abend nichts machen. Wir sind hier auf einer Verlobungsfeier. Auf *meiner* Verlobungsfeier. Ob du es glaubst oder nicht, aber mich beschäftigen noch andere Dinge als das Dilemma, in das du dich hineinmanövriert hast."

William deutete mit einem wackeligen Finger auf ihn. „Behandle mich ruhig so herablassend, wenn du willst. Aber was für ein Mann – was für ein *ehrbarer* Mann – benutzt eine Frau, noch dazu die Freundin seiner verstorbenen Frau, um seine eigenen Interessen zu verfolgen?"

„Ich heirate Miss Barrett nicht wegen ihres Geldes."

„Du benutzt sie, um dein Gewissen zu beruhigen, um jemanden zu haben, der sich um deine Lucy kümmert. Als Mittel zum Zweck. Erkläre mir, was daran so anders ist! Wie ..."

„Und selbst wenn ich das täte?" Als William Lucys Namen erwähnte, schnappte in Graham etwas zu. Er musste sich zwingen, seine Fäuste ruhig zu halten. „Und selbst wenn ich sie benutze? Was geht das dich an? Ich kann nicht mit meinem Schiff auslaufen, ohne eine geeignete Unterbringung für meine Tochter zu finden, und du bist mir dabei keine Hilfe. Ich habe es geschafft, die letzten achtzehn Jahre zu überleben, ohne mich vor jemandem in dieser Familie verantworten zu müssen, und ich habe nicht die Absicht, jetzt damit anzufangen."

William warf lachend den Kopf zurück. „Ach, das habe ich ja ganz vergessen! Du bist der mächtige Kapitän Sterling, der Held der Meere. Aber Tatsache ist, dass du nicht besser bist als ich. Wir sind aus demselben Holz geschnitzt, nicht wahr? Mein Laster ist das Geld. Dein Laster ist es, dass du Frauen ausnutzt. Keiner von uns ist vollkommen."

Graham zischte ihn mit knirschenden Zähnen an. „Du machst dich zum Narren. Geh nach Hause."

William trat näher auf ihn zu. Hitze strahlte von seinem betrunkenen Körper aus. Graham weigerte sich, sich aus der Ruhe bringen zu lassen oder zurückzuweichen. Er schaute seinen Bruder wutentbrannt an, und er hätte schwören können, dass er in die Augen seines Vaters schaue.

Schließlich sprach William, und sein nach Brandy stinkender Atem brannte heiß auf Grahams Wange. „Ich habe gesehen, wie du sie anschaust. Glaube nicht, dass ich es nicht gesehen hätte und dass es die anderen Gäste nicht bemerkt hätten. Aber du bist ein

Narr, wenn du glaubst, sie würde deine Aufmerksamkeit erwidern. Sie will deine Tochter und nicht dich. Jeder von uns hat heimliche Absichten, auch die charmante Miss Barrett."

„Ich warne dich, William. Hör auf."

Aber sein Bruder war nicht bereit, das Thema auf sich beruhen zu lassen. „Sie ist auch nicht das, was sie vorgibt. Du bist nämlich nicht der einzige Mann, der in den Genuss ihres Charmes kommt."

Bei dieser sonderbaren Aussage beugte sich Graham näher zu ihm vor. „Was willst du damit sagen?"

„Ich habe sie selbst in den Armen gehalten. Überrascht dich das, Bruder?"

„Du bist betrunken und du lügst." Graham packte seinen Bruder am Kragen seines Jacketts.

„Das ist doch kein Grund, so wütend zu werden." Williams Augen waren jetzt nur noch schmale Schlitze über seinem selbstgefälligen Grinsen. „Es war nur ein einziger Kuss. Ein kleiner, leidenschaftlicher Kuss. Und sie hatte nichts dagegen, das darfst du mir glauben. Überhaupt nichts. Du bist anscheinend nicht der einzige Sterling, der begehrenswert ist."

Graham ließ Williams Kragen los und stieß ihn zurück. Sein Bruder taumelte nach hinten, fiel auf ein Knie und stand mühsam wieder auf. Ein träges Lachen kam aus Williams Mund, bevor er mit dem Finger auf ihn deutete. „Du wirst es bereuen, dass du mir in meiner Notlage nicht hilfst, Bruder."

Sie schauten einander finster an. William schwankte leicht, Graham stand wie angewurzelt da. Dann brach William den Augenkontakt ab und stapfte in der Dunkelheit davon.

Graham schaute ihm nach und bezweifelte, dass der betrunkene Narr in seinem momentanen Zustand den Weg nach Hause finden würde. Aber das war ihm im Moment gleichgültig.

Er schaute zum schwarzen Nachthimmel hinauf. Nur wenige Sterne funkelten durch die immer dicker aufziehenden Wolken. Es war sonderbar, dass der Himmel mitten auf dem Land genauso aussah wie über dem Meer. Es war derselbe Himmel. Er war derselbe Mann. Aber er stand vor völlig anderen Herausforderungen.

Als Graham sich umdrehte, sah er, dass ein kleiner Lichtschein auf den Weg fiel. Sonderbar, er hatte gedacht, er hätte die Tür hinter sich zugestoßen. Er hob den Kopf und erhaschte einen kurzen Blick auf Amelia, die gerade wieder im Haus verschwand.

Kapitel 19

Amelia hatte nicht vorgehabt, das Gespräch zu belauschen. Als sie beobachtet hatte, wie Graham und sein Bruder das Haus verließen, hätte sie einfach bei Jane bleiben sollen. Sie schüttelte den Kopf und bereute ihre Indiskretion. Die Strafe für ihre Neugier war hoch, denn jetzt wusste sie die Wahrheit.

Sie hatte sich geirrt, als sie gedacht hatte, sie sähe einen Funken Zuneigung in Kapitän Sterlings Augen, als sie in der Fensternische auf dem Gang der Hammonds allein gewesen waren. Der Kapitän heiratete sie, weil er jemanden brauchte, der sich um Lucy kümmerte. Aus keinem anderen Grund. Warum sollte sie das verletzen? Das war doch die ganze Zeit der Plan gewesen. Eine Zweckehe. Dass der Kapitän jetzt über den Vorfall zwischen ihr und seinem Bruder Bescheid wusste, war ihr unangenehm. Sie hätte es ihm selbst erzählen sollen. Was musste er jetzt von ihr denken?

Amelia nickte höflich bei Mrs Mills Bericht über das Kind ihrer Tochter und schaffte es, genau in den richtigen Momenten Fragen zu stellen, ohne ihr wirklich zuzuhören. Sie lobte die Schönheit von Mrs Bells silbernem Kleid und bewunderte die kunstvolle Stickarbeit an Mrs Dyers Handtasche. Sie lächelte. Sie lachte. Sie erfüllte alle Erwartungen, um die Zustimmung dieser Damen zu gewinnen. Wie könnte sie nach der ganzen Mühe, die sich Jane gemacht hatte, zeigen, dass der Abend nicht perfekt war?

Auf der anderen Seite des Wohnzimmers standen Kapitän Sterling, Mr Carrington, Mr Hammond und eine Handvoll anderer Männer um ein Whistspiel herum. Ihr Lachen übertönte die plaudernden Stimmen der Frauen und das friedliche Knistern des Feuers im Kamin.

Amelia lehnte sich in ihrem Sessel zurück und warf einen verstohlenen Blick auf Graham. Zum wiederholten Mal. Seine rabenschwarzen Haare lockten sich über dem hohen Kragen seines schwarzen Fracks. Seine militärische Haltung und seine gebräunte Haut hoben ihn aus den anderen Männern im Raum hervor.

Ohne Vorwarnung drehte er sich um und schaute in ihre Richtung. Sein Mundwinkel zog sich nach oben. Sie senkte schnell den Blick.

Das Gespräch zwischen William und Graham lief erneut in ihrem Kopf ab. Was waren die westlichen Wiesen, und warum hatten sie über Edward gesprochen? Und warum hatten sie über ihr Erbe gesprochen? Warum stellte William Grahams Charakter und Loyalität infrage? Und das Peinlichste von allem: William erinnerte sich an den Kuss! Jetzt wusste Kapitän Sterling auch, dass sein Bruder sie geküsst hatte.

Es war dumm von ihr gewesen, die Augen vor den Tatsachen zu verschließen. Sie hatte ihren Gedanken erlaubt, Wege einzuschlagen, die sie nicht hätten betreten sollen, und jetzt würde ihr Herz den Preis dafür zahlen.

Amelia wollte den romantischen Liebesgeschichten, die sie und Helena so gern gelesen hatten, glauben. Sie wünschte sich die Liebe, die sie bei Jane und Mr Hammond beobachtete. Aber vielleicht hatte Tante Augusta doch recht. Eine Frau, deren einziger Reiz ihr Vermögen war, erlebte keine Liebe.

Amelia schaute auf Mrs Dyers Hand hinab, die sich auf ihren Handrücken legte. Mit großem Widerwillen hob sie den Kopf und erwiderte den Blick der Frau. Ein vielsagendes Grinsen zog über das aufgedunsene Gesicht der älteren Frau. „Sie starren ihn an, meine Liebe."

Die Frauen kicherten wie Schulmädchen. Mrs Mill hob die Hände, um die Gruppe zum Schweigen aufzufordern. „Aber meine Damen, wer unter Ihnen könnte es der jungen Miss Barrett verdenken, dass sie den Blick nicht von dem faszinierenden Kapitän Sterling abwenden kann?"

Ein erneutes Kichern machte die Runde.

Sollen sie es ruhig glauben! Sollen sie ruhig alle glauben, es wäre eine Liebesheirat! Damit konnte sie die wenige Würde, die sie noch hatte, vielleicht retten.

○₿

Dichte Schneewolken sperrten das Mondlicht aus, und die Bäume überschatteten das flackernde Licht der Fackeln vor dem Pfarrhaus, als die Kutsche in Richtung Winterwood anfuhr. Die Fahrt war sehr kurz, und es war schon spät. Wenn Graham sich also entschuldigen wollte, blieb ihm nicht viel Zeit. Er musste mit Miss Barrett allein sprechen. Er war sich nicht sicher, wie viel von seinem Gespräch mit William sie gehört hatte, aber ihre distanzierte Haltung verriet, dass ihr das, was sie gehört hatte, nicht gefallen hatte.

Er machte sich Vorwürfe, weil er seine Worte nicht besser beherrscht hatte. Sie konnten leicht falsch verstanden werden. Er wollte auf keinen Fall, dass sie glaubte, er würde ihre Freundlichkeit ausnutzen.

Sein Unbehagen wurde durch Williams Worte, die er nicht vergessen konnte, noch verstärkt. Hatten sein Bruder und Amelia sich wirklich leidenschaftlich geküsst?

Noch bevor die Kutsche, in der er, Miss Barrett und Mr Carrington saßen, ganz zum Stehen kam, riss Graham die Kutschentür auf und sprang hinaus. Er warf einen warnenden Blick auf den Diener, um ihn davon abzuhalten, näher zu treten. Dann reichte er Amelia die Hand.

Nach einem kurzen Zögern ergriff sie seine Hand und stieg aus. Sobald ihre Füße den Erdboden berührten, versuchte sie, ihm ihre Hand wieder zu entziehen, aber Graham hielt sie fest.

Ihre Augen weiteten sich, als er sie nicht losließ. Graham warf mit der anderen Hand die Kutschentür zu, um zu verhindern, dass Carrington auf die Idee käme, sich zu ihnen zu gesellen.

„Ich muss mit Ihnen über das sprechen, was Sie gehört haben."

Sie schüttelte den Kopf. „Sie schulden mir keine Erklärung."

„Dann muss ich mit Ihnen über das sprechen, was *ich* gehört habe."

Amelia wandte den Blick ab. „Ich hatte kein Recht, ein privates Gespräch zu belauschen."

Die Schneeflocken, die um sie herumtanzten, nahmen zu. Silberne Flocken wirbelten über Amelia, landeten auf ihren Augenbrauen und schmolzen, als sie ihre Wangen küssten. Er nahm sie am Arm und führte sie näher zum Haus, damit der Diener und der Kutscher sie nicht hören konnten. „Wir wollen in zwei Tagen heiraten, Amelia. Ich halte es nicht für weise, unsere Ehe mit Geheimnissen oder Zweifeln zu beginnen."

Sie schürzte die Lippen und entzog ihm entschlossen ihre Hand. „Wie Sie meinen." Sie schob das Kinn vor. „Was kaufen Sie von Edward?"

Ihre Ehrlichkeit machte ihn fast nervös. „Bevor Sie die Verlobung mit Littleton lösten, hat er meinem Bruder die westlichen Wiesen von Eastmore abgekauft. Die westlichen Wiesen sind die Grundstücke, die an den Rand von Winterwood grenzen. Ich habe Carrington gebeten, sie anonym zurückzukaufen."

Sie runzelte die Stirn. „Warum sollte er so etwas tun?"

„Warum tut dieser Mann, was er tut? Ich weiß nur, dass ich mich nicht wohlfühlen würde, wenn er neben Ihnen und Lucy Land besäße, wenn ich fort bin. Ich traue ihm nicht, und je weiter er von Ihnen fort ist, umso besser."

„Warum haben Sie mir das nicht gesagt?"

„Ich wollte Sie nicht damit belasten, da Carrington es schnell und diskret erledigen konnte."

Sie hob die mit Pelz gesäumte Kapuze ihres Umhangs und legte sie eng um ihren Kopf. Nur ihre Nasenspitze und ihr Kinn schauten heraus. „Ich bin sehr wohl in der Lage, mich allen Fragen im Zusammenhang mit Winterwood Manor zu stellen, und ich möchte über solche Dinge informiert werden, egal ob es sich um kleine oder große Angelegenheiten handelt."

„Das werde ich mir merken."

„Gut." Sie drehte sich zur Tür herum.

Er legte die Finger sanft um ihren Arm, um sie aufzuhalten. Er konnte Williams Worte nicht vergessen. Er musste ihre Antwort hören. „Wenn wir schon beim Fragen sind, hätte ich auch eine."

Selbst durch den schweren Stoff ihres Umhangs konnte er fühlen, wie sich ihre Muskeln anspannten. „Wie Sie wünschen."

Er zögerte, da ihm sehr wohl bewusst war, wie taktlos seine Frage war. „William hat gesagt, dass Sie ihn geküsst haben. Stimmt das?"

Mit einem plötzlichen Ruck riss sie ihren Arm los und schob die Kapuze von ihrem Kopf. Sie schaute ihm direkt in die Augen. Er hatte sie wütend gemacht. Oder verlegen. Die schmale Linie, zu der sie die Lippen zusammengezogen hatte, verriet das deutlich. Er bereute seine Frage nicht. Er wollte es wissen. Er musste es wissen. Aber er hatte nicht mit einer so hitzigen Antwort gerechnet.

„Ich habe Ihren Bruder nicht geküsst, Sir! Er war betrunken, was leider viel zu häufig vorkommt, und hat sich mir aufgedrängt. Es ist mir gelungen, ihm zu entkommen, ohne dass mein guter Ruf Schaden nahm. Bis jetzt."

Sobald sie das sagte, bereute er seine Frage. Die Kälte, mit der sie seinen Bruder behandelt hatte, als sie gemeinsam Lucy besucht hatten, ergab jetzt plötzlich einen Sinn. Graham kam sich wie ein unsensibler Narr vor. „Entschuldigung. Ich hätte es besser wissen müssen." Seine Stimme wurde sanfter. „Warum haben Sie es mir nicht erzählt?"

Sie warf einen Blick auf den Diener, zweifellos, um sich zu vergewissern, dass der Mann sie nicht hören konnte. „Glauben Sie wirklich, ich würde eine solch peinliche Indiskretion freiwillig jemandem erzählen? Ihr Bruder hat mich gedemütigt, und Sie fragen, warum ich nie darüber gesprochen habe?"

Die Worte kamen ihm über die Lippen, bevor er sich über die Folgen Gedanken machen konnte. „Ich will keineswegs unsensibel erscheinen, aber wir werden bald heiraten. Ich habe ein Recht, solche Dinge zu wissen."

„Ein Recht? Was genau wollen Sie damit andeuten, Kapitän Sterling?"

„Ich will damit überhaupt nichts andeuten. Aber vergessen Sie nicht, dass ich Sie noch nicht einmal einen Monat kenne. Woher soll ich wissen, welchen ... welchen ..."

„Welchen *Ruf* ich habe? Ist das das Wort, das Sie suchen?" Amelia ließ ihm keine Zeit zu einer Antwort. „Ich versichere Ihnen, Sir, dass Sie in ganz England keine Frau mit einem besseren Ruf finden werden." Sie schaute ihn durchdringend an. „Vergessen Sie nicht, dass ich Ihnen ähnliche Fragen stellen könnte."

Graham zuckte die Achseln. „Bitte, tun Sie sich keinen Zwang an. Ich habe nichts zu verbergen."

„Ihr Privatleben ist Ihre Angelegenheit. Wie ich Ihnen schon an dem Tag sagte, an dem Sie zum ersten Mal auf Winterwood waren, haben wir eine Geschäftsvereinbarung. Ich werde mich um Lucy kümmern, und es steht Ihnen frei zu tun, was Sie immer getan haben."

Er hob die Hände, wie um seine Unschuld zu beteuern. „Was genau, glauben Sie, würde ich schon immer tun?"

Sie ging auf seine Frage nicht ein. „Ich habe keine romantischen Erwartungen an Sie. Ich versichere Ihnen, dass ich mit Ihrem Bruder nichts getan habe, das meinen Ruf beschmutzen würde. Aber angesichts der Natur unserer Abmachung erachte ich es nicht für nötig, mich zu verteidigen."

„Unsere Abmachung, ja? Wollen wir es so nennen?" Graham wusste nicht, ob er wütend oder beleidigt sein sollte. Er trat von ihr zurück. Vielleicht hatte er ihre Absichten falsch gedeutet, als sie zusammen in der Nische gestanden hatten. Er konnte ihre Wut mit ihrer Verlegenheit oder Erschöpfung erklären. Vielleicht hatte er sich aber auch nur eingebildet, dass sie eine Zuneigung zu ihm entwickelte, weil er das gern hätte. Hatte sie nicht von Anfang an gesagt, dass es ihr in erster Linie um Lucy ging?

Er warf die Schultern zurück. Er musste sich auf Lucy konzentrieren und durfte sich nicht von diesen hübschen blauen Augen ablenken lassen. „Wie Sie wünschen, Miss Barrett. Danke, dass Sie Ihre Erwartungen deutlich gemacht haben."

Sie strich sich die Haare aus dem Gesicht. Ihre Wimpern breiteten sich über ihre Wange aus, als sie zu Boden sah. „Werden wir Sie morgen sehen, Kapitän Sterling?"

„Ja, ich komme Lucy besuchen."

„Gut. Danke, dass Sie mich in Ihrer Kutsche mitgenommen haben."

Als sie zur Tür trat, folgte er ihr. Sie blieb stehen und schaute ihn verständnislos an. „Was haben Sie vor?"

Was, glaubte sie, dass er vorhatte? „Ich komme mit hinein."

„Warum?"

Warum? Hatte sie vergessen, dass sich erst vor wenigen Stunden Edward Littleton in diesem Haus aufgehalten hatte? Er wollte nicht das Risiko eingehen, dass er im Haus wäre und auf ihre Rückkehr wartete. „Ich muss mich vergewissern, dass Littleton fort ist."

Sie schaute zum Fenster. „Alles scheint dunkel zu sein, und es ist schon sehr spät. Er ist bestimmt schon längst fort."

„Aber ich denke nicht ..."

Sie forderte ihn mit erhobener Hand zum Schweigen auf. „Entschuldigen Sie bitte, wenn ich das so direkt sage, Kapitän Sterling: Ich schätze Ihre Bemühungen um mein Wohl, aber ich komme sehr gut allein zurecht."

Er wusste nicht, was er darauf erwidern sollte. Deshalb sagte er nur: „Wie Sie meinen, Miss Barrett."

Amelia drehte sich mit regungsloser Miene um und verschwand im Haus. James schloss die Tür hinter ihr.

Graham starrte die leere Stelle an, an der sie gestanden hatte. *Was ist gerade passiert?*

Er ging zur Kutsche, öffnete die Tür und stieg ein. Er zog die Tür hinter sich zu und sank auf den gepolsterten Ledersitz.

Er vermied es, Carrington anzuschauen, um sich nicht zu der Sache äußern zu müssen. Aber die Augen des älteren Mannes schauten ihn durchdringend an. Schließlich hob Graham den Blick.

Ein trockenes Lächeln zog über Carringtons faltiges Gesicht. „Machen Sie sich keine Sorgen. Sie wird schon nachgeben."

☙

Amelia wischte den Schnee von ihrem Umhang und lehnte sich mit dem Rücken an die geschlossene Tür. Sie drückte die Augen zu und atmete langsam und gleichmäßig aus. Sie hatte nicht die Absicht gehabt, so hart mit ihm zu sprechen. Und falls sie auch nur die geringste Hoffnung auf eine Liebesbeziehung zu ihrem künftigen Mann gehabt hatte, hatten die Worte, die sie ihm in ihrer Verlegenheit hitzig an den Kopf geworfen hatte, zweifellos diese Hoffnung ein für alle Mal erstickt.

Als sie die Augen aufschlug, sah sie, dass James mit einer brennenden Kerze neben ihr stand. „Soll ich Elizabeth zu Ihnen hochschicken, Miss?"

„Ja, bitte." Amelia reichte ihm ihren Umhang und nahm die Kerze. „Aber sagen Sie ihr, dass sie sich Zeit lassen soll. Ich möchte vorher kurz nach Miss Lucy sehen."

„Wie Sie wünschen, Miss Barrett."

Amelia schaute dem alten Mann nach, der auf dem Gang verschwand. Als er fort war, legte sich eine unheimliche Stille über das Haus. Links neben ihr befand sich das Fenster. Sie reckte den Hals und schaute der Kutsche nach, die in der Dunkelheit davonrollte. Ihr Kinn zitterte, und so sehr sie auch versuchte, ruhig zu bleiben, schwankte die Kerze in ihrer Hand. Ihre Abmachung mit Kapitän Sterling war ihr anfangs so einfach erschienen. Aber jetzt war nichts mehr einfach.

Als sie sich umdrehte, fiel ihr Blick auf den Lichtschein, der unter der geschlossenen Arbeitszimmertür ihres Onkels hervordrang. War Onkel George immer noch wach? War Edward auch dort drinnen? Eine starke Unruhe erfasste sie. Vielleicht war es voreilig von ihr gewesen, den Kapitän so schnell wieder fortzuschicken. Sie hielt den Atem an und lauschte. Nichts.

Sie raffte ihre Röcke zusammen und eilte zur Treppe. Fahles Mondlicht fiel durch die Fenster im Treppenhaus, und der Wind drang durch die undichten Fensterrahmen ins Haus. Ein Schauer lief ihr über den Rücken. Sie hätte James nicht ihren Umhang geben sollen. Ihre Schuhe, die vom Schnee noch feucht waren, erzeugten kein Geräusch, als sie die geschwungene Treppe in den zweiten Stock hinaufstieg und sich zum Westflügel begab, in dem sich das Kinderzimmer befand.

Wie viele schlaflose Nächte war sie schon diese Treppe hinaufgestiegen, um Lucy zu besuchen? Dem Kind beim Schlafen zuzusehen erfüllte sie immer mit Frieden. Jetzt war sie Lucy und vielen anderen Dingen so nahe.

An der Kinderzimmertür blieb Amelia stehen. Das Licht ihrer Kerze tanzte auf dem Messingtürgriff. Sie legte die Hand darauf und drehte den Griff. Ihre Augen gewöhnten sich schnell an den schwachen Schein des fast erloschenen Feuers. Bis auf das Knacken der Kohlen war alles still.

Mit leisen Schritten ging sie aus dem Spielzimmer in Lucys Schlafzimmer. Auch im Dunkeln kannte Amelia sich in diesem kleinen Zimmer aus. Eine Kommode neben der Tür. Ein kleiner Stuhl in der Ecke. Das Kinderbett gegenüber dem Fenster. Sie hob die Kerze, um den Raum zu beleuchten.

Sie beugte sich über den Rand des Kinderbetts und erwartete, Lucys rundes, friedliches Gesicht mit den kleinen Grübchen zu sehen. Aber Lucy war nicht da. Amelia runzelte die Stirn und starrte verständnislos in das leere Bett. Wo konnte das Kind sein? Sie nahm die Decke und schüttelte sie, als würde das Kind wie von Zauberhand darunter zum Vorschein kommen.

Benommen drehte sie sich im Kreis und suchte jeden Winkel des Zimmers ab. Ihr Herzschlag beschleunigte sich. Sie trat aus Lucys Schlafzimmer und schlich auf Zehenspitzen zur getäfelten Tür von Mrs Dunnes Zimmer. Die Tür ging knarrend einen Spaltbreit auf, als Amelia klopfte.

„Mrs Dunne?"

Sie wartete auf eine Antwort. Es kam keine.

Sie rief wieder, dieses Mal lauter. „Mrs Dunne?"

Amelia schob die Tür ganz auf und eilte zum Bett. Leer. Mit ihrer freien Hand packte sie die Bettdecke und drehte sie um. Panik erfasste sie bis ins Innerste ihrer Seele, aber sie verdrängte sie schnell.

Es gibt eine vernünftige Erklärung.

Sie stellte den Kerzenständer auf den kleinen Tisch neben Mrs Dunnes Bett, stemmte die Hände in die Hüften und schaute sich in dem dunklen Raum um. Alles schien an seinem Platz zu sein. Mrs Dunnes Tuch hing über ihrem Stuhl, und die Tür zu ihrem Kleiderschrank stand weit offen.

Wo konnten die beiden sein? In der Küche?

Ohne nachzudenken, nahm sie die Kerze, hob ihren Rock und eilte aus dem Zimmer.

Alles wird gut werden. Amelia wiederholte diese Worte, um die wachsende Unruhe, die ihr fast die Luft abschnürte, zu verdrängen. Die winzige Flamme ihrer Kerze flackerte und zitterte auf dem zugigen Flur. In ihrer Eile blieb sie mit der Schulter hängen, als sie vom Gang auf die Dienstbotentreppe bog. Sie verzog das Gesicht, als heißes Kerzenwachs auf ihre Hand tropfte.

Sie rannte, so schnell sie es wagen konnte, die schmale, steile Treppe hinab. Aber ihr Fuß rutschte auf dem ersten Absatz aus, und die Kerze glitt ihr aus der Hand. Die Flamme erlosch zischend, als die Kerze auf dem Boden aufschlug. Pechschwarze Dunkelheit hüllte sie ein. Sie tastete nach der erloschenen Kerze und dem Kerzenständer, hob sie auf und tastete sich dann die übrige Treppe hinab.

Als sie unten ankam, erwartete sie, von einem warmen Lichtschein aus der Küche empfangen zu werden, aber kalte Dunkelheit begrüßte sie an der Türschwelle. Sie rannte an der Kellertür und der Speisekammer vorbei und spähte in die Küche, musste aber feststellen, dass tatsächlich niemand hier war.

Eine panische Angst löste die Unruhe in ihrem Herzen ab und breitete sich in ihrem ganzen Körper aus. Der Puls hämmerte in ihren Ohren. Sie konnte nicht schlucken.

Wo konnten die beiden sein?

Kapitel 20

Amelias Brust hob und senkte sich heftig, als sie aus der Küche zum Arbeitszimmer ihres Onkels rannte.

„Kann ich Ihnen helfen, Miss?"

Amelia fuhr bei der Stimme erschrocken zusammen. Sie war so aufgewühlt, dass sie nicht bemerkt hatte, dass Elizabeth aus dem Schatten aufgetaucht war. „Hast du Mrs Dunne gesehen?"

„Ist sie nicht im Kinderzimmer?"

„Nein, ich komme gerade aus dem Kinderzimmer. Ich habe auch in der Küche nachgesehen." Amelia zog ihre erloschene Kerze aus der Tasche und zündete sie an Elizabeths Flamme wieder an. „Schau in der Bibliothek, im Esszimmer und im Salon nach. Ich gehe ins Arbeitszimmer meines Onkels."

Elizabeth machte einen Knicks und verschwand in der Richtung, aus der sie gekommen war. Amelia ging weiter den breiten Flur hinab. Mit jedem Schritt wuchs ihre Sorge. Sie achtete nicht auf die beängstigende Stimme in ihrem Kopf und weigerte sich, vorschnell schreckliche Schlüsse zu ziehen. Mrs Dunne war eine intelligente, verantwortungsbewusste Frau und ein sehr fähiges Kindermädchen. Es musste eine Erklärung geben.

Sie legte ihre freie Hand um die Kerze, um die Flamme zu schützen, und bog in den Gang ein. Unter der Tür ihres Onkels fiel immer noch ein Lichtschein auf den Flur. Sie eilte darauf zu. Ohne stehen zu bleiben und zu klopfen, legte sie die Hand um den ovalen, eisernen Türgriff und riss die Tür schwungvoll auf.

Ihr Onkel, der am Schreibtisch saß, hob überrascht den Kopf. „Amelia Barrett, weißt du, wie spät es ist?"

Sie musste erst Luft holen. „Hast du Lucy oder Mrs Dunne gesehen?"

„Sind sie nicht im Kinderzimmer?"

Amelia schüttelte den Kopf und versuchte zu schlucken. Ihre Kehle war so trocken, dass sie fürchtete, kein Wort über die Lippen zu bringen. „Nein, dort sind sie nicht."

Onkel George runzelte die Stirn und legte seine Feder auf den Schreibtisch. „Du musst sie übersehen haben."

Amelia richtete sich zu ihrer vollen Größe auf und schaute ihren Onkel direkt an. Sie ließe sich von ihm nicht wie ein Kind behandeln. Nicht in einem solchen Moment. „Ich habe das ganze Zimmer abgesucht, und ich habe auch in der Küche nachgesehen. Sie sind nicht da."

Onkel Georges Blick wanderte von ihr zum Kamin. Erst da sah sie ihn. *Edward!* In ihrer Sorge um Lucy hatte sie ganz vergessen, dass er noch hier sein könnte.

Edward trat vor. „Ich gehe James holen." Edward kam auf sie zu und unternahm keinen Versuch, seinen lüsternen Blick zu verbergen. Er stand so nahe neben ihr, dass sein Bein den Stoff ihres Rocks streifte. Sein Flüstern kitzelte an ihrem Ohr. „Machen Sie sich keine Sorgen, Liebes. Ich werde Lucy für Sie finden."

Sie wandte den Blick ab und weigerte sich zurückzuweichen. Sie wartete, bis er den Raum verlassen hatte, bevor sie weitersprach. Ihr Onkel nahm seine Feder und begann wieder zu schreiben. Wie konnte er so teilnahmslos sein? Sie ging zum Schreibtisch hinüber. „Und wenn ihnen etwas passiert ist? Ich finde wirklich, du solltest …"

Ein Knurren schnitt ihre Worte ab. Er blickte von seinem Papier auf. „Du solltest nicht so übertrieben reagieren, Amelia. Wohin sollten sie schon gegangen sein? Edward wird sie finden, das kannst du mir glauben."

„Wie kannst du glauben, dass ich Ruhe finden könnte, solange ich nicht weiß, wo sie ist?" Sie blies ihren Kerzenstummel aus, legte ihn auf einen Tisch und nahm kühn einen Kerzenständer mit einer dickeren Kerze von seinem Schreibtisch. „Es ist mir egal, was du von mir denkst, Onkel George, aber wie kann dir die Sicherheit eines Kindes so gleichgültig sein? Ein kleines Kind befindet sich in unserer Obhut, und im Moment scheint niemand zu wissen, wo es steckt. Wenn du nicht findest, dass das ernst genug ist, um deine Korrespondenz zu unterbrechen, kann ich dich wirklich nicht verstehen."

„Sie ist nicht in meiner Obhut. Sie ist in *deiner* Obhut, Herrin von Winterwood Manor."

Amelia verließ das Arbeitszimmer, da sie im Moment keine Lust hatte, mit diesem Mann ihre Zeit zu vergeuden. Wenigstens hatte Edward getan, was er angekündigt hatte. Der Butler und zwei Hausdiener, die aus dem Schlaf gerissen worden waren, eilten in flüchtig übergeworfener Kleidung durchs Haus und zündeten Kerzen an. In der Haupthalle waren gedämpfte Stimmen zu hören. Edward stand am Fuß der Treppe und erteilte Anweisungen. Er schlüpfte in einen Regenmantel und ließ sich von einem Dienstmädchen seinen Hut reichen.

„Hat jemand die beiden gefunden?" Amelias Wunsch, Lucy zu finden, war stärker als ihr Drang, Edward aus dem Weg zu gehen. Falls er ihr helfen konnte, könnte sie seine Anwesenheit ertragen.

Edward blickte von seinen Mantelknöpfen auf. „Nein, Sie hatten recht. Im Haus ist keine Spur von ihnen zu finden."

Als sie diese Worte hörte, wurde sie von einer neuen Panikwelle erfasst. Mehrere Leute eilten aufgeregt um sie herum, aber sie war vor Entsetzen wie erstarrt.

Edwards Stimme war fast sanft. „Ich schaue draußen nach." Er drückte den weitkrempigen Hut auf seine dunklen Haare. „Menschen verschwinden nicht einfach."

„Danke für Ihre Hilfe."

Edward beugte sich so nahe zu ihr vor, dass sein warmer Atem an ihrem Ohr kitzelte. „Wie Sie sehen, meine Liebe, bin ich bei Weitem nicht das Ungeheuer, für das Sie mich anscheinend halten."

Sie rührte sich nicht, als er an ihr vorbeirauschte. Die Tür ging auf, und ein Windstoß bewegte ihren Rock. Dann fiel die Tür wieder ins Schloss. Amelia drehte sich um. Sie würde persönlich jeden Zentimeter auf Winterwood absuchen, und wenn sie die beiden hier nicht fände, würde sie draußen weitersuchen. Mit blinder Entschlossenheit nahm sie zwei Stufen auf einmal, ohne auf die Dienstboten zu achten, die um sie herumschwirrten.

Jemand packte sie am Arm. Als sie erschrocken herumfuhr, sah sie Helena neben sich auf dem Treppenabsatz stehen, die ein Tuch um sich schlang. „Was um Himmels willen geht hier vor?"

Amelias Worte sprudelten aus ihr heraus. „Ich kann Lucy und Mrs Dunne nirgends finden. Sie sind spurlos verschwunden. Edward sucht draußen das Gelände ab."

Helena fuhr hoch. „Edward ist noch hier?"

Amelia nickte und wischte sich über die Augen.

Helena tätschelte ihren Arm. „Du kennst Edward, Amelia. Du weißt, dass er ein gutes Herz hat. Wenn er sagt, dass er die beiden finden wird, dann findet er sie."

Amelia fehlte die Energie, um ihr zu widersprechen. Sie würde nicht ruhen und könnte kein Auge zutun, solange sie das Kind nicht wieder in den Armen hielt, und dann würde sie Lucy nie wieder aus den Augen lassen.

Sie wartete darauf, dass Helena die Arme um sie legen würde. Wie sehr sie im Moment eine tröstende Umarmung gebrauchen könnte! Aber die Umarmung kam nicht. Langsam und deutlich hörte sie wieder die Worte, die am frühen Abend zwischen ihnen gefallen waren.

Was war nur mit allen los? Es war, als hätte sich ein böser Fluch über Winterwood gelegt. Ihr Onkel war noch nie ein warmherziger Mann gewesen, aber sie hätte sich nicht vorstellen können, dass ihn die Not eines kleinen Kindes so kalt ließe. Und Helena ... sie waren immer wie Schwestern gewesen. Aber Helenas Verhalten heute Nacht war ohne das geringste schwesterliche Mitgefühl.

Helena sagte ruhig: „Ich lasse uns Tee bringen. Komm mit ins Wohnzimmer. Dort können wir gemeinsam auf Edward warten."

Amelia schüttelte den Kopf und war über die Ruhe in ihrer Stimme ein wenig überrascht. „Ich kann nicht einfach tatenlos herumsitzen. Was ist, wenn etwas Schreckliches passiert ist?" Ihre Stimme wurde lauter. „Was ist, wenn Lucy in Gefahr ist, und wir sitzen nur herum und warten?"

Helena zog die Hand zurück, als hätte Amelia sie gebissen. „Ich versuche nur zu helfen, Amelia. Ich lasse uns Tee bringen; setz dich zu mir, wenn du willst. Edward hat alles unter Kontrolle. Daran habe ich keinen Zweifel." Sie blieb stehen und schaute Amelia durchdringend an. „Weiß Kapitän Sterling schon, dass du sein Kind nicht finden kannst?"

Kapitän Sterling. Er würde wissen, was zu tun war. Amelia ignorierte die schneidenden Worte ihrer Cousine, wandte sich von ihr ab und lief durch den Flur.

„Elizabeth!"

Amelia wartete auf eine Antwort, hörte aber keine. Sie schrie lauter. „Elizabeth!"

Nach dem zweiten Ruf steckte das Dienstmädchen den Kopf aus der Bibliothek auf den Flur. „Ja, Miss?"

„Sorg dafür, dass sofort jemand nach Eastmore Hall geschickt wird. Man soll Kapitän Sterling Bescheid geben, dass seine Tochter vermisst wird."

☞

Graham fuhr aus dem Schlaf hoch. Er hob den Kopf und lauschte. Hörte er Hufschläge?

War William endlich nach Hause gekommen?

Er sprang aus dem Bett, schlüpfte in seine Wildlederhose, das erstbeste Kleidungsstück, das er finden konnte, und lief zum Fenster, ohne sich die Mühe zu machen, sein Leinenhemd in den Bund zu stecken.

Eine gedämpfte Stimme rief von unten. „Hallo! Hallo, hört mich jemand?"

Sein Bruder würde sich nicht die Mühe machen, ihn zu begrüßen. Allein diese Tatsache und die späte Stunde gaben ihm Anlass, sich große Sorgen zu machen. Graham nahm die Kerze, verließ sein Zimmer, lief barfüßig durch den Flur und rannte, immer zwei Stufen auf einmal nehmend, die Treppe hinab. Er eilte an Eastmores Butler vorbei, der ebenfalls von den Rufen geweckt worden war, und riss die Eingangstür auf. Vor ihm saß ein Junge ohne Sattel auf einem großen Pferd.

„Ich habe eine Nachricht für Kapitän Sterling", erklärte der Junge.

Der eisige Wind drang beißend durch Grahams Hemd. „Das bin ich." Graham schaute ungeduldig zu, wie der Junge unbeholfen vom Rücken des Tieres glitt. „Es geht um William, nicht wahr? Was hat er getan? Wo steckt er?"

Der Junge schüttelte den Kopf. „Nein, es geht nicht um Mr Sterling. Es geht um Miss Lucy, Sir."

Graham zuckte zusammen. „Lucy? Was ist mit ihr?"

„Sie wird vermisst."

Feuer strömte durch Grahams Brust. „Vermisst? Was soll das heißen?"

Der Stallbursche zuckte die Achseln und legte den Kopf schüchtern zur Seite. „Miss Barrett sagt, als sie nach Hause kam, waren das Kindermädchen und Lucy nicht im Kinderzimmer. Alle suchen das Gelände ab. Miss Barrett hat mich geschickt, um Sie zu holen."

Graham hatte genug gehört. Er raste die Treppe zu seinem Schlafzimmer hinauf. Nachdem er in seinen Mantel und seine Stiefel geschlüpft war und den Hut aufgesetzt hatte, ging er zu seiner offenen Truhe, nahm eine Pistole und steckte sie in den Bund seiner Hose. Er eilte im Laufschritt zum Stall. Jede Minute, die er verlor, bedeutete möglicherweise, dass seine Tochter eine Minute länger in Gefahr war. Er nahm ein Zaumzeug vom Haken an der Wand und riss das Stalltor weit auf. Nachdem er sein namenloses Pferd aufgezäumt hatte, führte er es in den Hof hinaus.

Nein. Nicht auch noch Lucy.

Er weigerte sich, an das süße Gesicht des Kindes zu denken. An die Grübchen auf ihrer Wange. Ihre weichen roten Locken. Stattdessen konzentrierte er sich darauf, einen Plan zu fassen. Er würde das riesige Gelände persönlich absuchen und, wenn nötig, die Polizei einschalten. Im schwachen Mondlicht schwang er den Sattel auf den Rücken des Tieres. Namenlos tänzelte nervös, warf den Kopf zurück und wieherte im Dunst der Nacht.

Grahams Finger bemühten sich, den Sattel festzuzurren. Inzwischen hatte ein Stallknecht die Unruhe gehört und versuchte, ihm seine Hilfe anzubieten, aber Graham lehnte sein Angebot ab. Trotz der kalten Luft standen ihm Schweißperlen auf der Stirn. Sein Verstand arbeitete auf Hochtouren und versuchte aus dem, was er gehört hatte, schlau zu werden, während er in den Steigbügel stieg und sein anderes Bein über den Rücken des Pferdes schwang. Das Pferd scheute und wich nach rechts aus, aber Graham zog den Kopf des Tieres zurück und gab ihm die Sporen.

Er kniff die Augen zusammen, um trotz der Dunkelheit etwas erkennen zu können, als er aus dem Hof galoppierte. Zu einer anderen Zeit in seinem Leben hätte er um Führung gebetet, wenn ein Unheil passierte. Aber nicht jetzt. Mit seiner Stärke und Entschlossenheit würde er Lucy ausfindig machen. Hatte er seinen Wert in den Kämpfen nicht immer wieder unter Beweis gestellt? Er würde seine Tochter selbst finden und sich nicht mit halbherzigen Gebeten an einen Gott wenden, der sich vielleicht an ihn erinnerte, vielleicht aber auch nicht.

☙

Die Stimme in seinem Kopf forderte Graham auf, vorsichtig zu sein. Aber sein Herz drängte ihn, sich zu beeilen.

Das Pferd anzutreiben.

Schneller zu reiten.

Es kam auf jede Minute an. Graham trieb sein namenloses Pferd zu einem schnelleren Galopp an. Ausnahmsweise gehorchte das Tier, ohne zu protestieren.

Sie flogen über die Wiesen und hatten nur das fahle Mondlicht, um den Weg zu finden. Die polternden Hufe donnerten über die gefrorene Erde. Der Wind pfiff in seinen brennenden Ohren. Er beugte sich tief nach unten. Die Mähne des Pferdes peitschte ihm ins Gesicht, während eisige Schneeflocken in seinen Augen brannten.

Vor ihm funkelten viele Lichter durch die schwarzen Äste des Waldes. Wenn er die Situation nicht kennen würde, würde er meinen, auf Winterwood fände eine Feier statt, ein Ball, an dem die ganze Grafschaft teilnahm. Fackeln erleuchteten die Landschaft. Menschen rannten hin und her. Waren seit seinem ersten Essen auf Winterwood wirklich erst drei Wochen vergangen? Es sah ganz genauso aus wie damals. Aber alles hatte sich seitdem verändert. *Er* hatte sich verändert.

Namenlos spürte seine Dringlichkeit. Das Tier galoppierte weiter, bis sein Reiter es zum Stehen brachte. Schotter knirschte und spritzte unter dem Gewicht des Tieres. Graham schwang sich aus dem Sattel und warf einem Stalljungen die Zügel zu.

Mehrere Leute hielten sich auf dem Gelände auf. Einige erkannte er; sie waren Dienstboten auf Winterwood. Andere kannte er nicht.

Graham lief die Stufen hinauf. Der Butler empfing ihn an der Tür. „Wir haben Sie erwartet, Sir."

„Wo ist Miss Barrett?"

„Sie ist im Salon, Sir."

Graham rannte durch den Korridor, ohne sich um die Spur aus schmutzigem Schnee zu kümmern, die er hinterließ.

Als Erstes erblickte er Jane Hammond. Die Frau des Pfarrers saß neben dem Kamin. Als er eintrat, sah er, dass Amelia neben ihr saß. Regungslos und blass starrte sie, ohne mit der Wimper zu zucken, in die Flammen, während das Licht lebhafte Schatten auf ihr tränenüberströmtes Gesicht warf. Bis jetzt war ihre Haltung immer beherrscht gewesen – die Schultern zurückgeworfen, der Kopf hoch erhoben. Doch jetzt war sie zusammengesunken wie die Stoffpuppe, die er vor ein paar Tagen in Lucys Kinderzimmer gesehen hatte.

Graham zögerte nicht. Er nahm den Hut ab und trat auf Amelia zu. „Wer sind diese ganzen Leute?"

Sie benetzte ihre Lippen, bevor sie sprach. „Der Mann in dem gelben Mantel ist Mr Singleton, der Polizist von Darbury, und die Männer bei ihm sind alle aus dem Dorf." Er folgte ihrem Blick zu einer kleinen Gruppe Männer, die in der Nähe des Fensters stand, darunter auch George Barrett. Sie tupfte mit einem Taschentuch die Tränen aus ihrem Augenwinkel. „Edward ist hier."

Unter anderen Umständen wäre Graham wütend gewesen. Aber jetzt stellte seine Sorge um Lucy alle anderen Gedanken in den Hintergrund. Er ließ seinen Blick durch den Raum schweifen und sah Littleton mit zwei anderen Männern in der hintersten Ecke des Raumes sitzen. Der arrogante Kerl saß gemütlich auf dem Sofa, hatte ein Bein über das andere gelegt und den Arm über die Rückenlehne des Sofas gestreckt.

Littleton blickte auf und nickte. Grahams Kinn zuckte. „Was macht er hier?"

„Sie hatten recht." Amelia senkte die Stimme und beugte sich zu ihm vor. „Er war noch hier, als wir aus dem Pfarrhaus zurückkamen."

„Wer ist das?" Graham deutete mit dem Kopf zu einem Mann mittleren Alters hinüber, der allein an einem anderen Fenster stand.

„Das ist Mr Charles Dunne, Mrs Dunnes Mann." Amelia zog das Tuch enger um ihre Schultern. „Einer der Diener ist zu seinem Hof geritten, sobald wir entdeckten, dass Lucy und Mrs Dunne unauffindbar sind."

Unauffindbar. Das Wort hallte in seinem Kopf wider. Es klang, als suchten sie einen verlegten Gegenstand oder ein entlaufenes Tier. Aber sie suchten einen Menschen. Zwei Menschen. *Lucy und die Frau dieses armen Mannes.*

„Gibt es von den beiden irgendwelche Spuren?"

Amelia antwortete ihm nicht. Sie schüttelte nur den Kopf und senkte den Blick. Ihre Haare, die am Abend so elegant hochgesteckt gewesen waren, lockten sich jetzt ungezähmt um ihr Gesicht. Er wollte sie trösten, aber die Erinnerung an ihren Streit vor ein paar Stunden hinderte ihn daran. Trotzdem trat er näher, da er nicht wollte, dass andere ihr Gespräch mithörten. Der Anstand würde sagen, dass er zu nahe bei ihr stand. Aber welche Rolle spielte das schon? In zwei Tagen wäre sie seine Frau. Und seit wann interessierte es ihn, was diese Menschen dachten? „Wir werden sie finden, Amelia."

Sie rang die Hände, schob die Finger ineinander und löste sie dann wieder voneinander. „Aber was ist, wenn ...?"

Ihre Worte verstummten, bevor sie ihren Satz beendete, aber er brauchte nicht viel Fantasie, um zu wissen, was sie hatte sagen wollen. Ihm schossen die gleichen Gedanken durch den Kopf. Vielleicht war es richtig von ihr, die schlimmsten Befürchtungen nicht in Worte zu fassen. Sonst würden sie alles nur viel realer machen.

Die Männer beim Fenster lachten. Graham verzog das Gesicht. Diese fröhlichen Stimmen brannten wie Salz in einer Wunde.

Er nahm Amelia am Arm. „Begleiten Sie mich ins Kinderzimmer? Ich muss es mir ansehen."

Kapitel 21

Amelia stieg die breite Treppe hinauf. Graham folgte dicht hinter ihr und hielt die Laterne so hoch, dass sie beide genug sahen. Mit jeder Stufe wurden die Stimmen unten im Salon leiser.

Er war schon einmal im Kinderzimmer gewesen, aber nur kurz. Er hatte Amelia an einem Nachmittag begleitet, um Lucy in den Salon zu holen. Aber nachts sah alles anders aus. Graham erinnerte sich an Bruchstücke eines Gesprächs mit William, der ihm von den labyrinthähnlichen Gängen und Fluren auf Winterwood erzählt hatte, besonders im Westflügel, dem ältesten Teil des Gebäudes. Er konnte nur vermuten, dass sie sich jetzt hier befanden.

Die Treppe bog und wand sich in seltsamen Winkeln. Als sie oben ankamen, säumten schmale Alkoven und Fensternischen die Steinmauern. Falls jemand Lucy und Mrs Dunne entführt hatte, musste diese Person sich in diesem Irrgarten gut auskennen.

„Wie viele Treppen führen in dieses Stockwerk?"

Amelia antwortete, ohne ihn anzusehen. „Nur die Treppe, auf der wir gekommen sind, und die Dienstbotentreppe."

Graham blieb an einem Fenster stehen und schaute in den Garten hinab. An der Mauer hinaufzuklettern war tückisch, wenn nicht sogar unmöglich.

Er musste den Kopf einziehen, um durch den niedrigen Türrahmen ins Kinderzimmer treten zu können. Nachdem sich seine Augen an den Feuerschein gewöhnt hatten, hob er seine Laterne, um sich umzusehen. Ein langer, schmaler Raum diente als Vorraum für drei oder vier weitere Zimmer. Ein rechteckiger Tisch stand in der Mitte. Zwei Schaukelstühle befanden sich rechts und links neben dem Kamin. Bücherregale säumten die gegenüberliegende Wand. Hinter einer Türschwelle rechts von ihm schien ein unbenutztes Unterrichtszimmer zu liegen. Links befanden sich zwei offene Türen.

„Ist alles noch so, wie Sie es vorgefunden haben?"

Amelia nickte und trat an ihm vorbei, um ihre Kerze auf den Tisch zu stellen. „Beide Schlafzimmertüren standen offen. Das Feuer war fast erloschen, aber es wurde seitdem wieder entfacht. Abgesehen davon ist alles so, wie es sein sollte."

„Welches Zimmer ist Lucys Schlafzimmer?"

Amelia deutete zur hintersten Tür. Sein Pulsschlag beschleunigte sich, als er darauf zuschritt. Wie oft hatte er sich schon kopfüber in eine gefährliche Situation gestürzt? Den Mut für eine blutige Schlacht aufgebracht? Trotzdem war er nicht auf das vorbereitet, womit er es jetzt zu tun hatte.

Ein leeres Zimmer. Ein leeres Kinderbett. Das unheimliche Fehlen eines Kindes in einem solchen Zimmer war erdrückend. Er trat näher an das Bett heran. Hier sollte seine Tochter liegen und schlafen. Hier schlummerte und träumte der geliebte Rotschopf normalerweise.

Mit der Laterne in der Hand eilte er in Mrs Dunnes Schlafzimmer. Er spürte, dass Amelia hinter ihm stand, und drehte sich um.

„Es scheint keine Spuren von einem Kampf zu geben, aber sehen Sie das hier?" Er deutete auf ein Buch, das aussah, als wäre es vom Tisch geworfen worden. „Und sehen Sie das?"

Ihre Augen wurden groß. „Glauben Sie, jemand ... ich meine, jemand hat sie ..."

„Entführt?"

Er beendete ihren Satz, gab aber keine Antwort auf die Frage. „Schauen Sie im Kleiderschrank nach. Stellen Sie fest, ob etwas fehlt."

Amelia ließ ihr Tuch auf das Bett fallen und schob den Schrank weiter auf. Das Kerzenlicht, das auf ihren zierlichen nackten Arm fiel, lenkte ihn ab, aber das Entsetzen in ihrem Gesicht, als sie sich wieder umdrehte, holte ihn schnell in die Realität zurück. „Nein, alles scheint an seinem Platz zu sein." Sie trat zu einer Kommode, zog die oberste Schublade auf und stellte sich auf Zehenspitzen, um hineinzuschauen. „Ihre Handtasche ist hier. Auch Briefe."

Graham rieb sich mit der Hand übers Gesicht und massierte seinen Nacken, während er das Buch auf dem Fußboden anstarrte. Er musste mit dem Polizisten sprechen und sich berichten lassen, was der Mann wusste. Und auch mit George Barrett. Und er würde Littleton befragen. Dass der Mann sich hier im Gebäude aufhielt, machte ihn nicht automatisch unschuldig.

„Wo ist Ihr Bruder?", fragte Amelia „Ist er mitgekommen?"
Graham hob den Kopf. William? Er war verzweifelt gewesen. Betrunken.

Würde er so etwas tun? Bestimmt nicht.

Er schluckte schwer und rückte seinen Kragen zurecht. Er wollte sie nicht unnötig beunruhigen. „Führen Sie mich wieder die Treppe hinab? Ich bin nicht sicher, ob ich den Weg finde."

Graham ließ seinen Blick durch den Gang schweifen, als sie ihn hinausführte. Konnte sich hier jemand verstecken? Vor ihnen stand eine Tür offen. „Was ist das für ein Zimmer?"

Amelia blieb so abrupt stehen, dass er fast gegen sie lief. „Das war Katherines Zimmer."

Die Worte hallten auf dem feuchten, kalten Flur hohl und leer wider. Die Luft um sie herum stand still.

Sie hob die Kerze. „Lucy wurde in diesem Zimmer geboren."

Und Katherine starb hier.

Graham konnte der Versuchung nicht widerstehen. Er nahm Amelia die Kerze ab und trat in das Zimmer. Es war dunkel. Staubig. Kalt. Er trat zum Fenster. Unten flackerte das Licht mehrerer Fackeln auf der Terrasse, auf der er und Amelia sich während ihrer Verlobungsfeier mit Littleton unterhalten hatten. Graham war nicht mehr derselbe Mann wie damals, und er ging davon aus, dass Amelia sich ebenfalls verändert hatte.

Schwirige Zeiten, Situationen, die seine mentale Stärke und seine körperliche Ausdauer herausforderten, waren ihm nicht fremd. Aber der Gedanke an Lucy, die vielleicht allein war und Angst hatte, und das Bild seiner Frau, die in einem kalten Grab lag, waren fast mehr, als er ertragen konnte. Seine Seele war leer, und das hatte er nicht einmal bemerkt. Das wusste er erst, seit die Menschen, die seine Seele mit Leben gefüllt hatten, fort waren.

Er fühlte Amelias Anwesenheit, als sie neben ihn trat. Er wollte sie nicht ansehen, da er Angst hatte, dass sie trotz der Dunkelheit seine Gedanken lesen könnte. Die gemeinsame Trauer verband sie. Er wollte sie an sich heranziehen. Ihre Wärme fühlen. Ihre Güte. Wenn sie noch einen Schritt näher käme, würde er es tun. Aber sie blieb regungslos stehen.

Amelia wischte sich mit dem Handrücken eine Träne aus dem

Gesicht. „Wir sollten wieder in den Salon hinabgehen. Vielleicht gibt es Neuigkeiten."

Graham verdrängte seine Gefühle und deutete mit der Hand zur Tür. „Nach Ihnen."

Er war immerhin Kapitän. Er wusste, wie man in Zeiten der Angst, in Zeiten, in denen Chaos herrschte, Männer organisierte. Das würde er auch jetzt tun. Er kannte seine Aufgabe: seine Tochter und Mrs Dunne zu finden. Er würde sich nicht wieder ablenken lassen.

☙

Amelia fuhr von dem Sofa im Salon in die Höhe. Wie lang hatte sie geschlafen?

Sie schaute sich im Zimmer um. Ein stechender Schmerz schoss durch ihren Nacken. Sie verzog das Gesicht und hob die Hand, um die Stelle zu massieren.

Der Salon war leer. Als die Erinnerungen an die Ereignisse der letzten Nacht aus dem Nebel des Schlafes auftauchten, sank sie, von Trauer wie gelähmt, wieder zurück.

Lucy. Mrs Dunne.

Ein Ruf ertönte vor dem Haus. Als sie das hörte, sprang sie auf und eilte zum Fenster. Ihre Glieder waren immer noch schwer und benommen. Draußen lugten die ersten Vorboten der Morgendämmerung über den Waldrand und drangen durch die kahlen Bäume. Es war nicht das helle Licht eines schönen Morgens, sondern ein trübes graues Licht, das genauso traurig war wie die Gefühle, die in ihr tobten. Der Schnee der letzten Nacht hatte sich in einen kalten Eisregen verwandelt.

Ungefähr ein Dutzend Männer waren in Wintermänteln und mit tief in die Stirn gezogenen, weitkrempigen Hüten auf dem Rasen unterwegs. Das Licht ihrer Fackeln und Laternen schaukelte im Wind. Jagdhunde bellten und liefen mit wedelndem Schwanz um die Gruppe herum.

Amelia nahm ihr Tuch vom Sofa und eilte aus dem Zimmer und zur Haustür. Ein Windstoß peitschte ihr die Haare wild ums Gesicht, als sie ins Freie trat.

Sie ignorierte den Regen und die bittere Kälte und ließ ihren Blick über das Gelände schweifen. Zwei Männer liefen, gefolgt von weiteren Jagdhunden, an ihr vorbei zu der Gruppe. Zwei andere Männer lösten sich aus der Gruppe und gingen hinüber zum Stall.

Ihr Herz schlug höher. Vielleicht hatten sie durch ein Wunder Lucy gefunden und standen jetzt um sie herum. Aber als sie näher kam und sich zwischen die Männer drängte, sah sie, dass ein Junge und nicht ihre geliebte Lucy ihre Aufmerksamkeit auf sich zog. Der Junge, der von Kopf bis Fuß mit einer dicken Schmutzschicht überzogen war, saß auf der Erde und hatte die Augen vor blankem Entsetzen weit aufgerissen, während er die Männer anstarrte, die sich über ihm aufgebaut hatten. Kapitän Sterling kniete neben ihm auf einem Knie, und der Polizist kauerte daneben und hatte die Hand fest auf dem Kragen des Jungen liegen.

Amelia fand endlich die Sprache wieder. „Was geht hier vor?"

Der Polizist schlug dem Jungen auf seine schmutzige Mütze. „Dieser Junge weiß, wer das Kind und das Kindermädchen entführt hat, nicht wahr?"

Der Junge schüttelte den Kopf. Tränenspuren hinterließen weiße Streifen in der Schmutzschicht auf seinem Gesicht. Seine weit aufgerissenen Augen schossen von einem Gesicht zum anderen. „Woher sollte ich das wissen? Ich habe nichts getan. Das sage ich Ihnen doch!"

Der Polizist zerrte am Kragen des Jungen. „Was du nicht sagst! Woher hast du dann diesen Brief? Verrate es mir!"

„Das genügt!", befahl Amelia, die es abstoßend fand, wie grob der Polizist das Kind behandelte. Sie trat vor und drängte sich an zwei Männern vorbei. „Dieser Junge weiß genauso wenig, wer Lucy und Mrs Dunne entführt hat, wie Sie, Mr Singleton. Sehen Sie denn nicht, dass er Angst hat?"

Der Polizist lachte hämisch. „Er hat keine Angst. Nicht wahr, Junge? Er ist nur sauer, weil wir ihn erwischt haben."

Kapitän Sterling richtete sich zu seiner vollen Größe auf und überragte den Jungen um Längen. „Ich merke es, wenn du lügst. Versuche es also gleich gar nicht. Wer hat dir diesen Brief gegeben?"

Der Junge riss sich von Mr Singleton los und schaute finster, als der Polizist ihn wieder packte. „Das habe ich Ihnen doch schon gesagt. Ein Mann auf der Straße hat ihn mir gegeben. Ich weiß nicht, wer es war. Er hat mir nur Geld gegeben und hat gesagt, dass ich den Brief in die Küche bringen soll. Das habe ich getan und sonst nichts. Lassen Sie mich jetzt los!"

Amelia drängte sich noch näher. „Welchen Brief?"

Keiner ging auf ihre Frage ein. Singleton stand auf und zog den Jungen auf die Beine. „Du zeigst uns jetzt ganz genau, wo du diesen Mann gesehen hast. Hast du mich verstanden?" Er bedeutete den anderen Männern, Pferde zu holen.

Amelia mischte sich wieder ein. Dieses Mal lauter. „Was für einen Brief?"

Nachdem Singleton sich auf sein Pferd geschwungen hatte, setzte Kapitän Sterling den Jungen mit einer solchen Leichtigkeit vor dem Polizisten in den Sattel, als wöge er nicht mehr als Lucy. Er wartete, bis Singleton ihn festhielt, bevor er zu Amelia hinüberging. Sie suchte in seinem Gesicht nach irgendeiner Spur von Gefühlen, aber die Linien seines gebräunten Gesichts waren hart und entschlossen und seine grauen Augen waren kalt. Dunkle Bartstoppeln überzogen sein Kinn und seine Wangen. Seine ganze Erscheinung war Furcht einflößend.

Aber wenn es um Lucy ging, ließ sich Amelia nicht einschüchtern. „Ich will wissen, was hier los ist."

„Der Junge hat einen Lösegeldbrief überbracht."

Sie baute sich vor ihm auf, dass ihm nichts anderes übrig blieb, als ihr seine Aufmerksamkeit zu schenken. „Was stand darin?"

„Derjenige, der die beiden hat, verlangt Geld. Bleiben Sie hier. Wir kommen wieder."

„Aber was ist, wenn der Junge versucht, Sie in die Irre zu leiten?"

„Das wird er nicht. Das können Sie mir glauben. Sie müssen hier warten. Es könnte sein, dass der Entführer noch einmal versucht, Kontakt aufzunehmen. Carrington bleibt bei Ihnen."

Sie warf einen Blick auf den älteren Mann, bevor sie wieder den Kapitän anschaute.

„Sie müssen ruhig bleiben", sagte er. „Bitte vertrauen Sie mir."

Ihm vertrauen? Amelia vertraute zu diesem Zeitpunkt niemandem.

Aber wie konnte sie ihm sagen, dass er von ihr mehr verlangte, als sie geben konnte?

☙

Ein warmes Feuer knisterte im Kamin des Salons.

Amelia zog das raue Wolltuch um ihre Schultern und hob es am Rand hoch, um sich den Regen aus dem Gesicht zu wischen. Trotz des Feuers lag eine feuchte Kälte im Raum, und sie erschauerte.

Jane stand an einem kleinen Tisch links neben Amelia, schenkte eine Tasse Tee ein und reichte ihn ihr. Die dampfende Flüssigkeit erwärmte die zarte Porzellantasse und Amelias zitternde Finger. Der kräuselnd aufsteigende Dampf berührte angenehm ihr Gesicht. Normalerweise beruhigte eine Tasse heißer Tee ihre Nerven und ihre aufgewühlten Gefühle. Aber heute rebellierte ihr Magen allein schon beim Gedanken, etwas schlucken zu müssen. Amelia stellte die Teetasse wieder auf die Untertasse zurück.

Ein Runzeln zog über Janes Gesicht. „Du musst etwas essen oder trinken, Amelia. Wenn du in Ohnmacht fällst, bist du niemandem eine Hilfe."

Amelia schüttelte den Kopf und stand auf. „Mir geht es gut, Jane. Wirklich." Sie rieb ihre schmerzende Schläfe und schaute zum Fenster. Der Regen war stärker geworden. Eistropfen prasselten wie kleine Kieselsteine auf die Glasscheibe. Ihr Kinn zitterte. Und wenn ihr kleines Mädchen bei diesem Wetter draußen war? Wenn Lucy Hunger hatte oder Angst? Oder wenn es noch schlimmer um sie stand?

Amelia schob sich von ihrem Stuhl hoch und begann, auf und ab zu gehen. „Sie hätten mir erlauben sollen, sie zu begleiten. Wenn sie Lucy finden, braucht sie mich."

Jane legte ihr sanft eine Hand auf die Schulter. „Du musst nicht durch die Gegend reiten. Überlass das den Männern. Sie werden sie finden, das weiß ich."

„Aber wozu bin ich hier schon zu gebrauchen? Ich sitze nutzlos herum und warte."

Ein Ruf von Mr Carrington am anderen Fenster schreckte Amelia auf.

„Da sind sie!", rief er. „Sie kommen zurück."

Bei diesen Worten eilte Amelia aus dem Zimmer und stürmte in den kalten, feuchten Morgen hinaus.

Mehrere Reiter tauchten am Horizont auf. Die polternden Hufe donnerten über den matschigen Boden, dass Erdklumpen, Grasstücke und Steinchen durch die Luft flogen. Sie hielt die Hand als Schild über ihre Augen, um sie vor dem Regen zu schützen, und strengte sich an, um die Männer auf den Pferden auszumachen.

Mr Tine. Onkel George. Edward. Mr Singleton. Einer nach dem anderen tauchte auf. *Kapitän Sterling. Mr Dunne.* Ihr Herz stockte. Keine Mrs Dunne. Wenn Mrs Dunne nicht dabei war, dann war auch Lucy nicht bei ihnen.

Der Regen lief in Amelias Nacken und durchnässte ihre Haare, aber sie ging nicht ins Haus zurück. Sie betrachtete fragend die Gesichter der zurückkehrenden Männer und suchte nach Anhaltspunkten, sah aber nur ernste, steinerne Mienen.

„Was haben Sie herausgefunden? Wo ist Lucy?"

Niemand antwortete ihr. Verzweifelt befreite sie sich von dem nassen Stoff ihres Rocks, der an ihren Beinen klebte, und eilte auf die näher kommenden Pferde zu.

Kapitän Sterling lenkte sein Pferd ein Stück von den anderen weg und stieg ab. Er warf die Zügel über den Kopf des Tieres und hielt sie fest. „Was machen Sie hier draußen? Sie holen sich noch den ..."

„Bitte sagen Sie mir, ob Sie etwas gefunden haben. Irgendetwas." Sie trat näher und umklammerte das Zaumzeug des Pferdes. „Bitte, ich muss es wissen."

Seine Antwort war knapp. „Wir haben nichts gefunden."

„Aber wo ist der Junge?"

„Wir haben ihn laufen lassen."

Blinde Panik erfasste ihr Herz. „Sie haben ihn laufen lassen? Warum haben Sie das getan?"

Kapitän Sterling machte sich an seinem Sattel zu schaffen, während der Regen an seinem Mantel hinablief. „Er wusste nichts."

Er lenkte sein Pferd herum und schritt auf das Haus zu. Sie wünschte, er würde stehen bleiben. Sie wünschte, er würde sie anschauen. Irgendetwas. Aber sein Blick war starr nach vorne gerichtet.

„Wie können Sie sich so sicher sein? Jemand hat ihn dafür bezahlt, dass er einen Brief hierher bringt. Wie kann er nichts wissen?"

Kapitän Sterling fuhr mit seinem Handrücken über die Wange und verwischte den Schmutz, der ihm während des Ritts ins Gesicht geflogen war, noch mehr. „Er wusste nichts. Er war nur ein Kind, das sich etwas Geld verdienen wollte."

Wenn die Männer sie nur hätten mitkommen lassen, hätte sie Antworten aus ihm herausgeholt. Bei jedem Schritt, den Graham ging, und bei jedem Wort, das er sagte, wuchs ihre Gereiztheit. „Wenn Mr Singleton nicht so grob zu dem Kind gewesen wäre, wäre der Junge vielleicht ein wenig hilfsbereiter gewesen."

Er schüttelte den Kopf, schaute sie aber immer noch nicht an. „Mr Singleton hat getan, was er tun musste, um eine Antwort zu bekommen."

Amelia musste fast laufen, um mit dem Tempo des Pferdes Schritt zu halten. Sie hob ihren schmutzigen Rock, um nicht darüberzustolpern. „Aber ihn einfach laufen zu lassen! Er weiß, wie der Mann aussah. Er weiß, wo der Mann zuletzt gesehen wurde. Er weiß …"

Schließlich hielt Kapitän Sterling das Pferd an und richtete seinen stählernen Blick mit voller Intensität auf sie. „Diesen Jungen noch länger zu befragen, hätte uns nicht weitergebracht. Was hätten Sie vorgeschlagen? Dass wir ihn weiter mit Fragen bombardieren, bis er so sehr die Fassung verliert, dass er ein Verbrechen gesteht, das er nicht begangen hat? Dass er uns falsche Informationen gibt, die uns nur in die Irre leiten und wertvolle Zeit kosten würden? Ich wage zu behaupten, dass ich es schon mit mehr fragwürdigen Charakteren zu tun hatte als Sie. Deshalb schlage ich vor, dass Sie die Sache mir überlassen."

Amelia blieb wie benommen stehen, während er die Zügel des Pferdes schnalzen ließ und weitermarschierte. Sie wusste nicht, ob sie wegen seiner scharfen Antwort beleidigt sein oder ob sie sich schämen sollte, weil sie seine Kompetenz infrage gestellt hatte. Schließlich zog sie ihr durchnässtes, kaltes Tuch um ihre Schultern und lief los, um ihn einzuholen. „Und was machen wir jetzt?"

Er warf einem Stalljungen die Zügel seines Pferdes zu und ließ sie vor sich eintreten, um ihr dann ins Haus zu folgen. „Zuerst müssen Sie sich umziehen. Wir können es jetzt nicht gebrauchen, dass Sie krank werden. Wenn Sie zurück sind, erkläre ich Ihnen meinen Plan."

Kapitel 22

Graham kippte ein Glas Brandy hinunter, da er hoffte, die bernsteinfarbene Flüssigkeit würde ihn aufwärmen. Er konnte sich nicht erinnern, wann ihm das letzte Mal so kalt gewesen war. Er erinnerte sich an eine pechschwarze Nacht im letzten Winter, als er mit seinem Wachposten draußen gesessen und in dem undurchdringlichen Nebel nach feindlichen Schiffen Ausschau gehalten hatte. Er war so auf der Hut gewesen, so sicher, dass der Feind versuchen würde, den Nebel zu nutzen, um sich zu verbergen. Aber er hatte sich geirrt. Jene Nachtwache war genauso eine Zeitverschwendung gewesen wie die Suche heute Morgen.

Der Junge hatte nichts gewusst. Er war einfach ein verängstigtes Kind, das versucht hatte, sich einen Schilling zu verdienen. Jetzt, fast zwei Stunden später, waren sie dem Ziel, Lucy zu finden, keinen Schritt näher als am Anfang.

Graham trug einen Sessel zum Kamin hinüber und setzte sich. Er wusste, was er tun musste. Er hatte Singleton über seinen Plan informiert, nach Liverpool zu reiten, und er hatte es geschafft, sich Littleton und George Barrett soweit wie möglich vom Leib zu halten. Aber jetzt musste er Amelia in seine Pläne einweihen.

Das Feuer war angenehm, aber es konnte die Eiseskälte, die sich um sein Herz und seine Seele gelegt hatte, nicht vertreiben. Sein Körper tat vom Reiten weh, und seine Augen protestierten gegen den Schlafmangel. Darauf konnte er keine Rücksicht nehmen. Schlaf kam nicht infrage. Wo war Lucy? Wer hatte sie?

Graham schob die Hand in seine Manteltasche und zog den Lösegeldbrief heraus. Er hatte ihn schon zehnmal gelesen, obwohl bei jedem Lesen erneut ein blinder Zorn durch seinen Körper schoss. Er faltete den Brief auseinander. Er war an ihn adressiert. Sonderbar, dass der Junge ihn an die Küchentür von Winterwood gebracht hatte, obwohl Graham auf Eastmore Hall wohnte. Was hatte das zu bedeuten?

Graham kratzte sich am Kopf, strich seine feuchten Haare zurück und betrachtete die unbekannte Handschrift.

Sterling,
Ihre Tochter und Ihr Kindermädchen sind unversehrt. Im Moment noch. Aber das wird nicht lange der Fall bleiben. Bringen Sie am Sonntag im Morgengrauen zweitausend Pfund zu George's Dock. Sie wissen bestimmt, wo das ist. Ich warne Sie: Ich habe keine Geduld für Heldentaten. Bei meiner Ehre, ich werde nicht zögern, meine Drohung wahr zu machen, falls etwas schiefgehen sollte.

Er drehte die Nachricht um und suchte nach weiteren Hinweisen, aber das war alles. Keine Unterschrift. Keine anderen Informationen. Nichts weiter als gekritzelte Buchstaben auf einem verknitterten Blatt Papier. Er strich die Nachricht auf seinem Knie glatt, dann faltete er den Brief so ordentlich zusammen, wie seine immer noch tauben Finger es ihm erlaubten.

George's Dock. Liverpool. Ja, er wusste, wo das war. Allein schon beim Gedanken, dass seine Tochter an einem solchen Ort war, gefror ihm das Blut in den Adern.

Er betrachtete jeden Mann im Raum mit Argwohn. Jemand war hinter einem Vermögen her – entweder hinter seinen Preisgeldern oder Amelias Erbe – und schreckte eindeutig vor nichts zurück, um es zu bekommen. Sein Instinkt forderte ihn auf, die Identität dieses Mannes herauszufinden, ihn zur Strecke zu bringen und ihn vor Gericht zu bringen. Der Gedanke, den Forderungen eines Wahnsinnigen nachzugeben und einfach Geld zu zahlen, widerstrebte ihm zutiefst. Aber in diesem Fall wog die Sicherheit seiner Tochter schwerer als sein Gerechtigkeitsbedürfnis. Er würde bereitwillig seinen letzten Farthing geben, wenn er dafür seine Tochter wieder in den Armen halten könnte.

Auf der anderen Seite des Raums machte sich Singleton zum Aufbruch bereit und rief Graham zu: „Sie wissen, wo Sie mich finden, falls Sie mich brauchen?"

Graham nickte und stand auf. „Danke für Ihre Hilfe, Mr Singleton. Das war sehr freundlich von Ihnen."

Der Mann setzte den Hut auf seine nassen Haare und trat auf Graham zu. „Ich wünschte, ich hätte mehr tun können. Viel Glück!" Er wandte sich zum Gehen, zögerte dann aber noch einmal. „Sie sind sicher, dass Sie keine weitere Hilfe benötigen?"

Graham schüttelte den Kopf. Er brauchte niemand. Allein käme er viel schneller voran. „Ich kenne jemanden in Liverpool. Er wird mir helfen. Davon bin ich überzeugt."

Der kräftig gebaute Polizist verlagerte sein Gewicht und schaute sich im Zimmer um. „Ihr Bruder wird Sie bestimmt begleiten."

„Nein, ich reite allein." Graham entging der überraschte Blick des Polizisten nicht.

Singleton verließ den Raum, woraufhin Graham zu seinem Sessel zurückkehrte. Er war froh, ein paar Minuten Ruhe zu haben, um seine Gedanken ordnen zu können. Links von ihm sprachen Carrington und Mr Hammond über die Ereignisse dieses Tages. Neben der Tür saß Helena Barrett und unterhielt sich mit Edward Littleton. Bei Littletons Anblick runzelte Graham die Stirn. Trotz der Hilfe des Mannes heute Morgen war Grahams Instinkt, ihm aus dem Weg zu gehen und ihm nicht zu trauen, genauso stark wie am ersten Tag, an dem er ihm begegnet war. Vielleicht waren Littletons Bemühungen, bei der Suche des Kindes zu helfen, ehrlich. Vielleicht auch nicht. Aber Graham hatte das Gefühl, dass etwas nicht stimmte.

Er riss den Blick von ihm los und sah, dass Amelia in diesem Moment mit schnellen und entschlossenen Schritten den Raum betrat. Er stand auf, als sie eintrat, und aus dem Augenwinkel beobachtete er, dass Littleton sich ebenfalls erhob. Aber Amelias Augen suchten ihn. Wenige Sekunden später war sie bei ihm.

Amelias Gesichtsausdruck war alles andere als freundlich. „Sagen Sie es mir. Was ist los?"

Er hatte gehofft, er könnte ihr die Nachricht schonend nahebringen. Schweigen breitete sich im Raum aus, als warteten alle auf seine Antwort. Sie hatte den Brief noch nicht gelesen. Deshalb reichte er ihn ihr und schaute zu, während sie den Inhalt schnell las. Ihr Gesicht wurde blass, und ihre freie Hand flog an ihren Mund.

„George's Dock. Wo ist das?"

„In Liverpool."

Nach einem Moment schmerzlichen Schweigens seufzte sie. „Wir müssen das tun, was hier steht. Wir müssen nach Liverpool."

„*Ich* muss nach Liverpool", verbesserte er. „Sie müssen hierbleiben für den Fall, dass diese Leute wiederkommen."

„Das sehe ich nicht so! Ich habe die feste Absicht, Sie zu begleiten. Lucy wird mich brauchen." Sie wandte sich an Carrington. „Wie schnell können Sie das Geld besorgen?"

Graham verlagerte sein Gewicht auf das andere Bein. „Hören Sie bitte zu. Der Brief gibt klare Anweisungen, dass ich allein kommen soll. Und ich werde allein kommen."

„Aber ich weiß, dass ich Ihnen helfen kann. Wenn ich hierbleibe, verliere ich den Verstand."

Obwohl ihre Stimme fest war, sah er Tränen in ihren Augen, und er merkte, dass er schwach wurde. Aber es wäre ein zu großes Risiko, die Anweisungen des Entführers zu missachten. „Nach Liverpool ist es weit, und allein komme ich schneller voran." Er wandte sich an Carrington. „Sie sagen, dass Sie Zugang zu der Summe haben, die die Entführer fordern?"

Carrington nickte. „So ist es."

„Gut." Graham zerrte an seinem Handschuh. „Ich glaube nicht, dass ich in so kurzer Zeit eine so große Summe aufbringen kann. Wenigstens nicht, ohne vorher nach London zu fahren."

Amelias Gesicht errötete. „Falls Sie auch nur für einen Moment glauben, dass ich hierbleibe und Däumchen drehe, während irgendein Barbar mein Kind und meine Freundin gefangen hält, dann ..."

„Liverpool ist kein Ort für Sie. Vertrauen Sie mir."

„Aber ich ..."

„Nein!"

Sie öffnete mit der unübersehbaren Absicht, ihm noch weiter zu widersprechen, den Mund. Graham brachte sie mit erhobenem Zeigefinger zum Schweigen. „Ein einziger Fehler könnte genügen, und wir sehen Lucy und Mrs Dunne nie wieder. Mir ist das Risiko zu groß. Deshalb habe ich vor, auf die Forderung dieses Wahnsinnigen einzugehen. Habe ich mich deutlich ausgedrückt?"

Amelia baute sich vor ihm auf und versperrte ihm den Weg. „Ich bin nicht unvernünftig. Ich verspreche, dass ich, sobald wir dort sind, die Rettung Ihnen überlasse. Aber ich kann nicht hierbleiben und warten. Das kann ich einfach nicht."

Er schaute sich im Raum um. Mr Hammond und Carrington beobachteten sie wortlos. Ein schockierter Ausdruck lag auf den Gesichtern von Amelias Tante und ihrer Cousine. Selbst Littleton, der den ganzen Morgen ununterbrochen seine Meinung kundgetan hatte, war still.

Graham schnappte seinen Hut und knallte ihn sich auf den Kopf. „Es tut mir leid, aber meine Antwort ist Nein."

�

„Amelia, räum die Sachen sofort wieder weg!"

Amelia ignorierte Janes Aufforderung und reichte Elizabeth ein Paar Schuhe. Bevor er nach Eastmore Hall aufgebrochen war, hatte Kapitän Sterling gesagt, dass er in ein paar Stunden wiederkommen würde, um das Geld von Mr Carrington zu holen. Wenn er zurückkam, würde sie ebenfalls reisefertig sein.

Amelia deutete zum Schrank. „Nein, dieses Kleid nicht, Elizabeth. Das blau gesprenkelte Musselinkleid. Es ist leichter und nimmt weniger Platz ein." Amelia warf Elizabeth ein Tuch hin und rollte ihre Strümpfe so eng zusammen, wie sie konnte. Sie verreiste nicht oft, doch wenn, dann hatte sie immer mehrere Truhen mit Kleidung dabei. Aber dies war eine Ausnahmesituation, und sie musste mit leichtem Gepäck auskommen. Sie musste Kapitän Sterling beweisen, dass sie ihn nicht behindern würde.

Jane nahm Amelia die zusammengerollten Socken aus der Hand. „Das ist lächerlich, und im Moment bezweifle ich, dass du klar denken kannst. Es handelt sich hier nicht um eine Vergnügungsreise. Wir haben es mit gefährlichen Menschen zu tun. Du setzt nicht nur Lucys und Mrs Dunnes Leben weiterer Gefahr aus, sondern du riskierst auch dein eigenes Leben, und deine Anwesenheit könnte Kapitän Sterling gefährden bei seinen Bemühungen, sie zu befreien. Ich kann nicht tatenlos zusehen und dir das erlauben."

Amelia konzentrierte sich darauf, ihren Kamm und das Lavendelwasser einzupacken. „Es tut mir leid, Jane. Aber ich muss das machen. Wenn der Kapitän sich weigert, mir zu erlauben, ihn zu begleiten, fahre ich allein mit der Kutsche."

Jane räumte die Sachen genauso schnell wieder aus Amelias Truhe, wie diese sie einpacken konnte. „Diese ganze Situation übersteigt deine Fähigkeiten, Amelia. Du kannst nicht jedes Problem allein lösen. Versuche es lieber gleich gar nicht. Im Moment solltest du deine Zeit mit Gebet verbringen und Kapitän Sterling tun lassen, was nötig ist, um Lucy zu befreien. Er ist ein starker Mann und er ist tapfer. Er hatte es schon früher mit solchen Menschen zu tun und wird wissen, wie er sich verhalten muss."

Amelia weigerte sich, Jane in die Augen zu schauen. „Aber Lucy wird mich brauchen."

„Wenn sie zurück ist, wird sie dich genauso sehr brauchen. Und denk bitte an Kapitän Sterling. Er hat genug um die Ohren, ohne dass er sich auch noch darum kümmern muss, auf dich aufzupassen."

„Das ist mir egal. Und bevor du mir jetzt einen Vortrag über Gebet hältst: Gott scheint mich in letzter Zeit nicht zu hören, nicht wahr?"

Amelia bedauerte diese Worte, sobald sie sie ausgesprochen hatte. Sie entsprachen nicht der Wahrheit, und sie wusste, dass sie ihre Freundin damit verletzte. Aber im Moment wusste sie nicht, was sie tun sollte. Sie wandte sich an Elizabeth. „Hilf mir bitte, das graue Reisekleid anzuziehen."

Trotz Amelias scharfer Worte setzte Jane ihre Proteste fort. „Das ist noch nicht alles, Amelia. Du kannst einfach nicht mit Kapitän Sterling allein verreisen. Ihr seid noch nicht verheiratet, vergiss das nicht. Und der Gedanke, allein mit der Kutsche zu fahren, ist einfach absurd!"

Amelia drehte sich um, damit Elizabeth ihre Knöpfe schließen konnte. Ihre Worte waren halb sarkastisch, halb ernst gemeint. „Es ist nicht vollkommen unanständig. Wir haben schließlich die Diener und die Kutscher dabei. Aber wenn es dir Kopfzerbrechen bereitet, dann komm doch mit."

☙

Graham steckte eine zweite Wildlederhose in seine Tasche und schaute sich in seinem Schlafzimmer um. Hatte er etwas vergessen? Er hatte Kleidung zum Wechseln eingepackt. Das ganze Geld, das er besaß. Seine Pistole. Munition. Einen Stapel Papiere und Briefe. Die Heiratserlaubnis. Alles, was für die Situation irgendwie von Wichtigkeit war, hatte er in seinen Beutel gepackt. Falls er Erfolg hatte, würde er nicht lange in Liverpool bleiben, aber er wollte bereit sein. Wenn er sich beeilte und das Wetter und die Straßen ihm keinen Strich durch die Rechnung machten, würde er bis zum Einbruch der Nacht Deerbruck erreichen. Und wenn er bei Tagesanbruch weiterritt, würde er morgen Nachmittag in Liverpool ankommen. Zwei Tage nur, dann, so hoffte er, würde er Lucy in den Armen halten und wieder auf dem Rückweg nach Darbury sein.

Als alles, was er brauchte, sauber verpackt und für die Reise bereit war, warf er den Beutel und die Tasche über seine Schulter und zog die Schlafzimmertür hinter sich zu. Seine Schritte hallten auf dem leeren Gang wider.

Von William hatte er nichts mehr gesehen oder gehört, seit sie sich gestern Nacht gestritten hatten. Wo war sein Bruder? Konnte er möglicherweise an der Entführung beteiligt sein? Graham hasste es, diesen Gedanken auch nur in Erwägung zu ziehen, aber William war so wütend gewesen und so verzweifelt. So betrunken. Und Graham musste alle Möglichkeiten in Betracht ziehen, auch wenn sie noch so widerwärtig waren.

Er musste aufbrechen. Er konnte nicht länger warten, bis sein Bruder nach Hause fand und sich ihm erklärte. Das Tageslicht würde nicht ewig dauern.

Draußen zerrte der kalte Wind an seinem Hut und an seinem Mantel. Die Möglichkeit, dass er eine erneute Niederlage erleben könnte, beschleunigte seine Schritte. Er durfte keine Zeit verlieren.

Der Stallknecht hatte sein namenloses Pferd vorbereitet, und die beiden warteten gleich hinter der Schotterauffahrt zu Eastmore Hall auf ihn. „Das Pferd ist bereit."

Graham tätschelte dem Pferd die Flanke. „Glaubst du, es schafft den weiten Weg?"

Der Stallknecht legte den Kopf schief und betrachtete das Tier. „Ich glaube schon. Nach Deerbruck ist es nicht so weit, und von dort nach Liverpool ist es nur eine halbe Tagesreise. Dieses Pferd ist zuverlässig, wenn Sie es erst einmal in Bewegung gebracht haben. Aber wenn Sie nicht sicher sind, kann ich Ihnen auch ein anderes Tier satteln. Dann brauchen Sie sich wegen des Pferdes keine Sorgen zu machen."

Graham schüttelte den Kopf. Ihm gefiel der Gedanke nicht, ein anderes Pferd zu nehmen. Dieses namenlose Tier gehörte ihm, und sie hatten irgendwie eine Art Beziehung zueinander aufgebaut. Auf dem Weg nach Eastmore Hall und zu Lucy hatte sich das Pferd gut gemacht, und mit etwas Glück würde dieses Tier ihn wieder zu seiner Tochter bringen. „Nein, ich nehme dieses Pferd."

Der Stallknecht warf die Zügel über den Kopf des Pferdes. „Wie Sie wünschen."

Graham band seinen Beutel hinter den Sattel des Pferdes und füllte die Satteltaschen. „Hast du irgendetwas von meinem Bruder gehört oder gesehen?"

„Ich habe ihn nicht gesehen, Sir. Sein Pferd ist nicht im Stall."

Graham schaute sich um. „Ist so etwas bei meinem Bruder normal?"

Der Mann zuckte die Achseln, da er offenbar nichts zu den Gewohnheiten seines Herrn sagen wollte, und richtete seine Aufmerksamkeit wieder auf das Tier.

Graham zog den Lederriemen fest und befestigte sein Gepäck hinten auf dem Sattel. In der Ferne rollte ein Donner. Das Pferd bewegte sich, als Graham seinen Stiefel in den Steigbügel stellte und das andere Bein über den Rücken des Tieres schwang.

Graham setzte sich in den Sattel und beugte sich zum Ohr des Tieres vor. „Vor uns liegt ein weiter Weg. Du lässt mich nicht im Stich, nicht wahr?"

Das Pferd warf den Kopf zurück, stapfte auf die Erde, und in seinen Augen lag ein starker Widerspruch. Aber Graham hatte in den letzten Wochen gelernt, dass die Proteste des Tieres normalerweise nichts zu bedeuten hatten.

„Wenn du mein Partner sein sollst, brauchst du einen Namen. Also ... wie willst du heißen?"

Das Tier antwortete nicht, es bewegte nur den Schweif und drehte seinen großen Kopf wieder nach rechts.

„Ich hab's. Du bist das Pferd eines Seemanns. Wir nennen dich Starboard[1]."

Ein kurzes Zungenschnalzen und ein Tritt mit den Fersen genügten, und die beiden brachen nach Winterwood Manor auf.

☙

Dieses Gefühl von Dringlichkeit war ihm vertraut. Vor jeder Schlacht trieb es Graham an, tapferer zu sein. Stärker. Schneller. Aber heute kämpfte er nicht gegen ein feindliches Schiff. Heute war der Kampf, in den er sich stürzen musste, viel persönlicher und das Risiko war viel größer.

Er bewegte den Hals und legte den Kopf zurück, um die Verspannungen, die sich in seinem Nacken gebildet hatten, zu vertreiben. Es war noch nicht einmal Mittag, und sein ganzer Körper war schon völlig erschöpft. Mit einem leichten Ziehen an den Zügeln lenkte er Starboard um die Kurve zu der Abkürzung durch den Wald. Vor ihm öffneten sich die Bäume am Waldrand und führten auf eine Lichtung. Oben am Hang hielt er an und betrachtete das große Anwesen von Winterwood, das unter ihm lag. Die Wolken warfen ein Patchworkmuster auf die schattenhafte Landschaft und verdunkelten die südlichen Gärten. Bald würde er der Herr über alles hier sein, so weit das Auge reichte. Aber das war für ihn ohne Bedeutung. Ohne Lucy war alles andere unwichtig.

In der Hauptauffahrt von Winterwood stand eine schwarze Kutsche, vor die zwei braune Wallachpaare gespannt waren. Er trieb sein Pferd weiter und wandte den Blick nicht von der Kutsche ab. Als er näher kam, sah er Amelia, die in einen roten Umhang gekleidet war und mit einem Kutscher sprach. Der Kutschhund umkreiste bellend und schwanzwedelnd die Pferde.

Graham hielt sein Pferd erst an, als er neben Amelia ankam. Sie schob ihre pelzgesäumte Kapuze zurück und schaute zu ihm hinauf. „Oh, Gott sei Dank! Sie sind da."

Er glitt vom Pferd und deutete mit dem Kopf zu der Kutsche. „Was macht die Kutsche hier?"

Ihr Blick wanderte von ihm zur Kutsche und wieder zurück.

---

1 Englisch für Steuerbord

„Die Kutsche? Sie steht selbstverständlich für unsere Reise bereit."

„Unsere Reise?" Hatte sie ihm denn nicht zugehört? „Nein, Amelia." Er trat auf sie zu, warf einen Blick auf den Kutscher und senkte die Stimme. „Sie können nicht mitkommen."

„Ich muss mitkommen."

„Ich habe Ihnen schon gesagt, dass das zu gefährlich ist."

„Und ich habe Ihnen schon gesagt, dass mich das nicht abhalten kann. Ich komme mit."

Die Entschlossenheit trieb eine kräftige Röte in ihre Wangen, die durch die leuchtende Farbe ihres Umhangs noch intensiver wirkte. Hatte er wirklich erwartet, dass sie anders handeln würde? Sie hatte bereits bewiesen, dass sie eine entschlossene, eigensinnige Frau war. Aber jetzt grenzte ihr Verhalten an Unvernunft. Wenn sie nicht an ihre Sicherheit dachte, dann würde er es tun.

„Wohin soll ich das packen, Miss?" Ein Dienstmädchen kam mit einer Tasche auf sie zu.

Amelia deutete zur Kutsche. „Gib die Tasche dem Kutscher."

Graham nickte zu der Tasche. „Wofür ist das?"

„Für das Gasthaus natürlich."

„Das Gasthaus?"

„Wir müssen heute Nacht doch irgendwo schlafen."

Jetzt reichte es. Er beugte sich vor und senkte seine Stimme. Wenn er sie nicht mit sachlichen Argumenten zur Vernunft bringen konnte, würde er an ihre Moral appellieren. „Wir sind noch nicht verheiratet. Wir können unmöglich zu zweit allein verreisen."

„Aber wir sind nicht allein. Mrs Hammond war so freundlich und hat eingewilligt, uns zu begleiten. Und natürlich haben wir die Diener und die Kutscher dabei."

Graham öffnete den Mund, aber bevor er protestieren konnte, fügte sie hinzu: „Ach, das hätte ich fast vergessen."

Sie kramte in ihrem Umhang und zog einen grünen Samtbeutel heraus.

„Was ist das?"

Sie schaute ihn mit unschuldigen Augen an. „Onkel George wollte zuerst nicht, aber Mr Carrington konnte ihn überzeugen, seine Meinung zu ändern. Wie sähe es denn aus, wenn er nicht bereit wäre, das Lösegeld zu zahlen, da die Entführung sich hier auf Winterwood zugetragen hat?"

„Soll das heißen, dass Sie hier drinnen zweitausend Pfund haben?"

„Nein, nicht ganz, aber Mr Carrington müsste mit dem Rest jeden Augenblick hier sein."

Graham nahm das Geld und war überrascht, aber gleichzeitig dankbar, dass sie eine so große Summe zur Verfügung hatten. Dann legte er eine Hand auf ihre Schulter und beugte sich nach unten, um ihr direkt in die Augen zu schauen. „Hören Sie mir zu, Amelia. Ich verstehe Ihren Wunsch, mich zu begleiten, aber Sie müssen hierbleiben. Der Weg ist weit, und ich werde nicht noch einen Menschen in Gefahr bringen, den ich ..." Er zögerte und wählte seine Worte mit großer Sorgfalt. „Ich kann nicht das Risiko eingehen, dass noch etwas passiert."

Er wandte sich ab, aber Amelia packte ihn am Ärmel und hielt ihn zurück. Er atmete tief ein und drehte sich um, um, wenn nötig, seine Worte zu wiederholen, aber die Angst in ihren Augen hinderte ihn daran.

„Kapitän Sterling, Lucy ist zwar nicht meine leibliche Tochter, aber ich liebe sie genauso, wie wenn sie es wäre. Genauso wie Sie werde ich nicht ruhen, bis ich sie in den Armen halte und sie wieder in ihrem eigenen Bett hier auf Winterwood Manor schläft. Ich weiß nicht, warum das passiert ist. Ich weiß nur, dass ich alles tun werde, dass ich überallhin fahren werde, um sie wieder bei mir zu haben, und ich kann einfach nicht hierbleiben und warten, wenn auch nur die geringste Möglichkeit besteht, dass ich helfen könnte. Mein Entschluss steht fest: Ich komme mit. Die einzige Frage ist, ob ich mit Ihnen fahre oder ob ich die Reise allein unternehme."

Graham schluckte und schaute in ihre blauen Augen. Was für einen Zauber übte diese Frau auf ihn aus? Er wollte ihrem Wunsch nachgeben. Aber konnte er erlauben, dass sie ihr Leben in Gefahr brachte? Bevor er Eastmore Hall verlassen hatte, hatte er einen Brief an Stephen Sulter geschickt, um ihm mitzuteilen, dass er nach Liverpool käme. Sulter hatte eine Frau und erwachsene Kinder. Vielleicht konnte Amelia bei ihnen bleiben, während er seine Tochter suchte.

Eine Bewegung im Haus erregte seine Aufmerksamkeit, und er warf einen Blick zum Salonfenster. Edward Littleton stand am Fenster und beobachtete sie.

Graham deutete mit dem Kopf zu Littleton hinauf. „Wie lange will er noch hierbleiben?"

Amelia zuckte die Achseln. „Bis meine Tante und mein Onkel nach London aufbrechen."

„Wann ist das?"

Sie schaute auf den Boden. „Sie hatten vor, nach London zu ziehen, wenn ich geheiratet habe, aber angesichts der Veränderungen weiß ich nicht ..."

Sie brauchte den Satz nicht zu beenden. Er verstand, was sie meinte.

Er blickte zu Amelia hinab, und etwas in ihm begann, weicher zu werden. Schnell mahnte er sich zur Vernunft. Romantische Gefühle führten nur zu Schwäche und Kummer, und er konnte sich im Moment beides nicht leisten. Aber die blonden Locken, die im Wind wehten, ihre weichen roten Lippen und die Entschlossenheit in ihren Augen trugen allesamt dazu bei, dass sein Wunsch, sie in seiner Nähe zu haben, größer wurde.

Es war nicht nur so, dass er ihr schwer etwas ausschlagen konnte, obwohl das der Fall war. Es war eine grausame Tatsache, dass jemand bereit war, für Geld fast alles zu tun – sogar ein Kind zu entführen. Und es war leicht möglich, dass sich diese Person auf Winterwood Manor aufhielt. Im Moment war jeder verdächtig: George Barrett, Edward Littleton, sogar sein eigener Bruder. Da er das wusste, konnte er Amelia unmöglich allein hier zurücklassen.

Es gibt keinen Ausweg. Ihm blieb keine andere Wahl, als sie mitzunehmen.

Kapitel 23

Amelia wurde von den Rufen draußen vor der Kutsche geweckt. Das Fahrzeug wurde schaukelnd langsamer, aber sie schlug erst die Augen auf, als die Kutsche endgültig stand und die Räder sich nicht mehr bewegten. Amelia setzte sich auf, warf die Schultern zurück und rieb sich das Gesicht. Sie beugte sich zu Jane hinüber und rüttelte sie am Arm. „Jane, Jane, wach auf. Wir sind da."

Nachdem sie sich ein herzhaftes Gähnen und ein katzenähnliches Strecken gegönnt hatte, zog Amelia die Reisedecke enger um ihre Schultern und beugte sich vor, um aus dem Fenster zu schauen. Ein zweistöckiges, u-förmiges Gebäude ragte zum Nachthimmel hinauf. Frei stehende Fackeln flankierten den Haupteingang, und helle Lichter flackerten in den zahlreichen Fenstern und warfen ihren gelben Schein auf den frisch gefallenen Schnee.

Sie fühlte, wie Jane sich über ihre Schulter beugte. „Übernachten wir hier, oder wechseln wir nur die Pferde?"

„Es ist zu dunkel, um noch weiterzufahren. Der Mond ist von den Wolken völlig verdeckt." Amelia kniff die Augen zusammen, um die Worte zu lesen, die in ein altes, rechteckiges Schild geschnitzt waren. „*Eagledale Inn.*"

Die Umrisse von Pferden und Männern bewegten sich vor ihren Augen und warfen Schatten an die Seiten des Gebäudes. Gedämpfte Musik und Lachen schwangen in der Nachtluft und schienen von draußen irgendwo links von der Kutsche zu kommen. Sie reckte den Hals, um zu erkennen, woher die Stimmen und die Musik kamen, aber sie sah nichts.

Das Schloss der Kutschentür wurde bewegt, und die Tür ging auf. Ein eisiger Windstoß drang durch die Öffnung herein. Nach mehreren Stunden in der schaukelnden Kutsche wirkte der beißend kalte Winterwind belebend. Ein aufgeregtes Kribbeln zog Amelias Magen zusammen. Sie hatten die Hälfte der Strecke nach Liverpool zurückgelegt und waren Lucy schon viel näher.

Kapitän Sterling nahm den Hut ab, um den Kopf in die Kutsche stecken zu können. Er hatte beschlossen, mit dem Pferd neben der Kutsche herzureiten. Als er ihre Hand berührte, zuckte Amelia zusammen.

Er drückte ihre Finger. „Ich gehe hinein und frage, ob sie freie Zimmer haben. Warten Sie hier und sprechen Sie mit niemandem. Die Kutscher bleiben bei Ihnen." Kapitän Sterling schloss die Tür hinter sich, und sie hörte das Klicken des Türschlosses. Sie schaute zu, wie sich seine große Gestalt in eine Silhouette vor dem Licht, das aus dem Fenster fiel, verwandelte und dann durch die Tür verschwand.

Amelia lehnte sich auf dem Sitz zurück. Ihre Augen brannten vom Weinen, ihre Muskeln schmerzten nach der stundenlangen, schaukelnden Kutschfahrt, und ihr Körper sehnte sich nach Schlaf. Sie dachte an Lucy und Mrs Dunne. Froren sie? Hatten sie Hunger? Fühlten sie sich elend? Allein schon bei diesem Gedanken drehte sich ihr der Magen um. Sie schloss die Augen. Jetzt war nicht nur Lucy spurlos verschwunden, sondern auch sie selbst war mehrere Stunden von zu Hause entfernt.

Jane und Amelia saßen schweigend da, bis Kapitän Sterling die Kutschentür wieder öffnete.

„Das Gasthaus ist ziemlich voll, aber ich konnte zwei Zimmer bekommen. Sie beide müssen sich ein Zimmer im ersten Stock teilen. Ein Kutscher trägt Ihre Sachen bereits ins Haus. Kommen Sie, ich begleite Sie zu Ihrem Zimmer."

Er bot Amelia seinen Arm an, und sie ergriff ihn. Ihre Beine waren nach dem stundenlangen Schlafen und der langen Fahrt wackelig und steif, und sie stolperte fast auf den schmalen Kutschenstufen. Mit ihrer freien Hand warf sie sich die Kapuze ihres Umhangs über den Kopf, dann klammerte sie sich mit beiden Händen an seinen Arm. In der Luft lag ein beißender Geruch nach Pferden, Dung und Stroh. Sie rümpfte die Nase. Der eisige Schnee knirschte unter ihren halbhohen Stiefeln, als sie zur Tür gingen. Ausnahmsweise war sie dankbar, dass ihre Füße praktisch gefroren waren; denn sonst hätte sie vielleicht gegen den Schmerz durch die spitzen Schottersteine unter ihren dünnen Sohlen protestiert.

Einige Gäste verließen gerade das Gasthaus, als sie durch die Vordertür eintraten. Als sie ihre neugierigen Blicke auf sich fühlte, warf

Amelia einen schnellen Blick hinter sich auf Jane und verstärkte ihren Griff um Kapitän Sterlings Arm. Er schritt weiter, als hätte er nicht die geringste Sorge der Welt. Sein Atem bildete in der kalten Nachtluft Nebelschwaden. Amelia schluckte mühsam ihre Nervosität hinunter und versuchte, die fragwürdig aussehenden Menschen zu ignorieren, an denen sie vorbeigingen. Sie befand sich im wahrsten Sinne des Wortes in einer völlig anderen Welt als Winterwood Manor.

Als sie im Haus waren, war Amelia dankbar für die Wärme, aber der Geruch hatte sich kaum gebessert. Der Gestank nach verbranntem Fleisch und altem Stroh stieg ihr in die Nase. Der Lärm der Stimmen und der Musik wurde lauter.

Sie beugte sich zu ihrem Begleiter hinüber. „Woher kommt der ganze Lärm?"

Endlich schaute er sie an. Dunkle Ringe lagen um seine müden Augen, und der Anfang eines Bartes überzog seine Wangen und sein Kinn. „Hinter dieser Tür befindet sich ein Speiseraum, aber das ist kein geeigneter Ort für Sie beide. Ich habe Ihnen und Mrs Hammond etwas zu essen bestellt. Es müsste bald in Ihr Zimmer gebracht werden."

Mit großen Augen klammerte sie sich immer noch an seinen Arm und ließ sich von ihm eine schmale Treppe hinauf und dann durch einen schwach beleuchteten Gang führen. Der Geruch nach altem Stroh war hier schlimmer, und sie hielt sich ein Taschentuch an die Nase. Sechs Türen säumten den dunklen Korridor. Kapitän Sterling führte sie zu der hintersten Tür auf der rechten Seite. Er steckte einen Schlüssel ins Schloss, drehte ihn und rüttelte kräftig daran. Das Schloss gab nach, und die Tür ging auf.

Sie schaute sich in dem schlichten Raum um. Das Zimmer war so klein, dass sie zu dritt kaum darin stehen konnten, und es war feucht und dunkel.

Kapitän Sterling kniete vor dem Kamin nieder und stocherte mit dem Schürhaken in dem schwach brennenden Holz. „Ich habe den Auftrag gegeben, ein Feuer anzuzünden. Aber das hier würde ich kaum als Feuer bezeichnen." Er legte mehr Holzscheite dazu und blies hinein. „Aber wenigstens haben Sie ein wenig Licht und Wärme. Das ist mehr, als die anderen Gäste haben."

Amelias Augen wurden groß. „Soll das heißen, dass einige Zimmer nicht einmal einen Kamin haben?"

Er schüttelte den Kopf. „Ich habe Sie gewarnt, dass Sie nicht den Luxus vorfinden werden, den Sie gewohnt sind."

Sie schaute schweigend zu, während er das flackernde Feuer zu einer hellen Flamme entfachte. Sobald das Feuer einen besseren Blick auf den Raum erlaubte, nahm sie die Kapuze ab und blickte sich um. Ein einziges Bett mit einer unebenen Strohmatratze stand an der hintersten Wand. Neben einem schmalen Fenster befand sich eine Kommode. Zwei Holzstühle und ein wackeliger Tisch standen nahe vor dem Kamin, und unter ihren Füßen lag ein winziger, abgetretener Teppich. Die Wände waren bis auf zwei Holzhaken neben der Tür kahl.

Wenige Minuten später tauchte eine Küchenmagd mit einem Tablett mit Essen und Tee auf. Sie stellte das Tablett auf den Tisch, machte einen Knicks und verschwand wieder. Amelia nahm den feuchten Umhang von ihren Schultern und hängte ihn zum Trocknen an einen Haken. Sie fror am ganzen Körper.

Sie trat zu Kapitän Sterling an den Kamin. Er stocherte wieder in den Kohlen und schaute zu ihr hinauf. „Ich weiß, dass diese Unterkunft nicht ideal ist, aber bis zum nächsten Gasthaus müssten wir noch über eine Stunde fahren."

„Danke. Ich bin sicher, dass Mrs Hammond und ich hier gut zurechtkommen." Amelia zögerte und kaute auf ihrer Lippe. Das Kerzenlicht beleuchtete sein kräftiges Kinn. Die Muskeln in seinem Nacken zuckten, während er das Feuer versorgte. Sie wollte sich wieder an seinem Arm festhalten, wie sie es getan hatte, als er sie zu ihrem Zimmer begleitet hatte. In seiner Nähe fühlte sie sich sicher. Beschützt.

Er stand auf und rieb die Hände aneinander, um die Asche abzuschütteln. „Der Kutscher hat Ihre Sachen dort neben den Stuhl gestellt. Wenn Sie alles haben, was Sie brauchen, lasse ich die Damen allein." Er ging auf die Tür zu. „Vergessen Sie nicht, die Tür zuzusperren. Und lassen Sie niemanden herein. Egal, aus welchem Grund."

Amelia hätte ihn fast festgehalten und ihn angefleht, bei ihnen zu bleiben. „Wohin gehen Sie?"

„Ich muss die Pferde versorgen. Ich wohne im Zimmer direkt über Ihnen. Wenn Sie etwas benötigen, brauchen Sie sich nur auf einen Stuhl zu stellen und an die Decke zu klopfen. Ich werde Sie bestimmt hören."

„Aber Sie werden doch bestimmt auch etwas essen und sich schlafen legen?"

Er nickte. „Ich klopfe morgen früh an Ihre Tür. Wir fahren bei Tagesanbruch weiter. Ich will so früh wie möglich in Liverpool ankommen."

Er verbeugte sich kurz. Bei dem Lächeln, mit dem er sie bedachte, schlug ihr Herz höher. Aber sie war müde. Und sie war aufgewühlt. Das durfte sie nicht vergessen und sich keinen Tagträumen hingeben.

Jane schloss die Tür hinter Kapitän Sterling, und Amelia strengte ihre Ohren an, um trotz des knisternden Feuers und der Rufe unten im Hof seine Schritte auf dem Gang zu hören.

Jane hängte ihren Umhang neben Amelias Umhang an den Haken und drehte sich um, um das winzige Zimmer zu betrachten. „Dein Kapitän Sterling ist ein äußerst netter Mann. Er scheint sich sehr um dein Wohlergehen zu sorgen."

Amelia ignorierte das unterschwellige Necken in der Stimme ihrer Freundin. Sie trat an den kleinen Tisch und setzte sich. „Du solltest diesen ... äh, Eintopf lieber essen, bevor er kalt wird."

Sie betrachtete argwöhnisch das zweifelhafte Essen und erkannte Karotten und Kartoffeln, aber nicht viel mehr. Sie nahm ein Brötchen, aber es war so hart, dass sie es kaum in der Mitte durchbrechen konnte. Seufzend legte sie das Brot wieder auf den Zinnteller zurück und nahm die Teetasse.

Der Tee musste für heute Abend genügen.

☙

Graham verließ den Stall und überquerte den Hof. Jetzt, da die Pferde versorgt und für die Nacht sicher untergebracht waren, da Amelia und Mrs Hammond ihr Zimmer hatten und alle Vorkehrungen für die Weiterfahrt morgen getroffen waren, würde er versuchen, ein wenig Schlaf zu bekommen. Es war wichtig, dass er sich für seine Suche nach Lucy in Liverpool ausruhte. Einer der Kutscher hatte angeboten, Starboard zu versorgen, aber Graham hatte keine Ruhe gefunden, solange er nicht selbst nach dem Tier geschaut hatte. Er verstand sich selbst nicht. Als Kapitän erteilte er täglich, wenn nicht sogar stündlich Befehle. Warum konnte er eine so kleine Arbeit nicht abgeben?

Der Lärm aus dem Gasthaus war jetzt lauter als vor einer Stunde, als er die Damen ins Haus geführt hatte. Gröhlen und Rufe erfüllten die Nachtluft. Er schob die Fäuste in seine Hosentaschen und zwang seinen Blick zur Tür. Wie leicht wäre es, ein oder zwei Gläser zu trinken, um seine Angst um Lucy ein wenig zu betäuben! Was hatte er schon zu verlieren? Sie konnten sowieso erst weiterfahren, wenn es hell wurde.

Aber er wusste ganz genau, was er zu verlieren hatte. Es war lange her, seit er getrunken hatte, um vor seinen Problemen zu fliehen, und sein erschöpfter, empfindlicher Zustand machte es besonders wichtig, der Versuchung nicht nachzugeben. Aber die Versuchung war da. Er schaute zu Amelias Fenster hinauf. Es gab noch andere Versuchungen.

Nachdem er das Gasthaus durch den Haupteingang betreten hatte, stieg Graham mit seiner Tasche die Treppe hinauf. Der Schlüssel lag schwer in seiner Tasche, und er hatte in der Dunkelheit Mühe, die Tür aufzusperren. Ein abgestandener Geruch schlug ihm entgegen. Er stieß die Tür mit dem Fuß zu und lehnte sich daran, um den Schlüssel wieder umzudrehen. Das Zimmer war genauso eingerichtet wie Amelias und Mrs Hammonds Zimmer. Die Schlichtheit störte ihn nicht. Er hatte schon in viel schlimmeren Unterkünften geschlafen. Aber er konnte sich der Frage nicht erwehren, wie Amelia, die eine luxuriöse Umgebung gewohnt war, damit zurechtkam.

Graham hängte seinen Mantel und Hut an den Haken, bevor er das Feuer entfachte. Es war eine kalte Nacht, die durch die Feuchtigkeit, die in seinem Mantel steckte, noch kälter wurde. Deshalb beugte er sich vor, damit die Flammen sein Gesicht und seine Brust wärmen konnten.

Amelia war so nahe. Nur ein Stockwerk unter ihm. Schlief sie schon? Seit ihrem Streit nach der Verlobungsfeier war so viel passiert. Wegen seiner Sorge um Lucy hatte er nicht viel Zeit gehabt, sich darüber Gedanken zu machen. Aber jetzt, in der Einsamkeit und relativen Stille dieses Zimmers, erlaubte er sich, noch einmal ihre Worte zu überdenken.

Als Geschäftsvereinbarung hatte sie es bezeichnet und ihn damit erinnert, dass ihr Interesse nur Lucy galt und sonst nichts. Er rieb seinen Arm, als wolle er die Erinnerung an ihre Berührung, als sie sich an ihn geklammert hatte, wegwischen. Er war nicht sicher, ob er ihren Worten glauben sollte, denn ihre Miene hatte etwas völlig anderes gesagt.

Amelia war eine starke Frau. Er hatte sie schon mehrmals unterschätzt. Bei jedem Schritt auf dem Weg, den sie in diesen kurzen Wochen gegangen waren, hatte sie sich als loyal, resolut und erfinderisch erwiesen, und sie war sehr schön. Außerdem liebte sie Lucy, als hätte sie das Kind selbst zur Welt gebracht. Konnte ein Mann sich eine bessere Gefährtin wünschen?

Morgen hätte ihr Hochzeitstag sein sollen. In den Tagen und Nächten, seitdem er eingewilligt hatte, Amelia zu heiraten, war in ihm die Überzeugung gewachsen, dass diese Heirat eine gute Idee war. Aber im Laufe ihrer Gespräche hatte sich noch etwas anderes entwickelt. Seine Sorge um sie war größer geworden. Sein Interesse an ihr war gewachsen, seine Zuneigung hatte sich vertieft. Er sah in ihr nicht mehr nur eine Frau, die ihn als Mittel zum Zweck benutzte. Sie war ein Mensch, der ihm etwas bedeutete, und sie wurde langsam, aber sicher zu der Frau, die er liebte.

Amelia hatte in ihm etwas geweckt. Graham konnte diese Tatsache leugnen, aber dadurch wurde sie nicht weniger wahr. Doch war es richtig, so bald nach Katherines Tod wieder eine Frau zu lieben? War es richtig, eine andere Frau zu heiraten und sie bald nach der Hochzeit wieder zu verlassen, wie er Katherine verlassen hatte? Starke, unerbittliche Schuldgefühle regten sich in ihm und erstickten ihn fast. Wie lang würde dieser Kampf zwischen der Vergangenheit und seiner Zukunft noch weitergehen?

Er stand abrupt auf, da ihm bewusst wurde, dass er sich den Luxus des Bedauerns nicht länger leisten konnte. Die Zeit war knapp. Auf ihn wartete Arbeit. Und ein guter Kapitän behielt immer die Prioritäten klar im Blick.

Priorität eins: Lucy um jeden Preis zu befreien. Priorität zwei:

Amelia dazu zu bringen, dass sie ihn nicht nur um Lucys willen heiraten wollte. Denn je länger dieser verzwickte Tanz dauerte, umso mehr wuchs seine Gewissheit: Amelia Barrett musste Amelia Sterling werden.

Graham zog seinen Mantel aus und warf ihn über seine Stuhllehne. In der Tasche neben dem Kamin befanden sich die sauberen Leinentücher, auf die Amelia bestanden hatte. Als er auf das verknitterte Bett schaute, war er für ihre Hartnäckigkeit dankbar. Er faltete das frisch riechende Kissen unter seinem Kopf zusammen, streckte sich auf dem sauberen Laken aus und deckte sich mit der Wolldecke zu. Er starrte ins Feuer. Es war eine Weile her, seit er das letzte Mal gebetet hatte, aber jetzt kam sein Gebet wie von selbst über seine Lippen.

Lieber Vater, ich verdiene Lucy nicht und ich verdiene Amelia nicht. Aber wenn es dein Wille ist, dann schenke sie mir beide.

Kapitel 24

Amelia wusste nicht, ob zwanzig Minuten oder zwei Stunden vergangen waren. Sie lag auf dem klumpigen Bett, versuchte, das spitze Stroh zu ignorieren, das sich durch das raue Tuch bohrte, und rollte sich nahe neben Jane zusammen, um nicht zu frieren. Die zerrissenen Vorhänge vor dem Fenster sperrten das Licht der Laternen im Hof ein wenig aus, aber gegen die betrunkenen Stimmen aus dem Gasthaus nebenan waren sie machtlos. Irgendwie war es ihr gelungen, trotz der holprigen Straßen und des starken Windes in der Kutsche zu schlafen. Aber jetzt, da sie den Schlaf dringend bräuchte, konnte sie einfach kein Auge zutun.

Sie schaute zu Jane hinüber, deren schlanker Körper in die Matratze gesunken war. Das Feuer beleuchtete das regelmäßige Heben und Senken ihrer Schultern im Rhythmus ihres Atmens unter den Decken, die sie von zu Hause mitgebracht hatte. So leise sie konnte, schob sich Amelia vom Bett hoch und stand auf.

Das mickrige Feuer trug nicht viel dazu bei, die Kälte aus dem Raum zu vertreiben. Bibbernd suchte sie ihren Umhang, nahm ihn vom Haken an der Wand und zog ihn eng um ihre Schultern. Mit leisen Schritten trat sie nahe an den Kamin und stocherte vergeblich in den Kohlen. Schließlich gab sie es auf und setzte sich auf den groben Holzboden, zog die Knie an ihre Brust heran, legte den Kopf darauf und ließ ihre Gedanken zu Lucy wandern.

Wo war sie heute Nacht? Was war mit ihr passiert? Eine Möglichkeit nach der anderen beherrschte Amelias Gedanken, und jedes Szenario war erschreckender als das andere. Sie ließ alles, was sie wusste, Revue passieren und versuchte herauszufinden, wer für die Entführung verantwortlich sein könnte.

William Sterling war auf den Kapitän wütend gewesen, und er war als Trinker und Spieler bekannt. Aus dem Gespräch, das sie bei den Hammonds belauscht hatte, schloss sie, dass er Schulden hatte und knapp bei Kasse war. Aber der Mann würde doch sicher nicht seine eigene Nichte entführen.

Oder doch?

Dann Edward. Wäre er zu einer so grausamen, gemeinen Tat fähig? Bis vor Kurzem hätte sie das nicht für möglich gehalten. Jetzt war sie sich nicht mehr so sicher. Aber Edward war während der ganzen Zeit bei den anderen gewesen, er hatte sogar bei der Suche geholfen.

Und dann gab es noch eine vollkommen andere Welt, über die sie kaum etwas wusste, wie sie sich jetzt eingestehen musste. Grahams Welt. Eine geheimnisvolle Welt mit Schiffen und Krieg. Konnte er Feinde haben? Konnte es noch andere Menschen geben, die den Sterlings schaden wollten?

Schritte aus dem Zimmer über ihnen erregten Amelias Aufmerksamkeit. Grahams Zimmer. Schwere Stiefel bewegten sich von einem Ende des Zimmers zum anderen und wieder zurück. Sie war so in ihrem eigenen Schmerz aufgegangen, so mit ihren eigenen Plänen beschäftigt gewesen, dass sie sich keine Gedanken gemacht hatte, wie er sich fühlen musste. Ihr Schmerz wegen Katherines Tod war groß, und ihre Angst, Lucy zu verlieren, war riesig. Aber er war Katherines Mann gewesen und er war Lucys Vater. Er schritt weiter auf und ab. Er war so nahe, nur ein paar Holzbretter über ihr.

Ein Rascheln vom Bett riss Amelia aus ihren Gedanken. „Was machst du denn da?"

Amelia schniefte und wischte sich die Tränen aus dem Gesicht. „Entschuldige. Ich wollte dich nicht wecken. Mir war kalt."

Jane setzte sich auf und schwang die Beine über die Seite des niedrigen Betts. „Das hier ist das zugigste Zimmer, das ich je betreten habe. Glücklicherweise sind wir nur eine Nacht hier." Sie bückte sich, um in ihre Schuhe zu schlüpfen.

„Ich hoffe, Lucy und Mrs Dunne befinden sich an einem angenehmeren Ort. Ich kann den Gedanken nicht ertragen, dass ..."

Als sich die Schritte direkt über ihrem Kopf bewegten, brach Amelia mitten in ihrem Satz ab. Jane schaute zur Decke hinauf. „Das hört sich an, als könnte jemand anders, den wir kennen, auch nicht schlafen." Sie holte ebenfalls ihren Umhang vom Haken. „Ich muss zugeben, dass ich Kapitän Sterling falsch eingeschätzt habe."

Amelia schaute sie bei diesem abrupten Themenwechsel fragend an. „Warum sagst du das?"

„Sein Verhalten ist völlig selbstlos. Die Art, wie er diese ganze Situation handhabt, beeindruckt mich." Jane setzte sich mit einem verschmitzten Lächeln auf den Lippen neben Amelia. „Er scheint von dir sehr angetan zu sein, meine Liebe."

Amelia versuchte es noch einmal mit dem Schürhaken. „Wir beide lieben Lucy, aber du darfst nicht glauben, in der Beziehung zwischen Kapitän Sterling und mir gäbe es noch mehr. Wir haben einfach eine Geschäftsvereinbarung."

„Da wäre ich mir nicht so sicher."

„Natürlich habe ich ein sehr großes Vermögen, besser gesagt, ich werde es haben, sobald ich verheiratet bin. Das findet der Kapitän zweifellos auch attraktiv."

„Das wäre bei den meisten Männern der Fall, ja. Aber ich glaube, der Kapitän braucht dich genauso sehr, wie du ihn brauchst. Aus anderen Gründen als Geld."

Amelia wandte den Kopf von Jane ab, um ihre zitternden Lippen zu verbergen. „Ich brauche Kapitän Sterling nicht. Ich brauche seinen Namen."

Nach einem kurzen Zögern ergriff Jane Amelias Hand. „Wovor hast du so viel Angst, meine Liebe?"

Amelia zog die Hand zurück. Sie wusste keine Antwort. Besser gesagt, sie hatte zu viele Antworten. Zu viele Ängste. Sie fürchtete, nie eine eigene Familie zu haben. Jemanden zu brauchen, aber selbst nicht gebraucht zu werden. Wegen ihres Vermögens ausgenutzt zu werden. Von ganzem Herzen zu lieben, aber erleben zu müssen, dass ihr der Mensch, den sie liebte, entrissen wurde. Wieder. Ihr ganzes Leben so verbringen zu müssen, wie sie schon so viele Jahre verbracht hatte: mit einem gebrochenen, leeren Herzen.

Das alles konnte sie Jane nicht sagen. Sie konnte es kaum sich selbst gegenüber eingestehen. Deshalb sagte sie: „Das Einzige, das mir Angst einjagt, ist der Gedanke, Lucy zu verlieren. Ich verkrafte es nicht, noch einen Menschen zu verlieren, den ich liebe, Jane."

Jane nickte nachdenklich. „Angst nimmt viele Gestalten an. Ich erinnere mich an die Zeit zurück, als ich frisch verheiratet war. Ich war damals neu in Darbury. Ich war so einsam. Ich hatte meinen Mann erst wenige Wochen vor unserer Hochzeit kennengelernt, und unsere neue Pfarrstelle befand sich weit weg von meiner Familie in Bristol. Ich sehnte mich danach, Mutter zu werden, da ich dachte, ein Kind würde mir helfen, mich weniger einsam zu fühlen. Ich betete täglich um ein Kind. Leidenschaftlich wie Hanna in der Bibel."

Amelia zog ihren Umhang enger um sich. „Aber du hattest nie Kinder, nicht wahr?"

„Nein. Irgendwann fand ich mich auch damit ab. Aber in jenen ersten Tagen fraß mich die Angst, nie ein Kind zu haben, fast auf. Ich zog mich von meinem Mann zurück und von anderen, die mich liebten. Ich konnte an nichts anderes denken als an meine eigene Traurigkeit und an meine Angst, dass mein Leben nicht so verlaufen würde, wie ich es mir vorgestellt hatte. Es war eine dunkle Zeit, Amelia. Ich vergeudete so viele Jahre damit, dass ich mir wünschte, die Dinge wären anders, und konnte deshalb die Rolle, die Gott mir zugedacht hatte, nicht ausfüllen."

„Wie hast du dann Frieden darüber gefunden?" Amelias Stimme klang in ihren eigenen Ohren fremd.

„Als ich endlich akzeptieren konnte, dass Gott einen Plan für mein Leben hat, dass sein Weg der beste ist, begann ich, die Welt in einem anderen Licht zu sehen." Ein Lächeln zog über Janes Gesicht. „Und dann hat er mir dich gegeben. Du wurdest die Tochter, die ich nie hatte. Der Herr hat mich auch in vielen anderen Dingen sehr gesegnet. Aber solange ich im Gefängnis meiner Angst festsaß, habe ich mir so vieles von seinem Segen entgehen lassen."

Amelia starrte ins Feuer, als ihr die ganze Bedeutung von Janes Worten bewusst wurde. Sie erkannte die Wahrheit darin, aber gleichzeitig wehrte sich ein gewisser Eigensinn tief in ihrem Herzen dagegen. Jane legte ihr sanft die Hand auf die Schulter. „In jedem Leben gibt es unterschiedliche Zeiten, Amelia. Gott schenkt jedem von uns eine große Fähigkeit zu lieben, wenn wir nur dafür offen sind. Ich gehöre gewiss nicht zu den Frauen, die sich romantischen Fantasiegebilden hingeben, aber selbst ich kann sehen, dass der Kapitän Gefühle für dich entwickelt hat. Wie er sich um dich kümmert. Was er alles tut, um dich zu beschützen …"

„Er will nur Lucy beschützen …"

„Nein, Amelia, er will auch dich beschützen. Du wirst ein sehr einsames Leben haben, wenn du dich aus Angst weigerst, andere Menschen in dein Leben zu lassen."

Diese letzten Worte trafen sie. Amelia erhob sich mühsam. Sie wollte nicht, dass Jane die Tränen sah, die in ihren Augen standen. Jane stand schließlich auf und legte sich wieder ins Bett.

Die Schritte über ihnen gingen weiter auf und ab. Amelia wartete, bis sie sicher war, dass Jane eingeschlafen war, bevor sie sich ebenfalls wieder ins Bett legte. Ihre Augen waren vor Müdigkeit schwer, und sie drückte sie zu. *Oh Gott, wenn du dir wirklich etwas aus mir machst, wo bist du?*

In der Stille zwischen Schlaf und Traum hörte sie eine Antwort, leise und sanft.

„Mein Kind, ich bin immer bei dir, wohin du auch gehst."

☙

Amelia warf sich hin und her. Sie drehte sich um. Jemand verfolgte sie.

Sie rannte im Nachthemd durch einen dunklen Korridor und lief mit nackten Füßen über kalte Fliesen. Die Schritte hinter ihr kamen näher.

Schneller und schneller rannte sie. Heiße Tränen liefen ihr übers Gesicht, und ihre Lunge brannte. Wie lange könnte sie dieses Tempo noch beibehalten?

Eine drohende, wütende Stimme rief immer wieder ihren Namen. „Amelia! Amelia!"

Durch das schmale Fenster in der Steinmauer drang ein greller Blitz und erhellte für einen Moment die Dunkelheit. Ein gleichzeitiges Donnergrollen dröhnte so kräftig, dass die Erde unter ihr bebte. Sie öffnete den Mund, um zu schreien, aber kein Ton kam aus ihrer Kehle. Sie versuchte es immer wieder, aber kein Ton, nicht einmal ein Wimmern, kam über ihre trockenen, aufgesprungenen Lippen.

Wieder erhellte ein Blitz die Luft. Dieses Mal konnte sie Luft in ihre Lunge pressen. Sie stieß mit aller Kraft einen lauten Schrei aus, bevor sie zu Boden sank.

Die Schritte kamen näher. Sie wurden immer schneller. Mit rasendem Herzen schaute sie hinter sich. Im Licht des nächsten Blitzes konnte sie ihn sehen: einen dunklen Schatten, eine Masse, die näher kroch. Immer näher.

Sie versuchte aufzustehen, aber ihr Nachthemd blieb irgendwo hängen. Verzweifelt tastete sie in der Dunkelheit, um es zu befreien, aber außer dem Stoff fühlte sie nichts. Sie rappelte sich auf die Beine und versuchte, das Nachthemd loszureißen, aber derjenige, der es festhielt, zog es genauso kräftig und genauso entschlossen zurück. Der Schatten kam näher und näher ...

„Amelia!"

Die Masse hatte sie erreicht. Ihre unerträgliche Hitze umschloss sie.

Da sie ihr Nachthemd nicht losreißen konnte, wehrte sie sich nach Kräften. Sie schlug mit den Fäusten gegen die Masse. Sie trat mit den Beinen. Sie wand sich und krümmte sich. Sie würde sich nicht überwältigen lassen.

„Amelia, wach auf!"

Die Masse packte sie an den Schultern und rüttelte sie. Wieder schrie sie. Schmerzen pochten in ihrem Kopf, und Angst drückte ihr Herz zusammen.

Die Stimme wurde lauter. Ihre Tritte wurden kräftiger.

„Amelia, wach auf! Du träumst!"

Sie wurde so kräftig geschüttelt, dass sie die Augen aufschlug. Sie fuhr senkrecht in die Höhe. Schweiß lief über ihren Nacken und auf ihren Rücken. Sie rang nach Luft und grub die Fingernägel in die Wolldecke.

Als etwas ihren Rücken berührte, fuhr sie zusammen und schrie laut. Dann schaute sie sich mit einem verwirrten Blinzeln um.

Sie war nicht auf einem dunklen Korridor, sondern in einem Zimmer im *Eagledale Inn*.

Sie war nicht von einer schwarzen Masse gepackt worden, sondern Jane berührte ihren Arm.

Niemand hatte sie verfolgt. Die drohenden Schritte waren keine Schritte, sondern ein Klopfen an ihrer Tür.

Und Lucy war immer noch verschwunden.

„Um Himmels willen, Kind! Bist du wach?" Janes Stimme wurde lauter, und Amelia, immer noch im Nebel zwischen Wachsein und Traum gefangen, riss sich von der Berührung ihrer Freundin los.

Das Klopfen an der Tür wurde eindringlicher. Jemand rüttelte am Türgriff. „Ist bei Ihnen beiden alles in Ordnung?"

Kapitän Sterling. *Ihr* Kapitän Sterling. Er würde sie beschützen, er würde dafür sorgen, dass ihr nichts passierte.

Amelia sprang auf die Beine und lief zur Tür. „Ja, ja." Zitternd versuchte sie, das Schloss zu öffnen. Vom Schlaf immer noch ganz benommen, bemühte sie sich mit schweren Fingern, den Metallriegel zurückzuschieben. Als er schließlich nachgab, riss sie die Tür auf.

Seine faszinierenden grauen Augen schauten sie besorgt an, bevor sein Blick zu ihrem Nachthemd hinabwanderte. „Was um alles in der Welt ist hier drinnen los?"

Plötzlich wurde Amelia bewusst, dass sie nur ein dünnes Nachthemd trug. Sie schob die Tür zu und ließ sie nur einen Spaltbreit offen, um hinausschauen zu können. „Ich habe schlecht geträumt, Graham. Das war alles."

Ihr wurde erst bewusst, dass sie ihn beim Vornamen angesprochen hatte, als sie die Überraschung in seinem Gesicht sah. Er räusperte sich. „Ich habe Sie oben in meinem Zimmer gehört. Ich dachte, es wäre etwas passiert." Er zupfte unbewusst an seinem Hemd, das über seine Hose hing. „Ich habe den Kutscher gestern Nacht angewiesen, nach Darbury zurückzukehren, und habe eine Postkutsche für den restlichen Weg nach Liverpool bestellt. Ich hatte mir Sorgen um Ihre Pferde gemacht. Außerdem kommen wir mit der Postkutsche schneller an."

Ihr Verstand wurde langsam wieder klarer, und Amelia nickte. Bei jedem Nicken wurde das Hämmern in ihrem Kopf stärker, obwohl die schwarze Masse langsam in den Hintergrund zurückwich und kleiner wurde. Sie starrte seine breite Brust an. Was für ein Gefühl wäre es, von seinen Armen beschützt zu werden? Sie roch den Duft von Sandelholz, so nahe stand er ihr.

Ihr Kapitän Sterling. Ihr *Graham*.

Kapitel 25

Liverpool. Sie waren angekommen.
Die Meeresluft lockte Graham wie der Ruf einer Sirene und rief ihn näher zum Wasser. Bei den bekannten Hafengeräuschen – Männerrufe, lautes Hämmern, Möwenkreischen – atmete er wieder leichter durch … bis ihm einfiel, warum er hier war.

Entlang des breiten River Mersey streckten die Masten der Segelschiffe, die mit Tauen festgebunden waren, ihre skelettartigen Finger zum Himmel hinauf. Fregatten säumten die Docks. Alles lag eng nebeneinander in einem Meer aus Tauen und Segeln.

Sein Herzschlag nahm einen gleichmäßigeren Rhythmus an. Er war Lucy jetzt viel näher.

Hinter ihm holperte die Postkutsche mit Amelia und Mrs Hammond über das Kopfsteinpflaster. Er drehte sich in Starboards Sattel um und hoffte, einen Blick auf Amelia zu erhaschen. Die Freude, als sie ihn bei seinem Vornamen angesprochen hatte, war der Lichtblick dieses dunklen Morgens gewesen.

Graham warf einen Blick auf die Wegbeschreibung, die er von einem Händler bekommen hatte, und hob die Hand, um dem Fahrer zu signalisieren, dass sie ihr Ziel fast erreicht hatten. Auf der anderen Seite der lärmenden Straße stand unter mehreren alten Ulmen eine kleine Steinkirche. Links daneben umschloss ein schiefer Zaun einen ordentlichen Friedhof, und gleich dahinter befand sich das Pfarrhaus. Stephen Sulters Haus.

Graham atmete tief ein und füllte seine Lunge mit der salzigen Luft. *Stephen Sulter.* Ihre Wege würden sich wieder kreuzen. Er wartete, bis ein Wagen und ein Esel den Weg frei gemacht hatten, bevor er Starboard weitertraben ließ. Wie würde das Wiedersehen mit dem Mann sein, den er als Fähnrich zur See und später als Leutnant so sehr bewundert hatte? Dem Mann, der ihn gelehrt hatte, andere zu führen, gerecht zu urteilen und Disziplin zu entwickeln … dem Mann, der ihn zu Gott geführt hatte.

Sein Magen zog sich zusammen. Gott hatte Sulter benutzt, um

Graham die Augen dafür zu öffnen, wie eine persönliche Beziehung zu ihm aussehen konnte.

Was hatte er aus dieser Beziehung gemacht?

Graham verdrängte diese Frage, als die Tür zu Sulters Haus aufging. Ein großer, dünner Mann trat heraus, und ein breites Grinsen zog über sein Gesicht, als er Graham entdeckte. Die Zeit hatte Sulters dunkle Haare grau gefärbt und Falten in seine gegerbte Haut geschnitten, aber sein Lächeln, bei dem er seine langen Zähne zeigte, war immer noch dasselbe. Erinnerungen strömten in einem chaotischen Durcheinander auf Graham ein. Stephen Sulter kannte ihn besser, als jeder andere Mensch ihn je gekannt hatte.

Sulter griff nach dem Zaumzeug und hielt das Tier fest, während Graham auf die Erde glitt. Dann umarmte er Graham und drückte ihn so fest, wie es ein Vater tun würde. „Ist es denn zu glauben? Graham Sterling!"

Weniger aus Unbehagen als vielmehr mit einem großen Bedauern wurde Graham bei der liebevollen Begrüßung ein wenig steif. „Haben Sie meinen Brief bekommen, Sir?"

Der ältere Mann wurde ernst. „Erst vor ungefähr einer Stunde. Es tut mir leid, dass wir uns unter so unerfreulichen Umständen wiedersehen, aber trotzdem tut es gut, dich zu sehen, mein Junge."

Die Kutsche blieb im selben Moment stehen, in dem eine rundliche, kleine Frau aus dem Haus stürmte und die Arme um Graham warf. „Graham Sterling!"

Sie drückte ihn an ihre Brust und trat dann mit gerötetem Gesicht zurück und stemmte die Hände in die Hüften. „So wahr ich lebe und atme, er ist es! Lass dich ansehen!" Sie musterte ihn von seinem Hut bis zu den Spitzen seiner staubigen Stiefel. „Schau dich nur an! Unser Kapitän Sterling!" Sie drehte sich mit strahlender Miene zu ihrem Mann um und deutete mit der Hand in Grahams Richtung. „Er hat nicht mehr die geringste Ähnlichkeit mit dem Jungen, den wir das letzte Mal gesehen haben. Er ist so groß geworden. Und dazu sieht er auch noch sehr gut aus."

Ein Lächeln zog über Grahams Gesicht. Mary Sulter war wie eine zweite Mutter für ihn geworden, nachdem er Eastmore verlassen hatte. Sie hatte sich immer um ihn gesorgt. Ihm sein Lieblingsessen gekocht. Seine Kleidung geflickt. Ihm Ratschläge gegeben. Worte konnten nicht ausdrücken, welche Gefühle sich in ihm regten, als er sie wiedersah. „Mrs Sulter! Ich hoffe, unser Besuch bereitet Ihnen keine Unannehmlichkeiten."

„Unannehmlichkeiten? So ein Unsinn!" Sie winkte mit der Hand ab, und ihr gerötetes Gesicht strahlte vor Freude. „Du bist in diesem Haus immer ein gern gesehener Gast, Graham Sterling. Vergiss das nie! Sobald Stephen sagte, dass du heute kommst, habe ich deinen Lieblingssandkuchen gebacken. Wie du siehst, habe ich das nicht vergessen."

Graham fühlte, wie sein eingerosteter Sinn für Humor langsam zurückkehrte. Ein angenehmes Gefühl breitete sich von seiner Brust bis in seine Glieder aus. Er war zu Hause. Warum hatte er so lange gewartet, um nach Hause zu kommen?

„Ich wusste, dass Sie so etwas nie vergessen würden."

Sie drängte sich an ihrem großen, schlanken Mann vorbei und beugte sich näher vor. „Die Nachricht vom Tod deiner jungen Frau tut mir sehr leid. Und das mit deiner Tochter! Meine Güte, ich habe nicht aufgehört zu beten, seit mein Stephen mir von deinem Brief erzählt hat."

Graham hob den Blick von Mrs Sulter zu ihrem Mann.

„Mach dir keine Sorgen, Graham." Stephen trat vor. „Das ist nicht der erste Kampf, den wir beide austragen müssen. Wir schaffen das. Gemeinsam."

౧ఌ

Amelia zog den Kopf ein, um vor dem Haus der Sulters aus der Kutsche zu steigen.

Heute sollte mein Hochzeitstag sein.

Sie warf einen Blick hinter sich auf die Hauptstraße, von der sie gerade abgebogen waren. Wagen fuhren hin und her, und Seemöwen kreisten am Himmel und tauchten in die Tiefe. Auf der anderen Seite befanden sich die Docks, und dahinter erstreckte sich ein breiter Fluss, der leicht ein Meer sein könnte. Inmitten eines Wirrwarrs aus schweren Schiffstauen arbeiteten viele Männer. Der Geruch nach Salz und Fischen wurde vom kalten Wind herangetragen und war ganz anders als die Gerüche der Moorlandschaft von Darbury.

Irgendwo in diesem Wirrwarr befand sich Lucy. Amelia trommelte mit den Fingerspitzen auf den Ledersitz. *Wann fangen wir an zu suchen?* Graham stand in der Nähe der Kutsche und unterhielt sich mit einem älteren Mann und einer lebhaften dunkelhaarigen Frau. Worüber sprachen sie? Über Lucy? Über sie? Amelia war nicht in der Stimmung, Konversation zu betreiben.

Graham trat auf die Postkutsche zu. „Wir sind da."

Heute sollte mein Hochzeitstag sein, und Graham sollte mir aus der Kutsche helfen und mich in unser Zuhause mit Lucy auf Winterwood Manor führen und nicht in das Haus von fremden Leuten in einer unbekannten Stadt.

Amelia zwang sich zu einem Lächeln und schaute zu Jane hinüber, bevor sie die Hand in seine legte. Ihre Füße berührten den Boden. Kühle Luft umwehte die Röcke um ihre Wollstrümpfe und ihre halbhohen Stiefel. Eine unerwartete Aufregung durchströmte sie, als Graham ihre Hand ergriff und sie auf seinen Unterarm legte. Diese beschützende Geste und die damit verbundene Vertrautheit erwärmten ihr Herz, aber dieses Gefühl wurde bei der Erinnerung, warum sie hier waren, schnell erstickt.

Grahams Stimme war kräftig und zuversichtlich, als sie auf den großen Mann und seine Frau zutraten. „Mrs Sulter, Kapitän Sulter, ich möchte Ihnen meine Verlobte vorstellen: Miss Amelia Barrett von Winterwood Manor in Darbury."

Kapitän Sulter verbeugte sich. „Willkommen in unserem Haus, Miss Barrett."

Mary Sulter schlug die Hände zusammen. „Ja, herzlich willkommen in unserem Haus! Was für eine Schönheit du gefunden hast, Graham Sterling!" Sie trat vor und ergriff Amelias Hände. „Kapitän Sterling ist unserer Familie lieb und teuer. Es ist uns eine große Freude, Sie hier bei uns zu haben."

Diese herzliche Begrüßung überwältigte Amelia. Mrs Sulter plauderte weiter; Amelia lächelte und nickte und trat näher zu Graham, um Jane Platz zu machen, die vortrat, um den Sulters vorgestellt zu werden. Dabei warf sie einen Blick zu Graham hinauf ... und starrte ihn unwillkürlich an. Seine Miene war so entspannt, wie sie ihn seit der Feier bei den Hammonds nicht mehr gesehen hatte.

Warum war sie jetzt, mitten auf einer fremden Straße bei völlig fremden Menschen und unter tragischen Umständen, von Grahams Lächeln so berührt? Sein hartes Kinn war weicher geworden, und der Anflug eines Lächelns spielte um seine Lippen. Etwas war heute an seinem Lächeln anders. Etwas war an ihm anders. *Verhält sich Graham so, wenn er mit Freunden zusammen ist?*

Er hatte ihr in den kurzen Momenten, in denen sie sich eingebildet hatte, zwischen ihnen könnten sich tiefere Gefühle entwickeln, einen Anflug dieser Ungezwungenheit, dieser Leichtigkeit gezeigt. Aber vor diesen Leuten schien er diese Leichtigkeit selbst inmitten von Angst und Ungewissheit ungeschützt zu zeigen.

Eine Gruppe junger Leute versammelte sich an der Schwelle des bescheidenen Hauses. Das mussten die Kinder der Sulters sein. Die zwei jungen Männer traten vor, um das Gepäck zu tragen. Zwei junge Mädchen, von denen eine nicht viel jünger als Amelia sein konnte, gingen eilig zur Seite, als ihre Mutter die Gruppe ins Haus führte.

Graham legte die Hand auf Amelias Rücken. Optimismus strahlte aus seinen stahlgrauen Augen, und sein warmes Flüstern kitzelte an ihrem Ohr. „Wir stehen kurz vor dem Ziel, Amelia. Wir werden sie bald finden. Glauben Sie mir."

ෂ

Graham schaute zu, wie Mary Sulter Amelia und Mrs Hammond durch einen schmalen Flur zu dem Zimmer führte, in dem die zwei Frauen schlafen würden. Dann richtete er seine Aufmerksamkeit wieder auf Stephen Sulter, der ein trockenes Holzscheit ins Feuer warf.

Sulter schaute seinen zwei ältesten Jungen nach, die den Raum verließen, und schüttelte den Kopf. „Zwei wilde Jungen. Sie haben viel zu viel Ähnlichkeit mit mir und nicht genug Ähnlichkeit mit ihrer Mutter." Als er sich zu Graham umdrehte, verschwand sein belustigtes Lächeln und wich echter Anteilnahme. „Mach dir keine Sorgen, Graham. Wir werden deine Tochter finden." Er setzte sich in einen abgenutzten Sessel. „Erzähle mir alles, was du weißt."

Graham trat ans Fenster und schaute auf die belebte Straße hinaus, bevor er sich wieder zu Stephen herumdrehte. Wo bei diesem

Albtraum sollte er beginnen? Sollte er bis ganz zum Anfang zurückkehren und alles erzählen, was sich zugetragen hatte, seit er in Darbury angekommen war? Oder sollte er noch weiter zurückgehen und zugeben, dass diese Geschehnisse eine Strafe für seine Fehler in der Vergangenheit waren?

Er zog den Erpresserbrief aus der Tasche und reichte ihn Sulter, der das verknitterte Papier auseinanderfaltete und es dann ins Licht hielt, das durch das Fenster hereinfiel. Graham stand schweigend da und wartete, während sein Freund den Brief las.

Sulter las den Brief zu Ende und ließ ihn dann auf seinen Schoß sinken. „Erzähle mir alles von Anfang an."

Graham holte tief Luft und begann. Die Ereignisse der letzten drei Wochen kamen mit ungeschützter Ehrlichkeit über seine Lippen. An einigen Stellen zog sich sein Brustkorb zusammen und er bekam kaum genug Luft, um weiterzusprechen, aber er ließ sich nicht aufhalten und ließ nichts aus. Sulter konnte er alles sagen, er hörte ihm unvoreingenommen zu, wie er das schon immer getan hatte.

Als Graham endete, stand Sulter auf, stützte den Ellbogen auf den Kaminsims und rieb sich das Kinn. „Es gibt drei Möglichkeiten."

Graham zog eine Braue hoch und war neugierig, ob Sulter die Sache genauso einschätzte wie er.

„Dieser Edward Littleton, Miss Barretts Onkel oder ..."

„Mein Bruder." Graham verzog das Gesicht, als er das sagte. Sein Bruder war verzweifelt und betrunken gewesen. Eine unheilvolle Kombination. „Jetzt kennen Sie also die Situation. Wie schätzen Sie das Ganze ein?"

Sulter faltete den Erpresserbrief wieder zusammen und gab ihn ihm zurück. „Liverpool ist eine große Stadt. Viele Leute kommen und gehen. Aber George's Dock. Das ist der Schlüssel."

Das Funkeln in Sulters Augen entfachte einen Hoffnungsfunken bei Graham. „Ich erinnere mich an George's Dock. Es spielte im Sklavenhandel eine große Rolle, wenn ich mich recht erinnere."

„Ja, das stimmt. Jetzt liegen dort Schiffe, die von den Westindischen Inseln kommen."

Die Westindischen Inseln. Als Graham Stephens Worte im Geiste wiederholte, kam ihm ein Gedanke. Waren nicht Edward Littleton und George Barrett Geschäftspartner und betrieben eine Handelsfirma? Erinnerungen an sein erstes Essen auf Winterwood Manor wurden wach. Ja, Barrett hatte verkündet, dass Littleton in das Familienunternehmen einsteige.

Graham beugte sich zu Sulter hinüber. „Haben Sie schon mal etwas von der *Barrett Trading Company* gehört?"

☙

Amelia zog ihren Umhang eng um sich und betrachtete das winzige Zimmer, das sie mit Jane teilen würde. Durch die zwei schmalen Fenster neben dem Kamin fiel das Licht der Nachmittagssonne ins Zimmer.

Mary Sulter eilte um das Bett herum, strich die hellblaue Quiltdecke glatt und schüttelte die Kissen auf. Sie blickte von ihrer Arbeit auf, als einer ihrer Söhne mit Janes und Amelias Truhen den Raum betrat. „Stell die Truhen dort ab und verschwinde dann wieder. Miss Barrett und Mrs Hammond müssen sich nach ihrer langen Fahrt ausruhen."

Amelia öffnete den Mund, um ihr zu versichern, dass sie nicht die Absicht habe, sich auszuruhen, solange sie Lucy nicht wieder sicher in den Armen hielte. Aber noch bevor sie antworten konnte, kam Jane ihr zuvor. „Vielen Dank für Ihre Gastfreundschaft, Mrs Sulter."

Amelia sah Janes vielsagende Miene und schluckte ihre Ungeduld hinunter. „Ja. Danke."

Männerstimmen erklangen vor dem Fenster. Die Stimmen waren sehr nahe ... und sehr bekannt. Amelia eilte zum Fenster und schaute hinab. Auf der Kopfsteinpflasterstraße unter ihr gingen Graham, Kapitän Sulter und ein Sohn der Sulters auf den kleinen Stall hinter der Kirche zu.

„Wohin gehen sie?"

Mary Sulter blickte vom Bett auf. „Ich nehme an, dass sie das Kind suchen wollen."

Amelia wandte sich eilig vom Fenster ab. Sie war nicht den weiten Weg bis nach Liverpool gefahren, um hier untätig herumzusitzen und zu warten. „Aber ich muss mitkommen, ich muss ..."

Jane ergriff Amelias Arm und hielt sie zurück.

Mary eilte zu ihnen. „Machen Sie sich keine Sorgen, meine Liebe. Mein Mann kennt in Liverpool jede Menschenseele und weiß, was in der Stadt los ist. Sie müssen sich ausruhen. Das Kind braucht Sie ausgeruht und bei Kräften, wenn es zurückkommt. Glauben Sie mir."

Amelia kniff die Lippen so kräftig zusammen, dass sie zitterten. Im Beisein von sowohl Jane als auch Mary kam sie sich eher wie ein junges Mädchen als wie eine erwachsene Frau vor, die bald heiraten würde.

Marys warme braune Augen schauten sie mitfühlend an. „Mein Kind, Sie und Mrs Hammond haben einen anstrengenden Tag hinter sich. Ich denke, es wäre das Beste – und Mrs Hammond wird mir sicher zustimmen –, wenn Sie beide sich nach der langen Fahrt ausruhen. Glauben Sie mir: Wenn Sie eine Tasse Tee getrunken haben und ein wenig Zeit hatten, sich frisch zu machen, werden Sie sich viel besser fühlen. Ah, hier kommt schon unsere Becky mit dem Tee."

Marys älteste Tochter kam mit einem Tablett mit Tee und Keksen ins Zimmer und stellte es auf einen Tisch neben dem Bett.

Da Amelia nichts sagen konnte, ergriff Jane das Wort. „Danke, Mrs Sulter. Wir kommen später zu Ihnen in den Salon."

Jane hatte kaum die Tür hinter ihren Gastgeberinnen geschlossen, als Amelia wieder zum Fenster trat. „Ich kann nicht glauben, dass er ohne mich wegreitet. Er weiß, wie wichtig mir die Suche nach Lucy ist."

Jane zog ihren Umhang aus und hängte ihn an den Haken neben der Tür. Die Bodendielen knarrten unter ihren Füßen, als sie neben Amelia ans Fenster trat. „Ich weiß, dass dich das aufregt, aber ich denke, dir ist bewusst, dass die Straßen und Docks von Liverpool kein geeigneter Ort für dich sind."

Amelia schluckte. „Ja, aber ich …" Sie brach ab. Sie wollte es so, nicht wahr? Sie wollte, dass Graham Lucy suchte. Sie ärgerte sich weniger über Graham als vielmehr über sich selbst, weil sie nicht wusste, was sie tun sollte.

Sie schaute zu Jane hinüber, die es sich auf dem Bett bequem gemacht hatte. Die schlaflose Nacht und die lange Fahrt waren nicht spurlos an ihrer Freundin vorübergegangen.

Amelia beschloss, ihre Gedanken für sich zu behalten und Jane schlafen zu lassen. Sie setzte sich auf einen Stuhl neben dem Feuer und dachte über Janes Worte nach, dass sie durch ihre Trauer Jahre verloren hatte. Niemand konnte vorhersagen, wie diese Situation ausgehen würde. Vielleicht würde Graham Lucy vor dem Sonntagmorgen finden. Vielleicht auch nicht, und sie würden das Geld, das sie mitgebracht hatten, bezahlen. Vielleicht lief auch etwas schief, und …

Sie konnte nur eines tun.

Amelia schaute Jane an, die jetzt eingedöst war. Sie ging zu ihrer Truhe hinüber, öffnete sie und zog ihr kleines Buch mit den Psalmen heraus. Es war der Psalter, den Graham ihr mit der Nachricht zwischen den Seiten zurückgegeben hatte, die ihr Leben verändert hatte. In letzter Minute hatte sie den Psalter noch oben auf ihre Kleidung gepackt. Nach ihrem Gespräch mit Jane war sie so froh, dass sie das getan hatte.

Sie schlug das kleine Buch an einer beliebigen Stelle auf, und die Worte sprachen sie an, trösteten sie und zwangen sie weiterzulesen.

Gott, warum bist du so weit weg? Mein Gott, komm mir schnell zu Hilfe! Mit allen Mitteln kämpfen sie gegen mich – lass sie scheitern und umkommen! Nichts lassen sie unversucht, um mich ins Unglück zu stürzen. Bring Schimpf und Schande über sie! Nie werde ich aufhören, auf dich zu hoffen – loben will ich dich, je länger, je mehr.

Kapitel 26

Graham saß in dem Gasthaus und stützte die Ellbogen auf den groben Holztisch. Sein Kopf war weit nach unten gebeugt, fast als würde er dösen, aber seine Augen wanderten durch den belebten Raum und achteten auf alles, das hilfreich sein könnte: ein bekanntes Gesicht, eine verdächtige Person. Doch er entdeckte nichts.

Im offenen Kamin knisterte ein großes Feuer. Kerzen und Wandleuchter verbreiteten ein flackerndes Licht, aber abgestandene Luft beherrschte den kleinen Raum. Fremde Gesichter, fremde Sprachen und ein starker Biergeruch umgaben ihn. Graham schaute zur Tür und sagte mehr zu sich selbst als zu Sulter: „Ich glaube nicht, dass Kingston kommt."

Sulter, der ihm gegenübersaß, richtete sich auf. „Lass ihm Zeit. Wenn Miller sagt, dass er Kingston hierher schickt, dann kommt er."

„Sind Sie sicher, dass er vertrauenswürdig ist?"

„Ja. Vor einem Jahr hätte ich anders gesprochen, aber er ist das Geld wert, was du ihm zahlen willst."

Sie hatten den ganzen Abend lang Liverpools Straßen und Docks abgesucht, und er war Lucy keinen Schritt näher als heute bei ihrer Ankunft. Wie arrogant es doch von ihm gewesen war, Amelia zu versprechen, dass er sie finden würde! Ihr angsterfüllter Gesichtsausdruck hatte ihn gequält, und er hätte alles getan, um wieder ein Lächeln auf ihr Gesicht zu zaubern. Aber wenn sich nicht bald etwas änderte, würde er ihr heute Abend nur sein Scheitern gestehen können.

Graham unterdrückte ein lautes Gähnen – die Folge des langen Ritts und der schlaflosen Nächte. Seine Nerven lagen blank, und seine Gefühle brodelten gleich unter der Oberfläche. Er wollte schlafen, wenn auch nur für ein paar Stunden, aber die Bilder, die ihn im Traum überrollten, waren womöglich noch grausamer als die Wirklichkeit.

Er lehnte sich auf seinem Stuhl zurück. Wenn dieser Albtraum doch nur bald zu Ende ginge!

Das Bier wollte ihn locken. Das alte Laster kannte seine Stärke und verhöhnte Grahams Schwäche. Er hatte es zur Tarnung bestellt und würde es langsam trinken. Aber am liebsten hätte er dieses Glas in einem Satz leer getrunken und noch viele weitere Gläser bestellt, um den Schmerz seiner Vergangenheit und Gegenwart zu betäuben. Er trommelte mit den Fingern auf den rauen Holztisch, bevor er den Krug in die Hand nahm. Seine Narbe leuchtete ihm rot entgegen.

„Erzählst du mir, was mit deiner Hand passiert ist, oder muss ich raten?"

Graham atmete scharf ein. Er hatte versucht, die Narbe zu verstecken, seit er in England an Land gegangen war. Aber wie lang konnte er noch so tun, als wäre sie nicht da? Er stützte den Ellbogen auf den Tisch, hielt seine vernarbte Hand in die Luft und zwang sich, die entstellte Haut anzuschauen. Er beugte den Daumen. Die rote Narbe zog sich bei der Bewegung zusammen.

Sulter lehnte sich vor, um besser sehen zu können. Graham schob die Manschette seines Mantels zurück und ermöglichte seinem Freund einen kurzen Blick auf seinen vernarbten Unterarm. Die körperlichen Schmerzen waren vergangen. Aber der echte Schmerz – die Schuldgefühle, die ihm jedes Mal durch den Kopf schossen, wenn er die zerstörte Haut sah – war noch genauso quälend und unerbittlich wie am Anfang. Er ließ den Ärmel wieder nach unten gleiten.

Sulter schüttelte den Kopf und pfiff leise. „Das ist wirklich eine große Narbe. Sie sieht aus, als hätte die Wunde sehr wehgetan."

„Ja."

Die Erinnerungen an zerberstendes, brennendes Holz wurden wach. Wenn er zu intensiv an den Unfall dachte, drehte sich ihm bei dem unauslöschlichen Gestank nach brennendem Fleisch, salziger Meeresluft und beißendem Schießpulver der Magen um. Falls er es wagte, auch nur zu blinzeln, konnte er immer noch das Entsetzen in dem Gesicht des jungen Matrosen sehen, bevor die Spieren auf das Deck gekracht waren.

Er ließ die Augen offen.

„Wissen Sie, was das ist, Sulter?" Graham hielt seine vernarbte Hand hoch und ließ sie dann wieder auf den Tisch fallen. Seine

Stimme klang selbst in seinen eigenen Ohren fremd. „Das ist eine ständige Erinnerung an einen schweren Fehler."

Sulter lehnte sich auf seinem Stuhl zurück und legte die Fingerspitzen aneinander. Graham fühlte sich unter seinem prüfenden Blick unwohl. Er senkte den Blick und wollte den Fragen in den Augen seines väterlichen Freundes ausweichen. Er war nicht bereit, Antworten darauf zu geben.

Stephen brach das Schweigen. „Hör zu, Graham, seit wir uns das letzte Mal unterhalten haben, ist viel Zeit vergangen, und ich will nicht so tun, als wüsste ich, was in den letzten Jahren in deinem Leben passiert ist. Aber ich will dir sagen, was ich denke. Als Freund. Ich habe deine Erfolge bemerkt, ich habe in der Zeitung von deinen Eroberungen gelesen. Wenn man in einer Stadt lebt, die mit den Geschichten vom Meer aufsteht und schlafen geht, sprechen sich Neuigkeiten schnell herum. Ich weiß jetzt, dass du deine Frau verloren hast und dass deine Tochter entführt wurde. Die Versuchung wäre für jeden groß zu glauben, von Gott verlassen zu sein – egal, ob man an Gott glaubt oder nicht. Und so wie ich dich früher gekannt habe, vermute ich, dass du dich gerade in einer solchen Situation befindest."

Graham betrachtete die Holzmaserung des Tisches. Ihm wurde sehr warm.

Irgendwo hinter ihm ging ein Glas zu Bruch, und das darauf folgende grölende Lachen zehrte an seinen angespannten Nerven. Er zuckte zusammen und konnte die Geräusche nicht von den Geräuschen der Schlacht trennen, die wie Geister auf ihn einstürmten und unbedingt herausgelassen werden wollten. War heute der Tag, an dem er die Worte laut aussprechen und sie aus dem Gefängnis seiner Gedanken freilassen würde?

Graham zwang sich, seinem väterlichen Freund alles zu erzählen. „Ein solches Wetter hatte ich noch nie zuvor erlebt. Der Nebel war so dicht, dass wir kaum die Gesichter der anderen sehen konnten, geschweige denn ein Schiff am Horizont. In dieser Nacht war die Mannschaft völlig überdreht, und ich war so dumm und ließ sie trinken." Er warf einen Blick auf sein Bier. „Und ich habe selbst auch getrunken."

Nach einem nervösen Blick durch den Raum beugte sich Graham vor. „Am nächsten Morgen tauchte in der Dämmerung am Bug Steuerbord die Fregatte auf. Sie griffen uns zuerst an, aber wir waren stärker. Ich dachte, es wäre ein leichter Sieg. Dann ..." Er brach ab und fuhr sich mit dem Ärmel über die Stirn. „... dann brach Chaos aus. Die Männer waren schlampig. Von dem vielen Bier, das sie am Abend zuvor getrunken hatten, noch nicht ganz nüchtern. Neun Männer starben." Er biss die Zähne zusammen. „Ich war verantwortlich. Es hätte mich treffen sollen."

Stephen beugte sich vor und stützte einen Arm auf den Tisch. „Bist du Gott, dass du entscheiden könntest, wer lebt und wer stirbt?"

Bei dieser Frage schnaubte Graham. „Ich bin nicht in der Stimmung für philosophische Diskussionen, Stephen."

„Aber du übernimmst die Verantwortung für ihren Tod?"

Graham verlor die Geduld. „Ich war der befehlshabende Offizier. Ich habe die Befehle erteilt. Ich habe die Entscheidungen getroffen."

Stephen schüttelte den Kopf. „Der Krieg ist etwas Schreckliches. Viel zu viele Männer sterben im Krieg. Aber egal ob im Krieg oder im Frieden, die Tage jedes Menschen sind von Gott gezählt. Glaubst du, wenn Gott diese neun Männer zu sich holen wollte, hättest du irgendetwas tun können, um das zu verhindern?"

Grahams Faust verkrampfte sich um den Bierkrug. Wie könnte er Sulter die Sache so erklären, dass er ihn verstand? „Aber es war eine Strafe. Ich hätte es besser wissen müssen. Ich war ..."

„Du hast ein schlechtes Urteilsvermögen an den Tag gelegt. Glaubst du, du bist der Einzige, dem das passiert?"

„Ein schlechtes Urteilsvermögen?" Graham ließ den Krug los und knallte mit der Hand auf den Tisch. „Neun Männer sind tot, und ich bin daran schuld."

Sulter beugte sich näher vor und schaute ihn durchdringend an. „Du hast die Wahl: Du kannst dich den Schuldgefühlen ergeben und deine Tage davon trüben lassen, oder du kannst Buße tun und Gottes Vergebung annehmen."

Graham betrachtete die Narbe an seiner Hand. Gott würde ihm vergeben, auch wenn er versagt hatte. Aber konnte er sich selbst vergeben, dass er so wenig Disziplin gezeigt hatte?

„Du bist ein guter Mann, Graham, ein starker Mann. Ich glaube,

Gott hat einen Weg für dich, aber wie kannst du ihn finden, wenn du im Schatten deiner Schuldgefühle lebst? Statt dich jedes Mal, wenn du diese Narbe siehst, von Schuldgefühlen erdrücken zu lassen, kannst du dich von der Narbe an Gottes Vergebung erinnern lassen. Wenn du versucht bist, dich zu sehr mit deinem Versagen in der Vergangenheit aufzuhalten, kannst du beten. Bitte Gott, dir weiterhin deinen Weg zu zeigen. Er hat einen Weg für dich, das versichere ich dir."

Graham konnte seinem väterlichen Freund nicht in die Augen schauen. Er wusste das alles. Er hatte sogar schon oft um Vergebung gebetet. Er war nur nicht bereit gewesen, sie anzunehmen.

Wie anders wäre seine Geschichte verlaufen, wenn er sich in diesen vielen Monaten auf Gott statt auf seine eigene Kraft verlassen hätte?

Wohin hatte ihn seine eigene Kraft gebracht?

○○

Graham und Sulter wollten gerade aufbrechen, als ein kräftiger blonder Mann an ihren Tisch trat. Die schweren Schritte seiner staubigen Stiefel übertönten die Stimmen der lärmenden Gäste, und neben der Narbe, die seine Wange überzog, verblasste die Narbe an Grahams Hand.

Sulters Miene verriet, dass er ihn erkannte. „Ah, Cyrus Kingston. Genau der Mann, mit dem wir sprechen müssen."

Der Mann nahm seinen weitkrempigen Hut ab und warf einen Blick auf Graham, bevor er Sulter antwortete. „Ich habe gehört, Sie haben ein kleines Problem."

„Ja, das stimmt. Kingston, das ist Kapitän Graham Sterling, der vor Kurzem von der Küste vor Halifax zurückgekehrt ist."

Kingston nickte Graham zu. Seine schwarzen Augen waren wild und durchdringend. „Sie sind der Vater der Kleinen?"

Graham nickte. Er betrachtete den Mann. Ihm entging nicht das geringste Detail, und er suchte nach Hinweisen auf den Charakter seines Gegenübers. Die schmutzige Kleidung hing lose an seinem kräftigen Körper. Graham sprach mit leiser Stimme. „Sulter hat mir erzählt, dass Sie sich im George's Dock gut auskennen."

Der Mann hob die Hand, um sich ein Bier zu bestellen, bevor er Graham wieder seine Aufmerksamkeit schenkte. „Ja. Ich arbeite im Hafen, seit ich selbst ein Junge war." Kingston setzte sich und beugte sich über den Tisch. „Wo ist der Brief, den Sie bekommen haben?"

Graham zog den abgegriffenen Brief aus der Tasche und schob ihn über den Tisch.

Kingston las ihn mit versteinerter Miene. „Irgendeine Ahnung, wer dahintersteckt?"

„Ich habe einen Verdacht." Graham wollte nicht zu viel verraten. Aber was hatte er zu verlieren? Wenn Sulter diesem Mann vertraute, sollte er das auch tun. „Haben Sie schon einmal von der *Barrett Trading Company* gehört?"

Kingston trank einen Schluck von seinem Bier und stützte die Ellbogen auf den Tisch. „Ja, kenn ich."

„Machen sie hier im Hafen viele Geschäfte?"

„Sie haben die *Perseverance* unter Vertrag genommen und laufen bald aus."

Beim Namen des Schiffes wechselte Graham einen schnellen Blick mit Sulter. Die Frage lag ihm auf der Zunge. „Kennen Sie George Barrett oder Edward Littleton?"

„Nein."

Graham zeigte keine Reaktion auf diese Antwort und nahm den Brief zurück. „Sind Sie sicher, dass es die *Perseverance* ist?"

„Ja."

Graham steckte den Brief wieder ein. „Ich glaube, wir haben es mit einer von drei Möglichkeiten zu tun. Erste Möglichkeit: Der Entführer benutzt das Dock nur als Köder. Zweitens: Der Entführer will auf einem Schiff vom George's Dock fliehen. Oder drittens: Er plant, meine Tochter und ihr Kindermädchen auf einem Schiff wegzubringen, falls wir uns weigern, auf seine Forderungen einzugehen."

Kingstons Miene verriet nichts als reine Gleichgültigkeit. „Möglich. Oder es könnte sein, dass er sich im George's Dock auskennt und weiß, wo er sich dort verstecken kann. Aber was hat das alles mit mir zu tun?"

Das Desinteresse dieses Fremden störte Graham. Er warf wieder einen Blick auf Sulter. Er hatte nie erlebt, dass sein alter Kapitän ihn in eine falsche Richtung gesteuert hätte. Er trank einen Schluck Bier, bevor er weitersprach. „Jede Wette: Wenn am Dock eine Geldübergabe und die Freilassung von Geiseln geplant sind, muss irgendjemand, der dort arbeitet, etwas wissen."

Kingston schnaubte. „Ja, aber die Leute dazu zu bringen, dass sie darüber sprechen, ist eine ganz andere Sache."

Graham zog eine Braue hoch. „An dieser Stelle kommen Sie ins Spiel."

Kingston legte fragend den Kopf schief. „Wie meinen Sie das, Käpt'n?"

Graham zog einen Lederbeutel aus der Tasche und legte ihn auf den Tisch. „Hundert Pfund für den Mann, der mir Informationen bringt, die zur Befreiung meiner Tochter und ihres Kindermädchens führen. Und die gleiche Summe für Ihre Hilfe."

Das schwache Kerzenlicht flackerte auf der abgenutzten Tischplatte. Kingston betrachtete den Beutel und streckte seine große Hand danach aus. Mit seinen groben Fingern öffnete er den Beutel, schaute hinein, schaute sich wie ein gieriger Dieb, der einen Schatz erbeutet hat, misstrauisch um und beugte sich zu Graham vor. „Sie haben meine Aufmerksamkeit, Sir." Ein Lächeln zog über seine aufgesprungenen Lippen und zeigte seine krummen, verfärbten Zähne. Ein Ton, der eher ein Zischen als ein Lachen war, kam aus seinem Mund.

Graham nahm Kingston den Beutel aus der Hand. „Gut. Finden Sie so viel wie möglich heraus und erstatten Sie mir Bericht. Achten Sie besonders auf die *Barrett Trading Company*." Er holte die Hälfte des Inhalts aus dem Beutel und schob Kingston das Geld hin. „Nehmen Sie das. Den Rest bekommen Sie, wenn ich mein Kind wiederhabe."

Der Geruch nach Meer und Fischen, der an Kingston klebte, wehte über den Tisch und mischte sich mit dem Qualm des rauchenden Feuers. Kingston schaute Graham mit zusammengekniffenen Augen an, während er die Arme über seiner breiten Brust verschränkte und sich auf seinem Stuhl zurücklehnte. „Da wäre ich mir nicht so sicher, Käpt'n." Der Mann nagelte Graham mit einem eisigen Blick fest, und jede Spur eines Lächelns war verschwunden.

„Ein Mann, der herumschnüffelt, kann leicht sein Leben verspielen."

Graham biss die Zähne zusammen. Er wusste, was dieser Mann vorhatte. Er wollte ihn einschüchtern, aber darauf würde er sich nicht einlassen. Er schaute den Mann unverwandt an und weigerte sich, den Blick abzuwenden. Er würde nicht nachgeben und war auch nicht zu Verhandlungen bereit. Aber er brauchte Hilfe, und zwar schnell. Lucys Gesicht tauchte zum tausendsten Mal vor seinem geistigen Auge auf. Ob es aus Schlafmangel oder aus reiner Verzweiflung geschah, konnte er nicht genau sagen, aber schließlich willigte er ein und ließ den Beutel mit seinem ganzen Inhalt in Kingstons ausgestreckte Hand fallen.

Er würde noch viel mehr geben, um seine Tochter zurückzubekommen.

Bei dem befriedigten Lächeln, das über Kingstons Gesicht zog, verzerrte sich seine Narbe. Unzählige Falten krausten sich um seine Augen. „Dann bis morgen." Er hielt den Beutel einen Moment in der Hand, bevor dieser in den Falten seines rauen Mantels verschwand. „Aber ich kann Ihnen nichts versprechen. Vergessen Sie das nicht." Er tippte mit gespielter Förmlichkeit an seinen Hut. „Sulter. Käpt'n."

„Ich verlange kein Versprechen", murmelte Graham, als der Mann die Kneipe verließ. „Ich bete um ein Wunder."

☙

Als sie Schritte vor der Tür der Sulters hörte, wurde Amelia hellhörig. Sie hielt den Atem an, betete und steckte ihre zitternden Hände unter ihr Tuch. Die anderen Hausbewohner waren schon vor mehreren Stunden schlafen gegangen, und die Uhr hatte längst Mitternacht geschlagen, aber Amelia saß hellwach im bescheidenen Salon der Sulters und konnte keine Ruhe finden. Der anstrengende Tag war in eine quälende Nacht übergegangen. Die Stunden waren ohne irgendein Wort der Hoffnung oder des Trostes vergangen.

Aber dann blieben die Schritte stehen, eine gedämpfte Stimme sagte etwas, und etwas rieb an die raue Holztür. Ihr Psalter fiel auf das Kissen neben ihr, als sie aufstand.

Der Riegel wurde hochgehoben, und die schwere Holztür ging auf. Ein eisiger Wind wehte durch die offene Tür ins Haus. Allein schon bei Grahams Anblick, der den Hut tief in die Stirn gezogen hatte und dessen Wangen vor Kälte gerötet waren, wuchs ihr Optimismus. Amelia eilte zur Tür und hielt sie auf. „Sie sind zurück. Gott sei Dank!"

Graham trat zuerst ein. Die Kälte hing in seinem Wollmantel. Seine Worte waren rau, und sein Tonfall klang durch die bittere Kälte sehr knapp. „Warum sind Sie noch auf?"

„Ich konnte nicht schlafen." Amelia überlegte nicht länger, sondern fragte aufgeregt: „Haben Sie etwas in Erfahrung gebracht?"

Kapitän Sulter trat an ihr vorbei zum Garderobenständer und sprach als Erster. „Wir sind dem Ziel näher, Miss Barrett. Glauben Sie mir. Sie können die Kleine bald wieder in den Armen halten. Habe ich nicht recht, Sterling?"

Graham, der seine Handschuhe auszog, hob den Blick und schaute ihn an, aber er nickte nur.

Kapitän Sulter zog den Mantel aus, nahm den Hut ab und strich seine dünnen Haare glatt. „Wir haben heute Abend getan, was wir konnten. Ich schlage vor, dass Sie versuchen, etwas Schlaf zu bekommen." Er legte Graham eine Hand auf die Schulter und bedachte Amelia mit einem herzlichen Lächeln. „Gute Nacht, meine Liebe."

Amelia schaute dem Mann nach, der auf dem Korridor verschwand und sie mit Graham allein ließ. Ihre Lunge weigerte sich, sich auszudehnen, als sie Graham zuschaute, der den Hut abnahm und seinen Mantel auszog. So attraktiv. So stark. Und er allein konnte ihr helfen, Lucy zurückzubekommen.

„Wohin gehen Sie morgen früh?" Ihr Lächeln verblasste, als Graham eine Steinschlosspistole aus dem Mantel zog und sie auf die Kommode legte. „Wozu brauchen Sie die Pistole?"

Graham schaute sie mit hochgezogener Braue an. Die ersterbende Glut im Kamin warf einen rötlichen Schein auf seinen Tagesbart und fing sich in seinen grauen Augen. „Ich hole Lucy zurück."

Sie schluckte ihre Angst hinunter und blieb regungslos stehen.

Graham ging an ihr vorbei zum Sofa und setzte sich auf das weiche Polster. Er rieb seinen Nasenrücken, schloss die Augen und schlug sie dann wieder auf und schaute ins Feuer, ohne mit der Wimper zu zucken. Obwohl jede seiner Bewegungen von Müdigkeit gezeichnet war, blieb seine Haltung angespannt, als erwarte er, dass Lucys Entführer jeden Moment durch die Tür kämen.

Amelia betrachtete ihn und versuchte, seine Miene zu deuten. Verschwieg er ihr etwas? Sie bemerkte die Linien in seinem Gesicht, die Anspannung, die seinen Mund zusammenzog. Er hatte sich so sehr bemüht, sie in den letzten Tagen zu beschützen. Würde er ihr Informationen verschweigen, um sie nicht weiter zu beunruhigen?

Sie setzte sich neben ihn und achtete darauf, den nötigen Abstand zu ihm zu halten. Der Drang, ihn mit Fragen zu löchern, war stark, aber sie hielt den Mund. Was hatte Jane gesagt? *„Du wirst ein sehr einsames Leben haben, wenn du dich aus Angst weigerst, andere Menschen in dein Leben zu lassen."*

Sie strich sich die Haare aus dem Gesicht. Sie wollte ihn trösten, so wie er sie getröstet hatte. Aber was konnte sie tun?

„Sie sehen erschöpft aus. Sie sollten sich schlafen legen." Amelias Stimme klang in dem Schweigen ganz leise.

Er verlagerte sein Gewicht und stützte die Ellbogen auf die Knie. Eine dunkle Haarsträhne fiel ihm trotzig in die Stirn. „Mir geht es gut."

Sein breites Lächeln vom Nachmittag schoss ihr durch den Kopf. Sie vermisste die Ungezwungenheit, die sie bei ihrer Verlobungsfeier erlebt hatte. Seine Stimme klang jetzt schwer. Resigniert.

Graham wandte den Blick vom Feuer ab und schaute sie an, aber seine Miene blieb distanziert. Er stieß ein langes, enttäuschtes Seufzen aus und rieb mit der Hand über seinen Tagesbart. „Wir haben den Tag vergeudet. Und nichts gefunden."

Bei diesen kurzen Worten durchflutete Amelia starke Panik. Sie tippte mit den Händen nervös auf den Wollstoff ihres Kleides. Welche Hoffnung hatten sie noch, wenn Graham die Hoffnung verlor?

Mit Ausnahme des schwächer werdenden Feuerscheins war es dunkel im Zimmer. Durch die Stille wurde Amelia kühner und beugte sich weiter zu ihm vor. Sie erlaubte sich, seine faszinierenden Gesichtszüge zu betrachten. Seine markante Nase. Seine vollen Lippen. Trotz der Sorge um Lucy reagierte ihr Herz auf seine Nähe. Wie würden sich seine starken Arme anfühlen, wenn sie auf ihrem Rücken lägen? Was für ein Gefühl wäre es, die Hand in seine zu legen, ihre Angst bei ihm abzuladen? Ihn helfen zu lassen, ihre schmerzhafte Last zu tragen?

Der Schmerz in seinen Augen tat ihr weh, und die Schuldgefühle wegen ihres Verhaltens traten an die Oberfläche. „Ich schulde Ihnen eine Erklärung."

Der Blick in seinen Augen wurde verwirrt. „Wofür?"

Amelia spielte nervös mit ihrem Schal und schob ihn durch ihre Finger, während aufgewühlte Gefühle, die sie nicht ganz verstand, ihre Brust fast zerdrückten. „Ich ging in meinen eigenen Wünschen und Ängsten so sehr auf, dass ich für vieles, das um mich herum geschah, blind war. Es war falsch von mir, an jenem Abend nach dem Essen bei den Hammonds wütend zu werden. Sie hatten jedes Recht, mir alle möglichen Fragen zu stellen, besonders in Bezug auf unsere Zukunft. Es tut mir leid, dass ich mich so schlecht benommen habe."

Graham fuhr mit den Fingern durch seine dunklen Haare. „*Unsere* Zukunft? Ich dachte, wir hätten eine Geschäftsvereinbarung."

Eine Röte trat in ihre Wangen, aber dieses Necken war eine willkommene Abwechslung zu der erstickenden Anspannung der letzten Tage. Sie betrachtete diesen geheimnisvollen Mann und versuchte zu verstehen, was er mit seinen Worten meinte. „Eines Tages wird Lucy wieder zu Hause sein, und wir werden heiraten, und dann ..."

„... sind wir eine Familie." Seine große Hand legte sich auf ihre. Er drückte sie ganz sanft, dann schob er die Finger zwischen ihre zarten Finger.

Amelia versuchte zu überlegen, was sie sagen sollte, aber bei seiner Berührung schaltete sich ihr Verstand aus. Sie konnte nur ihre ineinander verschränkten Hände anstarren – seine Hand war so stark, ihre war im Vergleich dazu so klein.

Ihr Blick fiel auf die leuchtend rote Narbe, die über seine Hand zog und unter seinem Ärmel verschwand. In diesem Moment der Vertrautheit fasste sie neuen Mut. Sie hob die andere Hand und fuhr mit einem Finger über die Narbe. Bei ihrer Berührung zuckte er zusammen. Es war fast so, als hätte er vergessen, dass die Narbe da war.

„Wann ist das passiert?", fragte sie leise.

Graham wurde steifer, entzog ihr aber seine Hand nicht. „Im letzten Sommer."

Sie schaute nach unten. „Wie?"

„Im Kampf."

Seine knappen Worte verrieten, dass er nicht bereit war, mehr dazu zu sagen. Sie konnte nur ahnen, welche Grauen Graham erlebt haben musste. Grauen, die sie sich in ihrer behüteten Welt nie vorstellen konnte. Sie wollte ihre Hand zurückziehen, aber er hielt sie fest, drehte ihre Hand um und legte seine rauen, warmen Finger um ihre. Bei dieser intimen Berührung entbrannte ein Feuer in ihr.

Er rieb mit dem Daumen über ihre Handfläche. Seine Worte waren leise. „Ich konnte es nicht vorhersehen, genauso wie keiner von uns Lucys Entführung vorhersehen konnte."

Amelia verstand seine Worte kaum, weil ihr Herz so laut hämmerte. Sie konnte den Blick nicht abwenden.

„Meine Jahre auf dem Meer haben mich etwas gelehrt, und heute Abend wurde ich wieder daran erinnert: Wir haben nicht alles, was um uns herum geschieht, in der Hand. Wir alle müssen uns für das verantworten, was wir tun, auch dieser Verbrecher, der Lucy und Mrs Dunne entführt hat. Aber es liegt in unserer Hand, wie wir reagieren. Und ich habe beschlossen, mit Vernunft und Ruhe auf diese Situation zu reagieren." Er stockte kurz, bevor er hinzufügte: „Und mit Gebet."

Gebet? Diese Bemerkung überraschte sie und stellte sie vor noch mehr unbeantwortete Fragen über diesen Mann. Teilte er Katherines starken Glauben? Oder war er wie sie? Verloren und auf der verzweifelten Suche nach der Wahrheit?

„Setzen Sie Ihr Vertrauen auf Gott?", murmelte sie.

Er drückte ihre Finger. „Als wir Darbury verließen, war das noch nicht so. Aber jetzt versuche ich es."

Kapitel 27

„Sterling, wach auf. Du hast Besuch."
Graham öffnete die Augen zu schmalen Schlitzen, gerade weit genug, um zu sehen, wie das schwache Licht der Morgendämmerung durch die Fenster fiel. Es dauerte einen Moment, bis die Worte zu ihm durchdrangen. „Ist es Kingston?"
Sulters Stimme klang verschlafen. „Nein. Er sagt, er sei dein Bruder."
Graham setzte sich schnell auf, war aber nicht sicher, ob er richtig gehört hatte. „Mein Bruder? William?"
„Er sagt, er sei gekommen, um dir zu helfen, Lucy zu finden."
Graham kratzte sich am Kinn, setzte sich auf und schaute sich um. Er dehnte und streckte sich, um die Verspannungen aus seinem Rücken zu vertreiben, und schüttelte den Kopf, um wach zu werden, während er versuchte, dieses neue Puzzlestück einzuordnen. Würde sein Bruder es wagen, unter dem Vorwand, helfen zu wollen, hier aufzutauchen, wenn er selbst an der Entführung beteiligt wäre?
Sulter verschwand auf dem Flur und murmelte etwas von Privatsphäre. Mit entschlossenen Schritten verließ Graham den kleinen Salon, in dem er geschlafen hatte, und trat zur Haustür. Er rückte seine verknitterte Weste zurecht, die von gestern Abend immer noch zugeknöpft war, strich über seine zerzausten Haare und zog die Tür auf.
In der kalten Morgenluft stand William und grinste ihn breit an. Ein Kastorhut saß auf seinen sandfarbenen Haaren, und eine Ledertasche, ähnlich wie Graham eine hatte, hing mit einem Riemen über seiner Schulter. Graham beugte sich aus dem Türrahmen. „Was willst du hier?"
„Das ist aber eine nette Begrüßung." William schaute an Grahams Schulter vorbei ins Haus. „Ich habe gehört, was passiert ist. Mit Lucy, meine ich, und ich bin gekommen, um dir meine Hilfe anzubieten. Willst du mich nicht ins Haus lassen?" Ohne auf eine

Einladung zu warten, schob sich William an Graham vorbei in die Wärme des Hauses.

Graham schloss die Tür hinter ihm. „Wie hast du uns gefunden?"

„Durch Mr Hammond. Er kam gestern zu mir und erzählte mir von der Entführung." Williams Lächeln verschwand. „Was ist los?"

„Nichts. Ich habe nur nicht erwartet, dich nach deiner betrunkenen Schimpftirade vor dem Pfarrhaus hier zu sehen."

„Ach, das." William verlagerte verlegen sein Gewicht auf das andere Bein und ließ den Riemen seiner Tasche von seiner Schulter gleiten. „Ich habe mich ein wenig hinreißen lassen."

„Hinreißen lassen? So nennst du das?" Graham schaute hinter sich, um sich zu vergewissern, dass Sulter sie nicht hören konnte. Dann trat er sehr nahe auf William zu. Allein schon bei der Erinnerung an ihren Streit begann Grahams Gesicht zu glühen. Er schaute seinen Bruder durchdringend an und wandte den Blick nicht von seinen Augen ab. Sein Bruder konnte zwar vielleicht so tun, als hätte es diesen Vorfall nie gegeben, aber Graham konnte die Sache nicht einfach aus seinem Gedächtnis löschen.

„Ich frage dich nur einmal, und ich erwarte eine ehrliche Antwort. Denn wenn du mich anlügst …" Er sprach seine Drohung nicht aus und packte William am Ärmel. „Hast du etwas – irgendetwas – mit Lucys Entführung zu tun?"

Das Grinsen verschwand schlagartig aus Williams Gesicht. Seine Augen zuckten. „Soll das ein Witz sein?"

„Lüg mich nicht an, William. Vor dem Pfarrhaus hast du gesagt, dass ich es bereuen würde, wenn ich dir das Geld nicht gebe. Hast du das damit gemeint? Ist das eine …"

„Hast du den Verstand verloren?" Williams Augen wurden groß, und er riss seinen Arm los. „Nein. Nein! Natürlich nicht. Wie kannst du auch nur glauben, dass ich …"

„Du hast mir selbst gesagt, dass du verzweifelt bist."

„Verzweifelt, ja. Aber ich bin kein Verbrecher." Die Röte in Williams Gesicht vertiefte sich. „Wie kannst du auch nur auf die Idee kommen, dass ich meine eigene Nichte entführen würde?"

„Verzweifelte Männer greifen zu verzweifelten Mitteln."

„Wenn ich nicht wüsste, dass du vor Sorge nicht richtig denken kannst, wäre ich beleidigt." William nahm schwungvoll seinen Hut ab und warf ihn neben Grahams Pistole auf die Kommode. William betrachtete die Waffe, hob sie auf und drehte sie in der Hand. „Ist es so ernst?"

Graham trat vor und hielt seinem Bruder die offene Handfläche hin, um die Pistole zurückzufordern.

William ließ die Pistole in die Hand seines Bruders sinken. „Ich will vergessen, dass du mir eine so lächerliche Frage gestellt hast, und noch einmal von vorne beginnen."

Er grinste wieder und verbeugte sich leicht. „Guten Morgen, Bruder. Ich freue mich auch, dich zu sehen, und ich will dir helfen, deine Tochter zu finden. Jetzt erzähle mir, ob du herausfinden konntest, wo sie sich aufhält."

Graham schaute seinen Bruder an und versuchte einzuschätzen, ob er ihm trauen konnte. Wenn er mit der Entführung irgendetwas zu tun hätte, wäre er bestimmt nicht hergekommen. Aber vielleicht wollte er nur seine Spuren verwischen? Wie konnte Graham das mit Bestimmtheit wissen? Seine normalerweise geschärften Sinne, sein scharfes Auge waren irgendwie getrübt.

Sein Gespräch mit Sulter schoss ihm durch den Kopf. Gott hatte ihm eine viel schlimmere Fehleinschätzung vergeben. Konnte er seinem Bruder nicht auch vergeben? Er sprach im Stillen ein unbeholfenes Gebet. Vielleicht war Williams Kommen eine Gebetserhörung.

Graham verschränkte die Arme vor seiner Brust und sprach mit leiser Stimme weiter. „Der Erpresserbrief weist uns an, zum George's Dock zu kommen. Ich habe einen Dockarbeiter gefunden, der bereit ist, uns gegen die nötige Bezahlung zu helfen."

„Dann stehe ich auch zu deinen Diensten. Gib mir eine Aufgabe. Ich habe Littleton gestern Abend im Gasthaus gesehen, aber er war in die andere Richtung unterwegs ..."

„Moment!", fiel Graham seinem Bruder ins Wort. „Littleton, sagst du?"

Williams Brauen schossen nach oben. „Ja, Littleton. Ich habe ihn gestern Abend gesehen, und ich ..."

„Wo?"

William runzelte die Stirn. „Er war mit einer Gruppe Männer vor dem Gasthaus. Ich nahm an, dass er ... Moment, ist er nicht mit dir nach Liverpool gekommen?"

„Nein. Bist du sicher, dass er es war?"

„Ganz sicher." Ausnahmsweise wirkte William vollkommen nüchtern.

Graham wollte keine Zeit verlieren. „Zeig mir genau, wo du ihn gesehen hast."

୬

Amelia konnte nicht stillsitzen. Wenn sie noch eine Minute länger im stillen Salon der Sulters und im Gefängnis ihrer eigenen Angst sitzen müsste, würde sie den Verstand verlieren. Sie wollte so gern helfen, Lucy zu suchen. Sich nützlich machen. Aber sie saß nur hier. Und wartete.

Neben ihr saß Jane und flickte das Tuch, das sie beim Aussteigen aus der Kutsche vor dem *Eagledale Inn* zerrissen hatte. Amelia hatte versucht zu lesen, aber es war ihr unmöglich, sich zu konzentrieren. Wie konnte Jane so ruhig sein, wenn alles so ungewiss war?

Das unablässige Ticken der Uhr lenkte ihren Blick zur Wand. *Elf Uhr vormittags.* Ihre Zehe tippte auf den rauen Holzboden. Sie wollte Lucy in den Armen halten. Sie wollte Graham Sterlings Frau werden. Und sie wollte das alles jetzt sofort.

Leise Geräusche auf dem Flur erregten Amelias Aufmerksamkeit. Sie verdrehte sich fast den Hals, um durch das niedrige Fenster zu schauen. Becky, die älteste Tochter der Sulters, erschien auf dem schmalen Korridor und zog einen dunkelblauen, mit Fell gefütterten Mantel über ihr Wollkleid.

Amelia richtete sich auf. „Gehen Sie weg, Miss Sulter?"

Becky fuhr mit dem Kopf hoch, als überraschte diese Frage sie, und nickte. „Ja. Mutter hat mich zum Markt geschickt."

Amelias Herz schlug schneller. Endlich eine Gelegenheit! „Sie haben doch hoffentlich nichts gegen Gesellschaft, oder? Ich brauche unbedingt ein wenig frische Luft."

Jane protestierte sofort. „Kapitän Sterling hat dich gebeten, hierzubleiben. Ich finde, du solltest dich an seine Anweisungen halten."

Amelia schnappte ihren Umhang und warf ihn sich über die Schultern. „Wir sind bald zurück. Was sollte schon passieren? Bitte,

Jane, ich kann nicht einfach nur hier herumsitzen und warten. Ich muss etwas tun."

Ohne auf eine Antwort zu warten, setzte Amelia ihren Hut auf. Sie band die graue Satinschleife unter ihrem Kinn zusammen und öffnete eilig die Haustür. Die verblüffte Becky nahm einen kleinen Korb, der neben der Tür stand, und folgte Amelia durch eine schmale Gasse auf die belebte Straße.

Amelia schaute sich beim Gehen nach allen Seiten um und ließ das lebendige Treiben auf sich wirken. Wagen rollten holpernd über die Kopfsteinpflasterstraßen. Kinder in zerrissenen grauen und braunen Mänteln rannten herum. Sie musste Kisten und Seilrollen ausweichen. Männer und Frauen jeder Gesellschaftsschicht waren unterwegs und trugen Lasten oder verkauften Waren. Dieser Ort war völlig anders als das beschauliche Darbury. Amelia ließ ihren Blick über die schmale Ladenreihe schweifen. Die Lösung für ihre Suche nach Lucy musste hier zu finden sein.

Sie achtete kaum auf Beckys freundliches Geplauder. Stattdessen schaute sie jedes Gesicht forschend an, als könnte es einen Hinweis darauf geben, wo sie Lucy suchen müssten. Ältere Frauen, junge Männer, Soldaten und Matrosen in Uniform – jeder von ihnen konnte etwas wissen, das ihnen bei ihrer Suche helfen könnte.

Sie erreichten den Markt, wo Becky Karotten und Kohl an einem Stand kaufte. Amelia war noch nie zuvor an einem so belebten Ort gewesen. Waren hingen von wackeligen Wagen vor den Geschäften. Mit langen Lederriemen waren Schafe und Ziegen an notdürftig errichtete Zäune gebunden. Die Käufer rempelten einander an, blieben immer wieder stehen und feilschten um bestimmte Waren. Pferde und Kutschen rollten holpernd über die Kopfsteinpflasterstraße, die von großen Lagerhäusern gesäumt war und sich zum Fluss hinabschlängelte. Im Wind lag der Geruch von Rauch und Fleisch und Fluss und Meer.

Als Becky eine Metzgerei betrat, entschied sich Amelia, lieber draußen zu bleiben. Sie schlenderte ein paar Schritte weiter und ging vor den anderen Geschäften auf und ab, da sie etwas Abstand zwischen sich und den stinkenden Abfallhaufen vor der Metzgerei bringen wollte.

Plötzlich hielt sie inne und lauschte. Sie drehte sich um und starrte durch das Gewirr aus Menschen und Pferden auf eine Person, die ihr bekannt war.

Kann das sein?

Amelia trat näher an die bröckelnde Ziegelmauer heran und wünschte, sie könnte sich unsichtbar machen. Ihre Lippen begannen zu zittern. Der Gang, der Körperbau, das Auftreten ... sie war sich sicher. Edward Littleton war in Liverpool.

Sie kniff die Augen zusammen, um ihn genauer erkennen zu können. Er stand nahe neben einer Frau, die einen schwarzen Umhang trug. Ein dunkelblauer Hut verbarg ihr Gesicht. Es sah aus, als stritten sie miteinander. Der Lärm der vielen Menschen und Tiere um sie herum erstickte ihre Worte, aber ihre angespannte Haltung und ihre abrupten Bewegungen verrieten, dass sie eine hitzige Auseinandersetzung hatten.

Amelia hob die Hand, um ihre Augen vor der Sonne zu schützen, die hinter den dünnen silbernen Wolken hervorlugte. Der Umhang der Frau und die Farbe ihres Hutes kamen ihr bekannt vor. Dann drehte sich die Frau schwungvoll um. Selbst aus dieser Entfernung war sie nicht zu verkennen. Das goldene Licht fiel auf niemand anderen als auf Helena Barrett.

Amelia keuchte und sank an die Mauer zurück. Ihr Herz überschlug sich fast. Ihr erster Instinkt war es, auf Helena zuzulaufen. Sie war bestimmt hier, um ihnen bei Lucys Rettung zu helfen. Aber rasch gewannen vernünftigere Gedanken die Oberhand. Helena war in Edwards Begleitung. Und Edward Littletons Anwesenheit in Liverpool konnte nichts Gutes bedeuten.

Als sie wieder klar denken konnte und sich von der Ziegelmauer entfernen wollte, war es zu spät. Helena bemerkte sie und schaute sie mit offenem Mund überrascht an. Littleton, der auf Helenas plötzlich verändertes Verhalten reagierte, drehte ebenfalls den Kopf in Amelias Richtung. Einen kurzen Moment lang standen sie alle wie angewurzelt da. Dann versuchte Helena, sich aus Edwards Griff zu befreien, aber er drehte sich nur um und rief etwas über seine Schulter nach hinten.

Amelia zwang sich, einen Fuß vor den anderen zu setzen. Sie musste die Metzgerei erreichen. Sie musste Becky Sulter holen, und sie mussten Graham finden. Sofort.

Der Schock und das Entsetzen erhöhten ihren Pulsschlag, verlangsamten aber ihre Schritte. Edward. Und Helena! Sie versuchte, den Blick von Edward loszureißen, aber sein Blick – sein heißer, wütender Blick – wich nicht von ihren Augen. Er deutete in ihre Richtung. Dann begannen die zwei kräftigen Männer, die neben ihm aufgetaucht waren, die Straße zu überqueren.

Amelia stürmte zur Tür der Metzgerei. Warum war sie nicht bei Becky geblieben? Sie wagte im Laufen einen Blick hinter sich. Die Männer waren verschwunden. Sie verlangsamte ihre Schritte. Aber in dem Moment, als sie die Hand nach dem Türgriff ausstreckte, legte sich ein dicker Arm um ihre Taille, und eine Hand, die in einem Handschuh steckte, hielt ihr den Mund zu. Bevor sie begreifen konnte, was passierte, zerrte jemand sie in die kleine Gasse neben der Metzgerei.

Amelia trat und schlug um sich, sie versuchte sogar, durch den Handschuh zu beißen, aber die Arme, die sie festhielten, waren zu kräftig. Sie versuchte zu schreien, doch nur erstickte Töne kamen über ihre Lippen. Sie schaute sich um, um sich zu orientieren. Über ihr der Himmel. Links neben ihr Ziegel. Vor ihr wich die Straße mit jedem Schritt, den ihr Angreifer ging, immer weiter zurück. Sie trat wieder um sich, sogar noch kräftiger, aber die fremden Arme hoben sie vom Boden hoch.

„Sie beißt mich!"

„Wirst du nicht einmal mit einer Frau fertig?"

„Halt den Mund und hilf mir lieber."

Ein zweites Paar Hände packte ihre Beine, dann band ihr jemand ein Tuch um die Augen. Es stank furchtbar. Nach Schweiß, Tabak und Schnaps.

Das konnte doch nicht wirklich passieren. Nicht jetzt. Nicht, wenn Lucy sie am meisten brauchte. Und Graham!

Kräftige Arme schleuderten Amelia hoch, und sie landete auf einer harten Oberfläche. Eine Hand drückte sie nach unten. Bei dem überwältigenden Geruch nach vermodertem Stroh musste sie sich fast übergeben. Das Stroh stach in ihre Wange, und etwas Scharfes wurde in ihre Seite gedrückt. Ein heißer Atem berührte ihr Ohr.

„Wenn dir dein Leben lieb ist, hübsches Mädchen, hältst du brav den Mund."

☙

Graham rückte zum hundertsten Mal, wie es ihm erschien, die Pistole an seiner Seite zurecht. Über eine Stunde war vergangen, und von Littleton war immer noch keine Spur zu sehen. „Bist du sicher, dass du ihn hier gesehen hast?"
William nickte. „Ich bin mir ganz sicher." Er deutete mit dem Kopf zu einer Kneipe neben dem *Darndee Inn*. „Dort drinnen sind er und seine Kameraden gestern Abend verschwunden."
Graham lehnte sich an eine Säule und richtete den Blick auf die schäbige Kneipe und das baufällige Gasthaus. Er knirschte mit den Zähnen. Jetzt war er ganz sicher, dass Littleton bei Lucys Verschwinden die Hände im Spiel hatte.
Weitere zehn Minuten vergingen, bis Graham sich plötzlich aufrichtete. „Da ist er!" Die Tür des Gasthauses war aufgerissen worden, und drei Männer tauchten auf dem Gehweg auf. Sie flüsterten miteinander. Einer von ihnen hielt sich die Hand als Schild gegen die hellen Sonnenstrahlen an die Stirn. Dann trennten sich die zwei anderen Männer von Littleton und verschwanden auf der Straße.
Littleton rückte seinen großen Hut zurecht, steckte etwas in die Tasche und reckte den Hals, um die Straße zu überblicken. Littleton war allein. Das war ihre Gelegenheit. Graham packte William am Arm und schob ihn vorwärts. „Komm, gehen wir."
Die Brüder bahnten sich einen Weg zwischen den Wagen auf der Straße und schlängelten sich durch die vielen Menschen auf dem Gehweg. Höflich entschuldigten sie sich, wenn sie jemanden anrempelten.
„Littleton!", rief Graham.
Als er seinen Namen hörte, drehte sich Littleton um. Ein unsicherer Schatten zog über sein arrogantes Gesicht, als er die beiden erblickte. Sein Blick schoss von den näher kommenden Brüdern zu seinen Gefährten, die sich immer weiter entfernten.
Graham und William bauten sich Schulter an Schulter vor dem Mann auf, und Graham kam sofort zur Sache. „Was führt Sie nach Liverpool, Littleton?"
Mit einem gekünstelten Lächeln auf den Lippen setzte Little-

ton zu einer Antwort an. „Die *Barrett Trading Company* natürlich. Im Liverpooler Hafen laufen fast jeden Tag Schiffe ein und aus. Eines unserer Schiffe läuft morgen früh aus. Ich bin hier, um das zu überwachen. Hafenarbeiter können furchtbar unzuverlässig sein. Aber das muss ich Ihnen bestimmt nicht erzählen, Herr *Kapitän*."

Seine Antwort kam viel zu schnell und fließend. Zu perfekt. Graham schaute ihn scharf an, um zu prüfen, ob Littleton seinem Blick standhalten konnte. „Ein seltsamer Zufall, finden Sie nicht?"

Littleton schüttelte den Kopf. „Wie meinen Sie das?"

„Noch vor zwei Tagen waren wir drei in Darbury. Lucy wird entführt. Ich bekomme eine Lösegeldforderung, die mich auffordert, hierherzukommen. Und jetzt treffe ich Sie hier."

Littleton kniff die Augen zusammen. „Mir gefallen Ihre Andeutungen nicht, Sterling."

Graham zuckte die Achseln. „Ich deute nichts an. Ich habe nur die Fakten aufgezählt."

„Ich hatte mit dem Verschwinden Ihrer Tochter nichts zu tun, falls Sie das damit sagen wollen."

„Hör dir das an, William." Grahams Worte waren an seinen Bruder gerichtet, aber sein Blick wich keine Sekunde von Littletons Gesicht. Er trat sogar noch näher auf ihn zu und zwang den anderen, ihm direkt in die Augen zu schauen. „Falls ich herausfinden sollte, dass Sie irgendeine Rolle spielen bei dem, was passiert ist, sorge ich dafür, dass Sie dafür teuer bezahlen."

Littletons Gesicht lief noch dunkler an, und sein Kinn zitterte. Er warf einen Blick hinter sich in die Richtung, in der die anderen Männer verschwunden waren. „So gern ich mich auch mit Ihnen beiden unterhalten würde, aber mich erwarten dringende Geschäfte." Er drehte sich auf dem Absatz um und folgte seinen Begleitern.

William schaute zu, wie Littleton über die Straße eilte und in der Menge untertauchte. „Wohin, glaubst du, geht er?"

Graham stellte sich die gleiche Frage. Littleton schlängelte sich durch die Menschenmenge und beschleunigte seine Schritte. Etwas stimmte hier nicht. Das spürte er genauso sicher, wie er fühlen konnte, wenn sich über dem Meer ein Sturm zusammenbraute.

„Ich traue diesem Kerl nicht. Er weiß etwas. Ich folge ihm. Geh du und hole Sulter. Er wollte sich mit Kingston am George's Dock treffen. Meinst du, du findest das?"

„Das schaffe ich."

„Gut. Dann treffen wir uns alle in ungefähr einer Stunde wieder hier. Ach, noch etwas, William."

„Ja?"

„Sag ihnen, sie sollen ihre Pistolen mitbringen."

☙

Dunkelheit umgab Amelia. Sie riss das grobe Tuch von ihrem Gesicht.

Edward Littleton steckt hinter der Entführung. Edward hat Lucy.

Wütend, verängstigt und mit Schmerzen am ganzen Körper schob sie sich von dem schmutzigen Fußboden hoch und setzte sich auf. Sie versuchte, den Schmutz von ihrem Mantel zu wischen, und schälte ihre Finger aus den durchnässten, verschmutzten Handschuhen. Nach einigen Sekunden hatten sich ihre Augen an den schwachen Lichtstrahl gewöhnt, der durch einen Riss in dem schwarzen Lumpen, der ein Fenster hoch oben bedeckte, fiel.

Wo war sie?

Amelia versuchte aufzustehen, aber bei der Bewegung bohrte sich ein stechender Schmerz in ihre Stirn. Sie drückte die Handfläche an ihren Kopf. Das Letzte, an das sie sich erinnerte, war, dass man sie auf etwas gehoben und ihr die Augen verbunden hatte.

Sie zwang sich, ruhig zu bleiben. Beim zweiten Versuch gelang es ihr aufzustehen. Sie drehte sich im Kreis, um ihre Umgebung zu begutachten. Eine klumpige Strohmatratze in der Ecke. Ein einziger Stuhl an der Wand. Ein Nachttopf. Ein staubiger Holzboden. Eine geschlossene Holztür.

Sie taumelte zur Tür und rüttelte am Griff. Zugeschlossen. Sie bemühte sich um eine selbstsichere und kräftige Stimme, als sie dagegenhämmerte. „Edward Littleton? Ich will mit Edward Littleton sprechen."

Schwere Schritte ließen den Boden unter ihr erbeben und näherten sich ihrer Tür. „Halt den Mund. Oder ich sorge dafür, dass du ihn hältst!"

Ihre Beine zitterten, aber ihre feste Entschlossenheit verhalf ihr zu einer kräftigen Stimme. „Ich bin nicht ruhig. Ich weiß, dass Mr Littleton der Grund dafür ist, dass ich hier bin, und ich verlange, ihn zu sprechen."

Ein Lachen ertönte auf der anderen Seite der Tür, und sie hörte ein Flüstern. „Du kannst verlangen, so viel du willst. Aber du wirst mit niemandem sprechen."

Sie umklammerte den alten Griff der Tür und rüttelte wieder daran, jetzt mit mehr Kraft, aber etwas Schweres auf der anderen Seite verhinderte, dass die Tür sich öffnen ließ. Sie atmete keuchend aus und ließ sich gegen die Wand fallen. Die dünnen Holzbretter schwankten unter ihrem Gewicht, und plötzlich hörte sie das süßeste Geräusch, das es auf der ganzen Welt geben konnte. Das Weinen eines Kindes.

„Lucy!" Eine tiefe Freude durchfuhr Amelia bei dem schmerzlich bekannten Weinen. Ihre Knie drohten unter ihr nachzugeben. Sie rüttelte an der Tür, bis ihre Muskeln vor Erschöpfung brannten. „Lassen Sie mich hinaus!"

Wieder war die einzige Antwort ein schallendes Gelächter. Sie trat von der Tür zurück und schaute das Hindernis finster und vor Anstrengung schwer keuchend an. Sie musste aus diesem Raum kommen, um zu Lucy zu gelangen. Während sie wartete, bis das Lachen verstummte, beschloss sie, ihre Taktik zu ändern. „Ich bleibe hier drinnen und belästige Sie nicht weiter. Darauf gebe ich Ihnen mein Wort. Aber bitte lassen Sie das Kind zu mir herein."

„Auf keinen Fall, Lady."

Amelia gab dem Zittern in ihren Beinen nach und glitt an der Wand nach unten. Sie erschauerte, als sie das geliebte Weinen wieder hörte. So weinte Lucy, wenn sie Hunger hatte oder müde war, aber nicht, wenn sie Angst hatte. Wenigstens hatte sie keine Angst. Und sie war am Leben.

Amelia zog die Knie an ihre Brust heran und zitterte in dem dunklen Raum. Sie ließ die Stirn auf ihre Knie sinken. Tränen brachen sich Bahn, und ihr ganzer Körper wurde von einem starken

Schluchzen erfasst. Warum passierte das alles? Wenn sie je eine Gebetserhörung gebraucht hatte, dann jetzt. Sie hoffte, dass Gott sie in diesem schäbigen Raum genauso hören würde wie in ihrem Zimmer auf Winterwood Manor.

Und so betete sie.

Kapitel 28

Graham hielt sich die Hand als Schild an die Stirn und schaute zur Mittagssonne hinauf. Vereinzelte Sonnenstrahlen tanzten zwischen den vielen Wolken. Von der Stelle, an der er stand, konnte er den Treffpunkt im Auge behalten, den er mit William vereinbart hatte, und auch das Lagerhaus, in dem Littleton verschwunden war. Er ließ seinen Blick über die breite, matschige Straße schweifen und wartete auf William. Eine Stunde war vergangen, und der Hafen war nur eine kurze Strecke entfernt. Warum brauchte sein Bruder so lang?

Er richtete seine Aufmerksamkeit wieder auf das Lagerhaus. Soweit er es beurteilen konnte, hielt sich Littleton die ganze Zeit in diesem Gebäude auf. Seines Wissens hatte niemand das Gebäude betreten. Und niemand hatte es verlassen.

Viele Menschen schwärmten über den Platz, und unzählige Wagen waren auf den Straßen unterwegs, wodurch es Graham leichtfiel, mitten im hellen Tageslicht unbemerkt zu bleiben. Er lehnte sich an den abgestellten Wagen, hinter dem er unbemerkt stand. War es ein Fehler gewesen, William zu vertrauen und ihn loszuschicken, um Sulter zu holen? Sein Bruder hatte sich in der Vergangenheit als nicht besonders zuverlässig erwiesen, aber eine so einfache Aufgabe konnte man ihm doch hoffentlich anvertrauen.

Graham zog den Hut tiefer in die Stirn. Jetzt war nicht der richtige Zeitpunkt, um sich darüber den Kopf zu zerbrechen. Es war Zeit zu handeln. Ihm wäre es lieber, wenn er Unterstützung hätte, aber wenn nötig, würde er auch allein etwas unternehmen.

Als er gerade beschloss, das Gebäude allein in Angriff zu nehmen, entdeckte er sie. William kam von rechts, Sulter folgte einen Schritt hinter ihm. Mit ihren schwarzen und grauen Mänteln und tief in die Stirn gezogenen Hüten fielen sie in der Menschenmenge überhaupt nicht auf. Graham richtete sich auf, als sie näher kamen, und machte ihnen hinter dem Wagen Platz, schaute sich aber vorsichtig um, um sicherzugehen, dass niemand sie beobachtete. Er wollte sie gerade begrüßen, als er ihre ernsten Mienen sah. Er erstarrte. Es war etwas passiert.

„Was ist los?"

Sulter warf einen schnellen Blick auf William, bevor er sprach. „Es geht um Miss Barrett, Graham. Sie ist fort."

Sulters Worte ergaben keinen Sinn. „Was soll das heißen? Sie ist fort?"

Sulter kniff die Lippen zusammen und sprach schließlich weiter. „Miss Barrett und meine Becky gingen zum Markt. Als Becky aus der Metzgerei kam, war Miss Barrett nicht mehr da. Sie fragte die anderen Leute und erfuhr von einer Passantin, dass zwei Männer Miss Barrett gepackt hatten. Aber niemand hat gesehen, wohin man sie brachte."

Eine unbeschreibliche Panik ergriff Graham, während Sulters Worte in seinem Kopf widerhallten. Amelia? Wenn das ein anderer als Sulter gesagt hätte, würde er es nicht glauben. Sein Blick schoss zu seinem Bruder, dessen düstere Miene bestätigte, was er gehört hatte. Graham atmete scharf ein. „Ich habe ihr gesagt, dass sie das Haus nicht verlassen soll."

Sulter streckte die Hände aus, als wollte er Graham beruhigen. „Wir sind zum Markt gegangen, aber wir haben nichts gefunden."

Graham hatte schon viele Schlachten erlebt. Gefahr und Angst waren ihm nicht fremd. Er wusste, dass es entscheidend war, im Angesicht des Feindes Ruhe zu bewahren. Aber noch nie zuvor war ein Angriff so persönlich gewesen. Zuerst Lucy. Jetzt Amelia. Sein Herz wusste nicht, wie es reagieren sollte. „Dahinter steckt Littleton."

Er warf einen schnellen Blick auf das Lagerhaus, in dem Littleton verschwunden war. Lucy, Mrs Dunne und Amelia waren in Gefahr. In größter Gefahr. Er ballte seine vernarbte Hand zur Faust. Erst da fiel es ihm auf. Jemand fehlte. „Wo ist Kingston?"

Sulter und William wechselten einen unbehaglichen Blick. Graham wusste ihre Antwort, bevor sie ein Wort sagten.

„Ich habe überall gesucht." Sulters Stimme war leise. „Er war nirgends zu finden."

„Unmöglich!" Graham knallte mit der Faust an die Mauer neben sich. Seine Krawatte wurde unerträglich eng, als die Gedanken in schneller Folge auf ihn einstürmten. Er musste gegen dieses niederdrückende Gefühl ankämpfen und ruhig bleiben. Um Lucys willen. Und jetzt auch um Amelias willen.

„Tut mir leid, Graham", entschuldigte sich Sulter zerknirscht.

„Wir brauchen ihn nicht", platzte Graham heraus und bemühte sich um neues Selbstvertrauen. „Littleton ist in diesem Lagerhaus. Ich hole Lucy und Amelia zurück, selbst wenn ich das Haus Ziegel für Ziegel einreißen muss."

Sulters Stimme blieb ruhig wie immer. „Denk in Ruhe nach, Graham. Wir wissen nicht, wie viele Männer da drinnen sind. Darf ich vorschlagen, dass wir warten, bis …"

„Nein!" Graham wollte nichts von Warten hören. Nicht jetzt. Nicht, wenn er seinem Ziel so nahe war. Es war ein Fehler gewesen, Kingston zu vertrauen. Diesen Schurken würde er sich später vorknöpfen. Aber er würde keinen zweiten Fehler machen und das Risiko eingehen, alles zu verlieren. Er fuhr herum. „Habt ihr eure Waffen dabei?"

Sulter öffnete seinen Mantel so weit, dass Graham das Metall, das in seinem Hosenbund steckte, funkeln sah. William nickte, errötete aber gleichzeitig. Das Bild, wie ungeschickt William in der Bibliothek die Pistole gereinigt hatte, schoss Graham durch den Kopf. Er schaute seinen Bruder fragend an. „Weißt du überhaupt, wie man dieses Ding benutzt?"

„Ich habe dir gesagt, dass ich lieber reite als schieße, aber ich bin nicht völlig ahnungslos. Ich kann leidlich schießen." Williams nervöses Lachen konnte Graham nicht überzeugen. Es war wichtig, dass alle zuversichtlich waren. Diszipliniert. Und Williams Erfahrungen in solchen Dingen waren bestenfalls begrenzt. Aber welche andere Wahl blieb ihm? Er hatte zwei Männer an seiner Seite, die bereit waren, ihm zu helfen, und er brauchte beide. Er klopfte William ermutigend auf die Schulter.

„Also gut, Männer. Wir gehen folgendermaßen vor …"

ɞ

Amelia zog die Füße unter ihren Rock, während sie zusah, wie ein Käfer über den Rand der Mauer flitzte und in einer Spalte verschwand. Ein Schauern zog über ihre Glieder, und sie biss sich auf die Lippe. Die immer länger werdenden Schatten hinter dem Vorhang verrieten, dass die Sonne bald untergehen würde. Seit sie verlangt hatte, mit Edward Littleton zu sprechen, hatte sie bis auf Lucys Wimmern keinen Ton gehört. Wie viel Zeit war seitdem vergangen? Sechs Stunden? Mehr?

Sie wickelte ihren Umhang enger um sich und war dankbar für die wenige Wärme, die er ihr bot. Ihre Gedanken wanderten zu Helena. Der Schock, als sie ihre Cousine mit Edward in Liverpool gesehen hatte, hatte sich noch nicht gelegt. Der Streit, den Amelia zwischen den beiden beobachtet hatte, war sehr hitzig gewesen. Hatte Helena Littleton bei der Entführung geholfen, oder hatte sie versucht, ihn zu überreden, Lucy und Mrs Dunne freizulassen? Amelia schaute sich in ihrem Gefängnis um, das im immer schwächer werdenden Licht jetzt kaum noch zu erkennen war. Wie lang würde sie hier festgehalten werden? Wie in aller Welt sollte Graham sie finden? Jane hatte gesagt, dass Gott sie nie verlassen oder im Stich lassen würde. Sah er sie jetzt, beschützte er sie? Sah er Lucy und Mrs Dunne?

Ein Klopfen an der Wand riss sie aus ihren Gedanken. Sie rappelte sich auf die Beine und schaute sich besorgt um, woher das Geräusch kam. Das Klopfen ging weiter, dann wurde ein Finger durch ein kleines Loch unten an der Wand gesteckt. Amelia schlug das Herz bis zum Hals, und ein Schrei schlüpfte über ihre Lippen. Aber in dem Flüstern, das ihrem Schrei folgte, lag ein bekannter irischer Akzent. „Miss Barrett! Miss Barrett, sind Sie da?"

Mrs Dunne! In ihrem verzweifelten Wunsch nach Kontakt zu einem anderen Menschen sank sie auf den schmutzigen Boden und berührte den Finger. „Mrs Dunne, geht es Ihnen gut?"

Der fleischige Finger der älteren Frau legte sich um ihren, und die Wärme ihrer Hand durchströmte Amelia wie heißer Tee an einem kalten Wintertag. „Mir geht es gut. Und Lucy geht es, Gott sei Dank, auch gut. Mr Littleton steckt hinter dieser ganzen Sache, Mr Littleton und kein anderer."

Amelias Herz raste schneller als je zuvor. „Was wissen Sie sonst noch?"

„Still ... Sie müssen leise sein. Der Mann, der Wache hält – Jack heißt er –, ist endlich eingeschlafen."

„Meine Tür ist zugeschlossen. Sie ist fest verriegelt. Ich kann nichts sehen."

„Soweit ich die Männer verstanden habe, haben sie vor, uns am Morgen gegen Geld freizulassen. Aber wenn Kapitän Sterling das Geld nicht zahlt, bringen sie uns auf ein Schiff, das nach Barbados ausläuft."

„Barbados?" Amelia hatte entsetzliche Geschichten über Waisen gehört, die entführt und auf den Westindischen Inseln verkauft wurden, auf denen die Abschaffung der Sklaverei eine starke Nachfrage nach billigen Arbeitskräften geschaffen hatte. Sie hätte sich nie vorstellen können, dass diese Geschichten tatsächlich der Wahrheit entsprachen. Eine ungeheuerliche Angst kroch über ihren Rücken.

Sie drückte Mrs Dunnes Finger. „Geht es Lucy gut? Hat sie Angst?"

„Ihr geht es ganz gut. Es scheint sie nicht zu stören, dass alles anders ist als sonst. Sie schläft neben mir."

„Machen Sie sich keine Sorgen, Mrs Dunne. Kapitän Sterling wird uns finden." Ihre Worte waren genauso sehr an sich selbst gerichtet wie an das Kindermädchen. „Er ist schon den ganzen Tag unterwegs und sucht Sie und Lucy."

„Hat er genug Geld, um das Lösegeld zu zahlen?"

„Ja. Wir sollten beten, dass alles gut läuft." Amelia zögerte, aber ihr Wunsch, die Wahrheit zu erfahren, wog schwerer als der Wunsch nach Diskretion. „Wussten Sie, dass Helena beteiligt ist?"

„Was? Miss Helena Barrett?"

„Ja, meine Cousine."

„Nein, Madam. Sie glauben doch bestimmt nicht, dass ..."

Unvermittelt ertönte ein lautes Krachen vor der Tür. Amelia sprang erschrocken auf die Beine, und Mrs Dunnes Finger verschwand durch das Loch in der Wand. Irgendwo quietschte eine Tür in den Angeln, schwere Stiefel stapften über den Holzboden. Amelias Puls hämmerte so kräftig in ihren Ohren, dass sie Angst hatte, sie würde überhaupt nichts hören können.

Zwei, vielleicht drei Männerstimmen hallten draußen wider, aber als sie eine bestimmte Stimme hörte, zog sich ihr Herz zusammen. Edward.

„Wo ist sie?"

Amelia erstarrte. Sie wusste, dass er von ihr sprach. Ihre Haare, die sich längst aus ihrem Elfenbeinkamm gelöst hatten, hingen offen über ihre Schultern. Sie kämmte mit zittrigen Händen durch ihre zerzausten Locken. Sie hatte zwar im Moment kein großes Selbstvertrauen, aber mit Gottes Gnade würde sie ihn täuschen und selbstsicher auftreten.

Etwas wurde von der Tür weggezogen. Amelia hielt den Atem an, als der Schlüssel sich drehte und die Tür aufgerissen wurde. Das Licht einer Laterne blendete sie. Entschlossen, keine Schwäche zu zeigen, zwang sie sich, die Augen offen zu halten.

„Warum ist sie hier im Dunkeln?", zischte Edward die Männer hinter sich an. „Behandelt man so eine Dame?", rief er tadelnd hinter sich, während er mit einer brennenden Blechlaterne in der Hand in den schmutzigen Raum trat. Dunkle Schatten verbargen seine Gesichtszüge, aber sie konnte sich die hämische Miene vorstellen, mit der er sie immer bedacht hatte, wenn er glaubte, er hätte die Oberhand. Diese Tage lagen in der Vergangenheit … und sie hatten eine gefährliche Entwicklung genommen. Sie musste jetzt stark sein. Für Lucy und für sich selbst.

Amelia schob das Kinn vor. „Ich verlange zu wissen, was hier vor sich geht, Edward."

„Ich denke, Sie wissen ganz genau, was hier vor sich geht, liebste Amelia."

„Sie irren sich. Sie sollten es mir lieber erklären."

Er schmunzelte. „Ach, Amelia, versuchen Sie nicht, sich zu verstellen. Das passt nicht zu Ihnen. Sie verstehen die Situation ganz genau."

Selbst in der Dunkelheit sah sie die Umrisse seines harten Kinns. Die hohen Wangenknochen. Wie hatte sie ihn je attraktiv finden können? Oder charmant? Der übliche Geruch nach Portwein und Tabak stieg ihr unangenehm in die Nase. Sie verzog das Gesicht, als er mit dem Zeigefinger über ihre Wange fuhr, aber sie weigerte sich, den Blick von seinen Augen abzuwenden.

„Sie sind ein Lügner, Edward Littleton." Ihre laute Anschuldigung hallte von den Wänden wider. „Ich weiß, dass Sie auf mich wütend sind, aber wie konnten Sie einem unschuldigen Kind so etwas antun?"

Ihre Worte schienen ihn zu belustigen. Seine weißen Zähne funkelten in der Dunkelheit. „Sie haben mich dazu gezwungen. Sehen Sie das nicht?"

„Ich habe Sie zu nichts gezwungen."

„Ganz im Gegenteil." Mit langsamen Schritten begann er, um sie herumzugehen wie ein Falke, der über seiner Beute kreist. Amelia richtete sich zu ihrer vollen Größe auf und starrte geradeaus. Sie würde ihm nicht die Genugtuung geben, Angst zu zeigen.

Er sprach mit gedämpfter Stimme weiter. „Sie haben mich verraten, Amelia. Sehen Sie jetzt, wie weit Sie das gebracht hat?"

Amelia zuckte zusammen, als er sich näher zu ihr vorbeugte und seine kräftigen Finger über ihre Schulter strichen. „Wo ist Helena?"

„Helena?"

„Ich habe sie bei Ihnen gesehen. Wo ist sie?"

„Machen Sie sich um Helena keine Gedanken. Sie geht Sie nichts an." Er ließ die Hand sinken und rief hinter sich: „Holt das Kind und das Kindermädchen und macht alles fertig für die Fahrt zum Hafen." Er richtete seine Aufmerksamkeit wieder auf Amelia. „Und glauben Sie nicht, ich hätte Sie vergessen."

Amelia knirschte mit den Zähnen. Sie schaute sich auf der Suche nach einer Fluchtmöglichkeit um, aber Edward versperrte mit seiner großen Gestalt den Türrahmen, und hinter ihm standen mindestens drei andere Männer. „Wohin bringen Sie uns?"

„Wenn ich das verrate, würde das doch nur die Überraschung verderben, nicht wahr? Zweifellos rechnen Sie damit, dass Ihr charmanter Kapitän Sterling Ihnen zu Hilfe eilt. Wir werden ja sehen, ob er Ihnen hilft."

Amelia ballte die Fäuste an ihren Seiten. Plötzlich war alles andere unwichtig, als ihr Blick auf das fiel, wonach sie sich seit Tagen schmerzlich sehnte: Sie erhaschte einen kurzen Blick auf Lucy, ihr Kind. Das Gesicht des kleinen Mädchens war schmutzig und tränenüberströmt. Lucy wand sich und zappelte unglücklich in den Armen eines fremden Mannes.

Amelias Nasenflügel bebten, aber sie zwang sich, sich zu beherrschen. Für Edward war das alles ein Spiel. Sie konnte auch spielen. „Ich weiß, worauf Sie es abgesehen haben. Ich bin nicht dumm.

Lassen Sie Mrs Dunne und Lucy frei, und ich gebe Ihnen, was Sie wollen."

Ein lüsternes Grinsen zog über sein Gesicht. „Alles, was ich will?"

Sie ignorierte seine Blicke. „Ich spreche von Geld. Darum geht es Ihnen doch, nicht wahr? Nennen Sie Ihre Summe, und ich gebe Ihnen mein Wort, dass ich alles in die Wege leite, damit Sie bekommen, was Sie wollen."

Er schnaubte. „Sie geben mir Ihr Wort? Ha! Ich glaube mich zu erinnern, dass Sie mir in einer anderen Angelegenheit Ihr Wort gegeben haben, und was ist daraus geworden? Ihr Wort ist für mich nichts wert. Wenn Sie diesen Vorschlag vor einigen Tagen gemacht hätten, hätte ich Ihr großzügiges Angebot annehmen können, aber jetzt muss ich eine andere Rechnung begleichen."

Er brauchte ihr nicht zu erklären, was er damit meinte. *Graham.*

Amelia fuhr zusammen, als Edward sich zurücklehnte und rief: „Bringt sie herein."

Sie keuchte laut, als ein breitschultriger Mann Helena durch die Tür zerrte. Helenas kastanienbraune Haare hingen zerzaust um ihre Schultern, und ihr Gesicht war tränenüberströmt. Ihr Umhang war zerrissen und hing wie Fetzen an ihr. Die Hände waren auf ihrem Rücken gefesselt.

„Helena!" Amelia versuchte, sich an Edward vorbeizudrängen, um zu ihrer Cousine zu gelangen, aber er packte sie am Arm und hielt sie fest.

Seine Lippen verzogen sich zu einem Lächeln, bei dem ihr übel wurde. „Sie haben doch nichts dagegen, nicht wahr?" Er nahm ein dünnes Seil von irgendwoher, trat hinter sie und begann, auch ihre Hände zu fesseln.

„Sagen Sie, liebste Amelia, lieben Sie das Meer?"

Kapitel 29

Edward ergriff Amelias Ellbogen genauso sanft, wie er das unzählige Male auf Winterwood getan hatte. Aber sie waren nicht auf Winterwood, und ihre Arme bewegten sich nicht frei, sondern ein raues Seil band ihre Hände an den Gelenken zusammen.

Sie verzog das Gesicht, als Edwards Griff fester wurde. Aus dem Augenwinkel sah sie seine Anspannung. Schweißperlen standen auf seiner Stirn. Er biss die Zähne zusammen, bewegte den Kiefer und biss sie dann wieder zusammen. Sie schaute geradeaus auf den dunklen Korridor.

„Bitte, Edward, denken Sie doch noch einmal über diesen Wahnsinn nach."

„Ach, jetzt bin ich plötzlich wieder Edward? Nicht Mr Littleton? Ich hätte Sie nie für so wählerisch gehalten."

„Onkel George wird das erfahren. Glauben Sie wirklich, er will Sie weiterhin als Partner haben, wenn er herausfindet, wie Sie seine Tochter und seine Nichte behandelt haben?"

„Barrett ist ein Narr. Außerdem brauchen wir dort, wohin wir fahren, seine Hilfe nicht."

Sie schluckte schwer, da sie sich vor seiner Antwort fürchtete. „Und wo ist das?"

Es kam keine Antwort. Edward schob sie unsanft durch den Flur, und als sie am Ende ankamen, brachte er sie abrupt zum Stehen.

Sein Fingernagel bohrte sich durch ihren Musselinärmel und schnitt in das weiche Fleisch an ihrem Arm. „Es wäre zu Ihrem eigenen Besten, Miss Barrett, wenn Sie den Mund halten." Er schaute zur Tür hinaus, pfiff leise, nickte und packte dann ihren Arm. Sie folgte ihm durch die Tür. Schwarze, kalte Nacht umgab sie. Der Wind pfiff um die Ecke und brachte einen eisigen Regen mit sich, der ihr die Tränen in die Augen trieb.

Vor dem Lagerhaus eilten schemenhafte Männer hin und her. Drei Kutschen standen hintereinander in einer engen Gasse. Dampf stieg vom Rücken der Pferde auf. Eines der schwarzen Tiere wieherte leise, und eine Wolke aus heißem Atem stieg in der gefrierenden Luft auf. Wo war Lucy? Helena? Mrs Dunne?

Er zerrte an ihrem Arm, und sie bohrte die Absätze eigensinnig in die matschige Straße. „Wo ist Lucy?"

Er antwortete ihr nicht. Als ein anderer Mann hinter ihr auftauchte, kroch ihr ein entsetztes Schauern über den Rücken. Edward zerrte sie weiter und riss sie fast von den Beinen, bis sie bei einer Kutsche ankamen, vor der er sie unsanft an der Taille packte und sie fast hineinwarf. Sie landete schmerzhaft auf dem Sitz. Ein verängstigter Schrei zehrte an ihren bereits angespannten Nerven. Amelia setzte sich mühsam auf und warf einen Blick auf die zweite Person in der Kutsche: Helena.

Edward schaute fluchend in die Kutsche. Seine Augen waren wild, seine schwarzen Haare zerzaust. Die Wildheit und die Verzweiflung in seinen Augen lösten nackte Panik in Amelia aus. Sie war klug genug, nicht zu protestieren. Sie richtete sich auf und setzte sich auf dem Sitz zurück, soweit sie das mit ihren auf dem Rücken gefesselten Händen konnte.

Edward nagelte sie mit seinem halb wahnsinnigen Blick fest. Er deutete auf sie und zischte etwas mit zusammengebissenen Zähnen. „Das ist alles Ihre Schuld, Amelia. Sehen Sie, wie vielen Menschen Sie mit Ihren schlechten Entscheidungen schaden?"

Er knallte die Tür zu. Drängende, gedämpfte Stimmen ertönten vor der Kutsche. Sie wartete, bis die Schritte verschwunden waren, bevor sie sich ihrer Cousine zuwandte.

Amelia schaute Helena an, die in der Ecke saß und so sehr schluchzte, dass sie am ganzen Körper geschüttelt wurde. Sie wollte Mitgefühl empfinden, sie wollte sie trösten, aber stattdessen schaute sie sie nur vorsichtig an. Hatte Helena bei der Entführung mitgewirkt? Oder war auch sie ein Opfer von Edwards Grausamkeit?

Helena schniefte, und ihr Schluchzen hallte in der winzigen Kutsche wider. Es war das erste Mal, dass die zwei Frauen seit ihrer Gefangennahme allein waren.

Plötzlich sah Amelia Helena so, wie sie gewesen war, als sie noch Kinder gewesen waren, mit Zöpfen und Schleifen in den Haaren. Erinnerungen an glückliche Zeiten schossen ihr durch den Kopf.

Damals hatten sie sich Geheimnisse zugeflüstert und sich ihre Träume erzählt. Auch wenn sie nicht wusste, wie Helena hierhergekommen war, rührte der Schmerz in ihren Augen Amelias Herz an. Sie rutschte näher, bis ihr Umhang Helenas Umhang streifte. „Erzähl mir, was alles passiert ist. Wie bist du hierhergekommen?"

Statt einer Antwort kam ein weiteres lautes Schluchzen über Helenas Lippen. Geduldig wiederholte Amelia ihre Frage, dieses Mal lauter. „Ich weiß, dass du Angst hast, aber wir dürfen jetzt nicht hysterisch werden. Du musst stark sein, Helena. Du musst. Wir haben nicht viel Zeit. Weißt du, wohin er uns bringt?"

Helena schüttelte den Kopf. An ihrem Umhang haftete ein unverkennbarer Tabakgeruch. Ihr Flüstern war kaum zu verstehen. „Du hattest recht. In Bezug auf Edward. Du hattest ab dem ersten Tag, an dem Vater ihn nach Winterwood mitbrachte, recht."

Die Kutsche fuhr an. Bei dem plötzlichen Ruckeln wurde Amelia auf Helena geschleudert. Sie war zwischen dem Wunsch, ihre Cousine zu trösten, und ihrem Wunsch nach Wahrheit hin- und hergerissen.

Helena wischte sich ihre Wange an der Schulter ab. „Er hat mir gesagt, er würde mich lieben, Amelia. Er sagte, er würde mich und nicht dich lieben. Und wie eine dumme Idiotin habe ich ihm geglaubt. Ich *wollte* ihm glauben."

Amelia kaute auf ihrer Lippe. Jetzt war nicht der richtige Augenblick, um Fehler aus der Vergangenheit in Ordnung zu bringen. Sie mussten einen Ausweg aus ihrer misslichen Lage finden. Amelia sprach schnell, um eine weitere Tränenflut zu verhindern. „Denk nach, Helena! Wie können wir von hier fortkommen?"

Aber Helena ging auf die Frage nicht ein und schien die Gefahr, in der sie sich befanden, überhaupt nicht zu begreifen. „Er sagte mir, dass ich mitspielen sollte. Er sagte, dass er die Verlobung mit dir lösen wollte, wenn der richtige Zeitpunkt käme, und mich heiraten würde."

Amelia verzog bei diesen Worten fassungslos das Gesicht. Nach und nach begriff sie, was Helena ihr hier erzählte. Welche Beziehung hatten Helena und Edward gehabt? Und wie hatte ihr das entgehen können? Edward hatte sie in jeder Hinsicht betrogen. Deshalb überraschte sie dieser Betrug kaum noch. Aber die Erkenntnis, dass ihre eigene Cousine sie getäuscht hatte, durchbohrte Amelia wie ein scharfes Schwert. Sie musste sich ins Gedächtnis rufen, dass sie atmen musste. Dass sie ruhig und beherrscht bleiben musste. Nichts in dem Leben, das sie kannte, schien noch länger Bestand zu haben. Sie hielt den Atem an. Alles würde ans Licht kommen. Bald.

Helenas Stimme zitterte immer noch. „Als du deine Verlobung mit Edward gelöst hast und deine Verlobung mit Kapitän Sterling bekannt gabst, war ich zuversichtlich, aber dann veränderte sich Edward. Er wurde wütend. Distanziert. Ich hätte ihm eine solche Kälte nie zugetraut."

Amelia runzelte die Stirn, während sie versuchte, den wirren Worten ihrer Cousine zu folgen. „Bitte drück dich klarer aus."

Helena atmete stockend ein. Ein Lichtschein fiel auf ihr Gesicht und leuchtete auf den Tränen, die über ihre Wangen liefen. Sie wandte den Blick von Amelia ab. „Ich ... ich bin schwanger."

Amelia fuhr ruckartig zu ihr herum. Bei der unerwarteten Reaktion ihres Magens wurde ihr schwindelig. Sie starrte ihre Cousine ungläubig an und vergaß für einen Moment die Kälte in der Kutsche. Den Schmutz, der auf ihrem Kleid und an ihren Händen klebte. Die Angst, die ihr die Brust zudrückte. Amelias Stimme schwankte zwischen Schock, Traurigkeit und Mitleid wegen der verzweifelten Situation, in der sich ihre Cousine befand. Sie war nicht sicher, ob sie mehr hören wollte. Langsam drehte sie den Kopf von einer Seite zur anderen und starrte Helenas Bauch an. „Ich verstehe dich nicht."

Helenas Worte waren scharf. Knapp. „Was verstehst du nicht? Ich bin schwanger, Amelia. Und bald wird es jeder wissen, denn ich kann es nicht mehr lange verstecken."

Die Kutsche schien langsamer zu werden, und sie hörte draußen laute Männerstimmen. Panik durchfuhr sie. „Schnell, wir brauchen einen Plan, wenn wir je wieder das Tageslicht erblicken wollen. Du musst mir sagen, wie du nach Liverpool gekommen bist."

Helenas Worte waren frustrierend langsam und zögernd. Sie brachte Amelia an den Rand der Verzweiflung. Begriff Helena denn nicht, wie gefährlich ihre Situation war? „Ich habe ihm nach dem Streit, den er mit Kapitän Sterling hatte, von dem Kind erzählt. Ich dachte, er würde sich darüber freuen. Wir könnten endlich zusammen sein. Aber stattdessen wurde seine Stimmung richtig düster. Kurz nachdem du mit dem Kapitän nach Liverpool aufgebrochen warst, verließ er Winterwood und war sehr schlecht gelaunt. Ich dachte, er wäre wütend auf mich, wütend wegen des Kindes. Er sagte, er hätte einiges zu erledigen und würde mir eine Kutsche schicken. Ich wusste nicht, wohin er gegangen war oder wohin die Kutsche mich brachte, aber als der Fahrer mir sagte, dass wir nach Liverpool fuhren, wurde ich misstrauisch. Als ich schließlich hier ankam und Edward traf, begriff ich, was er getan hatte: dass er Lucy entführt hatte. Wir stritten darüber. Das war die Situation, die du auf der Straße gesehen hast."

Amelia bemühte sich, ihre Gefühle von den Fakten zu trennen. „Du hattest mit der Entführung nichts zu tun?"

„Nein. Absolut nichts. Bei meiner Ehre. Wie hätte ich wissen sollen, was er vorhatte? Er hat mir seine Pläne nie anvertraut."

Amelia sank auf dem Sitz zurück und versuchte zu verarbeiten, was sie gehört hatte. „Edward ist ein hinterhältiger Verbrecher."

Helenas Gesicht verzog sich; Amelia sah ihr an, dass sie zwischen dem Wunsch, Edward zu verteidigen, und dem Wunsch, ihre Fehler zuzugeben, hin- und hergerissen war. Wieder liefen Helena Tränen übers Gesicht. „Mein Leben ist ruiniert, Amelia. Was bleibt mir noch? Wenn Kapitän Sterling das Geld nicht zahlt, bringt Edward uns auf die Westindischen Inseln, und nur Gott weiß, was er dort mit uns machen wird. Vater und Mutter werden nie erfahren, was mit uns passiert ist, und ..."

„Bist du sicher, Helena?", fiel Amelia ihr ins Wort, konnte aber die Schärfe in ihrer Stimme nicht verhindern. „Bist du sicher, dass dein Vater nichts von der ganzen Sache weiß? Er könnte durch die Entführung auch viel verdienen, und ..."

„Nein! Ich bin sicher, dass Vater nichts weiß. Das hat mir Edward selbst gesagt." Helena schniefte. „Mein armer Vater. Mutter wird es das Herz brechen. Es wird sein, als wären wir einfach vom Erdboden verschwunden."

„Das wird nicht passieren." Amelia zwang sich, so viel Vertrauen in ihr Flüstern zu legen, wie sie konnte. „Kapitän Sterling hat das Geld. Er wird uns nicht im Stich lassen. Glaub mir."

„Selbst wenn er uns freikauft, kann ich mein Gesicht nie wieder in der Gesellschaft zeigen. Ich bin so dumm!"

„Was geschehen ist, ist geschehen." Obwohl sich Mitgefühl für die Situation ihrer Cousine in ihr regte, hatte Amelia Mühe, sie nicht zu tadeln. Helena ging so sehr in ihrem eigenen Schmerz auf. Sah sie denn nicht die furchtbare Bedrohung, nicht nur für sich selbst, sondern auch für Amelia, Lucy, Mrs Dunne und Graham? Aber Helenas Verhalten passte zu ihrem Charakter. „Komm jetzt. Wir müssen stark bleiben. Tränen helfen uns nicht weiter."

Helena schniefte laut. „Aber was sollen wir jetzt machen?"

Da sie wegen des Seils um ihre Handgelenke ihre Cousine nicht umarmen konnte, lehnte Amelia den Kopf an Helenas Schulter. Endlich lag der Weg, den sie einschlagen musste, klar vorgezeichnet vor ihr.

„Beten, Helena. Wir müssen beten."

CB

Trotz der kalten Luft fühlte Graham, wie ihm der Schweiß in den Nacken lief. Die rötlichen Schatten der Abenddämmerung legten sich über die Straßen, und aus schmutzigen Fenstern drang flackerndes Kerzenlicht auf das Kopfsteinpflaster.

Graham kniff in dem schwächer werdenden Licht die Augen zusammen und schaute über den Platz. Auf der anderen Seite des Platzes lehnte sich Sulter an die Mauer des Lagerhauses und rauchte eine Pfeife. Er zog den Hut in Grahams Richtung. *Das vereinbarte Zeichen!* Sein Plan ging auf. Er war seinem Ziel, Lucy, Amelia und Mrs Dunne in Sicherheit zu bringen, einen Schritt näher.

Graham stieß seinen Bruder am Arm. „Gehen wir." Fest entschlossen überquerte er mit sicheren Schritten die Straße und hatte den Hut tief ins Gesicht gezogen.

William hatte Mühe, mit ihm Schritt zu halten. „Was tun wir, wenn wir dort sind?"

„Halte einfach die Augen offen und warte auf meine Anweisungen."

Sulter zog sich, wie geplant, in die Gasse zurück, und Graham und William folgten ihm.

Sulter wartete, bis beide Brüder im sicheren Schatten der Gasse angekommen waren. „Ich habe eine Runde um die Gebäude gedreht und in ein paar Fenster geschaut. Miss Barrett habe ich nirgends gesehen, aber ich habe vor einer Weile eine Frauenstimme und das Weinen eines Kindes gehört. Wir sollten uns beeilen. Als ich um die Ecke bog, fuhr eine Kutsche in die Gasse."

Graham kniff die Augen zusammen. Er betrachtete das baufällige Gebäude und bemerkte das kaputte Fenster und die bröckelnde Fassade. Jeder Instinkt in ihm schrie, dass Lucy, Amelia und Mrs Dunne sich in diesem Gebäude befanden. Wenn es sein müsste, würde er es Stein für Stein niederreißen, um zu ihnen zu gelangen. Aber er musste klug vorgehen. Er beugte seine vernarbte Hand. Aus Erfahrung wusste er, dass er Geduld bewahren musste. Falls er versagte, würde er einen viel zu hohen Preis zahlen.

Graham konzentrierte seine Aufmerksamkeit wieder auf Sulter. „Womit haben wir es zu tun?"

Sulter zog wieder an seiner Pfeife und schaute in die dunkle Gasse hinein. „Es gibt drei Türen in das Haus. Eine ist zugesperrt; sie scheint in einen Keller zu führen. Die andere Tür ist der Haupteingang, durch den Littleton hineingegangen ist. Hinter dem Gebäude gibt es noch eine dritte Tür, die in eine andere Gasse führt. Wenn wir hineinwollen, sollten wir diese Tür benutzen."

Graham stellte seinen Kragen auf. Er wusste die Antwort auf seine Frage, bevor er sie stellte. Aber eine eigensinnige Hoffnung zwang ihn, die Worte trotzdem auszusprechen. „Irgendeine Spur von Kingston?"

Sulters Schweigen war Antwort genug.

Graham kniff die Lippen zusammen, dann öffnete er den Mund, um etwas zu sagen, aber das Poltern einer Kutsche ließ ihn verstummen. Die Männer drückten sich hastig in den Schatten der Wand und warteten, bis die Kutsche vorbeigefahren war. Aber statt am Lagerhaus vorbeizurollen, blieb sie irgendwo an der Seite ächzend stehen.

Graham bedeutete Sulter und William, in Deckung zu bleiben. Eine Kutsche, die zu so später Stunde vor dem Lagerhaus anhielt, konnte nichts Gutes bedeuten. Er hielt den Atem an und wartete, während die Sekunden verstrichen.

Sie hörten, wie die Kutschentür geöffnet wurde. Dann vernahmen sie gedämpfte Stimmen. Die Männer hörten, wie die Lagerhaustür aufging und dann zugeknallt wurde. Die Stimmen verstummten.

Sulters Flüstern war rau. „Ich habe vorher schon drei Männer drinnen gesehen, Littleton und zwei andere. Wenn ich ein Spieler wäre, würde ich wetten, dass die Kutsche sie zum Hafen bringen soll."

Graham begann sofort, seinen Plan zu ändern. „Können wir durch diese dritte Tür hineinkommen?"

Sulter nickte.

„Gut. Wissen wir, wie dieses Gebäude von innen aussieht?"

Sulter schüttelte den Kopf. „Ich war noch nie in diesem Haus, aber es ist ein Lagerhaus. Es ist wahrscheinlich genauso aufgebaut wie die anderen: hinten ein Lagerraum, vorne ein Büro. Wenn sie die Frauen da drinnen festhalten, sind sie wahrscheinlich in einem der Büroräume. Wie ich schon sagte, ich habe sie nicht gesehen, aber ich habe die Kleine weinen hören."

Allein schon das Wissen, dass Lucy geweint hatte, ließ Grahams Zorn erneut auflodern. „Dann gehen wir von hinten hinein. Bist du bereit, William?"

William schluckte und nickte, sagte aber kein Wort.

Graham deutete auf den Griff von Williams Pistole. „Und du weißt wirklich, wie man diese Pistole benutzt?"

Sein Bruder zögerte, nickte dann aber wieder.

„Benutze sie nur, wenn es unbedingt sein muss. Unser Ziel ist es, dass wir alle wieder unversehrt herauskommen."

Graham schaute seine Verbündeten durchdringend an. In Sulters Augen las er ungeteilte Konzentration. Aus Williams Augen sprachen Unsicherheit und Angst. Graham wünschte, er hätte Zeit, um einen besseren Plan zu entwerfen, aber er wollte sie auf keinen Fall entkommen lassen. Er zog die Pistole aus seinem Hosenbund, überprüfte sie und deutete dann mit dem Kopf zur hinteren Gasse.

„Los!"

Doch als er in die Gasse lief, wurde ihm bei dem Anblick, der sich ihm bot, übel. Die Kutsche kam nicht an, sie fuhr gerade ab. Fassungslos blieb er einen Moment wie angewurzelt stehen. Als seine Sinne wieder erwachten, lief er zur Lagerhaustür, die immer noch offen stand. Ohne irgendwelche Sicherheitsmaßnahmen zu treffen, trat er mit erhobener Pistole ein und wurde von einem leeren Raum begrüßt. Einem erlöschenden Feuer. Und dem erdrückenden Gefühl des Versagens.

Hinter ihm näherten sich Schritte.

Graham ließ seine Waffe sinken. Er hatte sich geirrt, sein Plan war nicht aufgegangen. „Wir kommen zu spät."

Williams Stimme hallte laut wider. „Was machen wir jetzt?"

Mit neuer Energie drehte sich Graham um. „Wir gehen zum Hafen."

☙

Die Kutschentür wurde so heftig aufgerissen, dass die ganze Kutsche wackelte. Amelia drückte sich in den Sitz zurück. Edward füllte den Türrahmen aus, aber hinter ihm glänzte das Mondlicht auf den Wellen, und ein großes Schiff lag im Wasser. Das laute Kreischen von Möwen drang an ihre Ohren. Edward packte sie und hob sie hinaus. Amelia fuhr mit dem Kopf herum und schaute sich verzweifelt um. Graham würde sie doch bestimmt retten. Das konnte nicht die Stunde sein, in der alles zu Ende ging. Bei Edwards körperlicher Nähe wurde ihr übel. Sobald sie festen Boden unter sich fühlte, riss sie sich von ihm los. Sie schaute sich sehnsüchtig um und war ein wenig erleichtert, als sie Lucy in Mrs Dunnes Armen sah … bis sie bemerkte, dass sie über einen Landesteg auf ein großes Holzschiff geführt wurden.

Edward hob Helena auf den Boden und nahm dann Helenas Arm in eine Hand und Amelias in die andere. Zwei andere Männer traten neben sie. Amelia schaute sich nach Graham um und hoffte und betete, er hätte herausgefunden, wo sie waren. Aber ihr Blick fiel nur auf Kisten, Taue und Rauch. Als Edward sie zum Schiff zerrte, befiel sie eine neue Angst: Weder sie noch Helena war je auf einem Schiff gewesen. Sie schaute auf das schwarze Wasser hinab, als sie über den Landesteg auf das Oberdeck der Fregatte trat. Vor ihnen verschwanden Lucy und Mrs Dunne durch eine Luke.

Amelia glaubte, ein erleichtertes Aufatmen zu hören, bevor Edward sprach. „Willkommen auf der *Perseverance,* meine Damen."

☙

Je länger der Abend dauerte, umso mehr Wolken bedeckten den Himmel und sperrten den Mondschein aus. Graham blieb nur so lange stehen, um seine Lunge wieder mit Luft zu füllen.
Er war ihnen nahe. Das fühlte er mit jeder Faser seines Seins.
Über ihm hingen die grauen Wolken, und unter ihm legte sich der Nebel der Nacht um seine Füße. Er stand im Schatten und beobachtete das schaukelnde Schiff. Das unruhige Wasser zerrte daran und prüfte die Festigkeit der Taue. Durch ein winziges Fenster sah er ein flackerndes, ungleichmäßiges Licht.
Selbst mitten in der Nacht herrschte auf den Docks keine Ruhe. Ein Mann lief vorbei. Zwei andere kamen aus der anderen Richtung; ihre Stimmen waren nicht lauter als ein Flüstern.
Graham fühlte, dass William näher kam. „Was machen wir jetzt?"
„Wir warten."
„Warten?"
„Geduld, Bruder."
Graham konnte es genauso wenig erwarten wie er und schaute auf seine Uhr, obwohl er genau wusste, wie spät es war. Der Standort des Mondes auf seinem Weg über den Nachthimmel gab ihm alle Informationen, die er brauchte. Der Morgen würde bald anbrechen, sein kühles Licht auf die Docks und die schlafenden Schiffe werfen und alle aus dem Schlaf wecken.
Soweit Graham wusste, hatte Littleton das Lagerhaus mit fünf Männern verlassen. Die Aussichten, das Schiff zu entern, waren ungünstig. Immerhin konnte die ganze Mannschaft an Bord sein. Er erblickte einen Matrosen. Dann noch einen. Seine Hoffnung wurde immer geringer. Aber bezahlte Männer würden Littleton wahrscheinlich nicht viel Loyalität entgegenbringen und ihn kaum verteidigen, und Graham hatte sich bereits eine Gelegenheit, die Frauen und Lucy zu befreien, entgehen lassen. Die nächste Möglichkeit musste er nutzen.
Die Minuten verstrichen im Schneckentempo, während der

Mond langsam über den Nachthimmel schlich und die tief hängenden Wolken beleuchtete. Mit jedem Moment, der verging, wurden Grahams Sinne schärfer, wie bei einer bevorstehenden Schlacht. Die Haare in seinem Nacken stellten sich auf. Er war ständig auf der Hut. Aber noch nie zuvor war eine Auseinandersetzung so entscheidend gewesen. Noch nie hatte so viel auf dem Spiel gestanden.

Worte Gottes, die Sulter ihm früher gesagt hatte und die er längst vergessen hatte, kamen ihm in den Sinn. Plötzlich begriff er sie. Seine eigene Kraft war nicht genug. Selbst wenn Graham nicht wusste, was ihn im hölzernen Bauch der *Perseverance* erwartete, konnte er sicher sein, dass Gott es wusste. Graham kannte die Gefahren, die lauerten, wenn man ein feindliches Schiff entern wollte, egal ob es vor Anker lag oder nicht. Aber heute Nacht wollte er das Schiff nicht aus eigener Kraft entern. Er würde nicht aus Angst vor dem Unbekannten zurückschrecken. Heute Nacht würde er beten. Er würde seinen Glauben auf den Gott setzen, der ihm Vergebung anbot. Der ihm Geduld anbot. Der ihm eine Zukunft anbot.

Eine Wolke bedeckte den Mond und warf noch dunklere Schatten über den Hafen. Aber in diesem Moment tauchte ein Laternenlicht auf dem Deck auf. Und dann noch eines. Zwei schemenhafte Gestalten begleiteten das Licht. Grahams Kinn zuckte. Jetzt war der Moment gekommen.

Sulter beugte sich nahe zu ihm vor und betete mit leiser Stimme: „Du, o Herr, bist gerecht und mächtig: Kämpfe für uns im Angesicht des Feindes."

Graham erkannte das Gebet. Es wurde oft auf See gesprochen, wenn eine Schlacht unmittelbar bevorstand. Diese Worte hatte er vor langer Zeit auswendig gelernt und oft gebetet. Aber heute Abend nahmen sie eine neue Bedeutung an und erfüllten ihn mit einem demütigen Vertrauen.

Er betete weiter: „O Gott, du bist allen, die sich zu dir flüchten, ein starker Turm: Rette uns vor der Gewalt des Feindes. O Herr der Heerscharen, kämpfe für uns, damit wir dich verherrlichen. O, lass uns nicht unter der Last unserer Sünden oder der Gewalt des Feindes untergehen." Seine Stimme zitterte bei den letzten Worten. „O Herr, steh auf, hilf uns und errette uns um deines Namens willen."

Grahams Herz schlug genauso kräftig wie die Wellen, die an die

Seiten der *Perseverance* schlugen. Nachdem er William angewiesen hatte, stehen zu bleiben und Wache zu halten, schlichen Graham und Sulter auf das Schiff zu. Obwohl das Schiff selbst unbekannt war, wuchs sein Selbstvertrauen. Sie befanden sich jetzt auf seinem gewohnten Terrain, und mit Gottes Hilfe würden sie es schaffen.

☙☙

Sicheren Fußes und mit gezückter Waffe betrat er, dicht gefolgt von Sulter, die Fregatte.

Dann hörte er sie. Lucy.

Das laute Weinen seines Kindes übertönte die Geräusche der Nacht. Im nächsten Moment folgte eine wütende Stimme, die nur von Littleton stammen konnte. Graham verstärkte seinen Griff um die Pistole und tastete mit seiner anderen Hand an sein Bein, um sich zu vergewissern, dass seine Klinge immer noch in seinem Stiefel steckte.

Das Schiff knarrte und schaukelte unter ihnen. Als er mit beiden Beinen fest auf dem Deck stand, blickte er nach oben. Der Hauptmast ragte zum sternenlosen Himmel hinauf. Bei der leichten Bewegung des Schiffes strömten viele Erinnerungen auf ihn ein. Aber Graham verdrängte sie und lauschte auf die Stimmen. Sie befanden sich irgendwo in dem dunklen Labyrinth unter Deck. Als ein Schrei die Nacht durchschnitt, schaute er Sulter an. Sie folgten dem Schrei und stiegen eine Leiter hinab. Eine gefährliche Entscheidung, denn wenn sie sich irrten, saßen sie vielleicht in der Falle, sobald sie unter Deck waren.

Die Geräusche führten sie zur Offiziersmesse. Wie oft hatte er schon eine Offiziersmesse betreten? In entspannten Zeiten, um mit den Offizieren zu essen. In Kriegszeiten, wenn sie als provisorischer Operationsraum diente. Aber nie hätte er gedacht, dass er einmal eine Offiziersmesse betreten würde, um seine Tochter zu retten.

Sie hatten nicht viel Zeit. Die Besatzung würde sie bald entdecken, und welche Aussichten hatten zwei Männer gegen eine ganze Mannschaft? Ein wackeliges Licht war hinter einer zugezogenen Tür zu sehen. Graham schaute sich zu Sulter um, hielt den Finger an die Lippen, beugte sich näher vor und hoffte verzweifelt, er würde noch etwas anderes hören als das Hämmern in seinem Kopf.

Hinter den Holzwänden hörte er eine Frauenstimme; sie klang beruhigend und leise. Dann folgte ein ungeduldiges Flüstern. Das Wimmern eines Kindes. Graham hielt einen Finger hoch, dann einen zweiten, um anzuzeigen, wie viele Männerstimmen er zählte. Die größten Aussichten hätten sie, wenn sie die Männer überrumpeln könnten.

Er wartete in der Stille, bis das Murmeln der Männerstimmen wieder zu hören war. Gut. Die Männer waren abgelenkt. Er gab Sulter ein Zeichen, dann rammte er die Schulter mit seinem ganzen Gewicht gegen die Tür und knallte sie an die Wand zurück. Frauen schrien. Er sah einen Mann. Zwei Männer. Und dann fiel sein Blick auf Littleton.

Er hielt die Pistole direkt auf Littletons Brust gerichtet und schob ihn und einen anderen Mann an einem Tisch vorbei gegen die Holzwand.

Littletons Bemühen, die Oberhand zu behalten, war in seinen finsteren Gesichtszügen gut zu erkennen. Flackerndes Licht von einer hängenden Laterne spiegelte sich auf dem Schweiß, der an seinem Gesicht hinablief. Seine Stimme übertönte mit gebieterischer Arroganz die anderen Geräusche. „Ah, der große Kapitän Sterling kommt, um seine Braut einzufordern! Ich möchte wetten, das hatten Sie nicht erwartet, was?"

Graham unterdrückte den Drang, sich nach Amelia und Lucy umzusehen, und ließ Littleton nicht aus den Augen. Er drückte Littleton die Waffe auf die Brust.

Ein finsteres Grinsen zog über Littletons Lippen. „Sie sollten mich töten, Sterling", forderte er Graham heraus. „Glauben Sie mir: Wenn Sie so dumm sind, mich am Leben zu lassen, werde ich mich rächen."

Graham knirschte mit den Zähnen. „Nichts würde mir mehr Vergnügen bereiten, aber leider liegt die Entscheidung, wann Ihr erbärmliches Leben ein Ende nimmt, nicht bei mir."

„Dann sind Sie ein größerer Narr, als ich dachte." Littletons unnatürliches Lachen verriet die Verzweiflung eines Mannes, der in der Falle saß. Er benetzte seine Lippen und richtete den Blick auf den Mann, den Sulter gerade an das Tischbein band. „Sie glauben vielleicht, dass Sie schon gewonnen haben, aber damit liegen Sie falsch."

Graham schaute den Mann mit zusammengekniffenen Augen an. Bei der teuflischen Bosheit, die aus Littletons Miene sprach, zog sich sein Brustkorb zusammen. Doch plötzlich durchschnitt der Schrei einer Frau die Luft. Aus einem Reflex schaute er sich kurz um. In diesem Bruchteil einer Sekunde machte der Mann, der rechts neben Littleton stand, einen Satz zur Seite und stieß Graham nach hinten gegen den langen Tisch, der in der Mitte des Raumes stand.

Graham rang nach Luft, als der Mann ihn nach unten pressen wollte. Der kleinere Mann war ihm körperlich nicht gewachsen. Nach einigen Schlägen auf die Seite verstärkte Graham seinen Griff um die Pistole, richtete sie auf seinen Gegner und landete einen kräftigen Schlag auf das Kinn des Mannes, der taumelnd gegen einen Tisch stürzte. Kerzenständer und Karaffen krachten bei dem Aufprall auf den Boden, und Graham fuhr schnell zu Littleton herum. Zu seinem Entsetzen hatte Littleton den Arm um eine Frau gelegt und hielt ihr ein Messer an den Hals. Bei genauerem Hinsehen stellte Graham fest, dass es nicht Amelia oder Mrs Dunne war, deren Augen ihn mit blankem Entsetzen anstarrten. Es war niemand anders als Helena Barrett.

Graham hatte keine Zeit, sich zu fragen, wie Amelias Cousine in dieses Chaos hineingeraten war. Er hob seine Pistole. Bei seiner Bewegung verstärkte Littleton den Griff um Helena, die vor Angst kreischte.

Littletons Stimme wurde heiserer. „Das würde ich nicht empfehlen, Sterling."

Graham war ruhig. „Lassen Sie sie los!"

Littleton knurrte wütend. „Ich will mein Geld."

Graham benetzte seine Lippen. Er hatte es mit einem Wahnsinnigen zu tun. „Lassen Sie die Frau los, wenn ich Ihnen das Geld gebe?"

Er lachte. „Sie können alle mitnehmen, wenn Sie gehen." Littleton deutete mit dem Kopf auf Amelia, Mrs Dunne und Lucy, verstärkte aber seinen Griff um die verängstigte Helena. „Aber es wäre dumm von mir, sie gehen zu lassen."

Grahams Pistole brannte in seiner Hand. Sein Mantel wurde ihm zu heiß. Schweiß lief ihm über die Schläfen und brannte in seinen Augen. Er war ein Mann schneller Entscheidungen. Und jetzt war eine schnelle, klare Entscheidung gefragt. Er musste nicht nur seine Tochter und Amelia retten, sondern er musste außerdem Mrs Dunne und offenbar jetzt auch noch Helena Barrett in Sicherheit bringen. Sein Sinn für Gerechtigkeit gewann die Oberhand. Selbst wenn es ihn seinen letzten Atemzug kosten würde, würde er nicht zulassen, dass dieser Mann einen anderen Menschen terrorisierte.

Graham warf einen Blick auf Sulter, der ihm kurz zunickte. Mit einer schnellen Bewegung schob der Pfarrer einen Stuhl über den Fußboden. Das genügte, um Littleton abzulenken. Graham machte einen Satz auf Littleton zu und stieß das Messer von Helena weg. Graham schob sie zur Seite, packte Littleton am Kragen und zog ihn in die andere Ecke des schmalen Raums, fort von den Frauen, die neben der Tür zur Spülküche kauerten. Eine Schlägerei, ein nackter Kampf darum, wer körperlich stärker war, folgte. Littleton hielt das Messer immer noch in seiner geballten Faust. Grahams Waffe war auf den Boden gefallen. Die Männer waren also ungleich bewaffnet. Graham versuchte, sein eigenes Messer zu greifen, das in seinem Stiefel steckte, aber er war gezwungen, seine ganze Kraft aufzuwenden, um Littletons Messer von sich fernzuhalten.

Er dachte, er hätte die Oberhand gewonnen, als er Littleton auf den Holzboden drückte, aber mit einer plötzlichen, ruckartigen Bewegung riss sich Littleton aus seinem Griff los. Graham nutzte die Gelegenheit, um auf die Beine zu springen und Littleton an die Wand zu drücken. Bei dieser Bewegung strich Littletons Klinge über Grahams Arm, durchschnitt seinen Mantel und schlitzte seine Haut auf. Der Schock war so stark, dass Graham erst begriff, dass er getroffen war, als ein stechender Schmerz und dann sengende Hitze sich über seinem Arm ausbreiteten. Er schwang seinen anderen Arm und traf Littleton an der Schulter, aber Littleton reagierte mit einem Fausthieb an Grahams Kinn.

Graham rang um Atem, doch dann ertönte aus einer unerklärlichen Richtung ein Schuss. Erst als Littletons Augen vor Schmerz und Verblüffung ganz groß wurden und er taumelnd auf die Knie sank, begriff Graham, was geschehen war. Er fuhr herum. Im Türrahmen stand William. Aus dem Lauf der Pistole in seiner Hand stieg Rauch auf.

Graham konzentrierte sich wieder auf seinen Gegner, packte Littletons Messer, warf es weg und durchsuchte ihn nach weiteren Waffen. Littleton schrie vor Schmerzen auf, als Graham seine Schulter auf den Boden drückte.

Graham schob seinem Bruder seine eigene geladene Pistole, die auf den Boden gefallen war, mit dem Fuß zu. Dann zog er Littletons Hose von seinem Bein weg und brachte eine klaffende Fleischwunde zutage. Er schaute die Wunde genauer an. Keine Kugel. „Sie haben Glück gehabt, Littleton. Der Schuss hat Sie nur gestreift. Danken Sie Gott, dass nicht ich diesen Schuss abgegeben habe."

Littleton knirschte stöhnend mit den Zähnen und fluchte laut, bevor er den Kopf auf den Holzboden zurücklegte.

Williams Gesicht war aschfahl, als hätte er gerade einen Mord mitangesehen. Graham rief ihm energisch zu: „Komm zu mir! Pass auf, dass er sich nicht bewegt."

Er richtete sich auf, warf einen Blick auf die Frauen und das schreiende Kind und betrachtete dann seinen Arm. Blut tränkte den schweren Wollstoff und färbte ihn fast schwarz.

Er wischte die Haare, die auf seiner Stirn klebten, weg und warf einen abschätzenden Blick auf Littleton. Jetzt wirkte er kaum noch wie eine Bedrohung. Er war blass, und eine dünne Blutspur zog sich über seine Nase und Wange. Sulter trat schnell auf ihn zu, um Grahams Wunde zu untersuchen.

Graham atmete langsam aus.

War die Gefahr jetzt wirklich vorbei?

Er musste Lucy berühren. Er musste sich vergewissern, dass sie wirklich unversehrt war. Und Amelia. Seine geliebte Amelia.

Bevor er sich jedoch umdrehen konnte, fühlte er eine Hand auf seiner Schulter und sah aus dem Augenwinkel blonde Haare. Seine Muskeln spannten sich an, doch dann hörte er eine Stimme, die sanfter und tröstlicher war als die seiner eigenen Mutter.

„Sie sind verletzt."

Amelia.

Ihre Hand glitt über seinen Rücken. Die Zärtlichkeit ihrer Berührung war wie Balsam für ihn. Er wollte sich an sie lehnen, sich von ihr trösten lassen, aber er musste einen klaren Kopf bewahren. Graham verdrängte den Schmerz. Sie waren noch nicht in Sicherheit. Sie mussten alle schleunigst dieses Schiff verlassen. Da Littletons Komplizen immer noch in der Nähe waren, waren sie erst in Sicherheit, wenn sie festen Boden unter den Füßen hatten.

Er stand auf und nahm Amelias Hände in seine. Er wollte sie festhalten. Er wollte sie an sich heranziehen und sie fühlen. Er sehnte sich danach, dass ihre Nähe seine Wunden heilte und seine müde Seele beruhigte. Aber jetzt war dafür keine Zeit. „Ihr müsst mit Lucy schnell das Schiff verlassen." Seine Stimme war nicht viel mehr als ein Knurren.

„Sulter!" Graham ließ ihre Hände los und bahnte sich einen Weg durch die umgeworfenen Stühle, wobei er Mrs Dunne und Helena Barrett vor sich herschob. „Bringen Sie sie vom Schiff. So schnell wie möglich."

Er schaute auf die anderen zwei Komplizen hinab. Sulter, der schon immer geschickt mit einem Seil hatte umgehen können und kräftiger war, als man angesichts seiner schmächtigen Gestalt vermuten würde, hatte die zwei Männer gefesselt. Sulter nickte und nahm Mrs Dunne an der Hand. Graham und William bückten sich und zerrten Littleton vom Boden hoch. Jeder packte ihn an einem Arm.

„Ein guter Schuss, William", brummte Graham, als er den Mann vom Boden hochhievte. „Erinnere mich später, dass ich dir danke."

William schnaufte unter Littletons Gewicht. „Bedanke dich nicht zu früh." William warf einen nervösen Blick auf den Mann zwischen ihnen. „Du glaubst nicht, dass er stirbt, oder?"

Graham schüttelte den Kopf, während er sich vorsichtig durch den schmalen Türrahmen und Gang drückte. Er wartete, bis die Damen die Leiter hinaufgestiegen waren. Bei dem Schmerz, der von der Schnittwunde in seinem Arm ausging, verzog er das Gesicht und beugte die Hand. Er hatte schon schlimmere Schmerzen ertragen. Viel schlimmere. Mit Williams Hilfe gelang es ihm, Littleton die Leiter hinauf auf das Deck zu bringen.

Zuerst wollte Littleton sich wehren, aber Graham und sein Bruder machten ihm schnell klar, dass das zwecklos war.

„Es ist vorbei, Littleton", knurrte Graham. „Endgültig vorbei."

Kapitel 30

Graham kletterte aus dem dampfenden Rumpf des Schiffes auf Deck. Er konnte sich nicht erinnern, die kühle Luft des frühen Morgens schon jemals als so erfrischend empfunden zu haben. Littleton hing bei jedem Schritt schlapper zwischen ihnen. Der Mann befand sich nicht in Lebensgefahr. Der Schuss hatte ihn nur gestreift. Aber er verlor Blut, und zweifellos hatte er starke Schmerzen.

Auf der Suche nach Amelia ließ Graham den Blick über die Menschenmenge schweifen, die immer größer wurde. Neue Hoffnung keimte in seinem Herzen auf, als er sie erblickte. Sie wartete in einiger Entfernung auf ihn. Wie könnte er sie übersehen? Ihre Haare, die in der aufgehenden Sonne golden glänzten, fielen ungehindert über ihre Schultern. Ihr Blick war auf ihn geheftet. Kühn. Erwartungsvoll. Jetzt, da ihre Hände nicht mehr gefesselt waren, hielt sie Lucy beschützend in den Armen. Beim Anblick der beiden breitete sich ein überwältigender Beschützerinstinkt in jeder Faser von Grahams Körper aus.

Seine Aufgabe hier war fast abgeschlossen. Bald würde er seine Tochter und die Frau, die er liebte, nach Hause bringen können. Zurück nach Darbury. Fort von der Angst und der Ungewissheit, die sie in Liverpool erlebt hatten.

Um ihn herum schien plötzlich neues Leben eingekehrt zu sein. Die Meeresgeräusche. Der Ruf der Meeresvögel. Alles war so lebendig.

Littleton stolperte, da sein verletztes Bein so geschwächt war, dass es sein Gewicht nicht tragen konnte. Graham überließ Littleton William und Sulter und lief zu Amelia hinüber. Er vergaß den Schmerz in seinem Arm. Den hitzigen Kampf. Das alles lag jetzt hinter ihm. Vor ihm lag seine Zukunft.

Er konnte Amelias Wärme schon fast fühlen und das Gewicht seiner Tochter in seinen Armen spüren. Aber als er näher kam, verdüsterte sich Amelias Miene. Sie zog die Brauen hoch und atmete scharf ein. Bei der plötzlichen Veränderung in ihrem Verhalten verlangsame Graham seine Schritte. Er drehte sich um, um herauszufinden, was der Grund dafür war. Auf der anderen Seite des Docks näherte sich ein großer, kräftiger Mann William und Sulter. Ohne Vorwarnung ging der Mann auf Littleton los, der jetzt auf dem Boden saß, und stieß ihm die Stiefelspitze in die Rippen.

Graham schaute ungläubig zu. Er wollte nichts lieber, als zu den Sulters nach Hause zu fahren und Amelia und Lucy von dem Albtraum der letzten Tage fortzubringen. Aber das, was er soeben gesehen hatte, bremste seine Schritte. Sulter versuchte, den Mann an seinem Angriff zu hindern, aber er wurde nur zur Seite gestoßen.

Das genügte. Graham stürmte wie eine abgeschossene Kanone auf den Angreifer zu, packte den viel größeren Mann am Arm und drehte ihn zu sich herum.

„Was soll das?" Er verstummte, als der Mann sich umdrehte.

Kingston.

Kingstons Miene verriet, dass er ihn erkannte. „Käpt'n Sterling."

Graham schaute Kingston mit zusammengekniffenen Augen an und vergaß Littleton für einen Moment.

„Haben Sie etwas vergessen?" Grahams Worte klangen genauso hart, wie sie gemeint waren. „Nach meiner Berechnung kommen Sie ein paar Stunden zu spät für die Dienste, für die Sie bezahlt wurden."

Ein unbeeindrucktes Lächeln zog über das zerfurchte Gesicht des Mannes. Er zuckte die Achseln. „Das habe ich wohl leider vergessen. Aber jetzt habe ich mit Ihnen nichts zu tun. Sondern mit dem da." Er trat Littleton wieder.

Graham streckte die Arme aus, um den Mann zurückzuschieben. Er nahm Kingston seine Wut auf Littleton nicht übel, und er war auch nicht überrascht, dass Littleton Feinde hatte. Aber er war nicht bereit, tatenlos zuzusehen, wie Kingston einen Mann trat, der zu schwach war, um sich auf den Beinen zu halten.

Bevor Graham etwas sagen konnte, beugte sich Kingston vor und zischte in Littletons Richtung: „Ich glaube, Sie schulden mir etwas, Littleton. Ich will Ihnen nicht vor den Augen Ihrer Freunde hier die Beine brechen ..."

„Verschwinden Sie, Kingston", verlangte Graham, der sich zwischen die zwei Männer schob.

Kingston ignorierte Graham. „Dieser Mann kommt mit mir. Es gibt ein paar Leute, die noch eine Rechnung mit ihm offen haben."

Kingston beugte sich vor, als wollte er Littleton packen, aber sowohl Graham als auch William versperrten ihm den Weg.

„Ich weiß nicht, was Sie mit diesem Mann zu tun haben, aber er ist ein Entführer. Ich sorge dafür, dass er vor Gericht kommt."

Kingston schnaubte. „Gericht, sagen Sie? Ich habe mein eigenes Gericht. Gehen Sie mir aus dem Weg." Der Mann machte einen schnellen Satz und stieß Graham mit dem Unterarm zur Seite.

Graham interessierte nicht, was aus Littleton wurde. Er wollte seine Wunde versorgen, in Amelias tröstende Armen sinken und seine Tochter beschützen. Aber egal, was sich zwischen Littleton und Kingston zugetragen hatte – Littleton war zu geschwächt für einen Kampf. Graham war mit der Absicht, seine Tochter zu finden und für Gerechtigkeit zu sorgen, nach Liverpool gekommen. Gerechtigkeit sah anders aus, als Männern wie Kingston das Feld zu überlassen.

Jeder Muskel in Graham war von dem Kampf vor wenigen Minuten noch angespannt und einsatzbereit. Neues Feuer schoss durch seine Adern. Im nächsten Moment flogen wieder die Fäuste. Littleton war korrupt und hinterhältig, aber Kingston war wilder und brutaler.

Dann sah Graham seine Gelegenheit. Er musste einen Schlag einstecken, der ihn einen oder zwei Meter zurückwarf, aber das bot ihm genug Platz zum Gegenangriff. Er rappelte sich vom Boden auf, hielt den Körper tief unten und ging mit vollem Schwung auf Kingston los. Kingston taumelte nach hinten, verfing sich in den Tauen und stürzte in das eiskalte Meer.

Mit fast fachmännischer Präzision warf William seinem Bruder seine Pistole zu. Graham stand am Dock und starrte auf den Mann hinab, der im Wasser um sich schlug. „Kommen Sie heraus!"

Kingston kletterte nass und zitternd an dem Seil, das man ihm hineinwarf, aus dem Wasser aufs Trockene. Sobald er an Land war, drehte sich Graham um und rechnete fast mit dem nächsten Angriff. Doch abgesehen von der Menschenmenge, die den Vorfall neugierig verfolgte, war alles ruhig. Sein Arm pochte. Sein Kopf hämmerte. Aber wenn nötig, würde er für die Gerechtigkeit noch weiterkämpfen. Und für seine Familie.

Littleton lag blass und bewusstlos auf dem Dock, während Sulter Kingston schnell fesselte. Graham beugte sich über ihren neuen Gegner.

„Warten Sie bitte einen Moment." Er steckte die Hand in Kingstons Mantel und tastete den nassen Inhalt seiner Taschen ab, bis er fand, was er suchte. Das vom Wasser durchnässte Geld wieder an sich zu nehmen brachte ihm keine große Befriedigung. „Ich würde sagen, Sie haben Ihren Teil der Abmachung nicht eingehalten."

Sulter schüttelte den Kopf. „Dabei habe ich mir so viel Mühe gegeben, Sie zu empfehlen."

Kingstons Brustkorb hob und senkte sich, während seine struppigen Haare an seinem Gesicht klebten.

Graham richtete sich auf. „Sulter, sorgen Sie bitte dafür, dass die Damen gut nach Hause kommen. William und ich können den Rest hier übernehmen."

Aber noch bevor er zu Ende gesprochen hatte, stand Amelia neben ihm. Die tapfere, impulsive Amelia. Ihr Anblick machte ihn schwach und erfüllte ihn gleichzeitig mit neuer Kraft und einer Liebe, die er nie zuvor gekannt hatte.

Im Morgenlicht sah er die dunklen Schatten unter ihren Augen. Das Stroh in ihren zerzausten Haaren. Er hob die Hand, um einen Schmutzfleck von ihrer Wange zu wischen, und genoss die Berührung der federweichen Haut unter seiner rauen Hand.

Hinter ihr bemerkte er eine Bewegung. Als er den Blick hob, sah er, dass ein Polizist auf sie zukam. Er war zweifellos von der Menschenansammlung angelockt worden. Beim Anblick dieses Mannes erfüllte ihn eine spürbare Erleichterung. Es war fast geschafft. Das Ende war in Sicht. Er würde Littleton und Kingston der Polizei übergeben und hätte dann beide los. Er schaute wieder zu Amelia hinab. In ihren Augen standen Fragen, aber die Stärke, die er in ihnen sah, verlieh ihm neue Kraft.

Er drückte die Lippen auf ihre Stirn und merkte, wie stark sie unter seiner Berührung zitterte. „Jetzt ist es vorbei. Versprochen. Ich kümmere mich hier um den Rest, aber ich muss wissen, dass Sie und Lucy in Sicherheit sind." Er beugte sich zu ihr hinab, und seine

Lippen berührten ihr Ohr, als er flüsterte: „Ich liebe dich, Amelia Barrett. Du bist ein Teil von mir. Niemand darf sich mehr zwischen uns stellen. *Niemand.*"

※

In der Stille ihres Zimmers im Haus der Sulters lag Amelia auf der Seite und betrachtete ihre schlafende Cousine. Als sich Helenas Hysterie endlich gelegt hatte, hatte sich eine tiefe Erschöpfung bei ihr breitgemacht.

Amelia legte den Kopf auf das Kissen und schob die Hände darunter. Die Laken fühlten sich kühl auf ihrer Wange an.

Die Ereignisse der letzten Tage ließen ihr keine Ruhe, und sie zweifelte nicht, dass sie sie in den nächsten Tagen – nein, Jahren – noch verfolgen würden.

Helena bewegte sich im Schlaf. Amelia wollte nicht einmal daran denken, wie nahe sie davorgestanden hatte, sie zu verlieren. Als Edward ihrer Cousine das Messer an den Hals gedrückt hatte, war ihr bewusst geworden, sie sehr sie sie liebte. Wie weh musste es Helena tun, dass der Vater ihres Kindes sie so behandelte. Es fiel Amelia schwer, sich Helena als Mutter vorzustellen. Aber wenn ihre Cousine in einigen Monaten selbst erleben würde, dass man ein Kind mehr lieben konnte als sich selbst – so wie Amelia Lucy liebte –, würde Helena Amelias Entscheidungen vielleicht besser verstehen können.

Sie strich über Helenas nussbraune Haare, die auf dem Kissen ausgebreitet waren. Es spielte keine Rolle mehr, was der Grund für die Kluft zwischen ihnen gewesen war. Jetzt kam es nur darauf an, das, was zerstört worden war, wieder in Ordnung zu bringen.

Helenas Augen öffneten sich langsam, und Amelia setzte sich auf und wartete, bis sie etwas sagte. Helenas Worte waren nicht viel mehr als ein Murmeln. „Lucy und Mrs Dunne? Geht es ihnen gut?"

Amelia ergriff Helenas Hand. „Ja, ihnen geht es gut. Mrs Hammond bereitet gerade ein Bad für Lucy vor."

„Es tut mir leid ... es tut mir so leid." Helenas Augenlider fielen zu, und ihre Worte waren kaum zu verstehen. „Das ist alles meine Schuld."

Amelia schüttelte den Kopf. „Das ist alles Edwards Schuld. Er hat uns alle ausgenutzt: dich, mich, Tante und Onkel ... und er hat ein unschuldiges Kind einer so großen Gefahr ausgesetzt ..." Sie erschauerte. „Aber jetzt ist alles vorbei. Kapitän Sterling wird dafür sorgen, dass Edward für das bezahlt, was er getan hat."

„Kapitän Sterling ist ein guter Mann."

Bei diesen Worten schlug Amelias Herz höher. Als sie sich daran erinnerte, wie er ihre Wange gestreichelt hatte, errötete sie. „Ja, er ist ein guter Mann. Das ist er wirklich."

Helenas Kopf sank zur Seite, als sie wieder einschlief. Als Amelia sicher war, dass Helena schlief, setzte sie sich im Bett auf, obwohl ihre Muskeln gegen die Bewegung protestierten. Sie rieb ihre wunden Handgelenke, während sie durch den Flur ging und in die bescheidene Küche trat, in der Jane damit beschäftigt war, Lucy zu baden.

Beim Anblick des Kindes traten Amelia Tränen in die Augen. Ungefähr zwei Stunden waren vergangen, seit Graham sie befreit hatte und Mr Sulter sie in die Sicherheit seines Hauses zurückgebracht hatte. Obwohl sie jetzt nicht mehr in Gefahr waren, hatte sie das Gefühl, dass sich ihr Herzschlag immer noch nicht beruhigt hatte. Sie hatte so nahe davorgestanden, ihre geliebte Lucy zu verlieren. Das Kind wirkte glücklich und zufrieden, wie wenn die Entführung nie stattgefunden hätte. Aber das Bild, wie sie schmutzig und verängstigt in diesem Lagerhaus geweint hatte, stand Amelia noch deutlich vor Augen. Sie vermutete, dass diese Erinnerungen sie noch jahrelang in ihren Träumen quälen würden.

Lucy klatschte mit ihrer kleinen Faust aufs Wasser und kicherte vor Freude über das spritzende Wasser. Zufrieden drehte sie ihr rundes Gesicht zu Amelia herum und lächelte. Dabei zeigte sie ihre drei winzigen Zähnchen. Das Lachen des Kindes war süßer als jedes andere Geräusch, und ihr Lächeln war schöner als jedes Gemälde.

Amelia nahm das Leinentuch, tauchte es in das warme Seifenwasser und strich damit über Lucys weiche Wange. Jane trat beiseite und überließ es Amelia, Lucy zu baden. Der Schmutz von drei Tagen wurde mit dem Wasser weggewaschen. Amelia atmete langsam ein, um die Enge in ihrer Brust zu vertreiben. Zärtlich rieb sie Seife in die Haare des Kindes und goss Wasser darüber, um sie sauber zu waschen. Da sie die Erinnerungen unbedingt loswerden wollte, wusch sie dem Kind noch einmal die Haare. Sie konnten nicht sauber genug sein.

Janes leise Stimme erklang neben ihr. „Ich habe Mrs Sulter gesagt, dass wir noch mehr warmes Wasser brauchen."

Amelia drehte sich zu ihr herum. „Das ist nicht nötig. Lucy ist fast sauber."

Ein Lächeln zog über das Gesicht der älteren Frau. „Nicht für Lucy. Für dich, meine Liebe. Du brauchst genauso dringend ein Bad wie sie, wenn nicht sogar noch dringender."

Amelia hob die Hand, um sich die Haare aus dem Gesicht zu wischen, und bemerkte zum ersten Mal die Schmutzschicht auf ihren Unterarmen.

Jane verzog das Gesicht, als sie etwas aus Amelias Haaren zog. „Was ist das? Stroh?"

„Wahrscheinlich."

„Kapitän Sterling wird bald zurück sein. Du musst dir den Schmutz wegwaschen."

Kapitän Sterling. Graham. Ihr Herz überschlug sich fast, als sie sich wieder umdrehte, um Lucy aus der Wanne zu heben.

„Amelia, du zitterst ja." Jane trat vor. „Komm, lass dir helfen."

Frustriert über ihre eigene Verwundbarkeit, schüttelte Amelia den Kopf. „Ich brauche keine Hilfe. Wirklich nicht. Ich ... ich ..."

Ohne auf Amelias Protest einzugehen, nahm Jane das Kind, legte seinen zappelnden, nassen Körper auf ein Handtuch und wickelte es warm ein. Amelias Schultern sackten nach unten, als sie zuschaute, wie Lucy mit Janes Halskette spielte. Sie wollte diejenige sein, die sich um Lucy kümmerte, die sie festhielt und sie nicht losließ. Aber sie hatte keine Kraft. Ein Schluchzen schnürte ihr die Kehle zu, und ihre Worte sprudelten unkontrolliert aus ihr heraus.

„Ich hätte sie fast verloren."

Jane legte Lucy ins Kinderbett, dann kam sie zu Amelia zurück und zog sie liebevoll in die Arme. Tagelang aufgestaute Angst und Sorgen brachen sich Bahn, und Amelia schluchzte herzzerreißend an Janes Schulter.

„Du hattest in so vielen Dingen recht, Jane."

„Still jetzt, Liebes. Es ist alles vorbei."

Amelia trat aus Janes Armen zurück und wischte sich mit ihrem nassen Handrücken über die Augen. „Gott hat genau das getan, was du gesagt hast. Er war treu." Amelia schniefte und wandte den Blick ab. „Und in Bezug auf Kapitän Sterling hattest du auch recht. In Bezug auf Graham." Sie suchte nach Worten, um Gefühle zu beschreiben, die sie nicht ganz verstand. „Er hat gesagt, dass er mich liebt, Jane." Sie konnte die Worte nur flüstern, da sie in der Tiefe ihres Herzens allmählich begriff, was sie bedeuteten. „Ich habe nicht gewagt zu glauben, dass es wahr sein könnte, aber als er uns gerettet hatte, lag etwas in seiner Stimme. In seinen Augen." Eine angenehme Wärme stieg bei der Erinnerung an diesen Augenblick in ihr auf.

Jane beugte sich vor und strich Amelia die Haare aus dem Gesicht. „Und du? Liebst du ihn auch?"

Amelia drückte die Hand an ihre glühende Wange. Staunen und Aufregung erfasste sie, als ihr die Wahrheit deutlich vor Augen stand.

„Ja, Jane. Ich liebe ihn von ganzem Herzen."

☙

Zufrieden und erleichtert, dass Littleton und Kingston hinter Schloss und Riegel waren, ging Graham neben seinem Bruder her. Ein kurzer Regen hatte eingesetzt und inzwischen schon wieder aufgehört. Die Wolken rissen auf, sodass die Sonne, deren Strahlen sich auf den nassen Straßen spiegelten, wieder zu sehen war. Graham gähnte und fuhr sich mit der Hand durch die Haare und übers Gesicht. Er war erschöpft. Sein Körper schmerzte. Sein Arm pochte. Trotz seines körperlichen Unbehagens erfüllte ihn eine immer größere Vorfreude, die seine Schritte beschleunigte.

„Jetzt, da Lucy, Mrs Dunne und Miss Barrett befreit sind, können wir nach Darbury zurückfahren, und alles wird wieder so sein wie vorher", murmelte William und unterdrückte ein Gähnen. „Alles wird wieder normal sein."

Normal? Nichts war normal, seit Graham in Darbury angekommen war. Angesichts der einschneidenden Veränderungen, die vor ihm lagen, fragte sich Graham, ob er je wieder so etwas wie Normalität erleben würde.

Graham warf William von der Seite einen Blick zu. Sein älterer Bruder sah ziemlich mitgenommen aus. Schmutz und Ruß überzogen seine Wangen. Blutspuren tränkten seinen Mantel. Er hatte William eindeutig zu streng beurteilt. Ja, sein Bruder hatte ein schlechtes Urteilsvermögen bewiesen. Vielleicht sogar mehrmals. Aber hatte Graham nicht das Gleiche getan? Wenn Gott ihm vergeben konnte, konnte er dann seinem Bruder nicht auch vergeben?

Aber das war noch nicht alles. Graham hatte Williams Fähigkeit, in schwierigen Situationen entschlossen zu handeln, vollkommen unterschätzt. Wenn sein Bruder nicht genau im richtigen Moment geschossen hätte, hätte dieser Morgen ganz anders enden können. Auch ihre Beziehung untereinander war nicht mehr so wie früher, sie hatte sich verändert. William hatte sein Leben riskiert, um andere Menschen zu retten, und das war ein sehr ehrenhaftes Verhalten. Was für ein Bruder wäre er, wenn er ihm in seiner finanziellen Notlage nicht auch helfen würde?

„Wenn wir nach Darbury zurückkommen, spreche ich mit Carrington, was sich machen lässt, um dir bei Eastmores Schulden zu helfen."

William seufzte hörbar auf. „Dafür wäre ich dir wirklich sehr dankbar." Er legte den Kopf schief und rückte seinen Hut zurecht, der wie durch ein Wunder das Chaos dieser Nacht überlebt hatte.

Graham klopfte seinem Bruder auf den Rücken. „Jetzt, da ich weiß, was für ein guter Schütze du bist, verlasse ich mich darauf, dass du Amelia und Lucy beschützt, wenn ich wieder auf hoher See bin."

William schnaubte. „Ja, ein wahrer Meisterschütze! Es war ein Glückstreffer. Ich glaube, ich bleibe in Zukunft lieber beim Reiten."

Graham lachte. Das Lachen tat gut. Endlich hatte er nach Wochen voll Unruhe und Ungewissheit, nach Monaten des Bedauerns und der Selbstvorwürfe das Gefühl, dass ihm eine schwere Last von den Schultern genommen wurde. Er konnte es kaum erwarten, Lucy wieder in den Armen zu halten und Amelia zu sehen.

„Und was ist mit dir?" William schien seine Gedanken lesen zu können. „Ich nehme an, dass du sehr bald verheiratet bist."

Graham nickte. Allein schon der Gedanke erfüllte ihn mit einer aufgeregten Vorfreude. „Wenn sie mich noch haben will."

„Und deine Pflichten gegenüber der Krone? Wann musst du auf dein Schiff zurück?"

Graham blieb beinahe stehen. Wie konnte er nach allem, was passiert war, Lucy wieder verlassen? Und Amelia?

Noch vor ein paar Wochen war das Meer seine ganze Welt gewesen. Das Steigen und Fallen der Flut hatte viele Jahre lang seinen Lebensrhythmus bestimmt. Die Regeln des Meeres waren seine Regeln. Aber jetzt hatte er eine andere Welt entdeckt. Familie. Liebe.

Die Ehre verpflichtete ihn, auf sein Schiff zurückzukehren, und es würde nicht lange dauern, bis seine Aufgaben ihn wieder auf das Meer hinausriefen. Der Gedanke, von Amelia und Lucy getrennt zu sein, schmerzte ihn zutiefst. In der Vergangenheit hatten seine Liebe zum Meer und sein Pflichtgefühl ihn immer wieder auf sein Schiff zurückgerufen. Jetzt bot ihm die Verheißung auf eine Familie Halt wie ein willkommener Anker, der in seinem Zielhafen, an seinem Bestimmungsort, ins Meer geworfen wird.

Könnte er dem Meer den Rücken kehren, wenn der Krieg vorbei war und die Schlachten gewonnen waren? Das Meer war das einzige Leben, das er je gekannt hatte. Er dachte an Amelia und an Lucy, und die Antwort kam mit erstaunlicher Eindeutigkeit: Amelia und Lucy waren seine Zukunft.

Ja, er konnte dem Meer den Rücken kehren. Für seine Familie würde er noch viel mehr aufgeben.

Kapitel 31

Graham blieb mit der Hand auf dem Türgriff vor der Haustür der Sulters stehen. Er hatte sich von William verabschiedet, der sich ein Zimmer in einem Gasthaus in der Nähe genommen hatte. Die frostige Luft beruhigte seine aufgewühlten Gefühle, aber irgendwie war er immer noch ruhelos.

Graham beugte sich nach links und schaute durch das Fenster. Amelia saß in einem Sessel neben dem Feuer. Lucy, die fast wie ein Engel aussah, schlummerte an Amelias Brust. Ihr Lockenkopf schmiegte sich unter Amelias Kinn.

Graham öffnete die Haustür und schloss sie schnell hinter sich, da er fürchtete, die kalte Luft könnte die beiden stören. Obwohl die Vormittagssonne schon hoch am Himmel stand, war es im Haus ganz still. Alle waren erschöpft und schliefen. Er bemühte sich, leise einzutreten, aber als die Tür hinter ihm zufiel, hob Amelia den Kopf. Als sich ihre Blicke begegneten, zog ein warmes Lächeln über ihre Lippen. Es war einladend und zog ihn näher zu ihr.

Der freundliche Schein des Feuers badete das kleine Zimmer in einem warmen Licht und spiegelte sich auf Amelias goldenen Haaren und Lucys kupferroten Locken. Grahams Brust wurde von einer unerwarteten Gefühlsregung erfüllt, als er Lucys schlafenden Kopf mit den Fingern berührte.

Er zögerte, etwas zu sagen, da er fürchtete, dass seine Stimme die friedliche Atmosphäre stören könnte. „Geht es ihr gut?"

„Ihr geht es sehr gut, Graham." Amelias Worte waren leise. „Möchten Sie ... möchtest du sie auf den Arm nehmen?"

Graham hielt den Atem an. Er sehnte sich danach, seine Tochter zu berühren, aber er zögerte. „Ich möchte sie nicht wecken."

„Unsinn." Amelia erhob sich in einer ruhigen Bewegung aus dem Sessel und hielt ihm Lucy langsam hin.

Graham nahm seine schlafende Tochter beschützend in die Arme und atmete ihren Duft ein. Das kleine Mädchen war perfekt. Ihre kupferroten Haare, die Grübchen auf ihren Patschhänden, alles war perfekt. Und sie war sein Kind. „Sie duftet sehr gut."

„Das ist Lavendel."

Er schaute Amelia an. Das wusste er bereits. Es war derselbe Duft, den sie benutzte.

Sie trat neben ihn und zog die Decke enger um Lucy. Dabei streifte ihre Hand seine Brust. Bei ihrer Berührung durchströmte ihn eine ungewohnte Wärme. Er atmete tief ein. Aus dieser Nähe sah er die Spuren von getrockneten Tränen auf Amelias Wangen, die das Feuer beleuchtete. Das war eine ernüchternde Erinnerung an die Geschehnisse dieses Tages. Er schaute sich um und entdeckte das Kinderbett neben dem Sofa. Er legte Lucy vorsichtig hinein, zog die Decke zu ihrem Kinn hoch und deckte sie zärtlich zu. Dann richtete er seine Aufmerksamkeit wieder auf Amelia und merkte, dass irgendwo tief in seinem Inneren ein Zittern einsetzte.

Ihr Brustkorb bewegte sich leicht, als sie stockend einatmete. Ihr Blick fiel auf seinen Arm. Mit schüchternen Fingern berührte sie seinen Unterarm. Es war eine einfache Berührung, aber er fühlte sie bis in die Tiefe seines Herzens.

Sie flüsterte: „Tut es sehr weh?"

Er schüttelte den Kopf. Er fühlte wirklich keinen Schmerz.

Amelias erwartungsvolle Augen schauten ihn an und erlaubten ihm nicht, den Blick abzuwenden. Ihm entging weder die Röte auf ihren Wangen noch ihr flacher Atem.

„Ich hätte auf dich hören sollen", sagte sie. „Du hast gesagt, dass ich das Haus nicht verlassen sollte, aber ich habe es trotzdem getan. Es tut mir so leid. Bitte sei mir nicht böse. Ich weiß, dass ich …"

Er hob die Hand an ihre Wange und rieb mit dem Daumen zärtlich über ihre weichen Lippen, um sie zum Schweigen zu bringen. Jetzt war nicht der Moment für Worte. Keine Worte konnten beschreiben, was er in diesem Augenblick für sie fühlte.

Eine starke Sehnsucht beherrschte seine Sinne, als sein Blick an ihren vollen, halb geöffneten Lippen hängen blieb. Er hob ihr Kinn mit dem Zeigefinger hoch, und sein Gesicht lag nur wenige Zentimeter über ihrem. Sie seufzte, als er sie enger an sich heranzog, aber sie wandte den Blick nicht ab.

Eine unglaubliche Sehnsucht nach der Frau, die er liebte,

strömte durch seine Adern. Er legte die Hand in ihren Nacken und schob die Finger besitzergreifend durch ihre feuchten, goldenen Locken.

Langsam senkte er den Mund auf ihre Lippen und hatte die feste Absicht, sie nicht zu überrumpeln und sanft zu sein. Er wollte ihr nach allem, was sie durchgemacht hatte, keine Angst einjagen. Aber alle Ängste und alle Gefühle der letzten drei Tage verwandelten sich bei der samtweichen Berührung ihrer Lippen in eine unbändige Leidenschaft. Willensstärke und Selbstdisziplin, seine ständigen Begleiter, verflüchtigten sich und machten einer Sehnsucht Raum, die stärker war als alles, was er je erlebt hatte. Kühn und ohne sich zu entschuldigen, ließ er den Kuss nicht enden und presste ihren Körper enger an sich.

Unter seiner Berührung zitterte sie, aber sie wehrte sich nicht. Vielmehr schlang sie die Arme in seinen Nacken und fuhr mit den Fingern durch seine Haare.

Seine Lippen wanderten von ihrem Mund zu ihrem Ohr. Sein Flüstern war rau. Verzweifelt. „Heirate mich, Amelia. Nicht wegen Lucy. Nicht wegen deines Erbes. Sondern *meinetwegen.*"

Er konnte nicht auf ihre Antwort warten, sondern küsste wieder ihren Mund. Er tauchte in ihren berauschenden Duft ein und vergrub das Gesicht in ihrem Nacken. Er musste hören, dass sie es sagte. Er wartete verzweifelt auf ihre Worte. Vielleicht hätte er sich irgendwann damit zufrieden geben können, nur dem Namen nach ihr Mann zu sein. Aber jetzt, nachdem er ihre Lippen geschmeckt hatte, nachdem seine Hände ihre Haut berührt hatten und er wusste, wie weich sie war, wäre das unmöglich.

Ihr Körper wurde unter seiner Berührung schwach, und sie zog sich zurück. Ihre großen Augen schauten ihn neugierig an, aber es lag keine Angst darin. Selbst im Schatten konnte er ihre geröteten Wangen sehen, das Lächeln, das um ihre Lippen spielte. Ihr Atem kam in einem flachen Keuchen, und ihr Brustkorb hob und senkte sich kräftig. Ein einziges Wort besiegelte sein künftiges Glück: „Ja!"

Er hatte die Luft angehalten und atmete jetzt endlich aus, schlang die Arme fest um sie und hob sie vom Boden hoch. Ein fröhliches Kichern kam über ihre Lippen, und er versank wieder in ihrem wunderbaren Kuss.

Amelia gehörte jetzt zu ihm. Er gehörte zu ihr.
Und so wahr Gott ihm helfe, er würde alles tun, um sich ihrer würdig zu erweisen.

Unsere Buchtipps für Sie

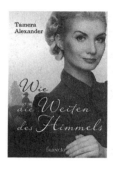

Tamera Alexander
Wie die Weiten des Himmels
ISBN 978-3-86827-513-1
473 Seiten, Paperback

Colorado 1876

Hals über Kopf gibt Dr. Molly Whitcomb ihre Stelle als Dozentin für moderne Sprachen auf und reist in den Westen, um an einer Dorfschule in den Rocky Mountains als Lehrerin zu arbeiten. Aber warum kauft sie sich in einem Juwelierladen einen Ehering? Welches Geheimnis umgibt diese talentierte junge Frau?

James McPherson, der sympathische Sheriff von Timber Ridge, ist von den ungewöhnlichen Unterrichtsmethoden der neuen Lehrerin beeindruckt. Bald redet das ganze Dorf von ihr und Timber Ridge verändert sich. Aber wie lange wird es dauern, bis ihr Geheimnis ans Licht kommt? Und wie wird der Sheriff dann reagieren, der in der attraktiven Lehrerin inzwischen mehr sieht als nur eine begabte Pädagogin?

Irma Joubert
Und über uns die Sterne
ISBN 978-3-86827-515-5
288 Seiten, gebunden

Südafrika 1932

Kate hat es satt, von ihrer Familie in Watte gepackt zu werden. Die ambitionierte Soziologiestudentin aus gutem Hause will sich im Rahmen ihres Studiums mit der Armut unter den Weißen in Südafrika beschäftigen. Dazu muss sie in die Armenvierteln gehen. Doch ihr Vater fürchtet um das Wohl seiner Tochter. Und auch ihr Verlobter hat Bedenken. Kate aber ist hartnäckig. Und so wird ihr schließlich ein Angestellter ihres Vaters als Leibwächter zur Seite gestellt. Der ist zunächst wenig begeistert von seinem neuen Job als »Babysitter« einer reichen Dame. Aber wie lange kann er dem Charme der jungen Studentin widerstehen? Und was wird Kates Verlobter dazu sagen?

Elizabeth Musser
Das Hugenottenkreuz
ISBN 978-3-86827-483-7
384 Seiten, gebunden

Südfrankreich 1961

Die Missionarstochter Gabriella wird zum Studium nach Frankreich geschickt. Im romantischen, verschlafenen Städtchen Castelnau lernt sie den attraktiven amerikanischen Professor David kennen. Er kann mit ihrem unerschütterlichen Glauben an Gott nichts anfangen, dennoch fühlt sich Gabriella zu ihm hingezogen. Doch warum verschwindet er immer wieder in geheimer Mission? Wer ist David wirklich? Und was hat es mit der mysteriösen »Operation Hugo« auf sich?

Elizabeth Musser entführt den Leser in ein überaus spannendes Kapitel französisch-algerischer Geschichte und an faszinierende Orte. Ein mitreißendes, zu Herzen gehendes Buch!

Elizabeth Musser
Operation Hugo
ISBN 978-3-86827-514-8
413 Seiten, gebunden

Algerien 1962, kurz vor der Unabhängigkeit.

Tausende Algerienfranzosen verlassen Hals über Kopf das Land. Auch die algerischen Araber, die auf der Seite Frankreichs gestanden haben, müssen um ihr Leben fürchten. Der Amerikaner David setzt sich vor Ort für die Rettung der Flüchtenden ein. Unterdessen kämpft seine Freundin Gabriella in einem südfranzösischen Waisenhaus für die Integration der Kinder aus Algerien … und gegen ihre Eifersucht. Denn auch Davids frühere Freundin Anne-Marie hat in dem Waisenhaus Zuflucht gefunden. Während die Geheimoperation Hugo sie alle in größte Gefahr bringt, fragen sich Gabriella, Anne-Marie und David, was die Zukunft wohl bringen wird.

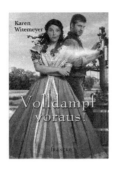

Karen Witemeyer
Volldampf voraus!
ISBN 978-3-86827-518-6
283 Seiten, Paperback

Texas 1851

Der Unternehmer Darius Thornton hat seit einem schrecklichen Schiffsunglück nur noch einen Wunsch: die Schifffahrt sicherer zu machen. Dazu führt der zurückgezogen lebende Unternehmer gefährliche Experimente an brodelnden Kesseln durch. Für seine Berechnungen braucht er dringend einen Sekretär.

Als einzige Tochter und Erbin von Renard Shipping steht die pfiffige Nicole Renard, die schon immer Spaß am Rechnen hatte, vor der Aufgabe, ihrem Vater einen würdigen Ehemann zu präsentieren. Als sie aufgrund widriger Umstände plötzlich völlig mittellos dasteht, entdeckt sie eine vielversprechende Stellenanzeige.

Es dauert nicht lange, bis die Funken sprühen und es heißt: Volldampf voraus!

Jody Hedlund
Ein Bräutigam aus gutem Haus
ISBN 978-3-86827-458-5
336 Seiten, Paperback

Michigan 1881, in einer Gemeinde von deutschen Auswanderern:

Annalisas Mann kommt auf mysteriöse Weise ums Leben. Da die junge Mutter die Farm allein nicht halten kann, lässt ihr Vater in der alten Heimat nach einem neuen Ehemann für sie suchen. Eines Tages erscheint der galante Carl Richards auf ihrer Farm. Er hat zwei linke Hände, doch mit seiner charmanten und fürsorglichen Art zieht er Annalisa in seinen Bann. Durch ihn begegnet Annalisa etwas von der Liebe Gottes, auf die sie schon nicht mehr zu hoffen wagte. In dieser Situation kommt die Ankunft von Annalisas Zukünftigem äußerst ungelegen. Und leider ist Carl nicht der, für den alle ihn halten …

Amanda Cabot
Der Sommer, der so viel versprach
ISBN 978-3-86827-429-5
368 Seiten, Paperback

In der Wildnis von Wyoming, 1885:

Eigentlich hat Abigail Harding ihr Leben gut im Griff. Sie unterrichtet an einer renommierten Mädchenschule und ist so gut wie verlobt. Doch eine spontane Reise zu ihrer Schwester, die als Offiziersgattin in einem Fort in Wyoming lebt und zutiefst unglücklich zu sein scheint, verändert alles.

Abigail gerät in einen Strudel von Ereignissen, der nicht nur ihr gesamtes Lebenskonzept und ihre Zukunftspläne infrage stellt, sondern sie auch in Lebensgefahr bringt …